UN DÉFENSEUR POUR RAVEN

UN DÉFENSEUR POUR RAVEN (MERCENAIRES REBELLES, TOME 7)

SUSAN STOKER

Traduit de l'anglais (U.S.) par June Silinski et Valentin Translation.
Titre original : *Defending Raven (Mountain Mercenaries, Book 7)*

La version anglaise de ce titre était initialement publiée par Amazon Publishing.

DU MÊME AUTEUR

Autres livres de Susan Stoker

Mercenaires Rebelles

Un Défenseur pour Allye

Un Défenseur pour Chloé

Un Défenseur pour Morgan

Un Défenseur pour Harlow

Un Défenseur pour Everly

Un Défenseur pour Zara

Un Défenseur pour Raven

Ace Sécurité

Au Secours de Grace

Au Secours d'Alexis

Au Secours de Bailey

Au Secours de Felicity

Au Secours de Sarah

Forces Très Spéciales Series

Un Protecteur Pour Caroline

Un Protecteur Pour Alabama

Un Protecteur Pour Fiona

Un Mari Pour Caroline

Un Protecteur Pour Summer

Un Protecteur Pour Cheyenne

Un Protecteur Pour Jessyka

Un Protecteur Pour Julie

Un Protecteur Pour Melody

Un Protecteur pour l'avenir

Un Protecteur Pour Les Enfants de Alabama

Un Protecteur Pour Kiera

Un Protecteur Pour Dakota

Forces Très Spéciales : L'Héritage

Un Sanctuaire pour Caite

Un Sanctuaire pour Brenae

Un Sanctuaire pour Sidney

Un Sanctuaire pour Piper

Un Sanctuaire pour Zoey

Un Sanctuaire pour Avery

Un Sanctuaire pour Kalee

Hawaï : Soldats d'élite

Un paradis pour Élodie

Un paradis pour Lexie (10 Aug 2021)

Un paradis pour Kenna (Oct 2021)

Un paradis pour Monica

Un paradis pour Carly

Un paradis pour Ashlyn

Un paradis pour Jodelle

Delta Force Heroes Series

Un héros pour Rayne

Un héros pour Emily

Un héros pour Harley

Un mari pour Emily

Un héros pour Kassie

Un héros pour Bryn

Un héros pour Casey

Un héros pour Wendy

Un héros pour Mary

Un héros pour Macie

Un héros pour Sadie

Un héros pour Annie (Feb 2022)

1

Dave « Rex » Justice ne pouvait pas rester assis en place. Lui et les six hommes avec qui il travaillait depuis quelques années, ainsi que Zara Layne, étaient dans un jet privé à destination de Lima, au Pérou.

Personne n'avait beaucoup parlé depuis l'embarquement, ils étaient certainement encore sous le choc après avoir appris que celui qu'ils connaissaient comme le barman du Pit était en réalité le dirigeant des Mercenaires Rebelles. La tension dans l'avion était plus palpable que jamais, et son équipe avait bien vécu des situations tendues dans le passé. Dave savait qu'il devrait probablement dire quelque chose pour détendre l'atmosphère, mais il ne pouvait penser qu'à une chose. Sa femme.

Il l'avait trouvée après dix années atrocement longues.

Enfin, *il* ne l'avait pas trouvée. Ironique, étant donné la quantité d'argent, de temps et d'efforts qu'il avait dépensés pour la chercher.

— Et si tu t'asseyais, Dave ? suggéra Gray.

Dave l'ignora. Il ne pouvait pas s'asseoir. Il ne pouvait pas manger, il ne pouvait pas dormir. Savoir qu'il était si près de revoir sa femme le rendait incapable de quoi que ce soit mis à part faire les cent pas dans le petit couloir sous l'effet de l'agitation.

Et si elle avait disparu au cours des quelques mois depuis que Zara l'avait vue pour la dernière fois ?

Et s'il était arrivé si près du but, et qu'il la perdait à nouveau ?

L'idée était répugnante et inacceptable.

— Je pense qu'il est temps que tu nous racontes toute l'histoire à propos de Rex et des Mercenaires Rebelles, dit Black.

Dave se retourna pour regarder les hommes qu'il avait recrutés et engagés, puis il soupira. Black avait raison, ils méritaient quelques réponses. Dieu sait qu'il avait été trop stressé pour faire autre chose que grogner pour toute réponse depuis qu'ils avaient refusé de le laisser aller au Pérou seul.

Il s'assit sur le bord de l'un des sièges en cuir de l'avion et fit face aux hommes qu'il considérait comme des frères. Pour eux, cependant, il avait seulement été Dave, le barman. Ils n'avaient pas soupçonné qu'il puisse être l'insaisissable « Rex », leur responsable et patron. Il avait pu avoir un œil et une oreille sur eux, car ils passaient beaucoup de temps au Pit, le bar qu'il possédait depuis des années.

Néanmoins, depuis qu'ils avaient tous trouvé une femme à aimer et à chérir, ils fréquentaient de moins en moins le bar, et il savait que les choses étaient en train de changer.

Oui. Ils avaient mérité quelques réponses. Mais après que Zara, la fiancée de Meat, avait reconnu sa Raven sur une photographie affichée derrière le comptoir, Dave n'avait pas été capable de penser à quoi que ce soit mis à part rejoindre sa femme.

Soupirant à nouveau, il passa une main dans ses cheveux marron foncé. Il n'était pas vraiment sûr de savoir par où commencer. La dernière décennie n'avait été qu'une série de déceptions dévastatrices en ce qui concernait la recherche de Raven, et être si près du but à présent était littéralement sur le point de le rendre fou.

— Comme vous le savez maintenant, je suis l'homme que vous connaissiez sous le nom de Rex, dit-il finalement.

Son accent du Sud était plus prononcé, probablement parce qu'il n'avait pas dormi plus de deux heures au cours des dernières vingt-quatre heures. Il avait été occupé à organiser un vol vers le Pérou et à imaginer différents scénarios concernant la manière dont les retrouvailles avec son épouse perdue depuis longtemps pourraient se dérouler.

— Après la disparition de ma femme, les autorités policières de Las Vegas ont fait ce qu'ils pouvaient pour la trouver, mais leur temps et leurs capacités étaient limités. Quand son affaire a été considérée comme non résolue, j'ai commencé à apprendre tout ce que je pouvais à propos de l'industrie du trafic sexuel. J'ai écumé Internet et j'ai vite appris à quel point l'espèce humaine pouvait être dépravée. Cependant, alors que je la cherchais, je suis tombé sur d'autres femmes disparues... et des enfants. Mais je n'avais pas les moyens de les aider. Je ne pouvais que remettre les informations aux forces de l'ordre dans leurs villes d'origine et espérer qu'ils agissent. C'était frustrant et écœurant. Alors j'ai commencé à penser aux « et si »...

Et si je formais un groupe d'hommes qui pouvait aller secourir les personnes que j'avais trouvées grâce à mes recherches ? Et si je pouvais rendre des femmes, des sœurs, des enfants à leurs familles ? Je sais ce que cela aurait signifié pour *moi* si quelqu'un avait trouvé Raven et l'avait aidée à rentrer à la maison. Grâce à mes recherches et à ma capacité plutôt remarquable à trouver les gens, j'avais déjà établi de bonnes connexions au gouvernement et avec quelques personnes très puissantes. Quand les gens ont commencé à entendre parler de ce que je faisais, de la manière dont je retrouvais avec succès la trace de victimes d'enlèvements, j'ai même commencé à recevoir... des donations. Vous n'imaginez pas la quantité d'argent qui m'a été envoyée. Des parents des personnes que j'avais trouvées, des organisations qui servaient de porte-paroles pour les personnes disparues et maltraitées, toute sorte de gens et de groupes qui voulaient donner de l'argent pour aider la cause.

Une fois que j'ai compris qu'il me fallait des soldats sur le terrain, et que simplement trouver des gens sur un ordinateur n'était pas suffisant, j'ai commencé à chercher des hommes en qui je pouvais avoir confiance pour qu'ils aillent secourir les victimes sans défense que j'avais trouvées. J'ai enquêté sur chacun d'entre vous, et je vous ai choisis pour vos dossiers militaires et votre expertise dans différents domaines.

Black, tu es le meilleur négociateur que j'ai jamais vu. Meat, bien entendu, tu es un génie de l'informatique. Les capacités de Ro avec les voitures et les moteurs sont hors pair. Gray, tes compétences pour être invisible pendant les missions sont légendaires, et Ball, tu peux distancer à peu près n'importe qui sur Terre en voiture. En ce qui concerne Arrow... Tu es tout simplement un dur à cuir complet. Il me fallait les meilleurs des meilleurs, et vous l'étiez tous.

— Alors, tu voulais que nous trouvions ta femme ? demanda Ro. Bon sang, Rex... euh... Dave, nous ne savions même pas que tu étais marié avant il y a environ un an.

Dave secoua la tête.

— Oui et non. Je veux dire, si je la trouvais, je voudrais sans aucun doute des hommes en qui je pouvais avoir confiance pour aller la chercher, mais ça allait plus loin que ça.

Il secoua la tête.

— Je suppose qu'il faut que je reprenne depuis le début.

Sept paires d'yeux se contentèrent d'observer attentivement Dave sans l'interrompre, ce qu'il appréciait.

— Ma femme s'appelle Margaret. Sa famille l'appelle Mags. Je trouvais que c'était mignon et j'ai commencé à l'appeler Magpie. Ça ne semblait pas vraiment lui aller, cela dit, alors j'ai fini par me décider pour Raven. Avec ses longs cheveux noirs et son surnom, ça convenait. Bref, il y a environ dix ans, nous sommes allés à Las Vegas pour fêter notre cinquième anniversaire de mariage. Nous étions plus amoureux que jamais et cela faisait un moment qu'aucun de nous n'avait pris des vacances. J'avais acheté ce bar juste avant que l'on se rencontre et j'avais fait beaucoup d'heures pendant des années pour que ce soit un succès. Je l'adorais, et *j'avais* du succès, je voulais donc offrir quelque chose de spécial à ma femme. Un voyage dont elle se souviendrait.

Raven était assureuse. Nous avions des vies complètement normales et ennuyeuses, alors passer une semaine à Las Vegas semblait palpitant et extravagant. Ce fut pendant notre quatrième soirée là-bas que nous avons décidé, plutôt que d'aller voir un autre spectacle, de jeter un œil à quelques-unes des discothèques populaires et célèbres du Strip. Nous savions tous les deux que nous devions faire attention à nos verres et ne pas les laisser hors de nos vues. Je veux dire, je suis barman, je sais tout ce qu'il y a à savoir à propos des drogues du viol. Nous étions prudents, mais nous nous amusions aussi. Nous buvions et nous appréciions le temps que nous passions ensemble.

Dave marqua une pause et prit une grande inspiration. Il avait horreur de penser à cette nuit-là, à la terreur qu'il avait ressentie. Il y avait tant de choses qu'il aurait souhaité avoir fait autrement, et il avait passé toutes les années depuis lors à se reprocher d'avoir été aussi négligent en ce qui concernait la sécurité de sa femme.

Il poursuivit, sachant qu'il le devait aux hommes situés autour de lui.

— Il était environ deux heures du matin et nous étions dans une discothèque de l'un des casinos. Raven a dit qu'elle devait aller aux toilettes. Je n'y ai pas réfléchi. Je l'ai embrassée et je lui ai dit que j'allais nous commander des verres pendant qu'elle y serait. Elle s'est retournée et elle m'a envoyé un baiser avant de disparaître dans la foule de l'autre côté du bar, près des toilettes. Ce fut la dernière fois que je la vis.

Après environ dix minutes, j'ai commencé à m'inquiéter, car habituellement, elle ne prenait pas autant de temps, alors je suis allée la chercher. Il y avait une file d'attente pour entrer dans les toilettes, mais aucune des femmes qui s'y trouvaient n'avait vu Raven. J'ai même demandé à l'une d'elles de regarder à l'intérieur, mais Raven n'y était pas. J'ai supposé que je l'avais manquée et je suis retourné à notre table. Voyant qu'elle ne revenait pas après deux autres minutes, je n'étais pas sûr de savoir quoi faire. Je l'ai appelée, mais je suis directement tombé sur sa boîte vocale. Je me suis demandé si elle avait été malade ou quelque chose comme ça et si elle était retournée à notre chambre d'hôtel.

Stupidement, j'ai quitté le bar et je suis retourné à l'hôtel, mais quand j'y suis arrivé, elle n'était pas dans la chambre. À ce moment-là, j'ai paniqué. Je n'avais pas la moindre idée de ce que je devais faire. J'ai appelé la police, mais ils ont presque ri et m'ont dit qu'elle allait probablement réapparaître sous peu. Je *savais* que quelque chose clochait, mais je ne parvenais pas à convaincre qui que ce soit. C'était Vegas, après tout. La police a juste supposé que Raven était saoule, ou qu'elle était peut-être en train d'avoir une aventure sauvage avec quelqu'un qu'elle aurait rencontré. Ce ne fut qu'après deux jours sans avoir le moindre signe d'elle que la police m'a enfin pris au sérieux. Mais à ce moment-là, il était déjà trop tard. Beaucoup trop tard, putain.

Dave prit une grande inspiration pour essayer de retrouver un peu de contrôle sur ses émotions.

— Est-ce qu'ils ont vérifié les caméras de surveillance ? demanda Meat.

Dave acquiesça.

— Oui. Elle est sortie des toilettes et un type est venu la voir et a mis un bras autour de ses épaules. Il s'est penché et lui a dit quelque chose... et elle est sortie du couloir, a traversé la foule, puis elle est passée directement par la porte, en direction du casino. Elle ne m'a pas appelée et elle n'a pas essayé de faire le moindre signe à qui que ce soit.

— Donc, il l'a menacée, présuma Gray.

— Je suppose qu'il lui a dit que quelque chose m'était arrivé, ou que quelque chose *m'arriverait* si elle se débattait ou qu'elle attirait l'attention sur elle, acquiesça Dave.

Il baissa la voix.

— J'étais sacrément en colère contre elle pour ça pendant un bon moment, admit-il. Je sais qu'elle était probablement inquiète et effrayée, mais regardez-moi.

Il écarta les bras.

— Je ne suis pas vraiment le genre de type à qui les gens s'en prennent.

Dave savait qu'il était intimidant. C'était un homme imposant. Très imposant. Ses biceps étaient énormes ; il s'entraînait beaucoup, même à cette époque-là, et il était fier d'avoir l'air assez effrayant pour que les gens y réfléchissent à deux fois avant de s'en prendre à lui. La barbe qu'il portait actuellement lui donnait un physique encore plus sauvage. Entre sa taille, sa masse et son apparence, on ne le cherchait pas souvent. Sa peau était naturellement foncée, et même si dix ans plus tôt il n'avait pas eu la grande cicatrice le long du côté de son cou, il avait déjà été imposant et avait eu l'air mauvais.

— La police n'avait aucune piste ? demanda doucement Zara.

Meat avait été opposé à l'idée que sa fiancée aille au Pérou avec eux, en particulier parce qu'elle n'avait pas de très bons souvenirs du temps qu'elle y avait passé, mais elle avait été inflexible. Elle avait affirmé qu'elle parlait espagnol couramment et qu'ils auraient besoin d'elle pour s'adresser aux résidents du barrio où elle avait vu Mags pour la dernière fois. Si Raven était partie, Zara pourrait parler aux gens qu'elle connaissait et, avec un peu de chance, découvrir où elle était allée. Dave n'était pas ravi à l'idée de devoir la remettre dans une situation qui pourrait lui rappeler de douloureux souvenirs, mais il n'avait jamais été aussi proche de trouver sa femme qu'à ce moment-là et il utiliserait toute l'aide qu'il pouvait obtenir si cela signifiait qu'il secourrait Raven.

Au cours des années, différents officiers de police, détectives et enquêteurs privés avaient suggéré qu'il passe à autre chose, que sa femme était très probablement décédée, mais Dave avait refusé. C'était peut-être fou, mais il avait vraiment eu l'impression qu'il le saurait si elle avait été morte. Quelque chose de profond en lui le sentirait instinctivement.

Lorsque Gray s'éclaircit la gorge, Dave se souvint que Zara lui avait posé une question.

— Aucune qui ait mené quelque part. Je n'ai aucune idée de ce qu'il lui est arrivé. À un moment, elle était là, et une seconde après, elle avait disparu. Même avec toutes les caméras de Las Vegas, personne n'a pu trouver où cet homme l'a emmenée. Il l'a fait monter dans une berline à quatre portes, qui attendait devant l'hôtel, mais les vitres étaient teintées. Les plaques d'immatriculation avaient été volées et nous ont menés à une impasse. La police a fait de son mieux, mais cela n'a servi à rien. Elle avait disparu. *Pouf.* Après un certain temps, ils avaient d'autres enquêtes à résoudre et étant donné que je ne vivais même pas là, je ne pouvais maintenir le genre de pression que j'aurais voulu sur les détectives. Raven était devenue une satanée statistique avant qu'une année ne s'écoule. La police a supposé qu'elle était morte et m'a incité à reprendre une vie normale.

Dave grogna.

— Comme si c'était possible. Raven était tout pour moi. Elle était la lumière dans mon obscurité. Je n'avais pas réalisé à quel point elle adoucissait ma rudesse avant qu'elle ne disparaisse. J'ai continué de faire marcher le Pit, simplement parce que si d'une manière ou d'une autre elle réussissait à échapper à ses ravisseurs, elle saurait où aller. Où me trouver. Mais quand une année de plus s'est écoulée, j'ai su qu'elle n'allait pas miraculeusement apparaître sur le pas de ma porte. J'allais devoir la trouver moi-même.

C'est à ce moment-là que j'ai commencé à faire des recherches. J'en ai appris davantage que je ne l'aurais voulu sur le trafic sexuel et sur le nombre exact de femmes et d'enfants qui sont attrapés par ses griffes. J'ai vu une étude de cas à propos de femmes qui s'échappaient et j'ai appris comment les opérations fonctionnaient de manière générale. Je suis entré en contact par Internet avec quelqu'un qui m'a enseigné les tenants et les aboutissants du piratage et de la vidéosurveillance. Je n'ai pas beaucoup dormi, et j'ai caché ce que je faisais des quelques amis qui ne m'avaient pas abandonné.

— Alors, je suis curieux, interrompit Ball. Tu n'as vraiment *aucune* expérience militaire ?

Dave secoua la tête.

— Comment as-tu réussi à parler de tactiques et

d'armes, à organiser des missions et à donner l'impression que tu as passé toute ta vie dans l'armée ? demanda Arrow.

— Je vous l'ai dit. J'ai fait beaucoup de recherches, répondit Dave.

Voyant l'incrédulité sur tous les visages, il haussa légèrement les épaules.

— Et c'est exactement la raison pour laquelle je ne vous ai jamais dit qui j'étais.

— Tu aurais dû le faire, dit Gray, la colère facilement reconnaissable dans sa voix.

— Pourquoi ? rétorqua Dave. Pour que vous décliniez mon offre ? Que vous ayez une pire opinion de moi parce que je ne faisais pas partie des Forces Spéciales ? J'avais besoin que vous ayez confiance en moi. Que vous me traitiez comme un membre estimé de l'équipe. Si vous aviez su que j'étais juste un homme désespéré de trouver sa femme – et juste un barman, en prime – est-ce que l'un de vous aurait accepté la mission ?

Un silence gênant suivit sa question.

— Exactement, dit Dave plus calmement après un moment. Je sais que ce que j'ai fait était sournois. Mais le fait que je sois devenu le Rex mystérieux et insaisissable est la seule raison pour laquelle les Mercenaires Rebelles existent. Je vous ai laissé faire les tâches dangereuses de terrain et j'ai trouvé toutes les informations dont vous aviez besoin pour réussir. Je ne vais pas m'excuser ou vous supplier de me pardonner. Nous formons une très bonne équipe et le simple fait que je ne sois pas un soldat de la Delta, de la Navy, de l'armée de l'air ou n'importe quel autre genre de super-soldat comme vous ne veut pas dire que je ne me suis pas mis en quatre pour vous maintenir en sécurité chaque fois que vous êtes partis en mission. Je me suis donné du mal pour établir des connexions et cultiver des relations précieuses. Oui, au début, je voulais seulement une équipe pour aller secourir les femmes et les enfants que j'ai trouvés en recherchant mon épouse, juste pour pouvoir dormir la nuit, mais les Mercenaires Rebelles sont rapidement devenus plus que ça. Vous êtes devenus mes amis, même si vous ne saviez pas qui j'étais. Je m'inquiétais pour vous, et j'ai prié pour vous revoir chaque fois que vous êtes partis.

— Je dois l'admettre, je ne suis pas enchanté par tout ce que tu as fait, dit Meat. Mais aucun de nous n'aurait accepté une seule des missions si nous ne pensions pas que nous pouvions faire confiance à tes renseignements. Tu es un excellent leader, malgré ton manque d'entraînement, et je ne peux pas parler pour qui que ce soit d'autre, mais je mettrais ma vie entre tes mains, et celle de ma femme aussi, à n'importe quel moment.

— Pareil, admit Gray. Tu as toujours fait le nécessaire. C'est vraiment incroyable que tu aies appris tout ça tout seul.

— Je suis d'accord, dit Ball. Le fait que tu aies appris les tactiques militaires uniquement à partir de recherches et que tu aies autant de partisans est un petit miracle.

— Alors... maintenant que nous connaissons la vérité, quel est le plan quand nous arriverons au Pérou ? demanda Black.

— En particulier parce que tu n'es pas militaire, ajouta Arrow. Tu as beau être doué pour organiser une mission, cela ne veut pas nécessairement dire que tu sais tirer ou que tu sais comment infiltrer le bastion d'un ennemi.

— Je suis d'accord. Et j'ai besoin de votre aide plus que jamais. Je peux à peine réfléchir assez longtemps pour établir un plan. J'adorais pouvoir simplement aller au barrio, prendre Raven et sortir, mais après avoir parlé avec Zara de la personne que Raven est à présent, sachant ce que nous savons à propos du barrio grâce à la dernière mission ici, je ne suis pas sûr que ça va marcher, dit Dave.

— Nous savons que le barrio est excessivement dangereux, et nous ne pouvons pas y aller en étant trop présomptueux, dit Meat. C'est ce qui m'a attiré des ennuis la dernière fois. Je crois que nous devrions aller là-bas et évaluer la situation. Il y a une possibilité pour que Mags n'y soit même plus.

Dave serra les poings. Raven devait être là. Il le *fallait.* Il ne pouvait pas être si près de la trouver et échouer à présent.

— Je ne pense pas qu'elle serait partie, leur assura Zara. Elle est plutôt bien ancrée là-bas, avec les autres femmes qu'elle aide.

— C'est vrai. D'accord, alors nous y allons, nous évaluons la situation dans le barrio, puis tu pourras aborder ta femme, conclut Meat. Si elle est nerveuse à propos de toi ou qu'elle n'est pas sûre de vouloir partir... tu devras la convaincre, je suppose.

Dave ricana, mais ce ne fut pas d'amusement.

— Il a toujours été plutôt difficile de convaincre Raven de faire ce qu'elle ne voulait pas faire. Je veux dire, j'espère qu'elle sera folle de joie de me voir, mais j'imagine que sa situation est plus compliquée que ce que nous savons.

— Je suis d'accord, dit Gray. Nous te couvrirons pendant que tu seras avec elle, et nous verrons ensuite.

— Ce n'est pas vraiment un plan, commenta Ro.

Dave haussa les épaules.

— J'espère vraiment que ce sera un aller-retour facile, mais si ce n'est pas le cas, nous pourrons peaufiner le plan en allant. J'ai gardé le passeport de Raven à jour en utilisant une photo vieillie qu'un ami qui faisait partie du FBI a réalisée pour moi. Ce n'est pas vraiment légal, mais il y a assez de personnes qui me doivent une faveur pour que ce soit négligé. De plus, je suis sûr que personne ne pensait que je trouverais Raven un jour et que j'aurais une chance de l'utiliser, dit Dave.

— Nous y allons en tant que touristes, dit Ball. Des milliers de personnes le font tous les ans. Je suis certain que personne ne va scruter son passeport d'aussi près.

— Tant que nous serons là-bas, j'adorerais voir si nous pouvons trouver un endroit où installer une clinique gratuite, lança Zara. Dieu sait que les gens dans les barrios en auraient besoin. Et si quoi que ce soit arrive, vous pourrez peut-être utiliser cela pour expliquer pourquoi vous êtes là-bas. Les barrios ne sont pas vraiment une destination touristique typique.

— Elle a raison, dit Meat en passant le bras autour d'elle. Une action humanitaire pour justifier notre visite pourrait attirer beaucoup de regards vers nous, mais le moment venu, nous pouvons donner ça comme raison secondaire pour expliquer notre présence.

— Del Rio pourrait être un problème pour la clinique, cela dit. Il aime faire en sorte que les gens soient dépendants de lui et sous son joug, tout en faisant semblant d'être un leader bienveillant qui aide les moins privilégiés. Avoir une clinique gratuite pourrait lui retirer une partie de l'attention dont il a tant besoin, dit Zara.

— Merde. Encore ce mec ? demanda Black.

Zara acquiesça.

Dave plissa les yeux. Ils connaissaient tous Roberto del Rio. C'était l'un des pires trafiquants sexuels que Dave ait croisés. Il n'avait aucune morale, aucun scrupule. Ils avaient appris la dernière fois qu'ils étaient allés au Pérou qu'il faisait du trafic d'enfants et de femmes.

Deux mois auparavant, Dave avait été plus qu'heureux de porter les Mercenaires Rebelles volontaires pour aller au Pérou et aider lors d'une mission pour sauver des enfants locaux destinés au marché du sexe à Lima, mais tout s'était mal passé. Principalement parce que del Rio ne voulait pas que leur mission soit une réussite. Il avait beaucoup d'influence dans le pays. Depuis lors, Dave avait appris que la majorité des forces de police, des locaux et même de l'armée étaient sous son contrôle ou payés pour détourner le regard.

Mais honnêtement, à ce moment-là, Dave avait du mal à s'inquiéter de quoi que ce soit d'autre que Raven. D'après ce que Zara avait dit, Raven détestait del Rio et n'avait plus rien à voir avec lui, par conséquent, pour le moment, del Rio n'était pas leur objectif. L'objectif était de trouver et secourir l'épouse de Dave.

Il se pencha en avant et dit d'un ton quelque peu désespéré :

— Ne le prends pas mal, Zara, je serais ravi d'aider à installer une clinique et de corrompre toutes les personnes qu'il faudra, mais mon objectif principal pendant ce voyage est d'aller dans ce barrio, de prendre ma femme et de ressortir.

— Ce ne sera probablement pas si simple, lui dit Zara.

Dave hocha la tête.

— Je sais. Raven et moi avons été séparés plus longtemps que nous avons été ensemble. Elle a traversé un genre d'enfer que je ne peux même pas commencer à comprendre. Mais je ne partirai pas sans elle.

Cette dernière phrase fut prononcée avec un peu plus de rudesse qu'il ne l'avait voulu, mais cela n'avait pas d'importance. Il ne quitterait *pas* le pays sans Raven.

— Elle pourrait ne pas vouloir partir, dit doucement Zara.

Dave grinça des dents pour empêcher les mots sévères qui bondissaient dans son esprit de s'échapper.

— La Mags que je connais est plus indépendante que toutes les personnes que j'ai rencontrées, poursuivit Zara. Elle est intelligente et elle ne montre pas beaucoup d'émotions. Quand elle essayait de me convaincre de dire à Meat que j'étais Américaine, de raconter mon histoire et de le pousser à me ramener aux États-Unis, je lui ai demandé si elle viendrait avec moi. J'étais au courant du temps qu'elle avait passé à travailler pour del Rio, mais pour moi, elle était une compatriote américaine. Elle n'avait pas vraiment l'air heureuse d'être là, mais quand je lui ai demandé de venir avec moi, elle a secoué la tête et elle a dit que sa vie était au Pérou.

Les mots de Zara étaient plus douloureux que tout ce que Dave avait entendu au cours de son existence.

Il ignorait complètement *pourquoi* Raven n'avait pas sauté sur la chance de retourner aux États-Unis. De retourner auprès de *lui*.

— Est-ce qu'elle est retenue captive là-bas ? demanda-t-il.

Zara secoua doucement la tête.

— Pas que je sache. Mais j'ai toujours pensé que quelque chose n'était pas très clair à propos de sa situation. Trois fois par semaine, elle part pour la journée et ne dit à personne où elle va. Mais elle revient toujours au barrio avant le coucher du soleil. Je n'ai vu personne la suivre, et elle n'agit pas comme si elle était menacée. Enfin... pas plus que qui que ce soit d'autre, en tout cas.

— Qu'est-ce que tu veux dire ? demanda Meat, posant une main sur le genou de sa fiancée.

— Juste que cette vie en tant que femme dans le barrio, en particulier sans mari, ce n'est pas vraiment de tout repos. Nous devions toujours faire attention à ce que Ruben ou l'un de ses amis ne vole pas le peu de nourriture que nous avions réussi à récupérer, ou... tu sais.

Dave vit chacun des hommes froncer les sourcils de colère. Oui, ils savaient ce que Zara voulait dire. Elle leur avait déjà tout dit à propos de Ruben Martínez et ses amis dans le barrio. Zara supposait qu'il avait la mi-vingtaine. Il pensait non seulement qu'il était un don de Dieu pour les femmes, mais aussi qu'il était une sorte de dur à cuire intouchable. Sa bande et lui harcelaient tout le monde dans le barrio et n'hésitaient pas à prendre ce qu'ils voulaient, utilisant la force si nécessaire.

C'étaient également eux qui avaient passé à tabac Meat et Black. Chacun des Mercenaires Rebelles espérait affronter le gang, ne serait-ce que pour leur rendre la monnaie de leur pièce.

— Tout ce que je dis, poursuivit Zara, c'est que de toutes les femmes que j'ai rencontrées, Mags est la seule à ne jamais avoir parlé de sortir du barrio. Elle semblait juste accepter la situation. Toutes les autres rêvaient soit de trouver un mari assez riche pour avoir un endroit où vivre en dehors du barrio, soit de retrouver leurs familles dans les pays d'où elles avaient été enlevées afin de travailler pour del Rio.

— La vie de Raven n'est *pas* au Pérou, affirma Dave. Elle est au Colorado, avec moi.

Voyant les regards gênés et compatissants que ses amis lui adressaient, Dave ne supporta pas de rester assis plus longtemps. Il bondit sur ses pieds et recommença à faire les cent pas.

Il ignorait pourquoi Raven n'avait pas essayé de le contacter. Il ne savait pas ce qu'elle avait subi pendant les dix dernières années, même s'il pouvait le deviner. Mais rien de tout cela n'avait d'importance. Tout ce qui comptait, c'était qu'elle était encore la femme qu'il aimait de tout son cœur. Rien de ce qu'elle avait fait ou de ce qu'on l'avait obligée à faire au cours des années ne changerait cela.

Il ne savait pas ce qu'il affronterait quand il poserait enfin les yeux sur elle à nouveau, mais il n'allait pas renoncer à sa femme, pas après toutes ces années.

Avec impatience, Dave regarda sa montre et lâcha un juron. Ils mettaient trop de temps à arriver. Et chaque minute qui passait était une minute de plus pendant laquelle Raven pouvait sortir de sa vie sans laisser de traces. Encore une fois. Quelqu'un pourrait lui faire du mal, ou elle pourrait être enlevée de nouveau.

— Je viens te chercher, chérie, murmura-t-il en faisant les cent pas. Tiens juste le coup jusqu'à ce que j'arrive.

2

Margaret « Mags » Crawford Justice retint un grognement en bougeant sur la terre compacte dans la cabane délabrée qu'elle partageait actuellement avec cinq autres femmes. Elles avaient toutes au moins dix ans de moins qu'elle, et elle ressentait tous les jours ses quarante-deux ans.

La vie ne s'était certainement pas déroulée comme elle s'y était attendue, mais elle devait continuer à aller de l'avant. Un jour à la fois. Cela avait été sa devise au cours des dix dernières années.

Elle soupira de déception en pensant au fait qu'elle allait passer toute la journée dans le barrio avec ses amies. Non pas qu'elle n'aime pas Gabriella et les autres, bien au contraire. C'est juste qu'elle préférait de loin les lundis, les mercredis et les vendredis.

Son estomac était vide, mais ce n'était pas inhabituel. Elle s'était autant accoutumée à la douleur de la faim qu'à la poussière et à la crasse tout autour d'elle.

Mags se retourna et se leva. Il faisait encore nuit à l'extérieur, mais elle ne dormait pas très bien dernièrement. Elle s'inquiétait pour son amie Zara, qui était repartie aux

États-Unis quelques mois plus tôt. Elle s'inquiétait pour Maria et les autres femmes avec qui elle vivait. Elle s'inquiétait pour Ruben et sa bande de salauds qui patrouillaient dans le barrio jour et nuit. Elle s'inquiétait pour savoir où elles trouveraient assez de nourriture pour la journée...

Et elle s'inquiétait pour son mari.

Elle ne se laissait pas souvent penser à Dave, mais pour une raison ou pour une autre, elle n'avait pas été capable de le sortir de sa tête dernièrement. Probablement parce que Zara était retournée aux États-Unis.

Comme Mags aurait souhaité pouvoir partir avec elle.

À une époque, elle aurait fait absolument n'importe quoi pour retourner au Colorado, auprès de Dave. Elle aurait ravalé la profonde honte qu'elle ressentait pour tout ce qu'elle avait fait si elle avait pu revoir son mari. Pour avoir ses bras autour d'elle, lui indiquant qu'elle était en sécurité et aimée.

Mais trop de temps s'était écoulé à présent. Non seulement, elle était une personne complètement différente de celle qu'elle avait été à l'époque, et son époux était probablement passé à autre chose et s'était remarié, mais elle ne pouvait tout simplement pas s'en aller. Elle était chez elle à Lima désormais, pour le meilleur et pour le pire.

Aussi silencieusement que possible, Mags se dirigea derrière un morceau de métal installé pour faire office de paravent sommaire et elle fit ses besoins dans un seau, une chose qui l'aurait dérangée dix ans auparavant, mais à présent, elle n'y réfléchissait même plus à deux fois. Il ne leur restait pas beaucoup de nourriture et Mags voulait passer rapidement à la boulangerie pour se servir en premier dans le pain de la veille qui était jeté chaque matin. Le magasin se trouvait à un peu moins de deux kilomètres et elle devait se mettre en route.

Mais d'abord, elle s'arrêta pour s'assurer que les autres femmes, qui dormaient encore, allaient bien.

Gabriella avait grandi dans le barrio. Elle était la seule Péruvienne de souche parmi elles. Teresa et Bonita venaient du Brésil. Carmen avait dit qu'elle était Vénézuélienne et Maria venait du Mexique. Elles étaient un groupe hétéroclite, mais elles partageaient un lien que la plupart des gens ne pouvaient même pas commencer à comprendre. Mis à part Gabriella, elles avaient toutes été des « invitées » de del Rio. Elles avaient été utilisées, maltraitées et rejetées sans hésitation quand elles lui étaient devenues inutiles. Exceptée Maria, elles avaient toutes appris l'espagnol après avoir été enlevées et elles parlaient avec toute sorte d'accents différents, mais elles pouvaient se comprendre sans problème.

Les yeux de Teresa s'ouvrirent et Mags s'accroupit à côté de sa paillasse, sur le sol.

— Je vais à la boulangerie. Je serai de retour dès que possible, dit-elle à voix basse.

L'autre femme acquiesça.

— Est-ce que tu veux que je vienne avec toi ?

Mags secoua la tête.

— Ça ira. Nous avons bien besoin d'eau. Si les autres et toi en avez le courage, vous pourriez peut-être vous charger de l'approvisionnement ?

— D'accord. Nous pouvons le faire. Mags ?

— Oui ?

— Est-ce que tu penses que Zara va bien ?

Sourcillant de surprise, Mags hocha la tête.

— Oui. Pourquoi ?

— Je ne sais pas. J'ai rêvé d'elle.

— Un bon rêve ou un mauvais rêve ? demanda Mags.

— Bon, dit rapidement Teresa.

— Eh bien, peut-être que ça veut dire que nous aurons

des nouvelles d'elle sous peu. Elle a dit que quand elle serait de retour aux États-Unis, elle ferait ce qu'elle pourrait pour faire passer le mot une fois qu'elle serait installée.

— J'espère, dit Teresa. Vas-y, avant qu'il ne soit trop tard et que quelqu'un d'autre ne prenne le pain.

Mags sourit et hocha la tête.

— Fais attention à toi tant que je serai partie.

Elle se leva et, mis à part pour passer rapidement une main dans ses cheveux, elle ne réfléchit pas deux fois à son apparence. Ils étaient gras, sales et ils avaient tendance à s'emmêler assez facilement, mais elle ne supportait pas l'idée de les couper. Ils étaient bien plus longs que dix ans auparavant, lui arrivant au milieu du dos. Elle était tombée en dépression et les avait coupés quelques fois, mais jamais trop court.

Un souvenir de la façon dont Dave adorait passer ses doigts dans ses cheveux lui vint à l'esprit. Il en avait toujours une mèche dans la main. Chaque fois qu'ils étaient assis l'un à côté de l'autre, qu'ils soient seuls chez eux ou dans un restaurant très fréquenté, il enroulait un bras autour d'elle et prenait une mèche entre ses doigts. Il avait adoré ses cheveux noirs comme la nuit et il lui avait donné le surnom de Raven à cause d'eux.

Il serait choqué de les voir à présent. Des cheveux aux pointes inégales, gras, couverts de poussière, ternes et flasques.

Elle avait pris tellement soin de son apparence auparavant, mais à présent, elle pensait rarement à ses cheveux. Juste assez pour les relever en queue de cheval sur sa nuque afin qu'ils ne lui tombent pas sur le visage.

Elle sortit de la cabane et remit en place le morceau de métal ondulé qu'elles utilisaient comme porte avant de descendre l'une des allées poussiéreuses pour sortir du barrio. Priant pour ne pas tomber sur Ruben ou l'un de ses amis, elle retint sa respiration... et la relâcha dans un souffle bruyant tandis qu'elle atteignait avec succès l'une des ouvertures dans le mur, au sud du barrio. Il était un peu tôt pour que l'une des brutes qui rôdaient dans cette zone soit levée. Ils étaient probablement encore tous en train de dormir pour faire passer les effets de l'alcool qu'ils avaient réussi à voler la nuit précédente.

Mags rentra le menton dans sa poitrine et essaya d'avoir l'air aussi modeste que possible tandis qu'elle se frayait un chemin vers la boulangerie. Elle était une femme de taille ordinaire, même si, quand elle avait marché à côté de Dave, elle s'était sentie toute petite.

Maudissant entre ses dents ses pensées qui ne cessaient de se tourner vers son mari, Mags prit une grande inspiration. Elle supposait qu'elle avait aussi beaucoup pensé à lui dernièrement à cause des Américains qui étaient venus dans le barrio quelques mois plus tôt. Son époux n'était pas militaire, mais quelque chose chez eux lui avait rappelé Dave. Y compris leur loyauté et leur détermination.

Dave était intelligent. Tellement plus intelligent que ce que les gens reconnaissaient. Et c'était un homme accompli. Du moins, il l'était dix ans auparavant. Il avait acheté un bâtiment délabré, avait maintenu la façade presque identique – d'après les photographies qu'il lui avait montrées quand ils s'étaient rencontrés – et avait rafraîchi l'intérieur du bar, le rendant confortable et simple, mais accueillant, pas assez chic pour que les habitants du quartier de classe ouvrière se sentent intimidés pour s'arrêter et boire une bière après le travail. Il avait été soucieux de ses clients, insistant pour raccompagner les femmes seules jusqu'à leurs voitures et mettant à la porte tous ceux qui osaient donner du fil à retordre à un autre client.

Aucun d'eux n'avait eu beaucoup d'amis à l'époque, mais ils n'en avaient pas eu besoin, pas lorsqu'ils étaient ensemble. Les souvenirs d'eux en train de se détendre dans leur canapé, de regarder la télévision et de manger de la nourriture à emporter furent assez douloureux pour qu'elle fasse de son mieux afin de repousser *tous* les souvenirs de son mari au fond de son esprit.

Dave faisait partie de son passé. Il n'y avait pas de place pour lui dans le présent... non pas qu'il aurait eu envie d'avoir quoi que ce soit à voir avec elle maintenant.

Elle arriva dans l'allée située derrière la boulangerie juste à temps. Elle regarda l'un des employés rabattre le couvercle de la poubelle à l'arrière du magasin et retourner à l'intérieur. Mags se précipita vers la poubelle et l'ouvrit. L'odeur de nourriture pourrie et de lait rance était accablante, mais elle y était habituée. Il n'y avait pas grand-chose ce jour-là, mais Mags sortit le sac en plastique qu'elle transportait toujours avec elle, juste au cas où, et le remplit de pain rassis. Il y avait également un roulé à la cannelle et après avoir essuyé le marc de café, Mags sut que Gabriella en serait ravie.

Sachant qu'elle devait s'en aller, elle referma silencieusement le couvercle de la poubelle et se retourna pour se diriger à nouveau vers le barrio.

Mais elle s'arrêta dans son élan.

Debout derrière elle se trouvait un petit garçon qui devait avoir environ huit ans. Ses joues étaient tellement décharnées qu'il donnait l'impression qu'une forte brise pourrait le renverser. Elle ne l'avait jamais vu auparavant, et elle ressentit immédiatement de la sympathie pour lui. Elle aurait souhaité pouvoir simplement l'ignorer et reprendre sa route, mais Mags savait qu'elle n'en était pas capable.

— Salut, dit-elle en espagnol.

Il ne répondit pas et, en fait, il recula d'un pas.

— Est-ce que tu cherches de la nourriture ?

Il hocha la tête une fois.

Sachant qu'elle avait déjà pris la majorité du pain comestible de la poubelle, Mags s'agenouilla sur le sol, sortit les longues miches de son sac et les lui tendit.

— Tiens. Prends ça.

Voyant que le garçon n'avançait pas, elle dit :

— Tout va bien. Je ne vais pas te faire de mal. Est-ce que tu as une famille quelque part ?

Il lui adressa le plus infime des hochements de tête.

— Je suis sûre qu'ils ont faim aussi, hein ?

Il acquiesça à nouveau.

— Exactement, alors vas-y, prends ce pain avant que quelqu'un d'autre ne vienne et ne décide de le prendre pour lui.

À ces mots, le garçon bougea si rapidement que Mags le vit à peine. Un instant, elle lui tendait le pain, et une seconde après, il fut en dessous du tee-shirt de l'enfant et celui-ci reculait à nouveau devant elle. Elle ne put s'empêcher d'être impressionnée.

— Un conseil... Viens ici un peu plus tôt le lundi, le mercredi et le vendredi : tu auras la poubelle rien que pour toi et tu pourras en avoir bien plus. Je viens ici le mardi et le jeudi et parfois, le week-end. Nous partagerons le butin. D'accord ?

Elle savait que le garçon n'avait pas à être d'accord avec elle, mais il hocha la tête à nouveau quand même puis se retourna et sortit de l'allée en courant.

En soupirant, Mags se leva. Les cheveux bruns du garçon étaient décoiffés et son visage couvert de poussière, comme c'était le cas d'un grand nombre de personnes qui vivaient dans les barrios, et elle ne put s'empêcher d'imaginer ce à quoi il avait pu ressembler quelques années auparavant. Avant qu'il ne perde complètement son innocence. Avant que la vie des barrios ne le change.

Elle n'avait pas besoin de beaucoup s'efforcer ; elle

devina facilement à quoi il avait pu ressembler. L'excitation d'une nouvelle journée qui brillait dans ses yeux, son bonheur des choses les plus simples.

Mais les enfants devaient grandir vite dans les barrios, et cela était consternant et triste.

Sachant qu'elle ne pouvait pas s'attarder, de peur que d'autres personnes viennent et lui prennent tout simplement par la force le pain dont ses amies et elle avaient tellement besoin, Mags prit une grande inspiration et revint sur ses pas.

Quand elle arriva au barrio, le soleil s'était levé. Les gens étaient par monts et par vaux et même si elle connaissait la plupart d'entre eux, les locaux avaient tendance à rester dans leur coin. Principalement par instinct de survie.

Lorsqu'elle tourna au coin pour se diriger vers la cabane qu'elle partageait avec les autres, Mags s'immobilisa.

Teresa, Gabriella, Bonita, Carmen et Maria étaient toutes debout à l'extérieur, avec Ruben et Marcus en train de les surveiller.

Jurant entre ses dents, Mags se précipita vers eux.

Elle n'avait pas vraiment peur de la bande de Ruben, mais elle n'était pas stupide non plus. Elle les avait vus démolir deux des Américains assez facilement et s'ils pouvaient leur faire ça à eux, ils pouvaient sérieusement blesser ou tuer ses amies et elle.

— Que se passe-t-il ? demanda-t-elle avec autant de bravade que possible.

— Merci pour le petit-déjeuner ! s'exclama Marcus en essayant de lui arracher le sac en plastique des mains.

Mags s'y agrippa, refusant de le lâcher. Mais Ruben s'approcha et, calmement, sans la moindre hésitation, la frappa au visage.

Sa tête vola en arrière et elle tomba sur le coccyx dans la poussière.

— Nous prenons ce que nous voulons, grogna Ruben. Si tu veux continuer à vivre ici, tu dois payer ton dû.

Mags posa une main sur son visage et resta sur le sol, lui lançant un regard noir. Bon sang, elle détestait cet endroit. Elle détestait tout de cet endroit.

Fortuno, Eberto et Alfonso sortirent de la cabane en portant une casserole que Carmen avait trouvée quelques jours plus tôt, une grande carafe d'eau que l'une des femmes venait probablement de rapporter et deux sacs en plastique de bric-à-brac qu'elles s'étaient efforcées de récupérer.

— On dirait que vous nous avez caché des choses, les filles, ricana Eberto. Nous ne sommes pas très contents. Si j'étais vous, je ferais mon possible pour me racheter auprès de nous. Gabriella, qu'est-ce que tu en dis ? Je suis sûr que passer un peu de temps en tête à tête avec Ruben aiderait beaucoup à l'amadouer. Peut-être qu'il vous laisserait même garder quelques-unes des choses que vous avez récupérées si méticuleusement. C'est un peu vide chez vous.

Mags se mordit la langue pour s'empêcher de dire à Eberto à quel point c'était un salaud et de déclarer que Ruben ne poserait pas un seul doigt sur Gabriella tant qu'elle serait en vie. Ce n'était pas un secret que le meneur du groupe de voyous désirait la jeune femme.

Maria aida Mags à se relever et elles jetèrent toutes des regards noirs aux hommes tandis qu'ils descendaient la ruelle d'un pas nonchalant vers leur prochaine victime.

— Est-ce que ça va ? demanda Bonita.

— Laisse-moi voir, ordonna Carmen en prenant la main que Mags utilisait pour se couvrir la joue.

— Je vais bien, leur dit Mags. Ce n'est rien que je n'ai pas déjà subi auparavant. Venez, allons voir les dégâts.

Elles entrèrent toutes dans la cabane l'une derrière

l'autre et Mags eut envie d'enrager face à la destruction qu'elle vit.

Alfonso et les autres avaient tout mis sens dessus dessous. Les paillasses sur lesquelles elles dormaient avaient été ouvertes au couteau, certainement pour s'assurer qu'elles n'avaient pas caché quoi que ce soit de valeur à l'intérieur du fin tissu. Ils avaient laissé les choses qui étaient déjà cassées et qui ne valaient pas la peine d'être prises, comme quelques tasses et assiettes fêlées ainsi que quelques vêtements en lambeaux.

Cela faisait un moment que leur cabane n'avait pas été fouillée et pillée, mais Mags en avait assez. Sacrément assez.

Et à présent, elles avaient toutes faim. Elle n'avait qu'une envie : s'asseoir dans la poussière et pleurer.

La vie était injuste. Mais elle n'avait ni le temps ni l'énergie de rester assise et de s'apitoyer sur son sort. Si elles voulaient manger, elles allaient devoir se mettre au travail.

Mags eut une seconde pour être reconnaissante que « l'ambulance » qu'elles utilisaient – en réalité, un vélo avec une petite remorque accrochée derrière – soit cachée dans une ruelle à proximité, dissimulée parmi les déchets qui s'étaient accumulés et qui n'étaient jamais ramassés par les autorités de la ville. Marcus et les autres leur auraient certainement volé cela aussi.

— Je vais prendre le vélo et aller à la décharge, Mags dit-elle à ses amies. Pour voir ce que je peux trouver.

— Je vais y aller aussi, déclara Gabriella.

— Bonita et moi allons voir si nous pouvons trouver un coin où mendier, dit Carmen.

— Et je vais nettoyer ici, conclut Maria.

— Je connais un type qui me donnera de l'argent, déclara Teresa.

Mags secoua immédiatement la tête et s'approcha de Teresa. Elle posa ses mains sur ses épaules et captura son regard. Elle était petite, comme Zara l'avait été, et l'une des plus jeunes de leur groupe.

— Non. Vendre ton corps n'est pas la bonne manière de s'y prendre. Del Rio a beau nous avoir forcées à le faire, ce n'est *plus* ce que nous sommes.

— Alors, qu'est-ce que nous sommes censées faire, Mags ? demanda Teresa avec colère. Chaque fois que nous réussissons à trouver quoi que ce soit pour rendre nos vies plus faciles, Ruben et ses amis viennent et nous prennent tout. Nous ne pouvons pas trouver de travail et nous ne pouvons pas continuer à faire les poubelles pour le restant de nos jours. Parfois, je pense que les choses étaient plus simples avec del Rio, que nous aurions dû essayer un peu plus de rester.

Mags secoua la tête et raffermit sa prise sur les épaules de Teresa. Mais elle regarda également les autres en parlant.

— Un jour de plus, dit-elle, calmement, mais fermement. C'est tout. Nous allons avancer un jour à la fois ; nous devons juste tenir un jour de plus. Les choses s'amélioreront. Oui, nous aurons des contretemps, mais vivre ici avec rien d'autre que nos vêtements sur le dos, c'est mieux que d'être utilisées par del Rio. Mieux que de le voir vendre nos corps et ne rien nous donner en retour.

— Mais nous avions à manger, dit doucement Bonita. Et un toit au-dessus de la tête qui ne fuyait pas quand il pleuvait.

— Et nous n'avions pas à nous inquiéter tous les jours que Ruben et ses amis nous volent, ajouta Maria.

— Alors vous préféreriez vous occuper des clients de del Rio, qui prenaient ce qu'ils aimaient, peu importe ce que *vous* vouliez ? Ceux qui nous battaient juste parce que ça leur donnait l'impression d'être forts et puissants ? Les hommes qui ne se donnaient pas la peine de nous demander comment nous nous appelions avant de nous faire retirer nos vêtements et de nous mettre à quatre pattes. Nous n'avions *même pas* de nom. Nous n'étions que des trous dans lesquels ils mettaient leurs sexes. Sans visage, sans nom. Je préfère vivre ici, avoir faim, être mouillée quand il pleut, plutôt que laisser *n'importe quel* homme me toucher à nouveau, dit férocement Mags.

— Nous savons que tu y retournes trois jours par semaine ! rétorqua Teresa. Est-ce que tu vas essayer de nous dire qu'on ne te donne pas de nourriture et de traitements de faveur quand tu y es ?

La poitrine de Mags se serra instantanément. Elle ne voulait pas parler de cela. Du marché qu'elle avait passé avec le diable en personne. Mais Teresa et les autres avaient le droit de l'interroger. Elle ferait la même chose si elle était à leur place.

— Je ne vais *pas* à l'établissement de del Rio. Il ne vend plus mon corps. Je ne mange *rien*. Je n'obtiens *aucun* traitement de faveur. Quand je le vois, il me traite comme de la poussière au fond de ses chaussures, leur assura-t-elle.

— Et pourtant, tu vas là où tu vas semaine après semaine. Pourquoi ? demanda Bonita.

Mags voulait le leur dire. Elle voulait expliquer pourquoi elle parcourait huit kilomètres à pied aller et retour jusqu'à la maison que del Rio possédait, trois fois par semaine. Mais elle ne pouvait pas le faire. Ce ne serait pas juste *sa* vie qui serait en jeu si del Rio le découvrait un jour. Il lui avait dit sans ambiguïté que si elle parlait à qui que ce soit de l'endroit où elle allait et de ce qu'elle faisait, elle le regretterait. Et elle savait sans le moindre doute qu'il tiendrait parole, et qu'il avait des moyens de lui faire du mal qui étaient mille fois pires que simplement permettre à des hommes de l'utiliser comme ils le voulaient. Elle ne prendrait pas ce risque. Pas pour qui que ce soit.

— Je ferais n'importe quoi pour vous, dit Mags avec

honnêteté à ses seules amies. Et je vous le dirais si je le pouvais. Mais je ne peux pas. Vous *savez* que del Rio a des yeux et des oreilles partout. Je ne peux pas prendre ce risque. Mais je vous jure sur l'honneur que je n'obtiens aucun traitement de faveur. Pas de nourriture. Si c'était le cas, je la ramènerais ici et je *vous* la donnerais avant de la manger moi-même.

Elle ne pensait pas que les autres lâcheraient prise, mais finalement, Carmen, qui avait été captive de del Rio pendant aussi longtemps que Mags, hocha la tête.

— Si tu dis que tu ne nous caches rien, alors je te crois. C'est juste que... sois prudente. On ne peut pas faire confiance à del Rio. Tu le sais. C'est un serpent, et passer le moindre marché avec lui est dangereux.

— Je le sais, murmura Mags.

Et c'était le cas. Elle ne le savait que trop bien. Mais il était trop tard.

— D'accord, alors allons-y, dit Carmen. Teresa, reste là avec Maria. Ce sera plus sûr. Nous autres, nous allons trouver quelque chose pour le dîner. C'est promis.

— Faites attention, dirent Maria et Teresa en même temps.

Tout le monde hocha la tête et, l'une après l'autre, elles sortirent de la cabane et se dirigèrent vers leurs destinations. Mags partit avant Gabriella et l'attendit dans l'allée avec le vélo. Moins de dix minutes plus tard, elle tourna discrètement au coin et, sans un mot de protestation, monta dans le compartiment secret de la remorque et s'y installa.

Mags referma le couvercle à charnières et s'assura que les ordures étaient stratégiquement placées dessus, pour donner l'impression qu'elle tirait simplement un tas de plastique et de bois sans valeur.

— C'est parti, dit-elle à Gabriella.

Tirer la remorque n'était pas facile avec plus de

quarante-cinq kilogrammes à l'intérieur, et Mags sentit chacune de ses années de vie, mais il n'y avait personne d'autre aux alentours pour faire ce qui devait être fait.

— Un jour à la fois, marmonna-t-elle.

Puis, serrant les dents et ignorant la douleur dans ses cuisses, elle se dirigea vers la déchetterie la plus proche.

3

Dave était nerveux. Et impatient. Il voulait à tout prix sortir de l'aéroport et se rendre au barrio aussi vite que possible. Mais ils avaient dû passer par la douane puis louer deux minivans, ce qui avait pris une éternité. Puis, ils avaient été coincés dans un embouteillage, ce qui les avait vraiment tous énervés. *Puis*, parce que quelqu'un n'avait pas fait le plein de l'un des véhicules, ils étaient presque tombés en panne sur l'autoroute.

Rien ne se passait comme prévu, et Dave ne pouvait rien faire de plus pour rester calme. Lorsqu'ils s'arrêtèrent enfin devant le motel où ils dormiraient, près du barrio, Dave marmonna :

— Si tout va bien, nous pourrons quitter ce satané endroit et être de retour aux États-Unis demain matin.

Zara regarda Meat d'un air perplexe.

— Est-ce qu'il est sérieux ?

— Je suppose.

Elle secoua la tête.

— Je suis désolé, mais je ne pense vraiment pas que les

choses vont se passer ainsi, leur dit Zara, réitérant l'opinion qu'elle avait exprimée dans l'avion.

— Pourquoi pas ? demanda Meat.

— Je ne veux pas être la trouble-fête, mais Dave, ta femme a une vie complètement différente depuis dix ans. Elle n'a jamais parlé à aucune de nous de sa vie aux États-Unis ni de toi. Aucune de nous ne parlait beaucoup de ce qui nous avait amenées au barrio non plus, mais je sais que Mags... a souffert.

Dave fronça les sourcils face aux mots de Zara. Il savait qu'elle avait souffert. Pas un jour ne s'était passé au cours de la dernière décennie *sans* qu'il pense à ce qu'elle avait traversé. Et l'idée de sa belle femme en train de souffrir était suffisante pour lui donner envie d'assassiner quelqu'un. Mais être si près et pourtant encore si loin d'elle le tuait.

— Et non, je ne peux pas te dire spécifiquement *comment* elle a souffert, car je ne connais pas les détails. Mais je crois que c'est évident. Un jour, elle a dit que la seule raison pour laquelle elle avait été autorisée à cesser de travailler pour del Rio était qu'elle était devenue trop vieille. En réalité, ce salaud était sélectif en ce qui concernait les femmes qu'il obligeait à travailler pour lui, c'est pourquoi les autres – Teresa, Bonita, Maria et Carmen – ont toutes été mises à la porte aussi. Je ne sais pas ce qui leur est arrivé, mais elles sont toutes soulagées d'avoir été renvoyées. La vie dans l'établissement de del Rio était un enfer. Et ce n'est pas quelque chose dont une femme peut vraiment se remettre complètement. Je...

Elle secoua la tête.

— Juste, je ne pense pas que Mags va te jeter un seul coup d'œil et simplement accepter de partir à la seconde.

Dave détestait presque tout ce que Zara venait de dire. Il savait que les choses n'allaient pas être faciles, mais Raven était sa *femme*. Ils s'aimaient. Les cinq ans durant lesquels ils étaient mariés avaient été les années les plus heureuses de sa vie. Pourquoi ne *voudrait-elle pas* quitter ce satané Pérou et rentrer à la maison avec lui après tout ce qu'elle avait subi ? Il n'avait pas de réponse à ses questions, et cela le dérangeait.

— Elle a raison, dit Arrow. Je sais ce que ma Morgan a traversé en essayant de se remettre de tout ce qui lui est arrivé et si ta femme a été sur le marché sexuel pendant des années, elle sera une personne complètement différente. Elle pourrait ne pas avoir hâte, ou même ne pas être *capable* de reprendre votre vie ensemble.

Dave serra les dents.

— Vous tournez tous autour de ce que je sais déjà. Je sais pourquoi ma femme a été enlevée. Elle est très belle et un salaud a décidé qu'elle serait un ajout parfait à son écurie de femmes. Je n'ai pas de doute quant au fait qu'elle a été violée et maltraitée pendant des années. Je ne suis pas sûr de ce qu'il s'est passé entre le moment où on me l'a enlevée et celui où elle est arrivée dans le barrio, mais ce que vous ne comprenez pas, c'est que *je m'en contrefiche*. J'ai juré d'être avec elle dans la richesse et dans la pauvreté. Dans la maladie et la santé. De l'aimer jusqu'à ce que la mort nous sépare. Et bon sang, la mort ne nous a pas séparés et je l'aime autant aujourd'hui qu'il y a dix ans, quand on me l'a enlevée !

L'amour, ce n'est pas juste être avec quelqu'un quand tout va bien. Et j'aime Raven. De tout mon être. J'ai passé les dix dernières années à la chercher. Je ne suis pas stupide non plus. Je sais qu'elle ne va pas me jeter un coup d'œil, lancer ses bras autour de moi et me laisser l'emmener dans un coucher de soleil. Mais je ne vais pas attendre une minute de plus avant de lui faire savoir que je suis là. Et qu'elle est en sécurité. Que tout ira bien à partir de maintenant.

— Au moins, laisse-moi aller la voir en premier, supplia Zara. Je peux lui expliquer ce qu'il se passe et lui dire que tu es là pour lui parler.

— Non, dit Meat avec insistance. Tu ne retourneras pas dans ce barrio toute seule. Hors de question.

Zara se retourna pour faire face à son fiancé.

— Je ne voulais pas dire que j'allais y aller seule. Je suppose que Ruben et sa bande de salauds sont encore dans les parages, et si je tombe sur eux seule, j'aurai de gros ennuis. Mais je pense vraiment que me laisser la voir, lui parler seule à seule pendant que vous attendez non loin de là serait préférable.

— Je ne supporte pas l'idée que tu y retournes, dit Meat un peu moins brusquement.

— Je sais, mais penses-y. Si vous débarquez tous les sept, exigeant de savoir où se trouve Mags, les gens vont paniquer. Mais si j'y vais et que j'*explique* ce qu'il se passe, Dave aura une meilleure chance de pouvoir parler à Mags sans que ça devienne un énorme rapport de force. Et crois-moi, Mags est têtue. Elle a dû l'être. De plus, poursuivit-elle, les femmes ne font pas vraiment confiance aux hommes. Elles n'ont pas eu la vie facile. Depuis le moment où elles se lèvent jusqu'au moment où elles se couchent, les gens essayent de leur voler le peu qu'elles ont. Ils prennent ce qu'elles ne veulent pas donner. Si vous débarquez tous, l'air énervé à cause de leur situation, ça ne va pas fonctionner.

— J'ai beau ne pas aimer ça, elle a raison, dit Arrow.

Zara se tourna vers Dave.

— Je *sais* que tu veux voir ta femme et que c'est douloureux de devoir attendre, mais crois-moi, c'est pour le mieux. Mags est l'une des femmes les plus incroyables que je connaisse. Elle m'a aidée plus que je ne pourrais l'exprimer. Et elle souffre aussi. Je l'ai vu chaque fois que je l'ai regardée dans les yeux. Si tu débarques de nulle part et que tu essayes de la forcer à partir... il est possible que tu la perdes pour toujours. Ce n'est pas la Raven que tu connaissais. C'est Mags.

— Elle sera toujours ma Raven, rétorqua Dave. Et ça ne me surprend pas qu'elle t'ait aidée ; c'est le genre de personne qu'elle est. Mais ça fait *dix ans*, Zara. Tu peux comprendre mieux que personne à quel point j'ai besoin de la voir moi-même. De la toucher.

— Je ne te demande pas d'attendre des jours, dit Zara. Juste une heure ou deux. Laisse-moi y aller, parler à mes amies, leur dire à quel point vous êtes tous merveilleux. Faciliter un peu le travail.

— Nous pourrions aller faire les courses en attendant, suggéra Meat. Pas pour les soudoyer, mais je suppose qu'il y a des choses dont elles pourraient avoir besoin.

Zara hocha la tête avec enthousiasme.

— Ce serait génial. Je peux faire une liste. Mais... Ruben et ses potes dévalisent les cabanes tout le temps. Tout ce que nous leur achèterons devra pouvoir être caché facilement, alors n'en faites pas trop.

Dave fit de son mieux pour maîtriser son impatience. Ce qu'il aimait le moins quand il envoyait les Mercenaires Rebelles en mission était le manque de contrôle qu'il avait sur tant d'aspects de celles-ci. Même s'il n'était pas un soldat, il détestait rester assis à attendre pour savoir si la mission avait été un succès ou pas. Il pouvait faire toutes les recherches qu'il voulait avant qu'ils partent, mais une fois qu'ils étaient sur le terrain, à moins qu'ils n'aient besoin d'informations ou d'aide de la part de l'un de ses contacts, il ne pouvait pas faire grand-chose de plus qu'attendre d'avoir des nouvelles à propos du résultat.

C'était à peu près ce qu'il ressentait à ce moment-là. Il ne voulait pas attendre. Il voulait revoir Raven de ses propres yeux. Il avait la chair de poule, il transpirait intensément et il avait l'impression que s'il ne la voyait pas à l'instant, il pourrait littéralement imploser.

Mais il savait aussi que Zara avait raison. Ils ne pouvaient pas tout simplement débarquer de nulle part. Sept hommes imposants feraient tache dans le barrio. Ils feraient également peur aux femmes, et la dernière chose qu'il désirait était de faire plus de mal à son épouse.

— Bien. Mais j'ai besoin que tu lui apportes quelque chose pour moi. Je suppose qu'elle sera sceptique, qu'il est même possible qu'elle ne croie pas que je suis vraiment là.

Dave prit son portefeuille et en sortit un penny écrasé. Il l'avait porté sur lui chaque jour depuis dix ans. Raven et lui l'avaient eu lors de leur voyage à Las Vegas. Juste après, elle avait mis un billet de vingt dollars dans une machine à sous et gagné cent dollars. Elle avait ri et dit que c'était grâce au penny. C'était leur penny porte-bonheur à présent.

Il le donna à Zara et elle baissa les yeux, l'examinant, puis le regarda à nouveau.

— Je m'assurerai de le lui donner, dit-elle doucement.

Ils sortirent du minivan, attendant que Black, Ro, Ball et Gray sortent du leur avant d'entrer tous ensemble dans le hall du motel délabré. Après que Dave les avait enregistrés dans plusieurs chambres, Arrow dit :

— Nous devrions attendre le crépuscule. Nous serons peut-être moins visibles.

Dave voulait protester. Il voulait dire à son équipe qu'ils emportent leurs affaires dans leurs chambres et qu'ils redescendent immédiatement pour pouvoir se mettre au travail, mais il savait qu'Arrow avait raison.

Il souhaitait croire que Raven lui jetterait un coup d'œil et le supplierait de la ramener à la maison. Avec un peu de chance, ce serait le cas, peu importe ce que Zara insinuait. Il voulait être sur le chemin de retour pour sortir du pays aussi vite que possible. La seule idée de voir Raven, d'enrouler ses bras autour d'elle à nouveau, était accablante. Le jour où elle avait disparu, Dave avait perdu une partie de lui-même. Il était devenu fou pendant un moment. Fou de chagrin et de colère. Il voulait être calme à présent. Il était plus proche de sa femme qu'il ne l'avait été depuis des années, mais il ne pouvait sentir qu'une colère renouvelée quant au fait qu'on la lui avait enlevée, et une nervosité qui allait jusqu'à l'étrangler à l'idée de la voir.

Tandis qu'ils sortaient l'un derrière l'autre du hall pour se diriger vers leurs chambres et se préparer à aller au barrio plus tard dans l'après-midi, Dave ne put s'empêcher d'être inquiet. Il avait l'impression que plus il attendait pour voir Raven, plus il y avait de chances qu'elle disparaisse dans un nuage de fumée à nouveau.

* * *

Zara sortit du motel quelques heures plus tard. Elle marchait environ un pâté de maisons devant Meat, mais elle savait qu'il était derrière elle, observant et s'assurant qu'elle soit en sécurité. Elle avait su qu'elle ne le convaincrait pas de la laisser aller au barrio seule, mais elle avait réussi à le persuader de la suivre à une certaine distance.

Lorsque Meat et elle étaient entrés dans leur chambre, elle l'avait convaincu que ce serait une bonne idée d'aller au barrio plus tôt que ce dont ils avaient parlé avec Dave. Ils savaient tous les deux à quel point l'autre homme avait hâte de voir Mags et il serait presque impossible de le retenir s'il l'accompagnait au barrio la première fois.

Meat n'était pas ravi de tromper le leader des Mercenaires Rebelles, mais tout bien considéré, il avait été d'accord pour dire qu'il s'agissait d'un bon plan.

Cependant, Zara ne pouvait pas s'empêcher de se rappeler combien Meat avait été blessé la dernière fois qu'il avait été dans le barrio. Elle ne se fondait plus dans la masse aussi bien qu'à l'époque, mais elle n'avait aucun doute quant au fait que si quelqu'un la harcelait, Meat serait à ses côtés en un instant. Il ne lui permettrait jamais d'aller à la rencontre du danger seule. Elle avait envie d'être en colère contre lui à ce sujet, d'insister pour dire qu'elle pouvait le faire ; après tout, elle avait erré toute seule dans les rues des barrios pendant quinze ans. Mais elle savait que cela ne ferait pas la moindre différence pour Meat. Et elle ne l'aimait que plus pour cela.

Priant pour qu'il reste dans l'ombre et qu'il ne se montre pas, elle concentra ses pensées sur Mags. Elle se sentait mal pour Dave. Vraiment mal. Mais elle devait aussi penser à son amie. Hors de question qu'elle fasse quoi que ce soit qui puisse provoquer une douleur émotionnelle chez l'autre femme. Elle avait déjà subi trop de choses. Même si Mags était intelligente et empathique, il y avait également un profond puits de douleur qu'elle cachait au reste du monde. Zara le remarquait parce qu'elle entretenait une douleur similaire. Mais ce qui causait la souffrance de Mags spécifiquement, Zara l'ignorait ; elle ne s'était jamais sentie à l'aise à l'idée de le lui demander.

Avec un peu de chance, retrouver son mari permettrait à Mags de commencer à guérir.

Les sons et les odeurs qui assaillirent Zara tandis qu'elle se dirigeait vers le barrio étaient à la fois effrayants et familiers. Auparavant, cela avait été son monde. En dépit du fait qu'elle n'avait aucun problème à trouver son chemin, la zone lui semblait à présent étrangère. Inconnue. Ce n'était pas un sentiment agréable.

Une fois qu'elle entra dans le barrio, elle regarda continuellement autour d'elle avec nervosité tout en marchant, soulagée lorsqu'elle ne vit ni Ruben ni aucun de ses amis. La plupart des gens seraient dans leurs cabanes, en train de dormir pendant le moment le plus chaud de la journée. Elle espérait trouver au moins une de ses amies dans la cahute qu'elles avaient un jour partagée. Mais il était possible qu'elles aient déménagé dans un autre barrio, une autre cabane.

Zara s'approcha de l'abri dans lequel elle avait été pour la dernière fois des mois auparavant et les souvenirs menacèrent de la submerger. Elle frappa doucement sur le morceau de métal ondulé qui était utilisé comme porte et cria en espagnol :

— Bonjour ? Gabriella ? Carmen ? Est-ce qu'il y a quelqu'un ?

Quelques secondes plus tard, le métal fut déplacé sur le côté et Zara se retrouva face à face avec Teresa.

— *Madre de dios*, dit l'autre femme avec enthousiasme avant d'éclater en sanglots.

Zara la poussa à l'intérieur et vit rapidement que tout le monde sauf Mags était là.

Elles commencèrent toutes à parler et à pleurer en même temps. Plusieurs minutes s'écoulèrent avant que Zara puisse contrôler suffisamment ses propres émotions pour leur expliquer ce qu'il se passait. Elle recommença à parler espagnol aussi facilement qu'elle l'avait fait avec l'anglais.

— Qu'est-ce que tu fais là ?

— Tu n'étais pas partie en Amérique ?

— Tu es ravissante !

Zara sourit à ses amies.

— Donnez-moi une seconde et je vais tout vous expliquer.

Tout le monde se tut et Zara passa rapidement quelques minutes à leur parler de Meat, du Colorado, de ses grands-parents et de son oncle. Quand elle eut terminé, elles la regardèrent toutes d'un air incrédule.

— Je suis riche, dit-elle doucement. Pendant toutes ces

années, mes grands-parents ne se sont pas tellement efforcés de me trouver. Alors j'ai décidé d'utiliser l'argent pour une bonne cause. Je n'ai pas besoin de tout ça. Je suis là pour voir Daniela et vous toutes, et pour monter une clinique pour que les gens comme nous puissent être soignés quand ils en ont besoin. Et à l'avenir, j'aimerais aussi créer une banque d'alimentation.

Elle ne mentait pas vraiment. Elle voulait réellement construire une clinique, mais ce n'était pas la véritable raison de sa présence.

Tout le monde commença à parler en même temps à nouveau et Zara ne put que sourire. Ces femmes lui avaient manqué. Elles avaient été une partie si importante de sa vie pendant tellement longtemps. Allye, Morgan et les autres au Colorado avaient fait des efforts pour qu'elle se sente bienvenue, mais ces femmes avaient traversé beaucoup de choses ensemble.

— Attends que Mags te voie ! dit Gabriella avec enthousiasme.

— Où est-elle ? demanda Zara.

— On est mercredi, expliqua Carmen.

Zara hocha la tête.

— C'est vrai, j'avais oublié.

Et c'était le cas. Personne ne savait où Mags allait trois jours par semaine. Elle ne voulait pas en parler et tout le monde s'était simplement habitué au fait qu'elle était absente ces jours-là. Personne ne posait trop de questions dans le barrio.

Zara n'avait pas eu l'intention de rester trop longtemps, mais elle n'allait pas non plus partir sans voir et parler à Mags. Elle ne pouvait pas retourner au motel et dire à Dave qu'il devrait attendre jusqu'au lendemain. C'était déjà assez mauvais qu'il doive attendre qu'elle revienne pendant le reste de la journée, mais il n'y avait pas d'autre solution.

Elle était également inquiète pour Meat, qui était resté dehors, veillant sur elle, mais elle devait juste accepter le fait qu'il pouvait prendre soin de lui-même.

Une partie d'elle avait eu peur que les femmes ne soient plus là, et elle était soulagée que ce ne soit pas le cas. Sans cela, Zara savait que Dave aurait perdu la tête.

— Comment ça va, par ici ? demanda Zara. Est-ce que Ruben et ses amis sont encore aussi mauvais qu'avant ?

Maria fronça les sourcils.

— Pire. L'autre jour, ils se sont introduits ici et ils ont volé ou détruit à peu près tout ce que nous avions.

Jetant un coup d'œil autour d'elle, Zara vit que la cabane était presque vide. Elle secoua la tête de frustration.

— Je suis tellement désolée.

Bonita haussa les épaules.

— C'est comme ça.

— Eh bien, dans ce cas, j'ai de bonnes nouvelles pour vous. Je ne suis pas seulement revenue avec mon petit ami, mais avec tous *ses* amis aussi. Et aujourd'hui, ils sont en train de faire les courses. Je leur ai donné une liste de choses qui, d'après moi, pourraient vous servir ou que vous pourriez vouloir. Nous allons devoir trouver un moyen de tout cacher des brutes de Ruben pour qu'ils ne reviennent pas vous voler, mais je pense que ce qu'ils vont amener va vous plaire.

Et juste comme ça, les bavardages enthousiastes recommencèrent de plus belle.

Zara était ravie de voir ses amies aussi heureuses, même si cela n'était que momentané. La vie n'était pas facile dans le barrio, et c'était une sensation incroyable que de pouvoir leur rendre quelque chose après tout ce qu'elles avaient fait pour elle.

Elle ne leur avait pas dit qu'elle avait également l'intention d'acheter une maison près de celle de Daniela où elle espérait toutes les installer ; elle gardait cette nouvelle pour plus tard. Elle ne pouvait pas sauver tout le monde dans le barrio, mais elle pouvait faire quelque chose pour les femmes qui lui avaient montré ce qu'était la véritable amitié.

Elle discuta avec ses amies pendant au moins une heure et Zara savait qu'il commençait à se faire tard. Elle était encore inquiète pour Meat, et elle craignait que Dave débarque de nulle part s'il découvrait qu'ils l'avaient planté. La dernière chose qu'elle voulait, c'était que Mags tombe accidentellement sur lui. Elle devait être prévenue qu'il était là. Mais une partie de Zara ne voulait pas partir. Elle avait pris plaisir à reprendre contact avec Bonita, Carmen et les autres. Même si son ancienne vie ne lui manquait pas, ces femmes lui avaient *vraiment* manqué.

Au moment même où Zara pensa qu'elle allait devoir partir et revenir le lendemain pour parler à Mags, le morceau de métal couvrant la porte glissa et cette dernière entra.

Zara se leva rapidement et sourit avec hésitation à l'autre femme. Elle avait toujours été un genre de figure maternelle pour elle. Zara respectait son opinion et ce que Mags pensait d'elle lui importait profondément.

— Zara ? Est-ce que c'est vraiment toi ? demanda Mags.

— C'est moi.

— Viens ici et serre-moi dans tes bras ! ordonna-t-elle.

Zara soupira de soulagement et s'approcha pour embrasser la femme plus âgée. Elle sentait la transpiration et les mauvaises odeurs qui imprégnaient tout dans le barrio, mais Zara le remarqua à peine.

— Tu m'as manqué, dit doucement Zara en anglais.

— Toi aussi, répondit Mags.

— Tu n'as pas l'air tellement surprise de me voir, remarqua Zara.

Mags gloussa, mais l'humour ne sembla pas atteindre

ses yeux. En réalité, l'autre femme avait l'air exténuée. Plus fatiguée que d'habitude.

— C'est parce que je ne le suis pas. Il y a trois hommes en train de rôder dans le barrio qui ne sont de toute évidence pas d'ici. Et si je ne me trompe pas, l'un d'eux est l'homme qui t'a ramenée aux États-Unis.

Zara ferma les yeux et poussa un soupir. Si Mags avait vu trois hommes, cela signifiait que Dave était probablement là dehors aussi.

— Je savais que Meat m'attendait, mais je lui ai dit de rester caché, dit-elle.

— J'en déduis que les choses se sont bien passées avec lui ? demanda Mags.

Se sentant timide, Zara hocha la tête.

— Bien. J'ai senti de bonnes ondes émaner de lui, dit Mags. Alors, pourquoi es-tu ici ?

Les autres femmes prirent toutes la parole en même temps, parlant de la clinique que Zara avait l'intention de construire et de la banque alimentaire. Lorsqu'elles eurent terminé, Mags leva la main et prit tendrement la joue de Zara.

— Tu t'es toujours préoccupée de tous ceux qui avaient moins que toi.

Zara saisit la main de Mags et la tint fermement.

— Ce n'est pas la seule raison pour laquelle je suis ici.

Mags inclina la tête d'un air interrogateur.

En anglais, Zara dit :

— Les amis de Meat font partie d'un groupe qui voyage dans le monde entier, secourant des femmes et des enfants qui sont maltraités et qui ont été enlevés. La femme de leur leader a disparu il y a dix ans... et il a passé la dernière décennie à la chercher désespérément. Il a engagé mon petit ami et les autres dans l'équipe, car il n'avait pas d'expérience militaire lui-même.

À chaque mot de Zara, le visage de Mags devint un peu plus pâle, jusqu'à ce qu'elle ait l'air d'être sur le point de chavirer.

— Je t'ai reconnue sur une photo qui était derrière le bar du Pit. À la seconde où Dave a appris où tu étais, il a tout organisé pour venir ici.

Mags s'effondra brusquement par terre. Ses genoux avaient tout simplement cédé.

Zara s'agenouilla devant elle et prit quelque chose dans sa poche, sortant le penny écrasé que Dave lui avait donné. Elle le lui tendit.

— Il m'a dit de te donner ça, pour te prouver qu'il est ton mari.

Mags regarda le morceau de cuivre comme s'il s'agissait d'un serpent qui lui arracherait la main si elle s'en approchait.

— Il est là, Mags. Et à l'inverse de mes proches, il n'a *jamais* cessé d'essayer de te retrouver.

* * *

Mags observa le penny et des souvenirs lui traversèrent l'esprit comme si elle regardait un vieux film. Dave souriant face à sa réaction en voyant la machine qui écrasait les pennies. Mags cherchant de la monnaie dans la poche de Dave... et le taquinant en même temps. Lui disant qu'ils devaient acheter un penny porte-bonheur pour qu'ils puissent gagner le gros lot. Et cela avait été le cas. Elle se souvint que Dave avait juré qu'il porterait toujours le penny sur lui, avant de le placer dans une pochette de son porte-feuille.

Elle ferma les yeux de désespoir. Elle avait repoussé les pensées de son mari tout au fond de son esprit, la plupart d'entre eux, pour sa propre santé mentale et pour se préserver. Penser à Dave et à l'amour qu'ils partageaient était extrêmement douloureux ; cela avait été particulièrement difficile au cours de la première année où ils avaient été séparés. Les choses qu'elle avait été obligée à faire et à endurer avaient été tellement horribles que la moindre pensée à propos de ce que sa vie avait été ressemblait à de la torture. Elle n'avait pas voulu se rappeler combien il l'avait fait se sentir bien. Comme elle avait été spéciale et aimée. Tout ce à quoi elle pouvait penser, c'était survivre une journée. Puis la suivante. Puis la suivante.

Mais après des années à maintenir ces souvenirs à distance, ils avaient commencé à se faufiler à nouveau dans son esprit... en particulier au cours des dernières années. Et après avoir vu Zara trouver l'amour avec son homme, Mags ne pouvait s'empêcher de penser encore plus souvent à son mari perdu depuis longtemps, à sa vie auparavant.

Et voir ce penny dans la paume de Zara lui rappela tant de souvenirs douloureux que Mags pensait qu'elle allait être malade.

— Je ne peux pas le voir. Je ne le verrai pas ! murmura Mags.

Puis, elle assimila ce que Zara avait dit.

À en croire le fait que des hommes rôdaient dans le barrio, Dave était déjà là.

Ici.

À une époque, elle aurait été folle de joie de le voir. De savoir qu'il était là pour l'emmener loin du Pérou et de ce que sa vie était devenue. Mais ce n'était plus le cas. Elle ne pouvait plus partir. *Elle ne partirait pas.*

Désespérément, Mags regarda autour d'elle dans la cabane et essaya de réfléchir. Elle devait partir avant que Dave arrive. Elle devait se cacher.

Les autres la regardaient, les yeux écarquillés et confus. Elles ne comprenaient pas, cependant, elles ne connaissaient pas toute l'histoire. Elle avait dû la garder secrète. Pas même les femmes qui étaient devenues comme des filles et des sœurs pour elle ne savaient tout ce qui lui était arrivé.

— Zara ? appela doucement une voix d'homme depuis l'autre côté du fin morceau de métal qu'elles utilisaient comme porte.

Mags se leva immédiatement et recula. Son cœur battait un million de fois par minute et elle ne parvenait pas à faire entrer assez d'air dans ses poumons. Elle aurait fui par l'arrière de la cabane à travers la petite porte dissimulée qu'elles avaient créée pour les situations comme celle-là, quand une sortie par l'avant n'était pas possible, mais Maria et Bonita étaient debout devant celle-ci.

Zara repoussa le morceau de métal et Mags reconnut l'homme qu'elles avaient fait sortir en cachette du barrio quelques mois auparavant. Il était grand, mais pas autant que Dave.

Non. Non, non, non, non !

Mags ne pouvait pas faire face aux souvenirs de Dave qui lui venaient à chaque seconde. Elle avait à peine survécu au fait de l'avoir perdu la première fois. Elle ne pourrait pas le faire à nouveau.

Mais ensuite, le pouvoir de décision lui fut retiré.

Se rassemblant derrière le fiancé de Zara, se trouvaient trois autres hommes. Mais Mags n'avait d'yeux que pour l'un d'eux.

Alors que sa respiration avait été trop rapide plus tôt, à présent, elle ne pouvait même pas aspirer la moindre dose d'oxygène.

Combien de nuits avait-elle été allongée sur le sol, battue et ensanglantée, priant pour revoir Dave ? Combien de fois avait-elle juré de faire tout ce qu'il fallait pour survivre jusqu'à ce que son mari la trouve ? Combien de fois avait-elle souhaité être morte plutôt que de devoir donner à d'autres hommes ce qu'elle avait promis de ne donner qu'à son époux ?

Trop pour pouvoir les compter.

Elle avait cessé de souhaiter et d'espérer quoi que ce soit en ce qui concernait sa propre sécurité environ cinq ans plus tôt.

Mais à présent, il était là. L'homme qu'elle avait aimé de tout son cœur. L'homme qu'elle aimait *encore,* mais qu'elle ne pouvait pas avoir. Il ne devrait pas être là. Il aurait dû aller de l'avant depuis tout ce temps. Il aurait dû trouver une autre femme pour le réconforter et l'aimer.

— Raven, dit Dave dans un murmure brisé.

Puis, il fit un pas vers elle.

Paniquée, Mags se rua frénétiquement en arrière et se heurta contre Gabriella et Teresa, qui se tenaient juste derrière elle. Elles l'attrapèrent avant qu'elle ne tombe.

L'expression sur le visage de Dave tandis qu'elle reculait la détruisit presque.

Il était dévasté.

Il tomba lentement à genoux et baissa la tête comme si elle était trop lourde pour que son cou la soutienne. Lorsqu'il leva les yeux à nouveau, elle vit tant d'émotions dans ses yeux. De la frustration, de la peur, de la détermination, de l'amour.

Ce fut la dernière qui en finit presque avec elle.

L'homme de Zara adressa un regard penaud à sa fiancée.

— De toute évidence, nous avons été suivis. J'ai essayé de le garder à distance, afin de te donner plus de temps pour lui parler, dit-il, mais à la seconde où il l'a vue passer, je ne pouvais plus l'arrêter. Je l'ai retenu autant que j'ai pu.

Mags ne pouvait pas détourner le regard de son mari. Ses yeux se délectaient de lui. Il était séduisant. *Très* séduisant. Mais il avait changé. Il avait l'air plus dur. Elle savait sans le moindre doute que c'était elle qui lui avait fait cela.

Pas intentionnellement, mais sa disparition leur avait laissé des séquelles à tous les deux.

Ses biceps étaient aussi grands que dans ses souvenirs. Comme elle avait aimé se blottir contre lui et poser sa tête sur ces bras. Il pouvait la soulever sans avoir l'air de faire le moindre effort. Il y avait des traînées grises dans ses cheveux qui n'avaient pas été là la dernière fois qu'elle l'avait vu, et des petites rides entouraient ses yeux et sa bouche. Il y avait aussi des traînées grises dans sa barbe, et cela ne le rendait que plus sexy à ses yeux.

Mais c'était la grande cicatrice qui serpentait le long de son cou et du col de son tee-shirt qui la poussa à le fixer d'un regard inquiet. Que s'était-il passé ? La cicatrice était vilaine, et on aurait dit qu'elle l'avait certainement presque tué. Comment se l'était-il faite ? Est-ce que quelqu'un était resté à l'hôpital avec lui pendant qu'il s'en remettait ?

Tout le monde dans la pièce s'estompa tandis que Mags regardait l'homme qu'elle n'avait jamais imaginé revoir un jour. Elle était tout à fait consciente de son apparence probablement horrible. Elle ne s'était pas lavé les cheveux depuis Dieu sait combien de temps. Elle avait de la terre durcie sous les ongles et elle savait qu'elle sentait mauvais, à la fois à cause de la transpiration après sa longue marche de la journée et parce qu'elle n'avait jamais d'eau claire avec laquelle se laver. Elle était tellement loin de la femme insouciante qu'elle avait été la dernière fois qu'elle avait vu Dave que cela n'était même pas drôle.

Mais il ne la regardait pas avec dégoût. Plus avec émerveillement.

Déglutissant difficilement, Mags détourna le regard de celui de Dave. Il y avait trois autres hommes debout dans la cabane, rendant l'espace déjà petit extrêmement exigu. Il y avait quatre sacs posés à côté de la porte qui avaient de toute évidence été apportés par les compagnons de Zara.

— J'aimerais vous présenter quelques-uns de mes amis, dit cette dernière en espagnol. Lui, c'est Meat, mon petit ami. C'est lui que nous avons sorti de la ruelle et que j'ai emmené chez Daniela pour qu'elle le soigne. Nous... euh... nous vivons ensemble et je l'aime. Eux, ce sont ses amis, Arrow et Gray. Et lui, c'est... Dave. Ils sont là pour m'aider avec le travail de terrain pour la clinique.

Mags était ravie que Zara ne dise rien d'autre à propos de qui était Dave. Elle n'était pas prête.

Elle ne serait *jamais* prête.

Cependant, leurs amies n'étaient pas stupides. En voyant sa réaction face à cet homme, il était évident qu'il ne s'agissait pas juste d'un autre compagnon de Zara.

Les femmes les saluèrent et l'homme que Zara avait appelé Gray se retourna, prit les sacs et les leur tendit.

— Je vous ai dit que je leur avais donné une liste de choses dont je pensais que vous pourriez avoir besoin, dit Zara. Nous allons devoir tout enterrer ou en emporter une partie chez Daniela pour qu'elle les garde en sécurité afin que Ruben et les autres ne les volent pas.

Teresa tendit la main et prit un sac, puis Gabriella et Bonita en firent de même. Elles regardèrent ce qu'il y avait à l'intérieur et elles écarquillèrent les yeux de façon presque comique.

Mags regarda à nouveau Dave... et fut à nouveau incapable de respirer. Il n'avait pas détourné le regard d'elle. On aurait dit qu'il se délectait d'elle. Mais au lieu d'être réconfortée par son regard, elle se sentit exposée. Nue. Elle avait l'impression qu'il pouvait voir à travers elle jusqu'à ses secrets les plus profonds, les plus sombres. Jusqu'à des choses dont elle ne parlerait jamais. Ni à lui ni à qui que ce soit. C'était sa honte à porter.

Zara servait d'interprète, mais Mags ne pouvait même

pas entendre ce qu'elle disait à cause du bruit assourdissant dans ses oreilles.

Dave ne se releva pas. Il resta sur le sol, la regardant attentivement. Mags savait que si elle devait endurer cela une seconde de plus, elle deviendrait complètement folle.

— Raven, dit doucement Dave. Je voulais croire Zara. Je voulais croire que la femme qu'elle connaissait sous le nom de Mags était vraiment toi... mais je ne voulais pas non plus me faire trop d'illusions. J'ai été déçu si souvent que je savais que je ne pourrais pas le supporter à nouveau. Mais c'est toi. C'est vraiment toi.

Mags le regarda sans cligner des yeux.

— Est-ce que je peux... Est-ce que ça va ?

Elle avait envie de ricaner. Est-ce que ça allait ? Non, bien sûr que ça n'allait pas.

— C'est beaucoup à digérer, Dave, dit Arrow en posant une main sur son épaule. Il faut que tu lui donnes un peu de temps.

— Je ne peux pas partir, dit Dave, sa voix se brisant. Je viens de la trouver. Je ne peux pas partir !

Mags se raidit. Il ne pouvait pas rester. Elle devait le lui faire comprendre.

— Je ne veux pas que tu sois là, dit-elle d'une voix aussi dure que possible. Malheureusement, on aurait plutôt dit une supplication qu'une exigence de la part de la femme responsable qu'elle était devenue avec les années.

Elle fut choquée quand des larmes se formèrent dans les yeux de Dave et qu'elles coulèrent sur ses joues. Il ne leva pas la main pour les essuyer, se contentant de continuer à la regarder.

— Dix ans, dit-il doucement. Dix ans, vingt-deux jours, quatre heures et trente-six minutes. C'est le temps qui s'est écoulé depuis que tu as disparu. Et je t'ai cherché durant

chaque seconde. J'ai prié pour entendre ta voix à nouveau...
et la réalité est tellement meilleure que mes rêves.

Ses mots réconfortèrent une douleur qu'elle n'avait pas
su qu'elle avait et la piquèrent comme un millier d'abeilles
en même temps. De toute évidence, Dave avait souffert.
L'homme qu'elle avait connu n'aurait jamais pleuré. Certainement pas devant d'autres personnes. Elle ne pouvait pas
parler à cause du nœud dans sa gorge.

— Tu devrais partir. Juste pour ce soir, dit Zara. Mags a
besoin de temps pour tout digérer.

Dave ouvrit la bouche pour protester, mais Gray parla
avant lui.

— Ça me semble une bonne idée. Nous pouvons revenir
demain.

— Tu ne vas pas rester ici, dit Meat à Zara.

— Ça ira, lui dit-elle doucement.

— Non.

Mags approuvait l'homme de Zara. Il était protecteur et
de toute évidence inquiet pour sa sécurité. Zara avait beau
être un produit du barrio, ce n'était pas sûr. Pas même pour
elle.

— Peut-être qu'elles peuvent toutes venir au motel avec
nous ? demanda-t-elle.

— Si nous partons trop longtemps, Ruben ou quelqu'un
d'autre pourrait s'emparer de notre maison, dit Maria.

Les épaules de Zara s'affaissèrent.

— Oui.

— Nous reviendrons demain au petit matin et nous
amènerons de la nourriture, assura Meat à Zara et aux
autres femmes. Si vous pensez à quoi que ce soit de plus
dont vous pourriez avoir besoin, nous retournerons faire les
courses demain et nous vous l'achèterons. Nous devons
rendre visite à Daniela aussi.

Toutes les femmes acquiescèrent et Mags savait qu'elles

avaient hâte de passer en revue les sacs de biens que les hommes leur avaient apportés et de parler de tout ce qui était en train d'arriver.

— Je ne veux pas partir, rétorque Dave.

Meat posa sa main sur son épaule et la serra.

— Elle a besoin de temps, dit-il doucement.

Personne ne dit rien pendant un long moment.

Puis, depuis sa position à genoux dans l'entrée, Dave dit :

— Je t'aime, Raven.

Mags se prépara à le regarder à nouveau.

— Je t'aime. J'en sais suffisamment à propos de ce qui arrive aux jeunes femmes qui sont enlevées sans leur consentement pour savoir que ta vie a été un enfer. Mais je t'ai trouvée, et je vais faire tout ce qu'il faut pour te prouver que tu es maintenant en sécurité. Que je n'ai jamais cessé de t'aimer juste parce que tu avais disparu.

— Les gens changent, dit-elle doucement. Je ne suis pas la femme que tu connaissais.

— Je ne suis pas la même personne que tu as épousée, rétorqua Dave. Je suis plus dur. Plus têtu. Et sacrément moins confiant. Mais il y a une chose qui ne changera *jamais*, et c'est l'importance que tu as pour moi et à quel point je t'aime.

— Je ne t'aime plus, mentit Mags.

Dave ne tressaillit même pas.

— Tu le feras.

La frustration monta en elle. Elle avait besoin qu'il parte. Pourquoi ne s'énervait-il pas ? Pourquoi ne partait-il pas ? Elle avait trop à perdre s'il ne partait pas.

— Ma vie est ici, au Pérou, dit-elle aussi sévèrement que possible. Je ne m'en irai pas.

Dave l'observa un long moment et Mags refusa d'être mal à l'aise face à son regard insistant. Puis il se leva doucement et Mags s'obligea à tenir bon et à ne pas reculer sous l'intensité de ses yeux. Les larmes avaient séché et c'était un homme très déterminé qui lui faisait face à présent.

— Je n'ai pas dit à tes parents que je venais au Pérou. Ils ont eu trop souvent de l'espoir et été anéantis chaque fois. Et mes parents ont souffert avec moi. Mais ils n'ont pas d'importance. Personne n'a d'importance à part toi. Ma vie est là où *tu* es, dit Dave sans la moindre trace d'irritation ou d'insécurité. Si je dois déménager à Lima pour être avec toi, je le ferai.

À n'importe quel autre moment, Mags se serait jetée sur son homme et l'aurait supplié de l'emmener loin du barrio. De Lima. Du Pérou. Mais elle ne pouvait pas le faire.

Elle était en enfer. C'était comme se voir offrir tout ce que son cœur désirait, mais sachant que si elle osait l'accepter, elle pourrait perdre ce qu'elle aimait tout autant.

Elle entendit Gabriella supplier Zara de traduire ce qui était dit, mais Mags ne détourna pas le regard de Dave.

– *Te amo*, dit-il doucement, provoquant de faibles soupirs chez les autres femmes.

Mags secoua la tête obstinément.

Elle savait que Dave serait resté là toute la nuit si son ami Gray n'avait pas agrippé son avant-bras et ne l'avait pas tiré vers la sortie.

— Viens, Dave. Donne-lui un peu d'espace. Nous reviendrons demain.

Mags maintint un contact visuel avec Dave jusqu'à ce qu'il soit à l'extérieur de la cabane et que Gray l'ait littéralement tiré de là. Elle laissa échapper un énorme soupir de soulagement.

La panique réapparut tout aussi vite.

Il reviendrait.

Elle savait qu'il n'abandonnerait pas avant de l'avoir fait admettre qu'elle l'aimait encore aussi. Qu'elle devrait

retourner aux États-Unis avec lui. Il n'y avait aucun inconvé-
nient à ce que Zara ait laissé sa vie au Pérou derrière elle,
mais Mags n'avait pas cette option.

— S'il te plaît, ne fuis pas, dit Zara en espagnol avant
qu'elle ne parte. Promets-moi que tu vas rester et que tu vas
lui parler.

Mags n'exprima ni son accord ni son désaccord, mais
finalement, Zara soupira et dit au revoir aux autres femmes
avant de faire glisser le morceau de métal de l'entrée.

Les autres commencèrent toutes à la mitrailler de questions, mais Mags n'avait ni l'énergie ni la volonté de leur
répondre. Elle se dirigea d'un pas lent vers sa paillasse et
s'allongea. Son estomac gronda, mais elle l'ignora. Il était
impossible qu'elle mange. Pas à ce moment-là.

Tout juste quand elle s'était habituée à la vie qu'elle
menait, quelque chose arrivait pour la perturber de
nouveau.

Elle n'avait pas la moindre idée de ce qu'elle allait faire.
Elle ne pouvait pas partir, mais elle ne voulait pas rester non
plus. Le fait que Dave apparaisse de nulle part était un rêve
devenu réalité, mais cela la plaçait également au milieu de
son cauchemar personnel.

Dave avait beau avoir passé la dernière décennie à
essayer de secourir des femmes dans des situations
semblables à la sienne, elle ne pensait pas qu'il puisse vraiment comprendre ce qu'elle avait traversé, et il était impossible qu'il accepte les choix qu'elle avait faits. La honte
qu'elle ressentait tous les jours l'enveloppait comme une
lourde couverture, l'accablant et l'étouffant doucement,
mais sûrement.

Mais elle savait que Dave n'allait pas tout simplement se
retourner et repartir calmement en Amérique. Même si elle
continuait à lui dire qu'elle ne l'aimait plus, qu'elle ne
voulait plus avoir affaire à lui. Non, il voudrait des explica-

tions et des réponses. Deux choses qu'il n'allait pas obtenir. Pas si elle pouvait l'en empêcher. La dernière chose qu'elle souhaitait, c'était qu'il la regarde avec dégoût, et c'était ce qu'il ferait s'il apprenait pourquoi elle ne voulait pas partir.

L'autre raison pour laquelle elle savait qu'il resterait, c'était que Dave pouvait toujours lire en elle comme dans un livre ouvert. Il avait toujours semblé capable de savoir quand elle disait la vérité. Elle pourrait lui répéter à l'infini qu'elle ne l'aimait pas, qu'elle souhaitait qu'il parte, il saurait qu'elle mentait. Qu'elle avait désespérément besoin qu'il arrange les choses dans son monde, même si cela était impossible.

Tandis que Mags écoutait ses amies s'extasier face à ce que Dave et ses compagnons avaient amené, une larme unique se forma et glissa sur le côté de son visage. Rien n'était facile dans le barrio, et l'arrivée du seul homme qu'elle ait aimé n'avait fait que compliquer les choses. Dix fois plus.

4

Dave retourna au motel assez docilement, mais en lui-même, il établissait des plans. Si Raven pensait un instant qu'il allait partir sans elle, elle se trompait. Il ne l'avait pas cherchée pendant *dix ans* juste pour s'en aller à présent. Il ignorait ce qu'il se passait dans sa tête, mais il avait suffisamment d'informations sur les victimes du trafic pour savoir que nombre d'entre elles avaient de sérieux problèmes psychologiques à cause de ce qu'elles avaient traversé.

Mais ce sur quoi il n'y avait aucun doute, c'était que Mags était sa Raven. Elle l'était. Elle avait vécu un enfer, souffert plus que qui que ce soit devrait souffrir, et elle avait les rides sur son visage pour le prouver, mais à ses yeux, elle était encore la plus belle femme qu'il ait jamais vue.

Il se fichait de ses vêtements sales et en lambeaux, ou de ses cheveux ternes et gras dans son dos. Ce qui lui importait, c'était le regard d'agonie absolue dans ses yeux.

Il savait ce qu'il lui était certainement arrivé au cours des années. Elle avait été vendue comme un morceau de viande et elle avait très probablement été utilisée et maltraitée par un nombre incalculable d'hommes qui n'étaient intéressés que par le fait de jouir.

L'idée que sa Raven soit prise contre son gré était difficile à avaler, mais la femme qu'il avait vue ce jour-là avait, d'une manière ou d'une autre, réussi à survivre à tout ce qu'elle avait subi pendant une décennie entière. Et il pouvait encore voir des lueurs de la Raven qu'il avait connue enterrée quelque part en elle.

Mais c'était la conviction fortement ancrée dans ses yeux qu'il était impossible qu'il veuille d'elle à présent qui le tuait. Les secrets qu'elle lui cachait, à lui et à tout le monde autour d'elle, étaient profondément enracinés dans sa psyché. À une époque, ils étaient les meilleurs amis. Plus proches qu'il ne l'avait été de qui que ce soit au cours de sa vie. Elle connaissait tous ses espoirs, ses peurs et ses rêves, tout comme il connaissait les siens. Mais désormais, il y avait un gouffre qui semblait aussi large que l'Océan Pacifique, et cela était douloureux. Mauvais.

Il devait y avoir une raison pour laquelle elle ne voulait pas quitter le Pérou, et il allait la découvrir. Il n'avait pas menti. S'il devait déménager à Lima et y vivre pour le restant de ses jours afin d'être avec sa femme, c'était ce qu'il ferait.

Il savait qu'elle lui mentait pour une raison ou pour une autre. Il avait toujours pu lire en elle comme dans un livre ouvert. Autrefois, cela avait agacé Raven et amusé Dave. Cela ne l'amusait plus. Car il savait jusque dans la moelle de ses os qu'elle ne voulait pas rester au Pérou. Elle avait envie de retourner à la maison, au Colorado, mais pour une raison quelconque, elle s'en empêchait.

Et qu'il soit maudit s'il l'abandonnait ne serait-ce qu'une nuit de plus.

Il avait passé dix ans sans savoir où elle était, sans savoir si elle souffrait ou si elle avait faim, et maintenant qu'il l'avait trouvée, il ne passerait pas une nuit de plus loin d'elle s'il pouvait l'éviter.

Dave souhaita une bonne nuit aux autres et suivit Ball jusqu'à la chambre qu'ils partageaient. L'équipe s'était retrouvée à l'extérieur sur le parking pour discuter de ce qu'il s'était passé dans le barrio. Personne n'était ravi que Raven n'ait pas accepté d'aller au motel, mais ils étaient quelque peu apaisés par le fait qu'ils y retourneraient le lendemain.

Black, Gray, Meat et Zara pour traduire, ils iraient voir Daniela au petit matin. Ils voulaient jeter un œil au quartier où sa maison était située et lui parler de ce dont elle aurait besoin pour la clinique.

Ball essaya d'échanger des banalités, de poser des questions sur Raven, mais Dave ne répondit que par quelques grognements et haussements d'épaules jusqu'à ce que Ball saisisse le message et abandonne. Dave n'était pas encore prêt à parler de Raven. Pas avant de découvrir ce qu'il se passait. C'était particulièrement frustrant parce qu'il ne pouvait pas non plus utiliser ses compétences en informatique pour le faire. Oh, il avait son ordinateur avec lui, et tous les contacts qu'ils s'étaient faits au cours des années qui l'aideraient à enquêter, mais rien de tout cela ne lui avait permis de trouver Raven durant les dix dernières années, et même s'il savait où elle était à présent, aucune capacité de piratage ou d'investigation au monde ne l'aiderait à récupérer sa femme.

Il devait parler à Raven, la pousser à raconter ce qui était vraiment en train de se passer.

Il en savait déjà plus qu'il le souhaitait à propos de Roberto del Rio, l'homme qui, il en était maintenant convaincu, avait été derrière l'enlèvement de son épouse. Ce salaud avait une influence extraordinaire à Lima et ce n'était pas un secret qu'il dirigeait un bordel florissant. La police avait fait une descente dans son domaine tentaculaire plus d'une fois, mais chacune des femmes qu'ils avaient trouvées dans le passé avait juré qu'elle était là de son plein gré. Ce qui ne prouvait rien, mis à part qu'elles avaient peur de dire la vérité à la police ou que celle-ci était soudoyée par del Rio. Deux choses tout à fait probables.

Dave essaya de trouver du réconfort dans le fait que Raven n'était pas dans l'établissement de del Rio pour le moment. Mais cela ne le rassurait pas beaucoup à propos de sa sécurité. Pas après avoir vu où elle vivait. Il avait parfaitement conscience du danger que représentaient les gangs d'hommes comme Ruben qui erraient dans les parages. Meat et Black en étaient la preuve.

Après avoir suivi Zara et Meat dans le barrio, Dave, Arrow et Gray avaient fait le tour de la zone pendant leur longue attente. Il y avait plusieurs hommes à l'air dégoûtant qui rôdaient, et d'après lui, Dave supposait qu'il s'agissait probablement des mêmes hommes qui avaient attaqué Black et Meat quand ils étaient là au cours de leur dernière mission. Il n'avait aucune preuve, mais il n'était pas difficile de deviner quels types préparaient de mauvais coups. Aucun des résidents du barrio ne les regardait dans les yeux, et lorsqu'ils voyaient les hommes, soit ils partaient rapidement dans l'autre sens, soit ils disparaissaient dans l'une des cabanes mal construites qui s'alignaient dans les ruelles.

Dave n'allait pas laisser Raven, ni les autres femmes, sans protection un jour de plus. Et si Raven ne voulait pas qu'il soit là, tant pis. Leur simple présence dans le barrio avait attiré une attention non désirée sur Mags et ses amies. Il n'allait pas permettre qu'il leur arrive quoi que ce soit, pas sous sa surveillance.

Non seulement cela, mais il n'était pas complètement sûr que Raven ne s'enfuirait pas. L'expression dans ses yeux ce soir-là avait indiqué qu'elle souhaitait être n'importe où sauf dans cette cabane. Dave détestait cela. Il avait toujours juré de ne jamais forcer une femme à faire quoi que ce soit qu'elle ne veuille pas faire... mais il s'agissait de son épouse et il avait attendu ce qui semblait être une éternité pour la revoir. Il n'allait pas la laisser lui échapper et se mettre en danger juste pour essayer de l'éviter.

Il attendit que Ball soit au téléphone avec Everly, puis il dit tout en se dirigeant vers la porte :

— Je vais prendre un Coca au distributeur. Tu en veux un ?

Il avait horreur de tromper son ami, mais il savait que Ball ne lui permettrait pas d'aller au barrio seul. Et c'était quelque chose qu'il devait faire. Il avait beau ne pas être un ancien soldat des Forces Spéciales, il n'était pas non plus complètement impuissant.

Comme Dave l'avait espéré, Ball se contenta de secouer la tête, distrait par la conversation qu'il avait avec sa petite amie. Dave se glissa par la porte et dans l'escalier. Quelques minutes plus tard, il marchait le long des rues sombres près du motel et se dirigeait vers le barrio. Il n'avait pas du tout peur ; il avait trop d'énergie contenue pour se préoccuper que quelqu'un le vole ou l'attaque.

En fait, il serait ravi d'avoir cette chance.

Mais bien entendu, étant donné que les bras de Dave faisaient la taille de la cuisse de la plupart des gens, tous ceux qui vadrouillaient dans les parages partaient dans le sens inverse après l'avoir aperçu.

Le barrio était calme, l'odeur occasionnelle de fumée provenant de feux ici et là flottant dans l'air. Un tonnerre lointain grondait dans le ciel, mais Dave ne pensait pas qu'il était censé pleuvoir. Il trouva facilement la ruelle qu'il cherchait. Dans l'obscurité, tout se ressemblait, mais il avait mémorisé l'endroit où était Raven.

Il savait que ce qu'il était sur le point de faire n'était pas vraiment ce qu'il y avait de plus intelligent. Il était seul, et Ruben ou qui que ce soit d'autre pourrait lui tomber dessus et essayer de s'en prendre à lui, mais tenant compte de la manière dont il se sentait à ce moment-là, il *souhaitait* presque que quelqu'un tente quelque chose. Il pensait qu'il était plus important de faire savoir à quiconque les observant que les femmes dans cette cabane étaient interdites d'accès. Qu'elles étaient protégées. Il pourrait se cacher dans l'ombre, mais non... il voulait être visible, pour que tous les voyous locaux y réfléchissent à deux fois avant de harceler les femmes à l'avenir.

Il ne frappa pas à la porte improvisée. Il n'attira pas l'attention sur le fait qu'il était là. Il se contenta de s'accroupir dans la terre à l'extérieur de la cabane dans laquelle il était entré plus tôt cet après-midi-là et de s'allonger parallèlement à l'ouverture. Il écouta les voix de femmes murmurer à l'intérieur de la cabane, dans son dos, mais n'entendit pas Raven. Pendant un instant, il craignit qu'elle soit partie, mais ensuite, elle prit la parole. Il ne comprenait pas ce qu'elle disait étant donné qu'elle parlait en espagnol, mais il reconnaîtrait sa voix n'importe où. Il avait rêvé de l'entendre à nouveau. D'entendre Raven le taquiner à propos d'une plaisanterie entre eux... ou de l'entendre dire qu'elle l'aimait.

Se détendant autant que possible sur la terre compacte, Rex posa sa tête sur ses biceps et ferma les yeux. Il n'avait pas bien dormi au cours des dix dernières années, n'ayant que de courtes périodes de sommeil de temps en temps, et il n'allait pas commencer à présent. Si qui que ce soit passait par là, ou menaçait d'une façon ou d'une autre ce qui était à lui, il se réveillerait et s'en occuperait.

Il n'avait pas retrouvé sa bien-aimée après tout ce temps pour la perdre dans un stupide cambriolage aléatoire. Il devait la protéger, l'aimer. Et même si elle ne partageait pas ses sentiments, même s'il devait la refaire tomber amoureuse de lui, il ne la quitterait pas.

Peu de temps après, Dave sentit qu'il avait de la compagnie. Il se redressa rapidement...

Et il vit Ball et Gray debout non loin de là.

Il se leva et se dirigea vers les hommes.

— Retournez au motel, ordonna-t-il.

— Va te faire foutre, dit Ball en secouant la tête. Nous savions tous que tu allais revenir ici. Il était impossible, après dix ans, que tu la perdes de vue.

Dave haussa les épaules.

— Ce n'est pas votre problème.

— Pas notre problème ? répéta Gray, ayant l'air vraiment énervé. Est-ce que c'est ce que *tu* pensais quand Allye a été enlevée par ce salaud qui voulait faire d'elle une sorte de monstre de foire ? Ou quand la sœur d'Everly a été enlevée ?

Dave serra les dents, mais secoua la tête.

— Exactement, alors pourquoi crois-tu que tout ça est différent ? Nous sommes venus pour aider. L'importance que Raven a pour toi est évidente, alors le fait que tu sortes en douce pour risquer ta vie comme ça n'était pas seulement stupide, c'était carrément offensant.

Dave réfléchit aux mots de son ami et sut qu'il avait raison. Après une longue pause, il essaya avec hésitation d'expliquer son processus de réflexion.

— Chaque nuit depuis dix ans, j'ai dormi à côté d'un espace vide dans mon lit. J'ai craint ce que ma femme pouvait être en train de subir et j'ai eu peur qu'elle souffre. Je n'ai pas pu arrêter de penser à elle en train de crier à l'aide, se demandant si je la cherchais ou pas. Ça a été une torture. Pas une torture physique, comme vous l'avez tous les deux endurée dans le passé, mais mentale. Je ne peux tout simplement pas ne *pas* être ici. L'idée de la perdre à nouveau est insupportable.

Je sais que ce n'est pas très intelligent. Mais étant donné qu'elle ne supporte pas de me regarder dans les yeux plus de quelques secondes à la fois, et étant donné qu'elle a une peur bleue de quelque chose... peut-être de moi... Je ne peux pas la prendre dans mes bras et la rassurer en lui disant que tout ira bien. Peut-être que les choses n'iront *jamais* bien pour elle, mais il est hors de question que je l'abandonne à nouveau.

Gray soupira et Ball hocha la tête.

— D'accord, mais au moins, laisse l'un de nous rester ici avec toi, dit Gray d'un ton bien moins agacé.

— Je vous suis reconnaissant, mais non. Ça va. Personne ne va s'en prendre à moi, dit Dave.

Ball secoua la tête à nouveau.

— Désolé, mais je ne suis pas d'accord non plus. Tu as vu ce qui est arrivé à Black et Meat. En réalité, c'est arrivé dans cette même ruelle. Le fait que tu sois allongé ici sans arme, c'est comme agiter un drapeau rouge devant un taureau. Tu attires plus d'attention et de risque sur Raven et les autres femmes que si tu n'étais pas là.

Dave serra les poings. Il n'aimait pas ce que ses amis étaient en train de dire, mais au fond, il savait qu'ils avaient raison.

— J'essaye de faire passer un message aux salauds de ce barrio pour qu'ils sachent que ces femmes sont interdites d'accès. De plus... Je ne peux pas partir. Je ne peux tout simplement pas, dit-il.

— Alors, nous non plus, dit Gray.

— Nous n'allons pas rester assis ici avec toi, mais nous allons surveiller la zone dans l'ombre, lui assura Ball. Gray et moi resterons cette nuit et nous organiserons un roulement avec le reste de l'équipe tant que ce sera nécessaire.

Dave déglutit difficilement. Il ne s'était pas attendu à cela. Il s'était senti seul dans sa quête pour trouver sa femme pendant si longtemps. La police et les détectives avaient fait de leur mieux, mais cela n'avait pas été si efficace et quand suffisamment de temps s'était écoulé et que son affaire avait été considérée comme non résolue, ils avaient tout simplement été de l'avant avec d'autres enquêtes.

— Qu'est-ce que vous faites ?

Les trois hommes se retournèrent en entendant la question, et Dave vit Raven les regarder depuis l'intérieur de la cabane devant laquelle il était en train de dormir quelques minutes plus tôt.

Il croisa les bras sur son torse et répondit honnêtement :

— Nous travaillons sur un plan pour nous assurer que les autres femmes et toi serez en sécurité cette nuit.

Sa femme leva les yeux au ciel et les genoux de Dave cédèrent presque. Il avait oublié son côté impertinent. Comment avait-il pu l'oublier ? Elle avait toujours fait cela, avant. Lever les yeux au ciel quand il était trop protecteur ou qu'il faisait l'idiot. La voir le faire à ce moment-là lui donna un aperçu de la femme qu'il avait connue et le remplissait d'espoir qu'elle était encore à l'intérieur de la coquille battue qu'elle avait revêtue pour faire face aux cauchemars qu'elle avait subis.

— Nous n'avons pas besoin que vous attiriez ce genre d'attention sur nous, dit sèchement Raven. Partez.

— Hors de question, dit Dave en avançant doucement vers elle. Il ne voulait pas l'effrayer, mais il voulait absolument qu'elle sache qu'il n'irait nulle part.

— Sérieusement, Dave, va-t'en. À cause de toi, Ruben et ses amis vont se demander ce que tu surveilles. Ils vont devenir assez curieux pour s'introduire ici de nouveau et voler ce que tes amis et toi avez apporté aujourd'hui.

— De nouveau ? demanda Dave d'un ton grave et furieux.

Raven sembla réaliser ce qu'elle avait dit et détourna rapidement son regard du sien.

Il fit de son mieux pour contrôler sa colère.

— Je ne peux pas partir, lui dit-il honnêtement. Je t'ai perdue une fois parce que je t'ai quittée des yeux. J'ai appris la leçon et je ne vais pas le refaire.

— Je ne suis pas une gamine de quatre ans, Dave, dit Raven. Je suis une femme adulte qui a appris des tas de choses sur le monde au cours de la dernière décennie. Je peux m'occuper de moi.

À ces mots, Dave baissa la tête et il leva la main pour se frotter la nuque. Il avait horreur de tout cela. D'absolument tout. Il avait imaginé leurs retrouvailles de nombreuses fois, et dans aucune version Raven n'avait *pas* été heureuse de le voir. Dans tous les scénarios qu'il avait imaginés, elle lui souriait et se jetait dans ses bras. Il se débattait, se sentait complètement hors de son élément et cela ne lui plaisait absolument pas.

— Je ne peux pas partir, murmura Dave.

Sans ajouter un mot, Raven remit le morceau de métal en place et l'entendre se refermer fit monter la bile dans la gorge de Dave. Il la réprima et redressa les épaules. Elle avait beau ne pas être contente de lui, cela n'avait pas d'importance. Il allait rester.

Il avait su que s'il trouvait un jour sa femme, ils auraient un pénible combat à mener pour redevenir le couple qu'ils avaient formé auparavant. Qu'elle aurait des démons. Mais Dave réalisait à présent qu'il avait naïvement pensé que son amour la ferait les surmonter comme par magie. Qu'elle serait tout aussi heureuse de le voir que lui.

Le fait qu'elle semble agacée par sa présence était incroyablement douloureux.

Mais cela ne lui donnait pas envie de partir. Cela ne faisait que renforcer sa détermination de mettre au clair ce qu'il se passait. Il aimait Raven et elle l'aimait encore. Il pouvait le sentir. Le voir dans ses yeux. Mais elle se retenait.

Peut-être qu'elle avait honte. Peut-être qu'elle avait *vraiment* perdu son amour pour lui, en dépit de ce qu'il avait cru voir dans ses yeux. Mais cela n'avait pas d'importance. Il ferait tout ce qu'il fallait pour la faire tomber amoureuse de lui à nouveau. Il avait besoin d'elle. Il n'était rien sans elle.

Dave s'installa à nouveau sur le sol devant la porte de la cabane et regarda Ball et Gray disparaître dans l'obscurité du barrio. La nuit serait longue, mais Dave savait que ce n'était rien comparé à ce que sa femme avait enduré. Il dormirait sur le sol dur chaque nuit pour le restant de ses jours si cela servait à protéger Raven.

— Est-ce qu'ils vont vraiment passer toute la nuit dehors ? demanda Teresa d'un air incrédule après que Mags avait fermé la porte et qu'elle était retournée sur sa paillasse.

— Apparemment, marmonna-t-elle.

— Tu es en colère, fit remarquer Carmen. Pourquoi ?

— Parce que tout ce qu'il va faire, c'est attirer l'attention sur nous. Ruben et ses amis vont penser que nous avons quelque chose de valeur ici, dit Mags dans un souffle.

Carmen continua à la fixer du regard jusqu'à ce que Mags se mette un peu sur la défensive.

— Quoi ?

— Cet homme est ton mari, pas vrai ? demanda Carmen.

Sachant que les autres femmes étaient toutes en train d'écouter attentivement, Mags se contenta d'acquiescer.

— Et il ne t'a pas vue depuis plus de dix ans ?

Mags hocha la tête à nouveau.

— Je ne comprends pas pourquoi tu es aussi contrariée,

poursuivit Carmen. D'après tout ce que j'ai vu, ses amis et lui semblent bons. Est-ce que j'ai tort ?

Ne voulant pas que Carmen ou les autres pensent du mal de Dave, Mags secoua immédiatement la tête.

— Non, il l'est. C'est juste que… dormir à l'extérieur de notre cabane, c'est comme agiter un panneau lumineux indiquant « Venez nous voler ! »

— Je sais que je suis la plus jeune, dit Gabriella, et je n'ai pas autant d'expérience que vous toutes. Mais je suis née et j'ai grandi dans le barrio, et je n'ai *jamais* vu un homme faire ce que ton mari est en train de faire. La plupart sont plus intéressés par le fait de trouver de l'alcool ou essayer de trouver un moyen de gagner de l'argent. Et j'ai vu la manière dont il te regardait aujourd'hui.

Mags ne voulait pas poser la question, mais elle ne parvint pas à s'en empêcher.

— Et comment c'était ?

— Comme si tu étais un miracle ambulant. Zara a dit qu'il te cherchait depuis dix ans. Qu'il n'a jamais arrêté. Il a même envoyé ses amis dans différents pays pour faire ce qu'ils pouvaient pour aider des femmes et des enfants. Je ne comprends pas pourquoi tu n'es pas heureuse qu'il soit là.

Mags ne pouvait pas l'expliquer. Comment Gabriella pourrait-elle comprendre la honte qu'elle ressentait jusque dans la moelle de ses os ?

Même après toutes ces années, Mags ne pouvait toujours pas s'empêcher de penser qu'elle aurait dû agir différemment quand elle avait été enlevée pour la première fois. Elle s'était fortement débattue lors de ces premiers jours. Elle avait été absolument folle – quand elle n'était pas droguée et assommée. Chaque fois que quelqu'un venait près d'elle, elle s'en prenait à cette personne, faisait tout ce qu'elle pouvait pour essayer de s'échapper. Mais peut-être qu'elle aurait dû être plus docile. Si elle l'avait été, ses ravisseurs l'auraient peut-être laissée partir. Peut-être qu'elle n'aurait pas été emmenée en dehors du pays. Peut-être que cela aurait changé la trajectoire que sa vie avait prise.

Quand elle avait réalisé quel était son destin, il était trop tard. Elle était au Pérou et cachée dans l'établissement de del Rio. Il avait fallu plusieurs mois pour la « former » à son nouveau rôle, et Mags ne pouvait pas écarter la disgrâce qu'elle ressentait pour avoir fini par céder, par ne plus se battre.

Comment pouvait-elle admettre à l'amour de sa vie qu'elle avait été vaincue au point de laisser d'autres hommes lui faire tout ce qu'ils voulaient, et qu'elle ne les avait pas repoussés ? Qu'elle avait fait semblant d'apprécier leurs mains sur son corps, le même corps qu'il avait passé tant de nuits à vénérer avec ses mains et sa bouche ?

Pour faire court, elle ne pouvait pas.

Et elle savait qu'il ne serait *jamais* capable de la pardonner pour ce qu'il s'était passé cinq ans auparavant. Il ne comprendrait pas. Aucune chance.

— C'est compliqué, dit-elle finalement à Gabriella.

— Eh, je suis ravie qu'il soit là dehors, dit fermement Maria. Je peux dormir cette nuit et ne pas avoir à craindre que Ruben, Marcus, Fortuno ou un des autres s'introduise ici en pensant qu'ils peuvent avoir ce que del Rio a vendu si facilement pendant si longtemps.

— Moi aussi, admit Teresa.

— Moi aussi, intervint Bonita.

Tout le monde à part Gabriella avait appartenu à del Rio à un moment ou à un autre. Mags était devenue trop vieille pour être désirable aux yeux de ses clients. Teresa et Maria n'avaient pas été assez exotiques, Carmen avait réussi à s'échapper de l'établissement et elles avaient supposé que cela n'avait pas d'importance pour del Rio, car il ne s'était pas donné la peine d'envoyer ses hommes de main pour la ramener.

Et Bonita était tombée tellement malade que del Rio avait supposé qu'elle mourrait, et il s'était littéralement débarrassé d'elle comme d'une ordure. Daniela l'avait trouvée près d'une des décharges, remise sur pieds et présentée à Mags.

Ces femmes avaient été un lien vital pour Mags. Mais elle n'avait pas été complètement honnête envers elles, pas depuis longtemps. Il y avait un énorme secret qu'elle leur cachait. Un secret qu'elle ne pensait pas qu'elles comprendraient ou approuveraient.

Mais si elles se sentaient plus à l'aise avec Dave en train de dormir devant leur porte, montant la garde, alors elle ne s'en plaindrait plus. Au fond d'elle-même – très, très profondément –, Mags était également heureuse qu'il soit là. Elle n'arrivait toujours pas à y croire, mais le fait qu'il n'ait pas arrêté d'essayer de la trouver faisait battre son cœur et faisait naître l'espoir tout au fond de son âme.

Mags hocha la tête vers ses amies et nota mentalement qu'elle devrait quitter la cabane par la sortie secrète à l'arrière très tôt le lendemain matin. Ce n'était pas l'un des jours où elle parcourait des kilomètres et des kilomètres pour s'occuper des affaires très importantes dont elle prenait soin toutes les semaines depuis les quatre dernières années et demie. Elle ne pouvait tout simplement pas être à proximité de Dave. Il la faisait souhaiter des choses qu'elle ne pouvait pas avoir. Elle devait se souvenir de qui elle était. Elle n'était plus sa Raven. Ses ailes avaient été coupées, et à présent, elle était Mags. Une ancienne prostituée. Une membre miséreuse du barrio. Leader de son petit groupe d'amies.

S'allongeant à nouveau, Mags posa sa tête sur son bras et ferma les yeux. Sans surprise, au lieu de penser à sa vie au

Pérou et à la maltraitance qu'elle avait subie, elle ne pouvait penser qu'à Dave. Un souvenir en particulier sortit du lot dans son esprit, et elle se laissa se perdre dedans brièvement. C'était l'anniversaire de leurs trois ans de mariage et Dave avait mis le paquet : non seulement il avait cuisiné un repas sophistiqué pour eux deux, mais il avait également organisé une surprise.

— *Allez, dis-moi où nous allons*, avait supplié Raven.

— *Non, tu vas juste devoir attendre*, avait dit Dave en riant.

Ils étaient dans sa voiture et il lui avait tenu la main tout en conduisant.

— *Je déteste attendre*, avait-elle dit en faisant la moue.

Dix minutes plus tard, ils s'étaient arrêtés sur le parking de son bar, le Pit.

— *Sérieusement ? Nous sommes au bar ?*

Il avait ri.

— *Ouaip.*

— *Et moi qui pensais que j'allais pouvoir aller à un endroit cool*, s'était-elle plainte en plaisantant.

Dave était passé de son côté de la voiture et lui avait pris la main pendant qu'elle descendait.

— *Tu es tellement sceptique*, avait-il dit en souriant. *Quand est-ce que je t'ai laissée tomber ?*

— *Jamais*, avait-elle dit sans hésiter.

— *Exactement. Maintenant, viens.*

Raven avait suivi son mari et pris le temps de reluquer non seulement ses fesses, mais aussi ses larges épaules et les bras qu'elle ne se lassait jamais de regarder. Il était tellement fort qu'il la faisait se sentir féminine et menue chaque fois qu'elle était près de lui. Elle aimait qu'il la jette par-dessus son épaule ou la déplace exactement là où il voulait qu'elle soit au lit sans faire le moindre effort.

Elle avait également aimé certaines des positions les plus aventureuses qu'ils avaient essayées parce qu'elle pouvait compter sur le fait qu'il ne la laisserait pas tomber.

Dave avait ouvert la porte du bar et lui avait fait signe de passer avant lui. Lui adressant un sourire enjôleur, elle était entrée et s'était arrêtée dans son élan face à ce qu'elle avait vu.

Quelqu'un avait accroché des lumières blanches de Noël sur toute la partie avant du bar. Tandis qu'elle restait debout sur place, stupéfaite en voyant à quel point l'espace était beau et avait été transformé avec les guirlandes électriques clignotantes, Dave s'était approché du juke-box et avait appuyé sur un bouton. Leur chanson de mariage avait rempli la pièce... et Raven n'avait pu que fermer les yeux et essayer de ne pas pleurer.

— Danse avec moi ? avait demandé Dave.

Raven avait ouvert les yeux et vu son mari debout devant elle, la main tendue. Elle l'avait prise et il avait enroulé son autre bras autour de sa taille, l'attirant contre lui jusqu'à ce qu'ils soient collés l'un à l'autre des hanches jusqu'au torse. Elle avait posé sa tête sur son épaule tandis qu'ils commençaient à se balancer d'avant en arrière.

— Ce n'est pas très chic, mais je ne voulais rien de plus que te tenir dans mes bras. Je ne voulais pas t'emmener voir un spectacle où nous serions entourés d'inconnus et où je ne pourrais pas t'embrasser quand je le désirais, avait-il dit doucement.

— Il n'y a pas encore eu beaucoup de baisers, avait dit Raven avec un petit sourire.

Les yeux brillants, Dave s'était penché en avant et avait effleuré ses lèvres des siennes. Une fois, puis deux.

Sa barbe chatouillait, mais elle adorait cela.

— Arrête de me taquiner, s'était plainte Raven.

Elle avait vu ses pupilles se dilater juste un instant avant que sa tête se baisse et qu'il l'embrasse avec tant de passion que ses genoux avaient faibli. Mais bien entendu, Dave ne l'avait pas laissée tomber. Il l'avait immédiatement soulevée, sans rompre leur baiser, et il l'avait emmenée dans la pièce du fond, où il y *avait des rangées et des rangées de tables de billard. Il l'avait posée sur la plus proche et s'était mis à lui montrer exactement à quel point il l'aimait.*

Puis, il l'avait emmenée dans son bureau, dans l'arrière-boutique, et s'était assis sur sa chaise pendant qu'elle lui avait fait une fellation extraordinaire. Ensuite, il l'avait ramenée dans le bar avec les lumières clignotantes et avait dansé avec elle une heure de plus. À un moment, il avait sorti l'appareil photo Polaroïd qu'il rangeait derrière le bar et qu'il utilisait pour prendre des photographies de ses clients, et tandis qu'elle avait ri à gorge déployée, il l'avait prise en photo.

Il l'avait fièrement accrochée derrière le bar et lui avait dit qu'à présent, quand il travaillerait, il n'aurait qu'à se retourner pour voir son beau visage chaque fois qu'il le désirait.

La nuit avait été magique. Ils avaient parlé d'agrandir la famille. Ils souhaitaient tous les deux au moins deux enfants, mais elle n'avait pas été contre le fait d'en avoir trois. Ils avaient à nouveau fait l'amour chez eux cette nuit-là, sans utiliser de préservatif pour la première fois. Certains que leur amour durerait toujours, et qu'avec un peu de chance, un an plus tard, ils étendraient cet amour pour y inclure un bébé.

Une larme coula de l'œil de Mags avant qu'elle ne puisse l'essuyer. Bien entendu, ce n'était pas ce qu'il s'était passé. Il n'y avait pas eu de bébé, même s'ils avaient essayé d'en avoir un, et elle avait été enlevée pendant ce qui avait été l'un de ses voyages les plus amusants de sa vie. Elle avait été tellement enthousiaste à l'idée de visiter Las Vegas. Elle n'aurait jamais deviné qu'un séjour innocent pour célébrer leur anniversaire de mariage aurait pu terminer aussi terriblement mal.

Mags écouta attentivement et n'entendit rien à l'extérieur de la cabane. Elle savait que Dave ne serait pas parti. Elle se sentait coupable qu'il dorme à l'extérieur sur la terre dure. Mais cela était également... bon. Elle s'était attendue à ne jamais revoir son mari. Elle s'était résignée à vivre le reste de sa vie là, au Pérou. Elle voulait s'accrocher à lui, lui dire de l'emmener, lui dire qu'elle avait prié pour le revoir chaque jour depuis qu'ils avaient été séparés. Mais elle ne pouvait pas le faire. Non seulement elle n'était pas la même personne dont il était tombé amoureux, mais elle avait... des responsabilités à cet endroit.

Levant la tête, Mags jeta un œil autour d'elle, dans la cabane. Elle pouvait à peine distinguer les autres femmes, mais elle savait qu'elles étaient là. En soupirant, elle reposa sa tête sur la paillasse. Voir Dave tous les jours la rendrait faible. Plus faible qu'elle ne l'était déjà. Elle ne pouvait pas le laisser la convaincre de partir avec lui... et elle savait qu'il essayerait de le faire. Elle aimait cet homme de tout son être, mais il n'avait pas sa place dans son monde.

Prenant une des décisions les plus difficiles de sa vie, Mags ferma les yeux. Le lendemain, elle se faufilerait par l'arrière de la cabane tôt le matin, avant que Dave se réveille. Elle garderait ses distances toute la journée. S'il ne pouvait pas lui parler, il ne pourrait pas la convaincre de retourner au Colorado.

Il finirait par comprendre le message et partir. Ce serait pour le mieux. Pour lui *et* pour elle.

Elle refusait d'admettre comme cette pensée était déprimante.

5

Dave soupira de frustration. Cela faisait une semaine qu'il était à Lima et il n'avait vu Raven que quelques fois. Elle l'évitait, et cela commençait à l'énerver. Il essayait d'être patient, de lui donner de l'espace pour accepter le fait qu'il soit là, qu'il l'avait trouvée, mais au final, son refus d'être près de lui le détruisait.

Lorsqu'il avait imaginé ses retrouvailles avec sa femme, il n'avait envisagé à aucun moment qu'elle n'en serait pas ravie. Il avait supposé que les choses pourraient être gênantes, qu'elle serait mal à l'aise, mais qu'elle finirait par réaliser à quel point elle avait été chanceuse et qu'ils repartiraient au Colorado. Mais bien entendu, c'était loin d'être ce qu'il s'était passé et Dave n'était pas sûr de savoir quoi faire.

Il avait passé toutes les nuits depuis qu'il était arrivé à dormir à l'extérieur de la cabane que Raven considérait comme sa maison. Et chaque matin, quand l'une des autres femmes faisait glisser la porte en métal, il découvrait que son épouse était sortie discrètement pour ne pas avoir à lui parler.

Les *autres* femmes semblaient l'apprécier. Même si elles

ne pouvaient pas vraiment avoir des conversations profondes, elles trouvaient des moyens de communiquer. Les Mercenaires Rebelles apportaient de la nourriture et de l'eau chaque matin et Teresa et les autres femmes cuisinaient. Elles riaient, souriaient et semblaient vraiment heureuses qu'ils soient là. Au contraire, Dave n'avait vu sa femme que quelques minutes chaque soir. Elle avait toujours l'air stressée et exténuée et il avait envie de l'emmener immédiatement au motel et de l'obliger à lui parler.

Il avait réalisé après s'être réveillé le premier matin qu'il y avait une sortie à l'arrière de la cabane, mais au lieu de demander à l'un des autres hommes de la suivre, il avait décidé de lui donner un peu d'espace pour mettre en ordre ce qui la travaillait... mais à présent, après plusieurs jours, il en avait assez.

Zara était venue prendre le petit-déjeuner avec les femmes ce matin-là, escortée par trois des membres de l'équipe de Dave – personne n'était jamais laissé seul dans le barrio – et elle jouait avec plaisir le rôle d'interprète. Elle sembla surprise et consternée d'entendre que Raven était partie tous les jours cette semaine-là. D'après les autres femmes, elle ne parlait jamais de l'endroit où elle allait, mais il était évident qu'elle ne mangeait pas bien et qu'elle semblait au bout du rouleau.

— Comment avancent les détails de la clinique ? demanda Dave à Zara quand ils furent en train de manger, assis sur le sol en terre de la cabane.

— Bien. Daniela est ravie. Elle dit qu'il y a une maison plus grande pas très loin de celle qu'elle utilise à présent et qui serait parfaite.

Dave fut frappé par une idée à ce moment-là.

— Qu'est-ce qu'il va se passer avec la maison qu'elle utilise maintenant ?

Zara haussa les épaules.

— Je suppose que quelqu'un d'autre va venir y vivre.

Dave se pencha vers elle.

— Je veux l'acheter.

Zara sourcilla de surprise.

— Quoi ?

— Je veux l'acheter. Teresa, Bonita, Gabriella, Carmen et Maria peuvent aller y vivre. Ce sera plus sûr que ça. Au moins, elle a une porte qui ferme à clé, pas vrai ?

— J'avais déjà l'intention de leur offrir une maison, répondit Zara.

— Eh bien, maintenant, tu n'as plus à le faire. Tu peux garder ton argent. Ou le donner à Daniela pour la nouvelle clinique, lui dit Dave, ne cédant pas.

Zara le fixa du regard un moment, puis hocha enfin la tête.

Les autres femmes les regardaient, Zara et lui, essayant de suivre la conversation et n'y parvenant pas. Mais quand Dave prononça leurs noms, Bonita posa une question à Zara.

Elle se tourna vers elles et répondit en espagnol.

Les cinq femmes regardèrent Dave d'un air choqué. Elles écarquillaient les yeux et Carmen était bouche bée.

— *¿Por qué ?* demanda doucement Maria.

— Pourquoi ? Parce que ce serait plus sûr, expliqua Dave tandis que Zara traduisait. Parce qu'aucune femme ne devrait avoir peur de fermer les yeux pour dormir la nuit. Parce que vous êtes les amies de Raven. Parce que vous avez besoin d'une pause et je peux me permettre de vous la donner. Je n'étais pas là pour aider quand vous en aviez le plus besoin, mais je peux aider à présent, et je le ferai.

Gabriella pleurait silencieusement et les autres femmes semblaient sur le point d'éclater en sanglots aussi.

Dave était heureux d'aider. Il ne le faisait pas pour essayer d'utiliser une ruse afin de récupérer l'affection de sa femme. Bon sang, elle ne lui donnait même pas le temps de faire autre chose que la saluer le soir. Mais ces femmes étaient ses amies. Elles avaient aidé à la fois sa Raven et Zara, et cela avait plus d'importance pour lui que quoi que ce soit d'autre. Il ferait tout ce qu'il fallait pour s'assurer qu'elles soient en sécurité et dans un environnement sain.

Avant que qui que ce soit puisse ajouter quelque chose, des cris se firent entendre à l'extérieur. Soudain, toutes les femmes eurent l'air terrifiées.

— Que se passe-t-il ? demanda Dave à Zara.

— Ruben, murmura-t-elle. Peut-être qu'ils ne savent pas que nous sommes là.

Mais juste après que Zara avait parlé, une voix d'homme s'éleva et Dave reconnut le nom de Raven.

Il serra les poings et se leva, ravi que la confrontation à laquelle il s'était attendu bien avant ce moment-là arrive enfin.

Zara sortit son téléphone, probablement pour appeler Meat.

— Restez à l'intérieur, ordonna-t-il aux femmes, et il désigna le sol pour accentuer ce qu'il avait dit, étant donné qu'elles ne pouvaient pas le comprendre.

Personne ne fit un seul geste tandis qu'il faisait glisser la porte en métal et qu'il sortait. Il prit le temps de la refermer derrière lui. Il savait que si les choses devenaient incontrôlables, Zara et les autres pourraient sortir par l'arrière de la cabane, il ne s'inquiétait donc pas trop qu'elles soient coincées à l'intérieur de leur abri délabré.

Levant les yeux, Dave vit un groupe d'hommes sveltes portant des vêtements sales et affichant des sourires suffisants. Il devait s'agir de Ruben et de certains de ses amis. Ils étaient les brutes du barrio et ni la police ni l'armée ne semblaient se préoccuper de ce qu'ils faisaient. Zara était sûre qu'ils étaient payés par del Rio pour aider à livrer des enfants et des femmes sans défense. C'était l'une des raisons pour lesquelles la dernière mission des Mercenaires Rebelles à Lima avait presque spectaculairement échoué. Ces hommes et le groupe de militaires avec qui ils avaient travaillé n'avaient eu aucune intention de laisser l'équipe réussir à secourir les femmes et les enfants qui étaient destinés à être remis à del Rio.

Cette pensée énerva encore plus Dave. Comment ces hommes osaient-ils trahir les leurs ? Comment se sentiraient-ils si c'était *leurs* femmes et enfants qui étaient vendus ? Cependant, il était évident que ces brutes n'étaient pas mariées et ils n'avaient définitivement pas d'enfants qu'ils aimaient et chérissaient. Ils étaient trop imbus d'eux-mêmes pour se sentir concerné par quelqu'un d'autre, et de toute évidence, ils désiraient le pouvoir qui accompagnait le fait d'être des petits tyrans.

Dave plissa les yeux en regardant les hommes. C'étaient eux qui avaient fait du mal à Meat et Black. Il le sentait dans ses os. Ils avaient également tourmenté sa femme et ses amies, sans parler des autres résidents du barrio. Il n'avait pas peur d'eux, pas même un peu. En réalité, il avait besoin de cet exutoire pratique pour sa frustration.

L'homme situé devant les autres – Dave supposait qu'il s'agissait de Ruben en personne – dit quelque chose en espagnol et Dave se contenta de croiser les bras sur son torse. Il n'avait pas besoin de savoir ce qu'ils disaient ; il les comprenait d'après leur ton. Ils n'étaient pas contents qu'il soit là et ils voulaient l'effrayer afin qu'il parte. Eh bien, qu'ils aillent se faire voir. Il n'avait pas l'intention de partir sans sa femme, et étant donné qu'elle ne semblait pas vouloir avoir affaire à lui, il allait apparemment rester là pendant longtemps.

Il fronça les sourcils en les regardant et ne céda pas, ce qui sembla les énerver davantage. Au lieu d'écouter leurs mots, qu'il ne pouvait pas comprendre de toute façon, Dave se concentra sur leur langage corporel.

Ruben fit signe à deux des hommes et ils se déployèrent, tentant de l'encercler. Dave laissa retomber ses bras et tourna la tête, étirant les muscles de son cou, raides à cause des nuits passées à dormir sur le sol dur. Il attendait avec impatience la bagarre imminente. Il ne s'était pas entraîné depuis un moment, et frapper ces hommes l'aiderait à soulager sa frustration et sa colère à propos de la situation dans laquelle il se trouvait. Black et Meat avaient beau avoir été pris par surprise par Ruben et sa bande quelques mois plus tôt, Dave était plus que prêt.

L'homme à sa droite bougea le premier, bondissant sur Dave en criant. Il tenait à la main une grosse branche d'arbre et la fit balancer vers sa tête. Dave se tourna contre le coup, faisant littéralement rebondir l'arme sur son dos, avant de se tourner à nouveau et d'agripper l'homme plus petit par le cou et d'enfoncer son autre poing dans son visage. L'homme tomba comme une pierre, et après cela, la bagarre commença.

Dave se battit comme un fou. Il s'agissait des gens qui avaient terrorisé Raven et ses amies pendant des années. Ils pensaient qu'ils dirigeaient le barrio et ils n'y réfléchissaient pas à deux fois avant de prendre ce qu'ils voulaient, que ce soit de la nourriture, de l'argent, des biens ou même des femmes.

Dave n'était pas un soldat, il n'avait jamais étudié le combat rapproché, mais c'était un homme fort qui possédait un bar et qui avait dû faire face à sa part d'hommes violents et ivres. Il était également déterminé à donner une leçon à ces salauds. Il avait l'impression d'avoir la force de dix hommes. Chaque fois qu'il frappait quelqu'un, il imaginait qu'il s'agissait de del Rio, ou de l'un des hommes qui avaient violé sa femme.

Il donna des coups de pied et de poing à Ruben et ses amis, sentant la satisfaction chaque fois qu'il touchait quelqu'un. Son tee-shirt était couvert de sang provenant de son contact avec la chair vulnérable et il savait que ses jointures étaient en lambeaux, mais il n'arrêta pas.

Il n'était pas en train de perdre la bataille, mais il ne gagnait pas beaucoup de terrain non plus... principalement parce que dès qu'il mettait K.O. l'un des voyous, un autre se jetait dans la mêlée.

Dave ignorait combien de temps il se battit, mais finalement, du coin de l'œil, il vit Meat, Ball et Gray s'élancer vers lui dans la ruelle. Ils patrouillaient dans le barrio et avaient probablement été alertés par l'appel de Zara.

Les renforts étaient arrivés, et cela donna une nouvelle explosion d'énergie à Dave.

Grâce à leur arrivée, l'avantage tourna rapidement en faveur des Mercenaires Rebelles. Cinq minutes plus tard, les brutes qui étaient encore debout s'étaient enfuies. Il y avait plusieurs hommes allongés par terre, inconscients, à leurs pieds et Gray tenait un Ruben à moitié conscient dans une prise indestructible de ses biceps.

Dave entendit la porte en métal derrière eux glisser et il ne se donna pas la peine de se retourner pour voir quelle femme avait été assez courageuse pour prendre ce risque. Il se dirigea à grands pas vers Ruben, agrippa brutalement son cou et l'obligea à le regarder dans les yeux.

— Ne t'approche pas de ma femme, grogna Dave.

Zara traduit les mots derrière lui. Dave n'était pas surpris de savoir que c'était elle qui était sortie de la cabane. Elle avait probablement tout observé depuis le début. Cependant, Dieu merci, elle avait été assez intelligente pour ne pas sortir et se joindre à eux. Dave l'aurait protégée plutôt que de se concentrer sur le fait de tabasser tous ceux qui s'approchaient suffisamment pour le toucher.

Ruben lui lança un regard noir.

— Je suis sérieux. Ces femmes sont interdites d'accès. Maintenant et pour toujours. Si tu fais ne serait-ce que les regarder d'un air louche à nouveau, tu le regretteras.

Ruben ricana et dit quelque chose en espagnol.

Zara traduisit.

— Tu as commis une erreur aujourd'hui, gringo. Je suis puissant ici. À la seconde où tu partiras, les femmes disparaîtront aussi. Del Rio s'en assurera.

Dave resserra son emprise sur le cou de Ruben jusqu'à ce que le visage de l'autre homme devienne violet.

— Écoute-moi, et écoute-moi bien, dit Dave d'une voix grave et mortelle. Je sais que tu crois être un gros bonnet ici, dans le barrio, mais j'ai plus de pouvoir que tu n'en auras *jamais*. J'ai des amis dans le monde entier. Tu penses que tu es en sécurité parce que tu as des amis dans l'armée péruvienne ? Ils ne sont rien comparés aux *miens*. Tu as une vie plutôt confortable dans le barrio, mais je peux faire en sorte que toi et tes amis soyez envoyés en prison d'un seul coup de fil. Tant que tu laisses mes amies tranquilles, tu peux continuer à être le caïd de ton petit monde. Mais si tu fais ne serait-ce que les regarder de travers et que j'en entends parler, tu es fini.

Il fallut un moment pour que Zara traduise, mais Dave vit la seconde à laquelle Ruben assimila ses mots. L'homme perdit une partie de sa bravade. Il continua de le fusiller du regard, mais Dave vit le malaise dans ses yeux.

— Et del Rio est un lâche. Il se cache derrière des gens comme *toi*, il compte sur toi pour faire son sale boulot pendant qu'il reste assis dans son énorme manoir avec tant d'argent qu'il ne sait plus quoi en faire. Tu es un imbécile pour exécuter ses ordres. Écoute bien : mes hommes et moi n'avons tué aucun de tes amis aujourd'hui, mais ne te leurre pas, si on nous attaque à nouveau, nous n'hésiterons pas à faire ce qu'il faut. Et ces contacts dont j'ai parlé ? Ils s'assure-ront que nous n'allions pas en prison, alors réfléchis soigneusement à tes choix.

À la seconde où Zara termina de traduire, Dave repoussa Ruben et Gray le lâcha en même temps. Ruben s'affala et resta par terre un long moment avant de se remettre sur pied et de s'éloigner sans un regard pour ses camarades encore inconscients sur le sol.

Zara se précipita vers Meat et passa ses bras autour de lui.

— Où sont les autres femmes ? demanda Dave.

— Elles sont sorties par l'arrière, dit Zara.

— Pourquoi n'es-tu pas partie aussi ? la réprimanda Meat.

Elle lui lança un regard noir.

— Comme si j'allais partir.

Meat secoua la tête et leva les yeux au ciel face à sa réponse têtue.

Dave secoua les mains, ignorant la douleur qui les traversait, et commença à descendre l'allée.

— Où est-ce que tu vas ? cria Ball.

— Je vais appeler certains de mes contacts, dit Dave sans se retourner. Il faut que les femmes partent d'ici. Immédia-tement. La nouvelle clinique doit ouvrir maintenant pour que Daniela puisse aller y vivre et que les autres puissent avoir sa maison. J'en ai assez de tourner autour du pot avec tout le monde. Ces conneries s'arrêtent aujourd'hui, et cette clinique va être mise en marche le plus tôt possible. Ce n'est pas la raison pour laquelle nous sommes venus, mais que je sois maudit si je laisse les amies de Raven se débrouiller toutes seules quand nous serons partis.

Il ne fit pas attention aux hommes qui parlaient derrière lui tandis qu'ils se dirigeaient vers la sortie du barrio.

Raven ne serait pas là de la journée, comme cela avait

été la norme depuis une semaine, mais Dave en avait assez de lui donner de l'espace. Il avait besoin qu'elle soit à la maison. En sécurité. Au Colorado. Il lui avait dit qu'il resterait au Pérou si c'était ce qu'elle voulait, mais cette option n'était plus sur la table.

Il n'allait pas rester là, et elle non plus.

Elle avait été seule pendant trop longtemps, mais c'était terminé. Elle était sa femme. Il l'aimait. Ils pourraient trouver une solution à tout le reste... mais elle devait cesser de se cacher de lui. Ce soir-là, lorsqu'elle réapparaîtrait de la cachette où elle disparaissait tous les jours, il s'assurerait qu'elle sache sans le moindre doute ce qu'il ressentait pour elle, et qu'il n'allait plus la laisser le repousser. Ils pourraient trouver des solutions pour ce qu'elle cachait.

Rien n'allait le maintenir éloigné de sa femme. *Rien.*

6

Mags ignora le grondement dans son estomac tandis qu'elle traversait discrètement le barrio. Elle était restée loin de la cabane de plus en plus longtemps chaque jour, car elle se sentait attirée vers son mari de plus en plus fort à chaque seconde qu'il restait. Même si elle n'avait pas passé beaucoup de temps avec lui, tout ce qu'il avait fait depuis qu'il avait refait irruption dans sa vie lui rappelait pourquoi elle l'aimait autant.

Il était protecteur et gentil. Loyal et fort. Il avait changé, certes, cependant, elle aussi. Néanmoins, en ce qui le concernait, tous ses bons traits semblaient juste être devenus encore plus intenses. Dormir sur le sol, à l'extérieur de la cabane où elle vivait ? C'était fou, mais il ne semblait même pas y réfléchir à deux fois.

Elle savait que ce n'était qu'une question de temps avant qu'elle cède et qu'elle lui dise à quel point elle l'aimait encore et à quel point elle avait peur. Elle avait pensé que si elle l'évitait assez longtemps, il finirait par comprendre le message et par la laisser tranquille.

Mais elle se faisait des illusions. Elle le savait. Il était impossible que Dave s'en aille. Pas à ce moment-là. Pas quand il l'avait trouvée après dix longues années. Ce n'était pas le genre d'homme qu'il était. Même s'il s'était remarié et qu'il avait eu une famille, il ferait quand même tout ce qui était en son pouvoir pour la ramener aux États-Unis, pour s'assurer qu'elle soit en sécurité. Mais savoir qu'il n'avait pas de famille, qu'il n'était pas passé à autre chose, rendait encore plus évident le fait qu'il ne l'abandonnerait jamais là. Qu'il ferait tout ce qu'il fallait pour la pousser à lui parler.

Elle doutait tellement. À vrai dire, elle ne voulait *pas* que Dave parte... mais elle n'était pas sûre d'être assez courageuse pour lui dire pourquoi elle devait rester.

Le soleil s'était couché et le barrio était sombre, mais elle trouva facilement son chemin le long de l'allée et jusqu'à la cahute. Curieusement, elle entendit des rires provenant des quelques cabanes situées près de la sienne. Elle ne se souvenait pas de la dernière fois où elle avait entendu de la joie dans leur monde lugubre et déprimant.

Et en y réfléchissant, elle n'avait pas vu Ruben et ses amis rôder dans les parages non plus. D'habitude, elle voyait au moins l'un d'entre eux en entrant dans le barrio. Ils surveillaient toutes les personnes qui allaient et venaient, mais elle n'avait vu aucun regard indiscret ce soir-là.

Un peu inquiète, Mags se faufila par l'entrée du fond du foyer qu'elle partageait avec ses amies, et s'arrêta dans son élan.

Dave était là. Il ne dormait pas à l'extérieur comme il l'avait fait au cours de la semaine précédente. Il était assis sur le sol, au centre de la pièce, jouant aux cartes avec Gabriella, Maria et Teresa pendant que Bonita et Carmen étaient assises et cousaient à proximité. Tout le monde souriait et semblait avoir du bon temps, même si elles ne pouvaient pas comprendre un mot de ce que disait Dave.

Cependant, à la seconde où le groupe la vit, les sourires

s'effacèrent de leurs visages et elles la regardèrent avec inquiétude.

— Est-ce que ça va ? demanda Carmen.

— Bien sûr. Pourquoi ça n'irait pas ? demanda Mags.

Elle ne pouvait pas s'empêcher de fixer Dave du regard. Ses yeux étaient naturellement attirés vers lui. Et tandis qu'elle l'examinait de près dans la lumière tamisée, son cœur s'arrêta une seconde avant de reprendre deux fois plus vite.

Il avait un œil au beurre noir et ce qui ressemblait à un début d'hématomes sur le visage. Ses jointures étaient fendues et il était plus qu'évident qu'il s'était battu.

— Que s'est-il passé ? demanda-t-elle en espagnol, puis en anglais.

Dave ne répondit pas, se contentant de maintenir son regard intense rivé sur elle, et Mags eut l'impression d'être épinglée sur place.

— Ruben a décidé qu'il en avait assez d'observer et a attaqué Dave, Teresa l'informa-t-elle. Nous ne sommes pas restées sur place pour voir, mais Zara a dit qu'il avait été incroyable. Il a affronté Ruben, Eberto et Alfonso tout seul. Puis, Marcus et Fortuno et d'autres les ont rejoints. Mais Zara a appelé son homme et ils ont accouru. Ils les ont passés à tabac, Mags ! C'était génial !

Les mots de Teresa étaient tous enfilés les uns après les autres tandis qu'elle racontait l'histoire aussi vite que possible.

Les yeux de Mags parcoururent Dave de la tête aux pieds, voulant s'assurer qu'il allait vraiment bien. Ruben était un salaud et une brute typique, et quand il le voulait, il pouvait vraiment rendre la vie infernale dans le barrio. Elle ne parvenait pas à décider si ce que Dave avait fait améliorerait ou empirerait les choses.

Mais ensuite, elle se souvint des rires qu'elle avait entendus. On aurait dit que pour le moment, les choses allaient mieux.

— Il faut qu'on parle, dit Dave en se levant doucement.

Mags avait toujours adoré la domination qu'exerçait son mari par sa taille. Du haut de son mètre quatre-vingt-dix, il était grand, mais avec ses muscles et sa force, il semblait encore plus imposant. Cela lui avait toujours donné l'impression d'être en sécurité... mais après tout ce qu'elle avait subi, à présent, sa taille l'intimidait.

Comme s'il savait ce qu'elle ressentait, Dave fit un pas en arrière.

— Je ne vais *pas* te faire de mal, dit-il, doucement et prudemment.

— Je sais, répondit immédiatement Mags.

Dave secoua la tête.

— De toute évidence, tu ne le sais *pas*, d'après ton langage corporel.

S'obligeant à se détendre, Mags secoua tristement la tête.

— Je ne suis pas la même personne qu'il y a dix ans, lui dit-elle.

— Moi non plus, répliqua-t-il. Mais mon amour pour toi n'a pas changé. En réalité, je crois qu'il est devenu plus intense. J'ai passé chaque moment au cours de dix dernières années à te chercher. Tellement longtemps qu'il est difficile de croire que tu es vraiment debout devant moi. Même si je suis tout juste en train de me rendre compte que tu as beau être là physiquement, je ne t'ai pas encore retrouvée mentalement.

Mags regarda fixement l'homme qu'elle aimait plus que presque tout, et elle sut qu'elle était en train de lui faire du mal. Elle avait su que cela arriverait. C'était l'une des raisons pour lesquelles elle n'avait pas essayé d'entrer en contact avec lui après avoir été congédiée par del Rio. Elle avait l'esprit tellement perturbé qu'elle ne parvenait même pas à se souvenir de qui elle avait été avant d'arriver au Pérou. Sa vie en tant qu'assureuse et épouse de Dave était aussi étrangère que sa vie actuelle l'aurait été pour la personne qu'elle était auparavant.

— Parle-moi, supplia Dave. Dis-moi pourquoi tu m'évites. Pourquoi ne veux-tu pas partir d'ici ? Qu'est-ce qu'il y a ? Qu'est-ce qui te fait rester au Pérou ?

Ce n'était ni l'endroit ni le moment d'avoir cette conversation, mais Mags ne savait pas quoi faire pour l'arrêter. Les autres femmes les observaient attentivement, Dave et elle, leurs têtes tournant d'un côté et de l'autre tandis qu'ils parlaient. Même si elles ne pouvaient pas comprendre ce qui était dit, l'émotion derrière leurs mots était évidente.

Mags secoua la tête. Elle ne pouvait pas le lui dire. Elle ne pouvait pas supporter de voir l'amour dans ses yeux se transformer en dégoût.

— Bon sang, Raven, j'ai passé les dix dernières années à retourner toutes les pierres possibles pour te trouver ! J'en ai appris plus sur le trafic sexuel que je ne l'aurais voulu. J'ai secouru des centaines de femmes et d'enfants et je les ai réunis avec leurs familles. J'en ai vu s'épanouir après leur retour chez eux, et d'autres qui ne semblaient pas pouvoir s'acclimater. Certaines femmes sont retombées dans la prostitution quand elles sont rentrées simplement parce qu'elles ne pouvaient pas faire face.

Mags tressaillit.

La voix de Dave s'adoucit.

— Je sais ce qui t'est arrivé, chérie. Et j'aurais souhaité que cela n'arrive pas. J'ai envie de tuer chacun des salauds qui ont posé la main sur toi. Mais rien de tout cela ne change ce que je ressens. Tu es ma femme. La femme que j'ai promis d'aimer dans les bons moments et dans les mauvais. Et si tu crois que je vais juste tourner le dos et partir, tu te trompes.

— Tu n'as aucune idée de ce que j'ai traversé, dit-elle avec amertume.

— Malheureusement, si, dit tristement Dave. Juste après ton enlèvement... ils ont probablement menacé tes parents et moi. Tu pensais que si tu faisais ce qu'ils disaient, tout irait bien. Je paierais n'importe quelle rançon qu'ils exigeaient et tu rentrerais à la maison après quelques jours. Mais ensuite, ils t'ont probablement droguée. Quand tu as enfin repris tes esprits, tu étais ici. Même si tu ignorais complètement où était « ici ».

Tu as été violée à plusieurs reprises pendant un mois ou deux, et tu t'es probablement débattue comme une folle à chaque fois. Finalement, tu t'es rendu compte que je n'allais pas venir te chercher. Que la situation dans laquelle tu te trouvais était permanente. Après un moment, il est devenu plus facile de tout simplement faire ce qu'on te disait. Tu serais moins battue et peut-être même que tu aurais plus de nourriture si tu obtempérais. Cependant, le fait d'obtempérer a dévoré ton âme... mais tu l'as fait quand même.

Alors que les années passaient, tu as probablement pensé de moins en moins à ton ancienne vie, tu ne pensais qu'à surmonter chaque jour. Tu as peut-être obtenu un meilleur traitement en échange de ta complaisance, et tu as accepté ta vie d'esclave et de prisonnière. Et puis, un jour, tu as été trop vieille ou trop ennuyeuse pour attirer les clients. Ils avaient eu leur dose et ils voulaient des partenaires plus jeunes et plus excitantes. Tu as été jetée sur le trottoir, avec nulle part où aller et aucun moyen d'entrer en contact avec moi ou avec qui que ce soit de ton ancienne vie. Alors tu t'es débrouillée avec ce que tu avais. Tu t'es fait des amies, tu t'es adaptée.

Mais, Raven, ce n'est *plus* ta vie. Je suis là. Je vais te

ramener à la maison et nous allons trouver un moyen de t'aider à vivre ta vie à nouveau.

Mags s'énerva de plus en plus tandis que Dave parlait. Oui, c'était presque entièrement correct. En réalité, il avait raison à propos de la façon macabre dont s'était déroulée la plus grande partie de sa vie après son enlèvement.

Mais il se trompait complètement à propos de la raison et de la façon dont elle avait été renvoyée. Del Rio ne l'avait pas du tout jetée à la rue, comme elle aurait souhaité qu'il le fasse. Elle était aussi liée à lui à présent qu'elle l'avait été la première nuit où elle avait été enfermée dans une pièce dans son enceinte.

Mais c'était le récit désinvolte de son mari à propos du cauchemar qu'elle avait subi qui la rendait le plus furieuse. Voir son enfer personnel réduit à deux minutes de narration était déprimant.

Elle supposait qu'elle devrait être ravie qu'il n'en dise pas davantage à ce propos.

— Tu en as peut-être appris beaucoup à propos du trafic au cours des années, mais je ne suis pas un de tes cas de charité. Je ne suis pas une victime, siffla-t-elle.

— Alors, parle-moi, rétorqua Dave.

— Tu ne comprendrais pas.

— Ne fais pas ça, dit Dave, l'air agacé.

C'était la première fois qu'il lui avait parlé d'une façon qui révélait sa frustration et, curieusement, Mags préférait qu'il en soit ainsi. Elle aimait presque l'idée qu'il soit en train de perdre le contrôle.

— Que je ne fasse pas quoi ? demanda-t-elle.

— Ne me rejette pas. J'ai prié toutes les nuits pour que le lendemain soit le jour où je te trouverais, et quand Zara t'a reconnue sur cette photo, j'ai enfin eu un peu d'espoir que *cette* fois, ce serait vraiment le cas.

— Dave, et si je ne voulais pas être retrouvée ? Est-ce que tu y as pensé un jour ?

— Non.

Sa réponse fut immédiate.

— Tu voulais être retrouvée autant que je voulais te trouver. Mais je ne sais pas ce que tu me caches. J'ai même demandé à Zara, et elle a dit qu'elle ne le savait pas.

— Tu as interrogé mes amies ? demanda Mags, ayant envie de lui crier de laisser tomber, de la laisser tranquille.

— C'est un mot plutôt dur. Oui, je leur ai parlé. Je leur ai demandé ce qu'elles savaient à propos de toi et de l'endroit tu disparais pendant la journée, dit son mari sans la moindre trace de culpabilité dans la voix. Mais il faut que tu saches que je ferai tout ce qu'il faut pour découvrir ce qu'il se passe et pour te protéger.

Dave était devenu bien plus entêté au cours des années. Mags ne se souvenait pas de l'avoir vu aussi insistant quand ils étaient mariés. Il avait été aimant et il n'avait pas insisté quand elle était grincheuse ou simplement fatiguée et qu'elle n'avait pas eu envie de parler. Elle trouvait sa persistance frustrante et elle ne savait pas comment faire pour qu'il la laisse tranquille. Comment le faire partir.

Mis à part peut-être une chose...

Elle pourrait lui dire la vérité.

Se sentant froide et morte à l'intérieur, elle demanda :

— Tu veux savoir ce qu'il se passe, Dave ?

— Oui, dit-il immédiatement.

— Tu ne seras pas capable de le supporter, le prévint-elle.

— Mets-moi à l'épreuve.

Il était tellement sûr que rien de ce qu'elle pourrait dire ne l'affecterait, et cela agaçait sérieusement Mags. Il n'avait aucune idée de ce qu'elle avait subi. Peu importe à combien d'autres victimes il avait parlé. Il ne connaissait pas *ses* choix. Les sacrifices qu'*elle* avait faits au cours des années. Dave pensait qu'il savait tout à propos du trafic sexuel et du fonctionnement du monde, mais il ignorait ce qui lui était arrivé à *elle*.

Elle était consciente qu'une partie de sa colère était due au fait que son mari avait réussi à secourir des centaines d'autres femmes et d'enfants, mais qu'il ne l'avait pas trouvée, *elle*. Il était essentiellement là accidentellement.

Elle savait également que ses sentiments étaient irrationnels. Il était évident que Dave avait fait tout ce qu'il pouvait pour la trouver et qu'au fond, elle avait encore du mal à accepter la tournure qu'avait prise sa vie.

Par conséquent, elle s'en prit à la seule personne qui, malgré tout, était encore cent pour cent de son côté.

— D'accord. Je n'ai pas été renvoyée de l'opération de del Rio parce que j'étais trop vieille, même si c'est certainement le cas. J'ai passé un accord avec lui. Un accord avec le diable.

Dave s'immobilisa, et pour la première fois, elle vit de l'incertitude s'immiscer dans son regard.

— Quel genre d'accord ? demanda-t-il.

— Je lui ai promis que je lui permettrais d'augmenter le nombre de clients que je voyais tous les jours pendant sept mois si en échange, il me laissait me retirer.

Dave fronça les sourcils et déglutit difficilement.

— Et ? Il doit y avoir autre chose que ça. Les hommes comme del Rio ne laissent pas leurs employées prendre ces décisions.

Il avait raison. Et cela irrita Mags à nouveau.

— Oui, eh bien, d'habitude, les « employées » de del Rio ne le supplient pas pour garder le bébé qu'un de leurs clients leur a laissé.

Voilà. Elle l'avait dit.

Et elle obtint exactement la réaction à laquelle elle s'était attendue.

Dave écarquilla les yeux sous le choc et il en resta bouche bée.

— Un bébé ? demanda-t-il.

À ces mots, les autres femmes se redressèrent et regardèrent Mags d'un air béat.

Elle les ignora et maintint le regard rivé sur son mari.

— Oui, Dave. Je suis tombée enceinte. C'était un miracle.

Et ça l'était. Dave et elle avaient essayé d'avoir un enfant pendant deux ans, en vain. Les médecins avaient dit qu'il y avait un problème à la fois avec la numération de spermatozoïdes de Dave et avec la fertilité de Mags. La probabilité qu'ils aient un enfant ensemble était extrêmement basse. Cela les avait dévastés tous les deux, mais après deux ans, ils avaient décidé d'essayer d'adopter.

Mais ensuite, elle avait été enlevée et les choses en étaient restées là.

— Comment ? murmura Dave.

Mags haussa les épaules.

— Del Rio n'exige pas que les clients utilisent un préservatif, même si la plupart le faisaient quand j'insistais. Apparemment, l'un des hommes qui ont payé pour le privilège d'être avec moi a réussi l'impossible, et je voulais ce bébé. Suffisamment fort pour dire à del Rio que je serais disposée à prendre plus d'hommes, à lui faire gagner plus d'argent, jusqu'à mon neuvième mois. Tu ne t'imagines pas le nombre de mecs qui fantasment sur le fait de se taper une fille enceinte.

Elle était délibérément grossière à présent. Elle ne pouvait tout simplement pas s'arrêter. Elle voulait faire du mal à Dave. Et elle n'était même pas sûre de savoir pourquoi. Peut-être parce qu'elle savait qu'après cette conversation, il retournerait probablement aux États-Unis dès que possible. Elle serait seule à nouveau. Il était impossible qu'il veuille encore être avec elle après avoir entendu tout cela. Et elle avait besoin qu'il s'en aille. Elle avait besoin d'arrêter de penser au passé et de rêver d'un avenir impossible. Elle était une ancienne prostituée, peu importe qu'elle n'ait pas voulu participer à l'opération dégoûtante de del Rio en premier lieu.

— Alors j'ai laissé autant d'hommes que del Rio le voulait monter sur mon lit pendant sept longs mois, et j'ai fait semblant d'adorer ça. Quand le moment est venu pour moi d'avoir le bébé, il m'a enfermée dans ma chambre et m'a dit que si je survivais à l'accouchement, il envisagerait de me laisser partir. J'avais tellement peur... Je ne savais pas du tout ce que j'étais en train de faire. Mais je l'ai fait. Mon fils est né, et il était parfait, du sommet de sa tête à la pointe de ses orteils.

— Où est-il, à présent ? demanda Dave d'un ton sinistrement doux.

C'était la partie la plus dure de toutes. La partie qui rendait Mags tellement furieuse qu'elle pourrait littéralement tuer del Rio à mains nues.

— C'est del Rio qui l'a. Il a dit que je pouvais partir, mais que je ne pouvais pas prendre mon bébé avec moi. Il le détient dans une maison, pas très loin de son établissement. Il est élevé par certaines des autres femmes qui travaillent pour del Rio. Il est également surveillé vingt-quatre heures sur vingt-quatre. Il est aussi prisonnier que je l'étais, mis à part le fait qu'il mange trois fois par jour et qu'il est en sécurité. Del Rio se fout de David, mais il ne veut pas que *je* puisse l'avoir non plus. Il adore savoir que je ne peux toujours pas partir, même si je lui ai échappé. Il me laisse voir mon fils trois fois par semaine, le lundi, le mercredi et le vendredi. Je ne suis pas autorisée à manger la nourriture qu'il y a là-bas, et je ne peux rien emporter avec moi.

Mon fils est ce qu'il y a de plus important dans ma vie, et je ne vais *pas* l'abandonner. Je ne peux pas.

Pendant qu'elle parlait, le visage de Dave était devenu blanc comme la neige qui tombait autrefois à l'extérieur de leur maison à Colorado Springs. Cela faisait dix ans que Mags n'en avait pas vu, mais elle se rappelait combien tout était aveuglément blanc après une chute de neige fraîche. Et c'était exactement à cela que son mari ressemblait à présent.

— Tu as appelé ton fils David ? demanda-t-il enfin.

Merde !

Mags n'avait pas eu l'intention de laisser échapper cette information.

À contrecœur, elle hocha la tête.

— Je ne sais pas qui est le père. Je suis tombée enceinte de l'une des centaines d'hommes qui ont payé del Rio pour me baiser, dit sobrement Mags. Mais il est à *moi*. Je lui ai donné mon nom de jeune fille, Crawford. Et je ne sais pas comment, mais un jour, je vais le faire sortir de là, et nous vivrons libres de del Rio.

— Quel âge a-t-il ?

— Quatre ans et demi.

Mags soutint fermement le regard de Dave. Elle n'avait pas honte de son fils. Peu importe comment il avait été conçu et ce qu'elle avait dû faire pour le garder. Tout ce qui comptait, c'était qu'il était à elle, et qu'il était un beau petit garçon presque heureux.

Sans ajouter un mot, Dave baissa les yeux, adressa un signe de la tête aux autres femmes encore assises sur le sol, qui le fixaient du regard, et à Mags puis se tourna vers la porte.

Puis, il fit glisser le morceau de métal de l'ouverture et s'en alla, refermant silencieusement la porte derrière lui.

L'estomac de Mags sombra. Elle eut instantanément l'impression qu'elle allait vomir.

Dave avait fait exactement ce qu'elle s'était dit qu'elle voulait. Il était parti. Il ne pouvait pas faire face au fait qu'elle avait eu le bébé d'un autre homme... et elle n'avait jamais été aussi dévastée.

— Qu'est-ce qu'il vient de se passer ? demanda Bonita avec insistance.

— Il est parti, dit doucement Mags en espagnol.

— Suis-le ! l'exhorta Teresa.

Mags secoua la tête.

— Je ne peux pas.

— Tu as un bébé ? demanda gentiment Gabriella.

Levant les yeux vers la femme la plus jeune de leur petit groupe, Mags acquiesça.

— Tu as compris ?

Gabriella haussa les épaules.

— En partie. Avant, je vous écoutais parler, Zara et toi, et j'ai appris quelques mots ici et là. Où est ton fils ? Pourquoi est-ce qu'il n'est pas ici avec toi ?

Mags avait envie de pleurer. Elle voulait s'allonger et sangloter à cause des injustices de la vie, mais les femmes rassemblées autour d'elle avaient subi autant de chagrin qu'elle. Au lieu de cela, sans répondre à Gabriella, elle se dirigea vers le feu, à côté duquel un seul repas était posé, enroulé dans du papier aluminium, prêt à être mangé.

Durant la semaine précédente, Dave s'était toujours assuré de lui apporter quelque chose à manger tous les soirs. Même si elle l'avait évité et qu'elle l'avait traité comme du purin, il avait quand même pris soin d'elle.

Elle s'assit et ouvrit doucement l'aluminium.

Fermant les yeux, Mags sentit sa poitrine se serrer. D'une manière ou d'une autre, Dave avait trouvé des nuggets de poulet et des frites. C'était son plat préféré, et

autrefois, il la taquinait en lui disant qu'elle se transforme-
rait en nugget de poulet si elle n'en mangeait pas moins.

La nourriture était tiède et un peu difficile à mâcher,
mais Mags ne pensait pas avoir mangé un meilleur nugget
de toute sa vie.

Réalisant qu'elle avait enfin perdu l'homme qu'elle
aimait encore de tout son cœur, elle commença à raconter à
ses amies comment elle en était arrivée à avoir un fils.

* * *

Dave entra dans la chambre du motel dans laquelle il n'avait
pas passé beaucoup de temps, claquant la porte derrière lui
suffisamment fort pour faire trembler le mur.

Ball se redressa sur son lit et demanda :

— Qu'est-ce qu'il se passe, bordel ? Qu'est-ce qui ne va
pas ? Où est Raven ?

— Dans le barrio, dit sèchement Dave.

— Et les autres.

— Là-bas aussi.

— Tu es venu ici pour te changer ou quelque chose
comme ça ? demanda Ball.

— Non. Je vais dormir ici cette nuit. Arrow est encore là-
bas pour monter la garde.

— Merde, dit Ball en passant ses pieds par-dessus le
bord du lit afin de mettre ses bottes.

Il prit son téléphone et cliqua sur un nom. Quelques
secondes plus tard, il parlait.

— Gray, c'est Ball. Dave est de retour. Non… Je ne sais
pas. Arrow surveille les femmes ; je vais aller faire le point
avec lui. Oui, j'en serais reconnaissant. Non, il n'a rien dit et
je ne suis pas sûr que ce soit le moment de demander. D'accord, je vais retrouver Ro dans le hall. Merci. Salut.

Dave ne réagit même pas à la conversation de son ami. Il

était insensible. Il s'allongea sur le lit et posa son bras sur ses yeux.

Il ne parvenait pas à faire sortir de son esprit le regard dévasté sur le visage de Raven. Elle avait eu l'air plutôt réfractaire, et presque nonchalante en lui disant avec combien d'hommes elle avait couché, mais il savait juste en la regardant que chacun d'eux avait rongé une partie de son âme.

Un bébé. Un fils.

Sa femme avait un *fils*.

Il savait qu'il était lâche d'être parti sans un mot. Elle ne le pardonnerait certainement jamais pour cette erreur. Mais à ce moment-là, il ne pouvait pas se faire à l'idée que sa Raven avait un enfant.

C'était quelque chose qu'il avait voulu si désespérément lui donner, et il avait échoué.

Il l'avait tenue dans ses bras le soir suivant leur visite chez le médecin où il leur avait annoncé qu'avoir un enfant biologique n'allait tout simplement pas être possible pour eux. Il avait été tellement inquiet pour elle parce qu'elle n'arrêtait pas de sangloter.

Il avait passé les deux années avant son enlèvement à prier pour être capable d'une manière ou d'une autre de donner à sa femme ce qu'elle voulait le plus dans la vie – et il n'avait pas pu.

Non seulement ça, mais un *inconnu,* quelqu'un qui n'aimait pas Raven, qui se fichait complètement d'elle, avait réussi là où il avait échoué.

La douleur était tellement accablante qu'il avait été difficile pour Dave de rester debout.

Il aurait fait n'importe quoi, payé n'importe quelle somme d'argent, pour donner à Raven l'enfant qu'elle avait tellement souhaité avoir. Et au lieu de cela, elle avait trouvé en enfer ce que son cœur désirait.

Il avait du mal à digérer tout cela. Il n'aurait pas dû la laisser ; il l'avait su à l'instant où il avait fermé la porte... mais il avait besoin d'espace pour accepter à quel point il avait déçu sa femme.

Il n'avait pas été capable de la trouver.

Il n'avait pas été capable de lui donner un enfant.

Il semblait qu'elle s'était principalement très bien débrouillée sans lui.

Tout cela était trop pour lui.

— Dave ? dit doucement Ball. Je vais au barrio. Si tu as besoin de quoi que ce soit, appelle Gray, d'accord ?

Dave hocha la tête, mais il ne prêtait pas vraiment attention à son ami. Il essayait encore de digérer ce qu'il venait d'apprendre.

Il avait été tellement arrogant quand il avait dit à sa femme qu'il comprenait ce qu'elle avait subi. Il ne savait rien du tout.

Intellectuellement, il savait ce qu'il lui était arrivé. Qu'elle avait été utilisée et maltraitée. Mais émotionnellement, il n'en avait pas la moindre idée. Elle s'était volontiers permis d'être utilisée afin de sauver la vie de son bébé. Elle avait probablement été terrifiée quand elle avait été enfermée dans une pièce pour avoir son enfant toute seule. Mais elle l'avait fait. Elle avait fait ce qui avait été nécessaire, tout comme elle l'avait fait tous les jours depuis qu'elle avait été enlevée.

Elle n'avait pas besoin qu'il s'occupe d'elle. Qu'il la protège. Elle s'en était bien sortie toute seule.

Un enfant. *Putain.*

Quatre ans et demi. Son fils avait quatre ans et demi. Il devait savoir parler et il était à un âge très influençable. Est-ce que les autres femmes prenaient bien soin de lui quand Raven ne pouvait pas être présente ? Et pourquoi del Rio s'accrochait-il à lui ? Quel était le plan ultime ? Le faisait-il uniquement pour torturer Raven ? C'était possible, mais bizarrement, Dave ne pensait pas que ce soit le cas.

Il avait fait beaucoup de recherches à propos de del Rio et il connaissait d'autres hommes comme lui. Il ne faisait rien par largesse de cœur. Il gardait le fils de Raven pour une raison. Et sachant que del Rio n'avait aucun souci à faire du commerce d'enfants comme il le faisait avec les femmes, cela ne présageait rien de bon pour l'enfant.

Le fils de Raven.

David.

Dave se redressa sur le lit, les yeux écarquillés et fixant droit devant lui, ne voyant rien.

Elle avait donné son prénom à son fils.

Il n'avait pas été là pour la sauver. Il n'avait pas été capable de la trouver. Et pourtant, elle avait quand même donné *son* nom à ce qu'elle avait de plus important au monde.

Le brouillard dans lequel Dave avait été perdu depuis qu'il avait entendu que sa femme avait porté un enfant conçu par un autre homme commença doucement à se lever. Il avait été sous le choc, il n'avait pas eu les idées claires.

Il grimaça. Il s'était simplement retourné et était sorti de la cabane quand elle lui avait parlé de son fils. Il aurait dû prendre sa femme dans ses bras et lui dire que tout irait bien. Oui, il avait eu besoin d'intégrer ce qu'elle lui avait dit, mais il aurait dû faire cela *là-bas*, avec elle. Il avait commis beaucoup d'erreurs dans sa vie, mais l'abandonner quand elle s'était enfin ouverte à lui était la plus grave de toutes.

Se levant, Dave s'approcha de la table et prit son ordinateur portable. Il devait retourner voir Raven et arranger les choses avec elle, si cela était possible, mais d'abord, il avait beaucoup de travail à faire. Il avait besoin d'encore plus d'informations à propos de del Rio.

Et il devait joindre ses contacts pour faire en sorte qu'un autre passeport soit préparé.

Celui-là serait plus difficile à obtenir, étant donné que le bébé n'était pas né aux États-Unis et qu'il n'y avait probablement même pas de certificat de naissance.

La raison pour laquelle Raven ne voulait pas quitter le Pérou était claire comme de l'eau de roche à présent. Il ne doutait pas un instant qu'elle aurait trouvé un moyen de sortir du pays et de retourner auprès de lui si elle n'avait pas eu son fils. Il était impossible que Raven abandonne un enfant innocent entre les griffes de del Rio, en particulier s'il s'agissait de son *propre* enfant.

Dave était un imbécile. Il ne méritait pas Raven, mais il s'efforcerait durant tout le reste de sa vie pour s'assurer qu'elle et David ne manquent jamais de rien.

Il ne pouvait pas s'empêcher de penser que Raven et lui avaient perdu beaucoup de temps, mais c'était fait. Elle avait eu ses raisons pour lui cacher l'existence de David, mais maintenant qu'il était au courant, qu'il savait pourquoi elle ne voulait pas quitter le Pérou, il remuerait ciel et terre pour ramener la mère et son fils à la maison.

L'équipe était déjà dans le pays plus longtemps que ce qu'il avait prévu. Dave avait pensé qu'ils arriveraient, retrouveraient Raven et qu'ils partiraient. Les choses étaient plus compliquées à présent, mais Dave n'était pas le responsable des Mercenaires Rebelles pour rien. Il serait capable de résoudre cette situation aussi.

Sa première mission était d'obtenir un passeport pour David Crawford Justice.

La seconde était d'éloigner l'enfant de del Rio.

La troisième était de faire tout ce qui était en son pouvoir pour faire en sorte que sa femme l'aime à nouveau.

Dave marqua une pause et prit une grande inspiration.

David Justice.

Il s'était comporté comme un imbécile insensible quand il avait appris l'existence de l'enfant de Raven. Il avait été sous le choc, il ne pouvait pas le nier. *Il* avait voulu être celui qui donnerait un bébé à sa femme. Il avait agi comme un gamin gâté et irritable à qui on ne donnait pas un bonbon après le dîner. Mais maintenant qu'il avait eu un peu de temps pour s'habituer à la nouvelle, il comprenait que David était un sacré miracle.

Dave se fichait de savoir qui était le père biologique : *il* serait le père de l'enfant à partir de ce moment-là.

Penser à un enfant ayant l'ADN de Raven là dehors, dans le monde, le rendait protecteur et plus qu'un peu obsédé. Rien ni personne ne lui ferait du mal. Car faire du mal à l'enfant ferait du mal à Raven, et cela était inacceptable. Elle avait subi trop d'horreurs dans la vie, et qu'il soit maudit si elle passait une minute de plus à s'inquiéter pour l'avenir de son enfant.

Dave avait envie de retourner directement au barrio et de rassurer Raven en lui disant que non seulement il la ferait sortir du Pérou, mais David aussi. Il ne pouvait pas le faire. Pas encore. Ball, Ro et Arrow protégeraient les femmes pendant qu'il s'occuperait de ce qui devait être fait pour leur fils.

Cette pensée le frappa durement.

Leur fils.

Il n'était pas sûr de savoir quand son cerveau était passé de *son* fils à *leur* fils. Cela avait été presque instantané. Mais maintenant que l'idée était là, c'était comme si c'était fait.

Après avoir découvert qu'ils ne pourraient pas avoir d'enfants ensemble, ils avaient parlé de l'adoption. Ils avaient décidé que la façon dont un enfant entrait dans leur vie n'avait pas d'importance, que tout ce qui comptait était qu'ils soient mère et père. Cela n'était pas différent... David avait beau ne pas être son enfant biologique, Raven l'aimait, et il aimait sa femme. Par conséquent, l'enfant faisait maintenant partie de la vie de Dave. Un point c'est tout.

La détermination monta en lui. Del Rio en avait suffisamment pris à sa famille. Il ne prendrait pas cela en plus.

Il ouvrit sa boîte électronique et envoya un message rapide au contact qui lui avait fourni un passeport pour Raven. Il avait besoin d'une photographie et d'une preuve que David était l'enfant biologique de Raven, mais il ne doutait pas un instant de pouvoir les obtenir. Faire sortir l'enfant de la prison dans laquelle il était détenu serait plus compliqué, en particulier en prenant en compte à quel point les propriétés de del Rio étaient bien gardées. Mais connaissant ses Mercenaires Rebelles, ils trouveraient un moyen.

Pour la première fois depuis ses retrouvailles avec Raven, Dave était sûr qu'ils retrouveraient un semblant de la relation qu'ils avaient eue avant qu'elle ne disparaisse. Il y aurait des obstacles sur la route, mais ils y arriveraient. Ensemble.

7

Mags n'était pas sûre de savoir ce qui l'avait réveillée.

Elle avait été allongée sur sa paillasse, remuant et se retournant bien trop longtemps avant de finalement s'assoupir le soir précédent. C'était vendredi, et elle pourrait voir David. Elle pourrait entendre son gloussement enfantin, voir son beau sourire. Il était la seule chose qui l'aidait à tenir d'un jour à l'autre.

Cependant, elle avait encore mal au cœur à cause de Dave.

Elle avait secrètement espéré que, d'une manière ou d'une autre, il comprendrait, et qu'il les voudrait tous les deux, elle *et* son fils. Elle savait que c'était trop demander. Que son mari avait beau être merveilleux, il ne serait jamais capable d'accepter l'enfant d'un autre homme comme étant le sien. Et après qu'il était parti sans un mot, Mags avait su qu'elle avait eu raison. Comment un homme pourrait-il vouloir être avec elle après avoir entendu la dure vérité à propos de ce qu'elle avait fait ?

Dave était incroyable, mais si Mags pouvait à peine faire face à ce que sa vie était devenue, comment le pourrait-il ?

Soupirant fortement, elle commença à se retourner, s'immobilisant quand un bras s'enroula autour de sa taille et qu'un corps se serra contre son dos.

— C'est moi, murmura Dave.

Au lieu de paniquer et de s'écarter de terreur quand il la toucha, une chose tout au fond de Mags se tranquillisa instantanément. Comme si son corps reconnaissait que Dave n'était pas un ennemi. Elle n'était pas complètement à l'aise avec le fait qu'il la touche, mais elle ne se sentait pas menacée non plus.

Auparavant, elle avait adoré les câlins, mais depuis son enlèvement, la sensation d'un homme envahissant son espace la rendait physiquement malade. Elle se sentit un peu nauséeuse à ce moment-là, mais pas suffisamment pour vomir le dîner de la veille.

— Comment es-tu arrivé jusqu'ici sans que personne t'entende ? demanda-t-elle, essayant d'ignorer les sentiments provoqués par l'homme imposant derrière elle.

— Je suis doué à ce point-là, dit Dave avec une touche d'humour dans la voix. Maintenant, tais-toi et écoute-moi.

Mags ouvrit la bouche pour répondre, mais il ne lui donna pas la possibilité de dire quoi que ce soit.

— Je suis désolée d'avoir ressenti ce que j'ai ressenti plus tôt. J'étais sous le choc. Bon sang, j'étais sidéré. Jamais, dans mes rêves les plus fous, avais-je imaginé qu'un *enfant* était la raison pour laquelle tu ne voulais pas quitter le Pérou. Mais une fois que je suis retourné au motel et que j'ai eu la possibilité de réfléchir, je me suis rendu compte que David était un miracle... tout comme sa mère. Et tu avais raison, j'étais un imbécile de dire que je savais ce que tu avais subi. Je ne sais rien du tout. Mais s'il y a une chose que je *sais*, c'est que je t'aime, Raven. Et peu importe le temps qu'il faudra, je vais vous faire sortir d'ici, toi et notre fils, et vous ramener à la maison, là où est votre place. Nous méritons tous d'avoir une fin heureuse, et je suis déterminé à faire en sorte que ce soit le cas.

Mags n'arrivait pas à croire ce qu'elle entendait. Elle n'avait écouté qu'en partie, essayant de lutter contre la réaction que son corps avait parce qu'il était près d'elle, mais quand il avait commencé à parler de son fils, elle ne pouvait pas *ne pas* écouter.

— *Notre* fils ? murmura-t-elle.

— Notre fils, confirma Dave.

— Dave, dit-elle d'une voix étranglée, mais il n'avait pas fini.

— Je veux t'accompagner aujourd'hui. Pour aller le voir.

Elle secoua la tête violemment.

— Non, tu ne peux pas ! Del Rio le découvrira et il ne me laissera plus le voir !

Dave la retourna doucement pour qu'elle soit sur le dos et qu'elle lève les yeux vers lui.

Mags ne pouvait pas s'en empêcher. Elle paniqua. Cela faisait longtemps qu'elle n'avait pas été à la merci d'un homme, mais certaines choses ne pouvaient tout simplement pas être oubliées.

À la seconde où elle commença à perdre le contrôle, Dave comprit ce qu'il se passait. Il les fit rouler doucement jusqu'à ce qu'elle soit à califourchon sur son ventre.

Le changement de position permit à sa panique de s'estomper quelque peu. Elle n'était toujours pas à l'aise, elle se sentait encore trop vulnérable, mais il avait levé les bras et les avait placés de chaque côté de lui, il ne la touchait donc pas. Il ne la tenait pas sur lui d'une quelconque façon.

— Détends-toi, Raven. Je ne te ferai pas de mal, dit-il calmement.

Puisant profondément en elle pour trouver son courage, Mags s'obligea à rester exactement là où elle était.

Même après une décennie, après tous les hommes pour

qui ses sentiments et ce qu'elle voulait n'avaient pas eu d'importance, elle *savait* que Dave ne lui ferait pas de mal.

— Tu ne peux pas venir avec moi, réitéra-t-elle.

— Je resterai caché quand nous nous approcherons de la maison, dit Dave. Mais j'ai besoin de savoir où est David. Quel genre de dispositifs de sécurité il y a, quels seront les obstacles pour le faire sortir. Chérie, secourir des enfants de leurs ravisseurs, c'est ce que les Mercenaires Rebelles et moi faisons. Et puis, je ne peux pas supporter l'idée d'être loin de toi même un jour de plus. J'ai essayé de te donner de l'espace, je ne t'ai pas suivie, même si tout en moi me disait de le faire. S'il te plaît. Même si tu es à l'intérieur de la maison et que je suis à l'extérieur, au moins, je serai près de toi.

Mags ferma les yeux et posa avec hésitation ses paumes sur le torse de Dave. Il était tellement chaud, et elle pouvait sentir son cœur battre sous sa main. Les souvenirs de lui avoir fait l'amour ainsi lui traversèrent l'esprit avant qu'elle ne les interrompe impitoyablement.

C'était un monde différent. Une éternité auparavant.

— Nous devons parler, dit doucement Dave. Nous pouvons discuter en marchant, et cette nuit, je veux te ramener à ma chambre de motel. Tu pourras te doucher et dormir dans un vrai lit. Nous pouvons parler de tout ce que tu veux. Je te parlerai du Pit et de ce que j'ai fait depuis que tu as été enlevée. Tu n'as pas besoin de dire un seul mot de plus à propos de ce qu'il t'est arrivé au cours des dix dernières années si tu n'en as pas envie, mais j'adorerais entendre parler de David. De son premier mot, de ses premiers pas, du genre de nourriture qu'il aime. J'ai raté tellement de choses... et je veux juste tout savoir de lui.

— Tu as encore le Pit ? demanda Mags.

— Oui. Il m'a permis de rester sain d'esprit.

— Est-ce que tu me raconteras comment tu t'es fait ça ?

demanda Mags en passant un doigt sur la grande cicatrice de son cou.

— Je te dirai absolument tout ce que tu veux savoir, dit-il, ses yeux confirmant sa sincérité.

— Tu *dois* rester caché, lui dit Mags, n'arrivant pas à croire qu'elle était en train de céder.

— Je le ferai, dit Dave avec assurance.

— Et quand nous nous approcherons, tu ne pourras pas marcher près de moi.

— D'accord. Mais j'ai besoin que tu fasses quelque chose pour moi aussi.

Le ventre de Mags se serra.

— Quoi ?

— J'ai besoin que tu m'obtiennes l'ADN de David.

Elle fronça les sourcils.

— Pourquoi ?

— Car j'en ai besoin pour prouver qu'il est ton fils biologique. Je te crois, ce n'est pas ça. C'est juste que ce sera plus facile de lui faire un passeport ainsi.

— Un passeport ? Plus facile ?

— Oui, Raven. Nous avons quitté des pays incognito auparavant sans avoir les documents appropriés, et nous pourrions le faire avec David, mais étant donné que nous sommes entrés dans le pays officiellement, avec nos passeports tamponnés et tout ça, ce sera plus facile de passer par les canaux officiels pour ne pas avoir à être séparés de David quand nous rentrerons chez nous. J'ai déjà parlé à mon contact, et il est en train de travailler sur tout cela de son côté, mais cela irait plus vite si nous avions son ADN.

Mags déglutit difficilement.

— Tu as déjà parlé à quelqu'un ?

Le visage de Dave s'adoucit.

— Oui. J'ai honte de la réaction que j'ai eue quand tu

m'as dit que tu avais un fils, mais je me suis sorti la tête des nuages dès que j'ai pu.

Une fois de plus, Mags avait envie de pleurer, mais au lieu de cela, elle demanda :

— Quel genre d'ADN ? Je ne suis pas autorisée à emporter quoi que ce soit dans ou en dehors de la maison.

Un muscle dans la mâchoire de Dave tressaillit en entendant cela, mais il se contenta de demander :

— Et un mouchoir ? Tu pourrais aider David à se moucher et ensuite, mettre le mouchoir dans ta poche. Je ne pense pas que qui que ce soit accorderait de l'importance à un paquet de mouchoirs, si ?

Mags secoua lentement la tête. Non, ce ne serait pas le cas. En réalité, c'était une idée de génie.

— Je peux le faire.

— Bien. Est-ce que tu es autorisée à l'emmener un peu à l'extérieur ?

Elle hocha la tête.

— Juste dans le jardin. Et il y a un garde armé qui nous surveille tout le temps. Il y a aussi un mur en béton autour du jardin, mais il peut y sortir et jouer.

— Parfait. Je prendrai sa photo quand tu l'emmèneras dehors, dans ce cas. Si possible, après qu'il aura couru dans tous les sens pendant un moment, assieds-le sur tes genoux, face au mur. De cette façon, je pourrai faire un zoom sur son visage pendant qu'il ne bouge pas.

La nervosité monta à nouveau en Mags.

— Si on t'attrape...

— Ça n'arrivera pas, dit Dave avec conviction. Je ne ferai rien qui mette en péril notre capacité à quitter le pays, lui dit-il. Fais-moi confiance.

— C'est le cas.

— Vraiment ?

Mags déglutit et hocha la tête.

Lentement, l'une des mains de Dave s'éleva vers son visage et il prit sa joue dans sa paume. Mags s'appuya contre sa main.

— Ça, juste là, c'est un miracle, dit doucement Dave. Je voulais croire que tu étais en vie, mais je n'en étais pas sûr. Tu aurais pu être tuée une heure après ton enlèvement et enterrée quelque part dans le désert du Nevada. Mais j'avais la sensation, tout au fond de moi, que tu étais en vie. J'ai rêvé de toi. Que tu saignais et que tu avais mal, et tu me regardais dans les yeux et me disais de me dépêcher et de te trouver. Je suis tellement désolé que cela ait pris si long-temps. Et *je* n'ai pas vraiment eu quoi que ce soit à voir avec ça. C'est Zara qui a tout fait. Je lui dois bien plus que ce que je pourrai lui rendre un jour. Cela m'a pris dix ans, mais je suis là, Raven. Et je ne partirai pas.

Mags ferma les yeux, leva la main et agrippa le poignet de Dave. Elle voulait lui dire que cela avait beau être Zara qui avait reconnu sa photographie, c'était le travail acharné de Dave pour retrouver la trace des femmes et des enfants disparus qui les avaient amenés là où ils étaient à présent. S'il n'avait pas formé les Mercenaires Rebelles, s'il n'avait pas créé les connexions qu'il avait, Zara pourrait encore être en train de vivre dans le barrio et elle n'aurait jamais rencontré Meat. Elle ne serait pas retournée aux États-Unis.

Tout était connecté, et c'était vraiment un miracle que parmi les milliards de personnes dans le monde, il avait réussi, d'une manière ou d'une autre, à la trouver.

Mags ignorait combien de temps ils restèrent assis ainsi, elle, lui agrippant le poignet tandis qu'il tenait sa joue dans sa paume, mais finalement, le malaise qu'elle ressentait à l'idée d'être à califourchon sur lui, à l'idée qu'il la touche, disparut. Elle se sentait... satisfaite. En sécurité.

Cela faisait dix ans qu'elle ne s'était pas sentie ainsi, et elle ne voulait pas bouger. Jamais.

— À quelle heure pars-tu, d'habitude ? demanda Dave après un moment.

— Avant le lever du soleil, murmura-t-elle.

— Alors, nous devrions partir.

Elle ouvrit brusquement les yeux et regarda autour d'elle. L'intérieur de la cabane était plus lumineux que lorsqu'elle s'était réveillée pour trouver Dave derrière elle.

— Ne panique pas, lui dit-il, la stabilisant en posant une main sur sa taille. Nous arriverons à l'heure. Détends-toi.

En hochant la tête, Mags descendit de lui. Il se leva, prit quelque chose dans sa poche et le lui tendit. Elle ne pouvait pas distinguer de quoi il s'agissait et ne le prit pas.

— C'est une barre de protéines. J'en ai quelques-unes. Je t'ai entendu dire que ce salaud ne te laisse pas manger quand tu es là-bas. C'est vraiment injuste, alors j'en ai pris quelques-unes pour te dépanner. Tu peux en manger une ou deux sur le chemin.

C'était une toute petite attention, mais plus Mags passait de temps avec Dave, plus elle se souvenait que c'était exactement ainsi qu'il était. Il faisait toujours des choses de ce genre. Des petites choses auxquelles beaucoup de gens ne réfléchiraient pas à deux fois. Mais il semblait qu'au cours des dix dernières années, son respect et sa politesse s'étaient transformés en de l'ultra-protection et des tendances d'homme des cavernes. Elle sourit légèrement. Elle ne pouvait pas nier que c'était agréable.

Elle avait passé des années en enfer, ne comptant sur personne, ne faisant confiance à presque personne, portant le fardeau de faire ce qu'elle pensait être le mieux pour son fils toute seule. Savoir que Dave n'avait pas seulement entendu ce qu'elle avait dit à propos de ses visites pour voir David, mais qu'il avait fait quelque chose pour essayer de lui faciliter la vie était incroyable.

Elle prit la nourriture et acquiesça en signe de remerciement, incapable de mettre des mots sur ce qu'elle avait en tête.

Dave fit un mouvement de tête vers la barre de protéines et attendit. Elle réalisa qu'il n'irait nulle part avant qu'elle ait mangé. Elle ouvrit le paquet. L'odeur de chocolat et de beurre de cacahuète flotta jusqu'à son nez et elle commença automatiquement à avoir l'eau à la bouche. Elle avait mangé de très bons repas au cours de la semaine précédente... Dave et son équipe avaient bien pris soin d'elle en ce qui concernait la nourriture. Mais après avoir pris une bouchée, elle ferma les yeux et fut surprise de voir à quel point elle appréciait la barre de protéines.

Elle n'avait pas mangé beaucoup de nourriture diététique dix ans auparavant, et curieusement, elle s'était attendue à ce que la barre de protéines soit horrible. Sèche et sans goût. Mais quoi qu'il y ait dans celle-là, ce n'était pas du tout le cas. Elle avait l'impression de manger une barre chocolatée.

Elle ouvrit les yeux pour voir un regard qu'elle n'avait jamais vu auparavant sur le visage de son mari.

Du chagrin et... de la fierté ?

Mags ne savait pas pourquoi. Elle comprenait la tristesse ; elle était plutôt pathétique. Mais il était impossible qu'il soit fier d'elle pour quoi que ce soit qu'elle ait fait pendant la période où ils avaient été séparés. Elle n'avait réussi qu'à nager sur place et à ne pas couler sous la mer houleuse qu'était devenue son existence.

Quand elle eut fini la barre de protéines, Dave fourra l'emballage dans l'une des poches de son pantalon de treillis noir et ils se dirigèrent vers la porte. Mags ne s'était pas rendu compte que Ro était à l'extérieur, et il était évident qu'il avait passé la nuit par terre, tout comme Dave l'avait fait. Son mari s'arrêta brièvement pour remercier Ro d'être resté pendant la nuit et pour lui parler de leur plan.

— C'est le jour de visite de Raven pour aller voir David, et je vais aller avec elle en reconnaissance. Nous serons de retour cet après-midi.

Ro hocha la tête.

— D'accord. Nous allons avoir une réunion avec Daniela à propos de la logistique pour déplacer la clinique dans un bâtiment plus grand. Nous allons nous occuper de ça et garder l'œil sur les femmes, ici. Une fois que tu auras découvert quelle est la situation avec David, nous pourrons parler des prochaines étapes pour tous nous faire sortir d'ici.

— Tout va bien avec Chloe ? demanda Dave.

— Oui. Elle me manque, c'est tout.

Dave frappa l'épaule de Ro.

— Je sais. Avec un peu de chance, nous serons loin d'ici sous peu.

— Je ne me plaignais pas, fit remarquer Ro. Fais attention, aujourd'hui. Ne laisse pas qui que ce soit te voir rôder autour de la maison. S'ils savent qu'il se passe quelque chose, ils pourraient renforcer la sécurité et c'est un problème dont nous n'avons pas besoin.

— Je ferai attention. À plus tard.

— À plus tard.

Il était évident qu'entre le soir précédent et ce moment-là, les amis de Dave avaient appris l'existence de David. Mags aurait dû être agacée par cela, en particulier après avoir gardé le secret pendant si longtemps, mais à ce moment-là, elle ne pouvait pas se concentrer sur quoi que ce soit d'autre que le fait de rejoindre son fils.

L'interaction entre Ro et Dave était intéressante. Elle savait que son mari était responsable des autres hommes en ce qui concernait leur groupe. Mais elle ne savait pas comment la dynamique fonctionnait. Dave n'avait jamais fait l'armée et elle n'était pas sûre de comprendre pourquoi ils suivaient volontiers ses ordres. Mais elle ne vit que du respect entre Ro et Dave. Le genre de respect qui ne venait pas de la force brutale ou de l'intimidation, comme elle en avait été témoin chaque jour de la part des hommes de del Rio.

Ce n'était pas la première fois que Mags comprenait réellement que ce que Dave avait dit était vrai. Il n'était *pas* le même homme qu'auparavant.

Il avait toujours été protecteur envers elle, mais à présent, il l'était encore plus. Il ne la toucha pas tandis qu'ils marchaient, mais son regard se déplaçait constamment d'un côté et de l'autre, comme s'il cherchait un danger. Quand ils arrivèrent au trottoir, à l'extérieur du barrio, il insista pour qu'elle marche du côté du mur plutôt que de la rue. Il tendait un bras pour empêcher quiconque de la toucher en passant. Et quand un vélo avança vers eux un peu trop vite, il fit un pas en avant et se plaça entre elle et le cycliste.

Au cours des dix dernières années, personne ne l'avait traitée avec la moindre délicatesse. Elle avait été un objet plus qu'une personne bien vivante. Elle avait été un moyen de gagner de l'argent, une esclave de del Rio, et elle avait dû faire tout ce qu'il lui disait si elle voulait vivre. Même après avoir été mise à la porte de son établissement, elle n'avait pas été libre. Elle devait rentrer dans le rang afin de protéger son fils. Elle avait dû chercher de la nourriture dans des poubelles et se perdre dans le paysage pour ne pas trop attirer l'attention d'hommes comme Ruben.

L'envie heurta fortement Mags à ce moment-là. Elle aurait souhaité que la vie soit différente. Elle aurait souhaité avoir pu voir son mari changer et évoluer au cours des dix dernières années, comme un couple normal. Mais si elle devait être honnête envers elle-même, elle appréciait l'homme en lequel Dave semblait s'être transformé. Un peu brut sur les bords, un peu trop introverti, mais toujours gentil, protecteur et loyal envers ses amis. Elle avait bien vu comment il avait demandé des nouvelles de Chloe, qu'elle supposait être la petite amie ou la femme de Ro.

Le trajet jusqu'à la maison où David était élevé ne semblait pas aussi long ce jour-là que dans le passé. Dave et elle ne parlèrent pas beaucoup, mais le simple fait qu'il soit là, à l'affût des problèmes, lui permettait de se détendre et de ne pas être trop nerveuse. Le trajet faisait environ huit kilomètres, mais cela ne l'avait jamais dérangée. Elle parcourrait le double si cela signifiait qu'elle pourrait voir son fils.

Lorsqu'ils arrivèrent à environ huit cents mètres de la maison où David vivait, Mags se tourna à contrecœur vers Dave.

— Je dois avancer seule à partir de maintenant.

Il fronça les sourcils, mais hocha la tête. Sortant une autre barre de protéines, il dit :

— Mange ça avant d'arriver. Je n'aime pas l'idée que tu aies faim.

Mags eut envie de pleurer en regardant fixement la nourriture, mais elle se contrôla. Elle la prit et la fourra dans l'une de ses poches. Elle la mangerait une fois qu'elle aurait recommencé à marcher. Elle ne pouvait pas l'emmener à l'intérieur avec elle. Elle était toujours fouillée, en entrant et en sortant de la maison.

— Et prends ça.

Dave tendit un paquet de mouchoirs.

— Ils ne devraient pas accorder d'importance au fait que tu les aies dans ta poche.

Tout en le prenant, Mags retint sa respiration lorsque Dave prit doucement sa main.

— Sois prudente, murmura-t-il. Je sais que ça fait un moment que tu le fais, maintenant, et que tu es adulte, mais je ne peux pas m'empêcher de m'inquiéter pour David et toi. Je ne peux pas te perdre à nouveau. Ça me détruirait. Ne fais rien d'inhabituel qui pourrait attirer l'attention sur toi. C'est la dernière ligne droite, et si tout se passe bien, nous pourrions tous être sur le chemin de retour vers les États-Unis dans quelques jours. Si tu agis différemment, quelqu'un pourrait penser qu'il se passe quelque chose. Est-ce que del Rio est là quand tu y vas ?

Mags voulait discuter. Elle voulait dire à Dave qu'elle n'avait pas donné son accord pour retourner aux États-Unis avec lui. Il agissait comme si cela était une conclusion prédéfinie.

Mais le fait était que Mags désirait rentrer à la maison plus que tout au monde. Elle souhaitait revoir la neige. Elle souhaitait sentir l'odeur du bar de Dave. Elle voulait montrer à David que la vie ne consistait pas seulement à suivre des ordres et à être docile et silencieux tout le temps. Elle désirait être libre. Elle voulait que son fils soit libre de rire et de pleurer sans craindre d'être réprimandé parce qu'il faisait trop de bruit. Elle voulait le voir courir dans tous les sens sans se soucier de quoi que ce soit. Il était bien trop calme pour un enfant de presque cinq ans. Trop adulte.

Les mots de Dave la firent presque fondre un peu de l'intérieur. Cela faisait longtemps que personne ne s'était inquiété pour elle, et le fait qu'il ait inclus David dans son inquiétude était un miracle à ses yeux. Elle n'avait jamais pensé qu'il serait méchant envers le petit garçon, mais le fait qu'il accepte volontiers l'enfant d'un autre homme, qu'il soit convaincu à cent pour cent de l'appeler « notre fils » n'était pas quelque chose dont elle aurait pu rêver dans ses fantasmes les plus fous.

Se souvenant de la question à propos de del Rio, Mags dit :

— Généralement, il n'est pas là les jours où je viens. Parfois, il passe juste pour me rappeler que c'est lui qui m'autorise à voir mon fils, mais David a dit quelque chose qui me fait penser que del Rio lui rend visite quand je ne suis pas là.

— D'accord. Si par tout hasard il vient aujourd'hui, contente-toi de faire ce que tu fais d'habitude. Je travaille sur quelque chose qui, avec un peu de chance, marchera comme prévu, mais pendant ce temps, nous ne voulons pas l'avertir que quoi que ce soit est différent.

Mags le mesura du regard.

— Sur quoi est-ce que tu travailles ?

— Je te le dirai plus tard. Nous n'avons pas le temps, maintenant, et je ne veux pas que tu te préoccupes de quoi que ce soit à part t'assurer que notre fils passe une bonne journée avec sa maman. D'accord ?

C'était une bonne réponse, même si cela ne dissipait pas ses inquiétudes.

Se déplaçant lentement, Dave se pencha en avant et embrassa doucement Mags sur le front.

— Je t'aime, Raven. Je sais que c'est peut-être gênant de me l'entendre dire, pourtant je ne peux pas m'en empêcher. Je t'ai aimée depuis le jour où je t'ai rencontrée et je t'aimerai jusqu'à ma mort. Je ne ferais jamais rien qui puisse vous mettre, toi ou notre fils, en danger. Sache que je suis là et que je t'observe. Je t'attendrai juste ici cet après-midi. D'accord ?

— D'accord, dit-elle doucement.

Elle avait passé les dix dernières années sans la moindre affection. Subissant juste ce que des hommes voulaient faire, quand ils le voulaient. La douce caresse de Dave semblait être tombée du ciel.

Elle se retourna et se dirigea vers la maison où son fils attendait. Il connaissait leur routine aussi bien qu'elle et elle savait qu'il attendait avec impatience ses visites. Il était trop jeune pour comprendre pourquoi il ne pouvait la voir que quelques jours par semaine, et Mags avait tout à fait conscience que ce n'était qu'une question de temps avant que del Rio change leur accord. Il le lui avait laissé entendre la dernière fois qu'elle l'avait vue, et cela la terrorisait.

Elle était terrifiée à l'idée que del Rio ait l'intention de faire travailler son fils pour lui.

Elle trouverait un moyen de tuer del Rio avant de lui permettre de vendre David comme il l'avait vendue.

Repoussant cette pensée au fond de son esprit, elle se concentra sur le fait de manger la barre de protéines que Dave lui avait donnée et de se diriger prudemment vers la maison. Celle-ci ne se trouvait pas dans un très bon quartier, et dans le passé, elle avait toujours marché aussi vite que possible pour essayer d'éviter les hommes qui cherchaient des ennuis, mais ce jour-là, elle savait avec une certitude absolue qu'elle était en sécurité. Simplement parce que Dave était là quelque part, la surveillant.

La rapidité avec laquelle elle avait trouvé du réconfort dans la présence de Dave était un peu effrayante. Mais elle s'était sentie seule pendant si longtemps que savoir qu'elle ne l'était plus était la meilleure sensation du monde.

8

Mags regardait David tandis qu'il courait dans tous les sens dans le petit jardin clôturé, donnant des coups de pied dans un vieux ballon de football. Il avait été absolument ravi de la voir, comme d'habitude, et voir son petit visage joufflu la faisait se sentir cent pour cent mieux.

Étant donné qu'il n'y avait pas d'autres enfants dans la maison, il avait l'habitude de jouer seul. Généralement, il n'était pas aussi énergique, mais elle adorait le voir. Elle détestait le fait qu'il doive rester à l'intérieur la plupart du temps.

Elle n'avait pas reconnu la femme qui l'avait escortée jusqu'à la chambre de David après qu'elle avait été fouillée par deux des hommes de del Rio à son arrivée, mais ce n'était pas vraiment une surprise. Les femmes s'alternaient fréquemment dans la petite maison. Probablement pour que David ne s'attache pas trop à l'une d'elle, et vice versa. Del Rio avait beau être un salaud, il n'était pas stupide. Les femmes appréciaient certainement de faire une pause de l'établissement principal, et si elles devenaient trop amicales envers elle ou son fils, il était possible qu'elles essayent de l'aider à faire sortir ce dernier. Del Rio ne prendrait pas le risque de la voir disparaître pour de bon.

Elle n'avait jamais vraiment fait attention aux hommes qui les surveillaient, David et elle, dans le passé. Ils étaient toujours simplement dans les parages, de la même manière que dans l'établissement principal. Ils avaient souvent les mains trop baladeuses quand ils la fouillaient. Elle l'avait toujours toléré parce qu'elle n'avait pas d'autre choix. Mais ce jour-là, leurs doigts serrant ses seins sous prétexte de s'assurer qu'elle n'avait rien caché dans le soutien-gorge en coton à bas prix qu'elle portait lui donnèrent la chair de poule. Et quand l'un d'eux avait maintenu ses doigts entre ses jambes un peu trop longtemps, elle l'avait repoussé et lui avait dit qu'elle ne travaillait plus pour del Rio.

L'homme avait ricané et l'avait informée qu'elle travaillerait *toujours* pour del Rio. Lorsqu'elle avait détourné le regard, il avait ricané, comme s'il savait qu'il l'avait énervée.

Perdue dans ses pensées, Mags ne s'était pas rendu compte que David s'était lassé de jouer avec le ballon et qu'il était en train de revenir tranquillement vers l'endroit où elle était assise. Il grimpa sur ses genoux et posa sa petite tête contre son sein. Mags enroula ses bras autour de lui et le serra contre elle. Il ne s'était pas baigné depuis quelques jours, elle le voyait bien, mais elle pouvait encore sentir son odeur de petit garçon sous la poussière et la sueur.

Elle n'avait vu aucun signe de Dave, mais elle n'avait pas voulu sembler trop intéressée par le mur non plus. Il y avait deux hommes debout dans le jardin, tenant des fusils, et la dernière chose qu'elle voulait était qu'ils deviennent méfiants. Elle espérait juste que Dave pourrait prendre la photographie dont il avait besoin pour le passeport de David sans être vu. Elle était nerveuse et anxieuse, et elle détestait cela.

— Tu en as assez de jouer avec le ballon ? demanda-t-elle doucement à David. Mags avait parlé à son fils en anglais depuis qu'il était sorti de son ventre, et par conséquent, il était bilingue.

— *Sí*. Raconte-moi une histoire, *Mamá*, demanda son fils.

— Qu'est-ce que tu veux que je te raconte cette fois, *mijo* ?

— L'histoire de *Papá*.

Mags sourit.

— Est-ce que tu es sûr que tu ne veux pas que je te raconte une *nouvelle* histoire ? Peut-être à propos d'un pirate et d'une princesse ?

David secoua la tête.

— Non. *Papá*.

Pour la première fois, Mags ne fut pas triste en pensant à Dave. Elle avait raconté des histoires à David à propos de son « père » depuis qu'il était assez grand pour la comprendre. Elle n'avait pas pensé qu'il rencontrerait Dave un jour, mais elle se sentait mieux en donnant à son fils un modèle à admirer. Dieu sait que les hommes qui traînaient dans la maison n'étaient pas le genre d'hommes qu'elle voulait qu'il imite. Mais à présent, avec la possibilité qu'il puisse rencontrer Dave, Mags avait presque la tête qui tournait.

— Mais d'abord, raconte-moi à quoi il ressemble, exigea David, comme il le faisait chaque fois qu'ils parlaient de lui.

— Il est imposant. Grand et musclé. Ses bras sont aussi larges que des troncs d'arbres, et il est plus grand que le mur qui entoure ce jardin, dit tendrement Mags. Il a une cicatrice le long du cou jusqu'au col de sa chemise. Ça lui donne l'air effrayant, mais pour ceux qu'il aime, il est l'homme le plus protecteur et le plus gentil que tu puisses rencontrer.

— Une cicatrice ? demanda David en fronçant les sourcils. Tu ne m'as jamais dit ça avant. Comment est-ce qu'il se l'est faite ?

Mags sourcilla. Bien sûr qu'elle ne l'avait pas décrite auparavant, car elle n'avait pas su qu'il l'avait.

— Oui, bébé. Elle est plutôt grande.

— Est-ce que ça lui a fait mal ?

— Je suis sûre que oui.

— Est-ce que tu lui as fait un bisou pour que ça aille mieux ?

Mags sentit des larmes lui monter aux yeux, mais elle ferma les paupières et refusa de les laisser couler.

— Si j'avais été là quand il se l'est faite, je l'aurais fait, dit-elle à son fils.

— Je suis sûr qu'il a mis un pansement dessus. Si je m'écorchais le genou, est-ce qu'il m'apporterait un pansement ? demanda David.

Mags sourit et serra son fils plus fort contre elle.

— Oui. Non seulement ça, mais il te soulèverait et il te porterait jusqu'à une chaise. Il soufflerait dessus pour que ça aille mieux, et si tu pleurais, il ne te gronderait pas. Il te ferait juste un câlin jusqu'à ce que la douleur disparaisse.

Mags savait exactement ce que son fils voulait entendre. Il ne recevait pas du tout d'amour de la part des femmes et des hommes qu'il croisait jour après jour, et il savait que quand il avait peur ou qu'il avait mal et qu'il pleurait, on lui criait dessus au lieu de le rassurer. Il ne pleurait presque plus, et elle savait que c'était parce qu'on le maltraitait quand il le faisait.

— Où est *Papá*, maintenant ?

Ils avaient parlé de cela aussi à de nombreuses reprises. Elle aurait pu dire la vérité à David ce jour-là, que son *papá* était au Pérou et qu'ils les ramèneraient bientôt tous les deux à la maison, aux États-Unis, mais elle ne voulait pas qu'il laisse accidentellement échapper cette information dans son enthousiasme. La dernière chose qu'elle voulait, c'était que del Rio ait vent d'une tentative d'évasion. Et elle ne pensait pas que Dave changerait d'avis à propos de les ramener, elle et son fils, au Colorado, mais juste au cas où il le ferait, elle ne voulait pas décevoir David.

— Il est aux États-Unis. Tu vois, *Mamá* s'est perdue. Et *Papá* cherche de toutes ses forces à nous retrouver. Et quand il le fera, nous irons vivre heureux pour toujours avec lui.

David leva les yeux vers elle.

— Est-ce que tu as eu peur quand tu t'es perdue ?

— Oui, bébé, j'ai eu peur. Parfois, j'ai encore peur. Mais tu sais ce qui me fait continuer ?

— Quoi ?

— Savoir que demain est un autre jour. Je dois juste vivre un jour à la fois. Et un de ces jours, je me réveillerai, et *Papá* sera là, et il nous ramènera à la maison.

— Et nous pourrons tous vivre ensemble ? Tu ne devras pas partir à la fin de la journée ? demanda David.

Sa question lui brisa presque le cœur, mais Mags fit de son mieux pour garder une voix neutre.

— Oui, bébé. Nous vivrons tous ensemble dans la même maison. Nous aurons toute la nourriture que nous voudrons et tu auras des tas d'amis avec qui jouer. Nous dînerons ensemble et je te borderai dans un lit tous les soirs. Mags avait envie de pleurer. Elle avait raconté le même conte de fées à son fils toute sa vie, mais ce jour-là était la première fois qu'elle croyait qu'il pourrait se réaliser.

— Est-ce que je devrai prendre des photos avec lui ?

Mags fronça les sourcils. C'était une nouvelle question.

— Qu'est-ce que tu veux dire ? Quel genre de photos ? Qui prend des photos avec toi maintenant ?

David haussa les épaules, mais elle put sentir la soudaine tension dans ses petites épaules et dans la façon dont il appuyait sa tête plus fort contre sa poitrine.

— Del Rio vient ici, *Mamá*. Avec un autre homme. Nous jouons tout nus, et del Rio prend des photos. Je n'aime pas ça, mais je suis obligé.

Il baissa la voix en admettant :

— J'ai dit non une fois, et je n'ai pas pu manger pendant très longtemps. Del Rio m'a dit que les bons garçons font ce que les adultes disent.

Puis, il leva les yeux vers elle et murmura :

— Il m'a dit que tu ne viendrais pas me voir si j'étais un mauvais garçon.

Mags eut l'impression qu'elle allait exploser. Elle était révoltée, apeurée et paniquée.

Del Rio entraînait son fils à faire tout ce que ses tarés de clients pédophiles voulaient qu'il fasse.

Elle prit la tête de David entre ses mains et le regarda dans les yeux.

— Ton corps est à toi, dit-elle d'une voix tremblante, faisant de son mieux pour rester calme. *Personne* n'est autorisé à te toucher sans ta permission. Je me fiche qu'ils soient adultes ou pas. Et personne ne m'obligera à être loin de toi, *mijo*. Je serai toujours ta *mamá* et je ne laisserai personne nous séparer. D'accord ?

David hocha la tête.

— Okay.

— Tu peux me dire la vérité. Est-ce que cet homme t'a touché quand tu étais nu ?

Mags n'était pas sûre de vouloir connaître la réponse.

— Il s'est mis à côté de moi pour les photos et ensuite je me suis assis sur ses genoux.

Mags inhala profondément. Elle avait occasionnellement vu des petits-enfants dans l'établissement, mais étant donné que David n'était pas gardé là-bas, elle avait espéré et prié qu'il avait peut-être échappé à leur destin. Mais au fond, elle avait toujours su qu'il y avait une raison pour laquelle del Rio ne la laissait pas quitter le Pérou avec son fils.

Elle voulait le tuer à mains nues.

Elle regarda une fois de plus David dans les yeux et dit doucement :

— Je t'aime. Plus que tout au monde. Peu importe à quel point tu grandis, ou ce qu'il se passera à l'avenir, je t'aimerai toujours. Tu m'entends ?

— Oui, *Mamá*. Est-ce que tu peux me raconter l'histoire comment *Papá* et toi vous vous êtes rencontrés, maintenant ? demanda David.

On aurait dit qu'il n'était pas visiblement traumatisé par ce que del Rio avait fait, mais ce n'était qu'une question de temps avant que les choses n'aillent plus loin que des photographies nues.

Il se tourna sur ses genoux et regarda fixement le jardin, et Mags baissa le menton jusqu'à le poser sur la petite tête de son fils. Puis, elle commença à lui raconter la même histoire qu'il avait déjà entendue un nombre incalculable de fois.

— Ton *Papá* avait acheté un immeuble et avait appelé l'endroit où je travaillais pour le faire assurer. C'était mon travail d'aller l'inspecter pour m'assurer qu'il serait sûr de laisser des gens y entrer. Quand je suis arrivée là-bas, j'étais nerveuse parce que ce n'était pas la partie la plus sûre de la ville, et j'étais toute seule. Je suis sortie de ma voiture et ton *Papá* est sorti du bâtiment.

— Et tu as eu peur ! l'interrompit David.

Mags gloussa.

— Oui, j'ai eu peur.

— Parce que *Papá* est grand. Assez grand pour soulever des voitures et se battre contre des méchants, dit David avec enthousiasme.

Mags pensa que Dave adorerait l'imagination de David.

— Exactement. Il est sorti, et j'avais peur d'être près de lui. Mais il l'a remarqué et a fait attention à ne pas venir trop près. Ça m'a fait me sentir mieux. En réalité, quand j'ai inspecté l'extérieur du bâtiment, il est resté près de la porte d'entrée, surveillant pour s'assurer que personne d'autre ne venait m'embêter, mais gardant ses distances aussi. Il m'a ouvert la porte quand j'ai dû passer à l'intérieur et il m'a demandé si je voulais une boisson fraîche. Après avoir fini de m'assurer que le bâtiment était sûr, nous avons parlé un peu plus. Il était drôle et il m'a fait me sentir à l'aise. Il m'a demandé si je voulais aller à un rendez-vous avec lui et j'ai dit oui.

— Et vous êtes allés à un restaurant où tu as mangé un steak et il a mangé du poisson ! récita joyeusement David.

— C'est ça. Et nous avons parlé toute la nuit. Et à la fin du rendez-vous, je n'étais plus inquiète à cause de sa taille. Je savais qu'il ne me ferait pas de mal, dit Mags.

David se retourna à nouveau et leva les yeux vers elle.

— Juste parce que quelqu'un est grand et à l'air méchant, ça ne veut pas dire qu'il va te faire du mal.

— Exactement. Et d'un autre côté, quelqu'un qui est petit et maigre pourrait te faire bien plus mal que quelqu'un de plus grand.

— *Mamá* ?

— Oui, bébé ?

— Pourquoi est-ce que certaines personnes sont méchantes et d'autres non ?

Mags n'aurait pas dû être surprise par la question de son fils. Il avait beau n'avoir que quatre ans et demi, il n'avait pas eu le foyer le plus stable et le plus aimant. Elle avait fait de son mieux pour le couvrir d'amour et d'affection, mais elle ne pouvait pas contrôler ce que les autres gens qui l'élevaient faisaient. Et malheureusement, ils étaient près de lui plus qu'elle.

— Je ne sais pas. Certaines personnes sont certainement nées comme ça. D'autres apprennent à être méchantes en observant les gens autour d'eux. D'autres sont cupides et feront tout ce qu'ils peuvent pour avoir plus d'argent.

— Je ne veux pas être méchant, dit doucement David.

— Tu ne l'es pas, le réconforta Mags.

— Parfois, je me mets vraiment en colère à l'intérieur, admit son fils. Tu me manques quand tu n'es pas là, et les autres femmes qui me surveillent s'en fichent si j'ai faim ou si je me fais mal, pas comme toi. Et ça me met en colère. Et j'ai envie de les frapper !

Mags soupira de frustration.

— Merci d'être honnête, David. C'est important de ne pas mentir. Et je suis désolée qu'elles te traitent de cette façon. Ce sera difficile à comprendre pour toi, mais parfois, les gens font des choses parce qu'ils n'ont pas le choix. Quelqu'un d'autre les oblige à être comme ça. Ou ils ont tellement mal à l'intérieur qu'ils n'ont pas l'énergie pour se préoccuper de quelqu'un d'autre. Ils essayent juste de tenir jusqu'au lendemain. Un jour à la fois.

Son fils réfléchit à sa réponse un moment, puis hocha la tête.

— Comme quand del Rio vient et crie sur tout le monde et qu'ils doivent faire ce qu'il dit.

Mags se raidit.

— Est-ce qu'il vient souvent ? demanda-t-elle, souhaitant savoir combien de temps elle et Dave avaient pour faire sortir son fils de là.

David haussa les épaules. Ils restèrent tous les deux silencieux pendant une minute ou deux. Puis il demanda doucement :

— Est-ce que tu penses que *Papá* nous trouvera bientôt ?

— J'en suis sûre, Mags ne put-elle s'empêcher de dire.

Dans le passé, elle avait toujours essayé d'être optimiste,

mais avec prudence, ne voulait pas susciter d'espoir chez son fils. Mais maintenant que Dave *était* là, et qu'il semblait prêt à les ramener, elle et son fils, aux États-Unis, elle ne put s'empêcher de donner à David quelque chose à attendre avec plaisir.

— Est-ce que tu penses qu'il m'aimera ?

— Oh, mon chéri, bien sûr que oui. Pourquoi ne t'aimerait-il pas ?

David haussa les épaules à nouveau.

— Regarde-moi, Mags ordonna-t-elle à son fils.

Elle attendit qu'il lève ses grands yeux bleus vers elle. Elle aimait penser qu'il lui ressemblait plus qu'à son père biologique, quel qu'il soit. Il avait les cheveux noirs et les yeux bleus, comme elle. Il avait même une fossette sur une joue, tout comme elle. Avant sa naissance, Mags avait eu peur que le regarder lui rappelle l'enfer qu'elle avait subi, mais bien au contraire. La première fois qu'elle l'avait tenu dans ses bras, elle était tombée amoureuse. D'un amour immédiat et dévorant. Elle se moquait de la manière dont il avait été conçu, elle voulait juste qu'il soit en vie et en bonne santé... et à elle.

— Tu es un petit garçon incroyable. Tu es intelligent, beau et compatissant. Pourquoi *Papá* ne t'aimerait-il pas ?

— Del Rio m'a appelé un bâtard. Il dit que la seule façon pour que quelqu'un m'aime un jour, c'est que je fasse ce qu'ils me disent. Ce qu'*il* me dit.

Mags avait envie de crier. Del Rio n'avait aucun droit de dire des choses pareilles à son fils !

À un moment, elle avait été heureuse d'avoir un fils au lieu d'une fille, pensant qu'il serait plus en sécurité de del Rio et de son affaire de trafic sexuel. Mais il était tout à fait évident que ce n'était pas le cas. Elle s'était trompée, pensant que l'ignoble baron du trafic sexuel n'avait aucun intérêt envers son fils.

Ils devraient lui passer sur le corps pour qu'elle laisse qui que ce soit toucher David. Plus que ce qu'ils avaient déjà fait. Hors de question. Elle mourrait en essayant de le sauver de ce destin.

— Ne l'écoute pas, dit-elle un peu plus furieusement qu'elle n'en avait eu l'intention.

Elle fit de son mieux pour contrôler sa colère.

— Il a tort. Et tu as ton propre esprit.

Elle tapota sa petite tête du doigt.

— Tu es intelligent et tu peux penser par toi-même, si quelqu'un te dit de faire quelque chose et que tu sais que c'est dangereux ou mal, tu n'as pas à le faire. Seulement voilà… parfois, dans la vie, tu peux te rendre compte que tu dois faire quelque chose que tu ne veux pas faire. Ça ne fait pas de toi une mauvaise personne. Si quelqu'un d'autre t'oblige à le faire, ce sont *elles* les mauvaises personnes. Pas toi. Tu comprends ?

David hocha la tête, mais Mags pouvait encore voir la douleur et la confusion dans ses yeux.

— Je t'aime, David. Tu es ce qu'il m'est arrivé de mieux. Je ne changerais pas un seul jour de ma vie si cela voulait dire que tu ne serais pas là avec moi. Tu m'entends ?

— Oui, *Mamá.*

— Je suis sérieuse. J'ai dû faire certaines choses dont j'ai honte, mais je n'aurai *jamais* honte de t'appeler mon fils. Peu importe ce que l'avenir nous réserve. Garde toujours la tête haute et sache que tu es David Justice. Tu es intelligent et important.

Il lança ses bras autour de son cou et enfouit son visage dans son épaule. Il ne pleurait pas, mais ils étaient tous les deux plutôt émotifs. Mags souhaitait seulement le soulever et le faire sortir directement par la porte, mais elle savait qu'elle ne pouvait pas le faire.

Elle avait déjà détesté del Rio de tout son être, mais à ce

moment-là, sachant ce qu'il essayait de faire à son fils, elle jura de le voir mort.

Elle s'écarta et prit la petite tête de David entre ses mains à nouveau. Elle fixa ses yeux bleus et dit :

— Le monde est parfois effrayant et déroutant. Mais peu importe ce qu'il se passera à partir de maintenant, sache que ta *mamá* t'aime. Si tu te perds, je te trouverai. Si quelqu'un te fait du mal, je serai là pour te faire te sentir mieux. Si tu dois faire quelque chose que tu ne veux pas faire, je t'aimerai quand même. Tout ce que tu as à faire, c'est tenir jusqu'au lendemain. Un jour à la fois, d'accord, bébé ?

— D'accord, *Mamá*. Et *Papá* ? Est-ce qu'il m'aimera aussi ?

Deux jours plus tôt, Mags n'aurait pas su comment répondre à sa question. Ce jour-là, elle put le faire avec assurance.

— Oui, *mijo*, *Papá* t'aime très fort et fera tout ce qu'il pourra pour te protéger. Tu peux lui confier ta vie, il ne te fera jamais de mal. Jamais.

David hocha la tête.

Une porte s'ouvrit derrière eux et une femme dit avec indifférence :

— C'est l'heure de manger pour le garçon.

Les repas étaient généralement une torture pour Mags. Dans le passé, elle avait eu tellement faim que son estomac lui avait fait physiquement mal quand elle avait regardé la nourriture sur la table qu'elle n'était pas autorisée à toucher. Mais depuis que Dave l'avait trouvée, il s'était assuré qu'elle ait beaucoup à manger. Et les barres de protéines qu'il lui avait données au matin signifiaient qu'elle n'avait même pas faim à ce moment-là.

Non pas qu'elle aurait pu s'obliger à avaler quelque chose de toute façon... pas après avoir entendu ce que del Rio préparait son fils à faire.

Reconnaissante d'être capable d'endurer le déjeuner sans que David ait à écouter son ventre gronder, elle se leva et tint la main de son fils tandis qu'ils entraient à nouveau dans la maison. C'était une prison pour eux deux, mais pour le moment, elle était ravie qu'il ne s'en rende pas compte.

* * *

Quitter son fils fut plus difficile que d'habitude cet après-midi-là. Généralement, Mags pouvait se raisonner en sachant qu'elle le reverrait quelques jours plus tard, mais après avoir appris que del Rio venait à la maison et prenait des photographies de son fils, et qu'il essayait de remplir sa tête de bêtises, elle était encore plus réticente à partir.

Mais bien entendu, elle n'avait pas le choix. À dix-sept heures tapantes, l'un des hommes de del Rio lui dit qu'il était temps de partir. Elle serra son fils contre elle un peu plus longtemps que d'habitude et lui rappela qu'il était intelligent et à quel point elle l'aimait. Elle fut escortée jusqu'à la porte et le son des verrous se refermant derrière elle la fit grimacer. Elle voulait se retourner, frapper à la porte et exiger qu'ils laissent son fils partir. Le prendre dans ses bras et s'enfuir aussi vite que possible. Mais bien entendu, elle ne pouvait pas faire cela.

Enroulant ses bras autour d'elle-même, Mags se retourna et descendit le long du trottoir en direction de l'endroit où elle avait quitté Dave ce matin-là. Il avait dit qu'il l'attendrait, et pour la première fois depuis une éternité, elle avait besoin que quelqu'un la prenne dans ses bras. Que quelqu'un lui dise que tout irait bien. Que quelqu'un partage le fardeau du désastre qu'était sa vie. D'habitude, elle demeurait stoïque sur la réalité et les difficultés qu'elle subissait, mais avec l'arrivée de Dave, et l'espoir qu'il avait fait naître en elle, elle n'était plus satisfaite par le fait d'accepter le statu quo. Et elle ne pouvait plus se permettre de l'être, étant donné les projets que del Rio avait pour son fils.

Elle avait l'impression qu'il y avait un grand nuage noir autour d'elle et que plus elle l'ignorerait, plus il la consumerait. Quelque chose de mauvais allait arriver. *Était déjà arrivé.* Elle pouvait le sentir dans ses os. Ce qui rendait les choses encore plus difficiles pour quitter David.

Tournant au coin, Mags cria de surprise et de peur quand elle rebondit sur quelqu'un. Elle serait tombée par terre, mais la personne qu'elle avait heurtée agrippa ses bras. Elle se débattit une fraction de seconde avant de réaliser que c'était Dave qui la tenait.

Au moment où elle se réalisa de qui il s'agissait, elle se détendit et il plaça ses bras autour de sa taille, la collant à son flanc pendant qu'ils marchaient. Il ne dit rien, se contentant de la conduire vers un minivan à l'arrêt non loin de là. Elle monta à l'intérieur et reconnut Ball, qui était derrière le volant.

Dès que la portière fut fermée, la voiture commença à bouger.

— Ça va ? demanda Ball.

— Pas vraiment, dit-elle, faisant de son mieux pour contrôler ses émotions et son besoin d'être dans les bras de son mari. Elle sursauta en réalisant que Dave était en train de tirer une ceinture de sécurité sur ses genoux et de l'accrocher. Cela faisait tellement longtemps qu'elle n'avait pas été dans un véhicule qu'elle n'avait même pas pensé à la mettre.

Puis, il sortit une autre barre de protéines et la lui tendit tout en mettant sa propre ceinture.

— Effectivement, comment est-ce que ça *pourrait* aller ? dit Dave avec colère. Ce salaud a enfermé ton fils et ne t'autorise à le voir que trois jours par semaine. Et le fait qu'il enlève des enfants dans les barrios pour les vendre ne présage rien de bon pour David.

Le regard de Mags passa nerveusement de Dave à Ball, incertaine de vouloir parler de ce qu'elle percevait comme sa plus grande faiblesse – à savoir, le fait qu'elle ignorait comment sauver son fils d'un destin pire que la mort – devant l'autre homme.

— Ce salaud ne va pas toucher à un cheveu de ton fils, dit laconiquement Ball depuis le siège conducteur.

Ses mots la détendirent. De toute évidence, il était en colère, mais pas contre elle. Contre la situation. Furieux que son fils et elle soient séparés, et qu'il soit retenu en otage par del Rio.

La colère pour le compte de David, elle pouvait y faire face.

Elle leva les yeux vers Dave d'un air inquiet.

— David a dit quelque chose aujourd'hui qui m'a terrifiée.

Dave couvrit sa main de la sienne, sur ses genoux.

— D'accord. Nous en parlerons quand nous arriverons au motel.

— Oh ! J'ai le mouchoir que tu voulais, lui dit Mags, tout en commençant à mettre sa main libre dans sa poche.

— Bien. N'y touche pas pour l'instant. Nous le donnerons à Gray quand nous arriverons au motel. Il l'expédiera en moins de vingt-quatre heures à mon contact aux États-Unis.

Mags hocha la tête et prit une bouchée de la barre de protéines. Elle était délicieuse et l'aida à modérer sa faim, qui venait de commencer à revenir après ne pas avoir mangé depuis ce matin-là.

— Est-ce que tu as pu prendre une photo ? demanda-t-elle après avoir avalé une bouchée.

Dave acquiesça. Il ne parlait pas beaucoup, ce qui la rendit nerveuse.

— Ça a été ? J'ai essayé de le maintenir à l'extérieur aussi longtemps que possible. J'ai aussi essayé de te chercher, mais je ne voulais pas que ce soit flagrant.

— Tu as parfaitement bien agi, dit Dave, levant la main de Mags et déposant un baiser sur le dos de celle-ci.

— Qu'est-ce qui ne va pas ? murmura-t-elle.

— Rien.

Elle se mordit la lèvre. Quelque chose n'allait vraiment pas. Elle n'avait pas vu Dave depuis des années, mais durant le temps où elle avait été près de lui au cours de la semaine précédente, elle avait commencé à lire son humeur assez facilement. Et quelque chose n'allait vraiment pas à ce moment-là.

Elle garda le silence pendant le reste du trajet jusqu'au motel. C'était incroyable de ne pas avoir à marcher les huit kilomètres jusqu'au barrio, elle ne pouvait pas le nier. Ball se gara sur un parking à l'arrière du motel et elle ne fut pas vraiment surprise de voir que Gray était déjà là, en train de les attendre.

Dave l'aida à sortir du minivan et garda sa main dans la sienne quand elle fut debout à côté.

— Donne-lui le mouchoir, dit Dave, semblant un peu plus calme que lorsqu'il avait été dans le van.

Mags mit la main dans sa poche et sortit le mouchoir usé dans lequel David s'était mouché plus tôt. Il n'y avait pas grand-chose qui l'écœure après tout ce qu'elle avait vu et fait, mais pour une raison ou pour une autre, les crottes de nez et la morve lui donnaient encore envie de vomir.

Elle le tint par le coin et le plaça dans le sac en plastique que Gray lui tendait.

En gloussant, Gray dit :

— Pour moi, c'est le vomi. Je peux m'occuper de déjections, de crachat, de sang et de toutes les autres choses que le corps peut dégager... mis à part le vomi. Ça *me* donne envie de vomir chaque fois.

— Comment tu te débrouilles avec le crachat de bébé ? demanda Dave avec un léger sourire.

Gray grimaça.

— Je ne me débrouille pas trop mal. Je veux dire, quand il fait son rot après avoir mangé, c'est essentiellement du lait, alors ce n'est pas vraiment aussi dégoûtant.

— Tu vas avoir de gros problèmes quand Darby attrapera la grippe, dit Ball en gloussant.

Il n'avait pas bougé du siège du conducteur, et il était évident qu'il allait emmener Gray quelque part pour qu'il puisse envoyer le mouchoir.

— Non. Allye et moi avons déjà passé un accord. Je changerai les couches chaque fois que je serai à la maison pendant tout le temps où ce sera nécessaire, et elle s'occupera du vomi qui pourrait surgir, dit Gray en souriant et en leur adressant un clin d'œil.

Puis, il prit un air sérieux.

— Comment va David ?

Mags tressaillit. Elle n'était pas habituée à parler de son fils aussi ouvertement. Bon sang, avant ce jour-là, aucune des femmes avec qui elle vivait n'avait su qu'il existait.

— Pas mal.

— J'ai vu les photos que Dave a envoyées. Il est adorable... et tout le portrait de sa mère, dit Gray.

Puis, il adressa un mouvement du menton à Dave et monta sur le siège du côté passager du minivan.

Dave ne lui donna pas la chance de répondre, se contentant de l'emmener vers la porte du motel.

Se sentant mal à l'aise, Mags laissa Dave la conduire le long des escaliers jusqu'au deuxième étage et dans une chambre juste à côté de la cage d'escalier. Il ouvrit la porte et lui tint en faisant signe à Mags d'entrer en premier. Elle le fit et à première vue, la chambre n'avait rien de spécial. Il y avait deux lits queen size, une minuscule télévision sur une commode ainsi qu'une table et une chaise encore plus petites dans le coin.

Dave se dirigea vers un sac posé par terre et le jeta sur le matelas. Il y avait une sorte de serrure biométrique et Dave utilisa son doigt pour la déverrouiller. Il sortit un ordinateur portable et remit le sac sur le sol.

Mags se tenait au milieu de la pièce, mal à l'aise. Pour la première fois, elle était extrêmement consciente de l'apparence qu'elle devait avoir... et de son odeur. L'hygiène personnelle n'était pas quelque chose à laquelle elle pensait beaucoup, simplement parce qu'elle n'avait ni les moyens ni la capacité d'y faire grand-chose.

Mais debout dans cette chambre de motel propre, voyant Dave s'asseoir sur le couvre-lit propre, elle se rendit douloureusement compte qu'elle était dégoûtante. Elle ne savait pas quoi faire, où s'asseoir, quoi dire. Elle se sentait extrêmement mal à l'aise, ce qu'elle détestait.

Dave avait ouvert l'ordinateur et était occupé à cliquer sur des touches. Il ne leva même pas les yeux en disant :

— Si tu veux, tu peux aller prendre une douche. Il y a du savon et tout le nécessaire là-dedans.

Bon sang, ce qu'elle avait envie de prendre cette douche. Cela faisait si longtemps que Mags n'avait pas pu prendre une douche chaude... et à ne pas s'inquiéter de savoir qui pourrait la rejoindre dedans et de ce qu'ils pourraient vouloir lui faire.

Cependant, elle hésita.

— Je pensais que nous allions parler, dit-elle.

Dave leva les yeux à ce moment-là, et Mags chancela presque en arrière en voyant son regard. Le désir était facile à voir. Mais c'était la frustration et la douleur qui la frappèrent vraiment.

— Il y a tant de choses que je veux faire pour toi, Raven. Je veux te nourrir. Te vêtir. Te donner un endroit sûr où guérir. Je veux que *mes* amis soient *tes* amis et je veux donner à notre fils le confort et la sécurité qui lui manquent. Et plus que tout, je veux te serrer dans mes bras.

Il soupira fortement.

— Mais je sais que de tout cela, les seules choses que je peux faire pour le moment, c'est te nourrir et te vêtir. J'ai demandé à Ball de passer prendre quelques habits que je pensais que tu aimerais porter aujourd'hui et ils sont dans la salle de bains, sur le comptoir. J'ai deviné les tailles. Prends ton temps. Je te ramènerai au barrio à n'importe quel moment si tu veux y aller ; tu n'es pas prisonnière ici. Mais j'espère qu'après avoir pris ta douche, tu resteras et... parleras. Juste parler. Ball a dit qu'il dormirait avec l'un des autres cette nuit. Tu n'as pas à avoir peur d'être seule avec moi. Nous ne ferons que parler.

— Je n'ai pas peur de toi, dit Mags.

Il y avait tellement plus dans ce qu'il venait de dire, mais elle ne pouvait pas penser à tout cela sans avoir envie de pleurer. Alors elle se concentra sur le plus simple.

— Je suis sûre que ce que Ball a acheté est parfait, mais je préférerais remettre mes propres vêtements.

— Si tu veux, tu peux les laver dans la douche et porter les nouveaux uniquement pendant que les tiens sèchent. Ensuite, tu pourras les remettre... avant de partir.

Il était évident que ces derniers mots étaient durs pour Dave.

— Ce n'est pas que je ne veux pas porter ce que Ball m'a acheté, essaya-t-elle d'expliquer. C'est juste que je suis plus à l'aise dans mes propres affaires.

Il hocha la tête.

— Je sais. Vas-y, chérie. Prends ton temps. Il faut que j'envoie ces photos et que je parle à certains de mes contacts.

Mags savait qu'elle l'avait déçu. Et elle avait horreur de cela.

Puis, quelque chose la frappa pour la première fois.

— Est-ce que mes parents sont au courant ?

Dave inclina la tête en l'examinant. Mags avait oublié qu'il faisait cela quand il réfléchissait à quoi dire. C'était l'une des mille et une choses qu'elle aimait chez lui... et elle l'avait oubliée. La tristesse menaça de la submerger.

— Au courant que tu as été retrouvée ? Oui. Je leur ai envoyé un e-mail lors de ma deuxième nuit ici. Ils ont hâte de te voir et de te parler, et je leur ai dit qu'ils devraient attendre que tu sois prête. S'acclimater de nouveau à ton ancienne vie prendra du temps. Mais ils ont gardé le contact depuis.

— Tu ne leur as pas parlé de David ? demanda-t-elle.

— Non. Ce n'est pas à moi de le faire.

— Mais tu l'as dit à tes amis.

Dave hocha la tête.

— Oui. Car j'ai besoin de leur aide pour le faire sortir du pays. D'après ce que j'ai vu de l'endroit où del Rio le garde enfermé, ce ne sera pas aussi facile que je l'espérais. Je doute que nous puissions tout simplement entrer dans cette maison et le faire sortir.

Mags acquiesça.

— Effectivement. Donc je devais le leur dire. Ils devaient savoir qu'il ne s'agissait plus d'attendre que tu sois à l'aise avec l'idée de venir avec moi. Nous devons secourir un enfant. Notre fils.

Il ne cessait de réclamer David comme étant sien, ce qui menaçait de causer la perte de Mags.

— J'ai peur de demander ce qu'ils pensent de moi. Ce qu'ils pensent de toi pour continuer de vouloir être avec moi, sachant que j'ai eu un enfant avec quelqu'un d'autre.

Dave posa son ordinateur portable sur le côté et marcha

lentement vers elle. Il se tint près d'elle, mais ne la toucha pas.

— Raven, ils comprennent. Ils travaillent sur des affaires de trafic depuis des années. Ils savent exactement comment les choses fonctionnent et quelles sont leurs conséquences. Tu veux savoir ce qu'ils pensent de toi ? Ils sont impressionnés, voilà ce qu'ils pensent. Tu es incroyable. Terriblement forte. D'une manière ou d'une autre, tu as réussi à garder ton humanité et ta compassion même après ce qu'ils t'ont fait. Ils savent que David est ton fils, et le mien aussi, maintenant. Nous prenons soin des nôtres. Un point c'est tout. Tu n'auras à répondre à aucune question gênante, et chacun d'eux protégera David comme s'il était à eux. Tu as ma parole.

Et sur ces mots, des larmes se formèrent, peu importe à quel point elle essayait de les retenir. Elle avait eu peur pour elle-même de nombreuses fois, mais savoir que David avait la protection de chacun des hommes forts et imposants qui étaient venus au Pérou spécifiquement pour la chercher rendit Mags plus émotive qu'elle ne l'avait été depuis longtemps, d'après ses souvenirs.

Dave leva une main et utilisa son pouce pour essuyer doucement les larmes de sa joue.

— Tu n'es plus seule, Raven. Tu as une grande famille maintenant. Ils sont casse-pieds parfois, et bien trop curieux, mais ils sont loyaux comme personne et terriblement protecteurs les uns envers les autres.

Il désigna la salle de bains.

— Je sais de source sûre que l'eau de ce motel est agréable et chaude, et tu peux prendre une douche aussi longue que tu le désires, il n'en manquera pas.

Mags fit de son mieux pour sourire.

— Zara ? demanda-t-elle.

Dave lui rendit son sourire.

— Oui. Meat a dit qu'elle était restée là-dedans si longtemps la première fois que ses doigts étaient tellement fripés qu'il pensait qu'ils ne retrouveraient jamais leur aspect normal.

Elle savait qu'il la taquinait, et elle appréciait le fait qu'il essaye de détendre l'atmosphère.

— Tu as toujours été très belle, dit Dave sans crier gare. Mais je n'avais aucune idée de ce qu'était la beauté avant de te voir avec notre fils aujourd'hui. Il est parfait, Raven. Tellement parfait, bon sang, que je ne pouvais presque plus respirer quand je vous ai vus ensemble.

Et juste comme ça, Mags se remit à pleurer.

— Je jure sur ma vie que je vous ferai tous les deux sortir d'ici. Del Rio ne sera rien de plus qu'un mauvais souvenir et je passerai le restant de mes jours à m'assurer que notre fils et toi aurez tout ce que vos cœurs pourraient désirer.

Mags ne put que hocher la tête. Elle ne pouvait plus le voir à travers ses larmes, elle se tourna donc aveuglément vers la salle de bains.

Elle devait s'éloigner de lui et de ses belles paroles. Elle avait besoin de temps pour se reprendre. Comme s'il se rendait compte qu'elle était sur le bord de la rupture, Dave la laissa partir sans ajouter un seul mot.

Mags ferma la porte de la salle de bains et ne se donna pas la peine de la verrouiller. Voir la pile de vêtements sur le comptoir la fit pleurer encore plus fort. Elle ouvrit l'eau de la douche et quand celle-ci atteignit la température idéale, elle monta dans la baignoire complètement habillée. Levant le visage vers le jet, elle laissa les larmes couler, chaudes et rapides.

9

Dave avait envie de se frapper. Il n'avait pas eu l'intention de la faire pleurer. Il n'avait juste pas pu s'empêcher de lui dire à quel point il avait été touché de voir David et elle ensemble. À la seconde où il avait posé le regard sur l'enfant, Dave était tombé amoureux. Il pouvait si facilement voir les traits de sa femme chez David, et être témoin de l'amour évident qu'ils avaient l'un pour l'autre l'avait fait jurer immédiatement de faire tout ce qu'il fallait pour les protéger tous les deux.

Le simple fait qu'elle ait *eu* un enfant biologique était un miracle. Ils avaient été prêts à adopter et ils auraient aimé n'importe quel enfant qu'ils auraient eu la chance d'accueillir dans leur foyer, mais voir un garçon qui ressemblait bien trop à Raven était une bénédiction. Les circonstances de sa naissance n'avaient rien à voir avec l'enfant qu'il était à présent. Dave avait encore envie de tuer tous ceux qui avaient osé toucher sa femme, mais voir David lui avait fait réaliser que dans l'obscurité, il y avait toujours un peu de lumière.

Il avait su que ni lui ni Raven n'étaient les mêmes

personnes que dix ans auparavant, mais la voir avec son fils l'avait fait s'en rendre compte davantage. Ils n'étaient plus juste tous les deux ; ils avaient à présent un petit être humain à protéger. Ce que Dave voulait n'avait plus d'importance. Il dédierait toute sa vie à s'assurer de répondre aux besoins de son fils et de sa femme, qu'ils soient certains d'être aimés et en sécurité.

Et à ce moment précis, David était tout sauf en sécurité. C'était une évidence après avoir vu à quel point del Rio se donnait du mal pour l'héberger. Il y avait des gardes armés patrouillant dans la maison, et chaque seconde que David et Raven avaient passée dans le jardin, il y avait eu des yeux sur eux. Il était étrange que del Rio maintienne un seul enfant enfermé derrière ce qui équivalait fondamentalement à des barreaux de prison.

Les raisons pour lesquelles del Rio pourrait faire une chose pareille étaient inconcevables et répugnantes, mais peu de choses surprenaient Dave. Les Mercenaires Rebelles avaient été envoyés au Pérou en premier lieu à cause du trafic d'enfants.

Après sa reconnaissance de ce jour-là, Dave se rendit compte qu'il ne serait pas aussi facile qu'il l'avait espéré de reprendre ce qui lui appartenait de plein droit. Et il savait sans la moindre hésitation que David était *à lui*.

Il avait réussi à prendre les photographies dont il avait besoin pour le passeport de l'enfant, et beaucoup d'autres, mais le faire sortir de la maison serait un tout autre problème. Il avait appelé Gray et les autres pendant que Raven rendait visite à son fils et ils avaient fait une petite session de brainstorming à propos de comment agir, mais rien de certain n'avait été décidé.

Même si Dave voulait tout simplement tuer tous ceux qui l'empêcheraient d'atteindre son fils et qui gardaient l'enfant loin de sa mère, ce n'était pas si facile. Les Mercenaires

Rebelles n'avaient pas pour habitude de tuer, à moins que cela ne soit absolument nécessaire. Ils n'étaient pas des tueurs à gages. Pas du tout. Leur objectif principal était de secourir des femmes et des enfants de ceux qui les opprimaient.

Il semblerait qu'ils allaient certainement devoir enlever son fils, ce qui craignait. Dave détestait l'idée de devoir traumatiser l'enfant, et le fait que les Mercenaires Rebelles prennent la maison d'assaut mènerait probablement à cela, mais ce n'était pas comme si del Rio allait céder l'enfant de son plein gré.

Plus Dave y pensait, plus il était certain que del Rio avait des projets pour David. Il ne savait pas de quoi il s'agissait, mis à part que c'était terrifiant. L'homme avait décidé d'élever David séparément des autres enfants qu'il avait soit enlevés dans les barrios soit pris à ses femmes, et il y avait une raison pour cela.

Il devait avoir été perdu dans ses pensées plus longtemps qu'il ne le pensait, car un instant plus tard, la porte de la salle de bains grinça en s'ouvrant et Raven fut là.

Ses cheveux tombaient le long de son dos. Ils étaient encore mouillés, mais les pointes commençaient à sécher, bouclant légèrement. Son visage était rose à cause de la chaleur de la douche. Elle avait mis les vêtements que Ball avait achetés : une paire de leggings et un tee-shirt marron clair arborant un grand lama... l'idée que l'autre homme se faisait d'une plaisanterie.

Si Dave fermait les yeux, il pouvait l'imaginer exactement comme elle avait été quand ils avaient passé leurs vacances à Las Vegas. Elle était sortie de la salle de bains en ne portant rien d'autre qu'un tee-shirt blanc. Elle lui avait adressé un sourire en coin d'un air faussement timide et avait plié un doigt de manière provocante, lui faisait signe d'approcher.

L'odeur du savon du motel flottait dans l'air, lui faisant souhaiter d'avoir dit à Ball d'acheter quelque chose de floral pour qu'elle puisse se laver.

Elle semblait hésitante et incertaine, ce dont Dave avait horreur. Elle avait été si sûre d'elle-même et de sa sexualité auparavant. Elle l'avait mené par le bout du nez, et ils en avaient été tous les deux plus que ravis.

Dave tapota le matelas à côté de lui sur le lit.

— Viens t'asseoir, Raven.

Elle avança lentement vers lui, s'asseyant avec précaution sur le lit, mais aussi loin de lui que possible. Cela dérangea Dave plus qu'il ne voulait l'admettre, mais il ne laissa pas ses sentiments apparaître sur son visage. La dernière chose qu'il souhaitait, c'était mettre Raven mal à l'aise. Le simple fait qu'elle soit là était un énorme pas en avant. Elle aurait pu retourner directement au barrio pour dormir avec ses amies au lieu d'accepter de venir au motel.

— C'est étrange de t'entendre m'appeler Raven, admit-elle doucement.

David sourit.

— Je sais, mais c'est la personne que tu es pour moi. Ma Raven.

— Elle a disparu, dit Raven. Mags a pris sa place.

Dave secoua la tête.

— Elle n'a pas disparu. Elle est là. Tout au fond, peut-être, pourtant elle est là.

Sa femme se contenta de le regarder. Puis, changeant de sujet, elle demanda :

— Est-ce que tu vas me dire comment tu t'es fait cette cicatrice ?

Soupirant, Dave détourna le regard d'elle pour la première fois. Le lui dire ne le dérangeait pas, mais il avait espéré qu'ils commenceraient par parler de tout et de rien.

Touchant l'affreuse cicatrice sur son cou, Dave essaya de penser à un bon point de départ.

— Tu n'as pas besoin d'en parler si ça te met mal à l'aise.

— Je suis un livre ouvert pour toi, Raven, lui dit Dave, se retournant pour croiser son regard. J'ai fait des choses au cours des dix dernières années dont je ne suis pas fier, mais je ne changerais rien du tout si ça signifiait que je ne serais pas assis là avec toi à cet instant précis.

Raven sourcilla de surprise, mais ensuite, elle hocha la tête et bougea pour mettre ses jambes sous les couvertures. Voir qu'elle se mettait à l'aise fit que quelque chose à l'intérieur de Dave se détendit quelque peu. Elle n'avait pas l'air de s'apprêter à bondir et à s'en aller. Il parlerait toute la nuit si cela signifiait qu'elle resterait à ses côtés.

— Les premiers mois après ta disparition... n'ont pas été bons, dit-il avec hésitation. Et je sais que c'est ridicule que je dise ça, étant donné ce que tu subissais. Le fait que je sois triste, confus et en colère semble insignifiant en comparaison.

Elle se pencha vers lui et posa une main sur son bras.

— Je ne peux même pas imaginer ce que tu as traversé, dit-elle doucement. Je veux dire, je n'étais pas vraiment au Club Med moi-même. Mais le fait que je sois là une seconde et que je disparaisse à la suivante a dû être terrible pour toi.

— C'était un enfer, dit Dave. Un enfer absolu. Je n'arrivais pas à arrêter de penser à ce que tu pouvais être en train de subir. Me demandant si tu étais morte ou en vie... et si tu étais en vie, est-ce que tu te demandais pourquoi personne ne venait te sauver ? Je suis devenu un peu fou. J'ai fait plusieurs voyages à Las Vegas et j'ai tout simplement harcelé la police. Quand il est devenu évident qu'ils ne pouvaient rien faire de plus que ce qu'ils avaient déjà fait pour te trouver, j'ai en quelque sorte perdu la tête. J'ai décidé que s'ils n'allaient pas se bouger les fesses et te trouver, je devrais le faire moi-même. Ce qui n'était pas juste envers eux. Ils avaient remué ciel et terre pour retrouver ta trace, mais on aurait dit que tu t'étais volatilisée dans la nature. Puis, je me suis mis en tête qu'un gang de motards local t'avait enlevée et qu'ils te gardaient en otage dans l'un de leurs bâtiments.

Il arrêta de parler, se remémorant combien il était tombé bas pour essayer d'infiltrer le Club de Moto des Vegas Panthers.

La main de Raven se déplaça de son bras à sa main. Elle enlaça ses doigts avec les siens et la serra.

Dave baissa les yeux vers leurs mains jointes et la boule de haine qu'il avait gardée en lui pendant dix longues années sembla éclater en mille morceaux et tout simplement se dissoudre.

Avoir à nouveau sa femme avec lui, le touchant de son plein gré, essayant de *le* réconforter alors que c'était lui qui devrait faire tout ce qui était en son pouvoir pour s'occuper d'elle... il avait oublié le pouvoir qu'elle avait toujours eu sur lui. Comment, rien qu'en le touchant, elle pouvait le faire fondre.

— J'ai fait certaines choses dont je ne suis pas fier, mais je n'ai jamais tué personne. J'avais passé plus d'un mois à traîner et à boire avec les hommes du club de motards. Nous étions dans un bar, un soir, et pendant que je buvais, j'ai commencé à penser à toi. J'étais en colère et frustré. J'avais gâché un mois de ma vie à essayer d'infiltrer le gang et à découvrir s'ils étaient impliqués dans le trafic sexuel, et tout ce que j'avais obtenu pour mes efforts était un mal de tête terrible chaque matin. Je savais que personne ne me faisait confiance et je ne pouvais plus le supporter.

— Qu'est-ce que tu as fait ? demanda doucement Raven.

— J'ai confronté le président du club. Je me suis planté devant lui et j'ai exigé de savoir où tu étais. Disons juste qu'il n'était pas très content que je ne sois pas la personne que je prétendais être ni que je lui aie fait face. Son sergent d'armes et son vice-président m'ont emmené à l'arrière et ils m'ont tabassé. Ils pensaient que je venais d'un gang rival et que j'essayais d'obtenir des informations à propos des Vegas Panthers. Ils m'ont donné ça comme souvenir.

Une fois de plus, Dave toucha la cicatrice sur son cou. Elle descendait sous le col de son tee-shirt et jusqu'à la partie supérieure de son torse. Il avait eu beaucoup de chance qu'ils n'aient pas vraiment voulu le tuer. Si cela avait été le cas, il se serait vidé de son sang en quelques minutes.

— À ce moment-là, j'ai su que je devais changer de tactique. Après m'être fait recoudre, je suis rentré à la maison à Colorado Springs et j'ai dédié toute mon énergie à apprendre comment utiliser le web à mon avantage. J'avais besoin de voir si je pouvais te suivre électroniquement. J'ai appris à glaner des informations à propos de presque n'importe quel groupe ou individu en piratant leurs comptes en banque, leurs réseaux sociaux, leurs e-mails, leurs registres de téléphone, et à les suivre en piratant les caméras de surveillance de la circulation, et même les caméras de surveillance à domicile.

— Comment en es-tu arrivé à faire équipe avec tes amis ? demanda Raven.

Ses yeux étaient rivés sur son visage et elle semblait vraiment fascinée.

— Après un moment, j'ai commencé à découvrir des informations à propos d'autres femmes qui avaient été enlevées. Je suis tombé sur des histoires d'enfants qui avaient été emmenés hors du pays par leurs parents qui n'avaient pas la garde. Je ne t'avais pas trouvée, mais j'étais tombé sur d'autres réseaux de trafiquants. D'autres femmes qui étaient l'épouse, la sœur, la fille ou l'amie de quelqu'un. Je ne pouvais tout simplement pas les abandonner à leur souffrance, pas quand je savais où elles étaient et ce qu'elles subissaient. Mais après toutes mes tentatives infortunées de faire les choses tout seul, j'ai su que je ne serais jamais capable d'organiser une véritable mission de sauvetage. Alors... J'ai piraté quelques bases de données militaires.

— Mince alors, ce n'était pas dangereux ? demanda Raven en lui serrant la main.

Rien n'était plus agréable que sa main dans la sienne. Dave hocha la tête.

— Exact, si j'avais été pris, j'aurais été dans un sacré pétrin, mais j'ai eu de la chance. J'ai cherché les archives de certains des soldats et des marins des Forces Spéciales les plus décorés. Si j'allais les envoyer dans des situations dangereuses, il fallait que je sache qu'ils pouvaient se défendre. Cependant, je ne voulais pas qu'ils sachent qui j'étais. Je veux dire, qui serait d'accord pour travailler pour le propriétaire col bleu d'un bar qui n'avait jamais fait partie de l'armée ?

Alors, je les ai tous convaincus de venir au Pit pour un « entretien ». Ils étaient énervés quand « Rex » ne s'est jamais pointé, mais ce qu'ils ne réalisaient pas, c'était que je savais déjà qu'ils pouvaient faire le travail. C'étaient les atomes crochus entre eux qui étaient en question. Je voulais un groupe d'hommes qui se couvriraient les uns les autres sans poser de questions. Qui pourrait travailler ensemble dans les situations les plus stressantes.

— Et ils pouvaient le faire, conclut Raven.

— Oui. Ils se sont rapprochés à cause de leur irritation face au fait que je ne suis jamais venu et ils ont joué au billard et ont parlé toute la soirée. Avant qu'ils ne partent, je savais qu'ils étaient l'équipe dont j'avais besoin.

— Comment est-ce que tu peux les payer ?

Dave haussa les épaules.

— Des investissements et de la chance. J'ai rencontré quelques personnes sur le web qui m'ont appris la version boursière du comptage des cartes. Ça a pris un moment, mais une fois que j'ai commencé à gagner de l'argent, les choses ont fait boule de neige. Il y a aussi eu des donations au fil des ans.

Il serra la main de Raven.

— L'argent n'est pas un problème. Je peux prendre soin de toi et David et vous donner tout ce que vous avez toujours désiré. En ce moment, je vis dans un petit appartement pas très loin du Pit, mais je peux acheter un terrain et faire construire la maison de tes rêves.

— Je n'ai pas besoin de grand-chose, dit doucement Raven. La seule chose que je veux, c'est être en sécurité et que David puisse courir, jouer et être libre.

— Marché conclu, dit immédiatement Dave.

Après un moment d'hésitation, il demanda :

— Est-ce que tu peux me raconter ce qu'il s'est passé ? Pas nécessairement les détails, mais juste en général ? Au moins, même si c'était il y a dix ans, ça pourrait m'aider à comprendre davantage comment le réseau fonctionne et comment ils ciblent les femmes, pour que je puisse faire de mon mieux pour les arrêter.

* * *

Mags avait su que la question viendrait. Mais curieusement, elle avait l'impression qu'elle pouvait le raconter à Dave. Elle n'avait pas parlé de la manière dont elle avait été enlevée ou de ce qu'il lui était arrivé avec qui que ce soit en dix ans. Elle avait tout réprimé à l'intérieur. Mais après avoir entendu tout le mal que Dave s'était donné pour essayer de la trouver, d'une manière ou d'une autre, elle se sentait... satisfaite. Il n'avait pas simplement haussé les épaules et continué sa vie pendant qu'elle avait souffert.

Il avait souffert tout autant qu'elle... d'une manière différente, certes, mais la douleur était là quand même. Elle regarda la cicatrice sur son cou et frémit. Il avait eu de la chance. La cicatrice était profonde et affreuse, et il aurait pu se vider de son sang.

Ils étaient tous les deux chanceux.

Mags savait que certaines personnes penseraient qu'elle était folle. Comment pouvait-elle être *chanceuse* après avoir été enlevée et forcée à entrer sur le marché du sexe ? Elle était en vie, voilà comment. Et en conséquence, elle avait un enfant beau et innocent. Cela était un miracle en soi. Et curieusement, par une série d'événements qu'elle ne comprendrait jamais, son mari était là à ce moment précis. Elle lui tenait la main. Et il la regardait avec autant d'amour et de respect que dix ans auparavant.

Dans tous ses fantasmes, elle n'avait jamais pensé que Dave pourrait encore l'aimer après tout ce qu'il lui était arrivé. Mais il était là. Assis à côté d'elle, lui prouvant encore à chaque mot qui sortait de sa bouche qu'il lui était aussi dévoué ce jour-là qu'il l'avait été une décennie plus tôt.

Oui, elle était chanceuse. Elle connaissait mieux que la plupart des gens le nombre de femmes qui mouraient en captivité. Elles n'avaient pas la chance de revoir leurs familles et leurs proches. Elles étaient utilisées et maltraitées jusqu'à ce qu'elles abandonnent.

— Si tu ne peux pas, je comprendrai, dit doucement Dave quand le silence s'étira.

— J'avais fini d'aller aux toilettes et je venais d'en sortir, dit Mags, commençant son histoire. Un homme s'est approché de moi et a passé son bras autour de mes épaules. Il était fort, et même si j'ai essayé de m'écarter de lui, je n'ai pas pu. Il a dit que si je ne le suivais pas, son partenaire te tuerait. J'étais confuse et effrayée et je ne savais pas quoi faire. En un clin d'œil, j'ai été emmenée à l'extérieur du club et entraînée à travers le casino. Il m'a fait passer directement par la porte d'entrée de l'hôtel et m'a emmenée immédiatement vers une voiture avant de me pousser à l'intérieur.

Il y avait trois autres hommes là-dedans, et peu importe combien de fois j'ai demandé ce qu'ils voulaient et où tu étais, personne ne me répondait. Je ne sais pas jusqu'où nous sommes allés, mais ce n'était pas très loin, je ne pense pas. J'ai été emmenée dans une maison et dans un sous-sol. Ils m'ont fourrée dans une cage pour chien et l'ont fermée à clé.

Mags entendit Dave inhaler vivement, mais elle ne le regarda pas, sachant qu'elle avait besoin de faire sortir toute l'histoire. Elle se concentra à la place sur leurs mains jointes. Voir les grands doigts calleux de son mari enroulés autour des siens lui permettait de garder la tête sur les épaules.

— Je ne leur ai pas facilité la tâche, se souvint-elle. J'ai crié et hurlé et j'ai exigé qu'on me libère. Je pense qu'ils se sont lassés de m'écouter et quelqu'un est descendu et m'a tiré dessus avec une sorte de fléchette. Je ne me souviens pas beaucoup du voyage pour sortir du pays, mais je me souviens avoir repris mes esprits une fois et avoir vu un énorme camion semi-remorque. Ils nous chargeaient à l'arrière, moi et d'autres cages avec d'autres femmes dedans, derrière une cloison cachée. Je suppose que c'est ainsi qu'ils nous ont fait sortir du pays et passer au Mexique.

Quand je me suis complètement réveillée, j'étais dans une chambre et mes bras étaient enchaînés à un lit. Je n'avais pas mangé depuis très longtemps et j'étais déshydratée, mais cette première nuit m'a appris ce qui allait venir.

Je ne me souviens pas du nombre d'hommes qui sont venus dans ma chambre cette nuit-là. Je pensais que si je ne réagissais pas, ils arrêteraient, ne voulant pas être avec une femme qui se contentait d'être allongée là mollement. Mais ils ne l'ont pas fait.

On aurait dit que des heures s'étaient écoulées, mais

c'était probablement bien moins que ça, quand del Rio est entré dans ma chambre. C'était la première fois que je le rencontrais. J'étais allongée sur le lit, nue, morte de peur et j'avais mal. Il m'a dit qu'à présent, je lui appartenais et que mon travail était de rendre heureux les hommes qui venaient me voir. Si je le faisais, je finirais par avoir un peu plus de liberté pour bouger, pour parler aux autres, pour manger. Si je continuais d'être une emmerdeuse, alors je resterais enchaînée au lit et je n'aurais que quelques morceaux de nourriture par jour. Dans tous les cas, on m'obligerait à écarter les jambes pour ceux qui venaient me voir.

Mags parla plus rapidement. Elle pouvait sentir la tension et la fureur émaner de son mari. Elle ne pouvait pas lui en vouloir. Mais elle devait le lui dire. Elle avait besoin qu'il sache ce qu'il lui était arrivé et dans quoi il s'engageait. S'il décidait qu'il ne pouvait pas y faire face, elle avait besoin de le savoir à ce moment-là, avant de retourner aux États-Unis.

— J'ai lutté après ça. J'ai refusé de simplement rester les bras croisés et d'accepter ce qu'il m'arrivait. Mais finalement, je me suis brisée. J'étais affamée. Un client est venu dans ma chambre avec une pomme. Une seule. Il me l'a tendue et a dit que si je le laissais me prendre sans me débattre, il me la donnerait.

Des larmes lui montèrent aux yeux en se souvenant de l'humiliation.

— J'avais tellement faim... J'ai accepté, admit-elle doucement. Je supposais que si je n'avais pas été trouvée à ce stade, peut-être que je ne le serais jamais. Je n'avais pas le choix. Si je voulais vivre, je devais m'adapter à ma situation. Alors quand del Rio est revenu me voir, je lui ai dit que je ferais ce qu'il voulait.

Je n'oublierai jamais le sourire sur son visage. Il savait

qu'il m'avait brisée. Il l'avait fait encore et encore avec des centaines, peut-être des milliers de femmes et il avait tout le pouvoir.

— Regarde-moi, dit Dave d'un ton que Raven ne parvenait pas à interpréter.

Elle n'en avait pas envie, mais elle finit par lever les yeux vers lui, s'attendant à voir de la colère ou du dégoût sur son beau visage. Mais ce qu'elle vit quand elle le regarda dans les yeux la surprit.

— Je suis scandalisé au plus haut point par ce qui t'est arrivé. Mais je suis tellement incroyablement fier de toi.

— Comment ça ? Tu n'as pas entendu ce que j'ai fait ? Ce que j'ai fait *de mon plein gré* ?

— Tu n'as *rien* fait de ton plein gré, dit Dave sans hésiter. Le simple fait que tu aies physiquement arrêté de résister ne veut pas dire que tu aimais ou voulais ça. Tu as fait ce qu'il fallait pour rester en vie. Nous savons tous les deux que si tu avais continué de te battre, tu serais morte à présent. Del Rio n'aurait eu aucun souci à te laisser mourir de faim. Il n'a pas de conscience. Tu n'étais qu'un objet pour lui. Mais tu sais quoi ? *Tu as gagné.* Il a cru qu'il t'avait brisée, mais ce n'est pas le cas. Il t'a rendue plus forte. Tu es là. Tu as un groupe d'amies qui feraient n'importe quoi pour toi, et tu as un fils incroyable. Qu'il aille se faire voir.

Mags n'arrivait pas à croire ce qu'elle entendait. Dave devrait être en colère. Il devrait être en colère contre elle pour ne pas s'être battue davantage. Mais au lieu de cela, il la félicitait. Elle n'arrivait pas à se faire à l'idée.

— Je sais que tu dois te demander pourquoi je n'ai pas essayé d'entrer en contact avec toi après être sortie, dit-elle avec hésitation.

Dave secoua immédiatement la tête.

— Non, je comprends.

Mags était sceptique.

— Vraiment ?

— Oui. Quand Zara est revenue au Colorado, il lui a fallu du temps pour s'acclimater. Quand elle a été prête, elle a donné une conférence de presse pour répondre à certaines des questions à propos de l'endroit où elle avait été pendant quinze ans. L'un des journalistes a eu le cran de lui demander pourquoi elle n'avait pas essayé davantage de dire à quelqu'un qui elle était. De chercher de l'aide. Elle n'est pas sortie de ses gonds, mais elle a mis ce journaliste en pièces avec sa réponse.

— Qu'est-ce qu'elle a dit ? demanda Mags.

— Je ne me souviens pas des mots exacts, mais le message qu'elle a fait passer haut et fort, c'était qu'elle avait fait de son mieux avec ce qu'elle savait et les ressources qu'elle avait à ce moment-là. Elle était une enfant. Morte de peur et essayant de survivre dans un monde étranger où elle avait été abandonnée sans avertissement et sans prépara-tion. Et elle s'est assurée que tout le monde comprenne que cette question était offensante. Nous pouvons critiquer ses décisions comme nous le voulons, mais finalement, nous n'étions pas là. Nous ne savons pas ce qu'elle subissait, et par conséquent, nous ne pouvons pas critiquer ce qu'elle a fait. Et maintenant que je suis au courant pour David, je comprends encore plus tes décisions.

— Je ne pouvais pas l'abandonner, murmura Mags. Il est innocent face à tout. L'abandonner, ce serait comme le pousser dans la gueule du loup. Personne ne s'occuperait de lui comme moi. Personne ne lui dirait qu'il est intelligent et fort.

— Je comprends, dit Dave.

Mags baissa les yeux vers leurs mains jointes une fois de plus.

— Et... J'avais honte. Je ne savais pas si tu étais allé de l'avant et si tu avais trouvé quelqu'un d'autre. Je ne voulais pas revenir dans ta vie si tu étais heureux et remarié. Et je n'aimais vraiment pas ce que j'avais dû faire pour survivre.

— Je n'ai été avec personne depuis cette dernière nuit que nous avons passée à Las Vegas, dit Dave.

Ses mots étaient comme une bombe lâchée dans la pièce.

Mags tourna brusquement les yeux vers les siens.

— *Quoi* ?

— Je n'ai pas touché d'autres femmes depuis que tu as disparu, clarifia Dave.

— Mais... Ça fait dix ans !

— Je sais. Comment pourrais-je faire l'amour avec quelqu'un d'autre alors que je ne voulais que toi ? Je ne savais pas si tu étais morte ou en vie, pourtant cela n'avait pas d'importance. Si j'avais touché quelqu'un d'autre, j'aurais eu l'impression de te tromper. Et je préférerais m'arracher le sexe plutôt que de te déshonorer un jour de cette façon.

— Dave, murmura Mags, bouleversée.

— Écoute-moi, maintenant, Raven, dit Dave. Je ferais n'importe quoi pour toi. *N'importe quoi.* Tenir tête à un club de motards énervés, apprendre tout ce que je peux à propos du web clandestin et du piratage, engager d'anciens hommes des Forces Spéciales pour rechercher et trouver des femmes et des enfants disparus dans l'espoir qu'un jour, l'une d'elles puisse être toi. J'irais jusqu'à mourir si cela signifiait que ton fils et toi puissiez survivre. Arrêter d'avoir des relations sexuelles n'était *rien* en comparaison avec ce que j'avais perdu, chérie.

Se déplaçant lentement, Mags s'approcha de son mari et posa sa tête sur lui. Il bougea jusqu'à ce que son bras soit sur son épaule. Elle se raidit, mal à l'aise à l'idée d'être coincée sous son bras, mais voyant qu'il ne l'agrippait pas et qu'il ne faisait rien pouvant la rendre nerveuse, elle se détendit doucement.

Son esprit tournoyait à cause de tout ce qu'elle avait appris ce soir-là. Non seulement son mari ne l'avait pas oubliée, mais il avait complètement changé sa vie, changé la personne qu'il était, pour essayer de la retrouver. Elle regrettait de ne pas être entrée en contact avec lui dès que del Rio l'avait renvoyée de son établissement sans un seul sol péruvien en poche. Mais elle ne pouvait pas changer le passé. Elle avait encore honte de ce qu'on l'avait forcée à faire, mais curieusement, alors qu'elle était assise avec Dave dans ce motel, propre après une douche et qu'elle était allongée sur le lit le plus doux qu'elle ait eu depuis une décennie, la honte semblait moindre.

Elle n'arrivait pas à croire que Dave n'avait pas été avec une autre femme de tout le temps où elle avait disparu. Elle n'aurait pas été en colère si cela avait été le cas ; la vie continuait, elle le savait comme tout le monde. Mais le fait qu'il se soit abstenu ne faisait que prouver à quel point son dévouement était profond.

Pendant un instant, une étincelle d'espoir prit vie entre ses seins. Y avait-il une chance pour qu'ils puissent reprendre les choses là où ils les avaient laissées dix ans auparavant ?

Mais ensuite, la réalité la rattrapa.

— Je ne suis pas sûre de vouloir coucher à nouveau avec quelqu'un un jour, murmura-t-elle.

Le bras de Dave se resserra brièvement autour d'elle dans une sorte de câlin de côté.

— Je m'en fiche complètement. J'ai fait sans durant dix ans, et je m'en suis très bien sorti rien qu'avec ma main quand j'avais vraiment besoin de jouir. Je ne t'aime pas pour le sexe, chérie. Je t'aime pour *toi*. Tout ce que je veux, c'est que tu reviennes dans ma vie. Tu me suffis exactement comme tu es. Et honnêtement, je ne te le reproche pas du tout. Si j'avais subi ce que tu as subi, je ne voudrais pas être touché non plus. Le fait que tu sois là avec moi, me laissant être assis à côté de toi, est un miracle. Un miracle pour lequel j'ai prié tous les jours depuis dix ans. Nous façonnerons une nouvelle relation, ensemble.

Ah ! Elle avait toujours su que son mari était incroyable, mais elle avait oublié à quel point.

— Est-ce que tu penses que tu continueras à travailler avec les Mercenaires Rebelles ? demanda-t-elle après une minute.

— Oui, dit Dave sans hésiter. Je t'ai trouvée, mais ça ne veut pas dire qu'il n'y a pas d'autres femmes là dehors qui ont besoin d'être secourues. Elles ont des proches qui veulent désespérément savoir ce qui leur est arrivé. Où elles sont. Je ne peux pas les abandonner maintenant que je t'ai trouvée. Je ne peux tout simplement pas.

Mags ne se donna pas la peine d'essuyer les larmes qui coulèrent de ses yeux, trempant le tissu en coton du tee-shirt de Dave.

— Et au-delà de ça, j'ai réfléchi... Ça n'a pas de sens de donner l'ancienne maison de Daniela à Maria, Carmen, Bonita et Teresa.

Mags s'immobilisa.

— Pourquoi ?

— Car elles devraient pouvoir rentrer *chez elles* si elles veulent. Au Brésil, au Venezuela et au Mexique. Elles sont des familles, tout comme toi. Je peux contacter leurs familles et leur dire qu'elles sont en vie.

Mince, Mags allait perdre le contrôle à nouveau. Elle parvint à dire :

— Et Gabriella ?

— Elle est née dans le barrio, pas vrai ? Je pensais que si elle le voulait, et si tu étais d'accord, peut-être qu'elle pourrait revenir au Colorado avec nous. Ce serait peut-être bon pour toi d'avoir quelqu'un, en plus de Zara, qui vient de cette partie de ta vie. Quelqu'un de positif.

Et tout aussi facilement, Mags tomba follement amoureuse de son mari pour la deuxième fois.

— Ça me plairait. Et je pense que ça lui plaira aussi, parvint-elle à dire.

— Bien.

— Quelle est l'étape suivante ? demanda-t-elle.

— Il faut que je parle à mon contact et que je lui dise que nous allons ajouter une autre personne à notre groupe de voyage. Elle aura besoin d'un visa, et il faudra que j'huile un peu la mécanique avec mes contacts au ministère des Affaires étrangères. Et renvoyer les autres dans leurs pays d'origine ne sera pas une mince affaire, mais je pense que je peux soudoyer quelques fonctionnaires ici au Pérou pour que ça se passe assez facilement.

— Et David ? demanda nerveuse Mags.

— C'est un peu plus délicat, mais je le jure, nous ne partirons pas sans lui.

Mags avait un million d'autres questions, mais elle était exténuée. Émotionnellement et physiquement. Et elle était plus à l'aise qu'elle ne se souvenait l'avoir été depuis très longtemps. Le bras de Dave autour d'elle ne semblait pas menaçant. Il était sécurisant. Elle pouvait entendre son cœur battre dans sa poitrine et quand il changea de position pour s'allonger, elle ne paniqua pas.

Bougeant avec lui, elle s'allongea sous les couvertures alors qu'il restait au-dessus. Sa tête était sur son large torse, et un souvenir d'avoir dormi exactement de cette façon avec lui, mis à part qu'ils étaient tous les deux nus, lui traversa l'esprit.

En sécurité. Dans les bras de Dave, elle était en sécurité.

Elle ferma les yeux et s'endormit en quelques secondes.

* * *

Dave resta aussi immobile que possible et mémorisa simplement la sensation d'avoir sa femme dans ses bras. Il n'arrivait pas à croire qu'elle le laissait la tenir ainsi. Il avait l'impression que c'était Noël et tous les autres jours de fête en même temps.

Il avait passé la dernière décennie à rêver de ce moment exact, d'avoir Raven dans ses bras, en sécurité, et la réalité était tellement plus agréable que ses rêves.

Elle avait subi un enfer. Un enfer absolu. Il ne pouvait même pas commencer à le digérer. Mais il n'avait pas menti. Il était aussi fier d'elle que possible. Elle avait survécu. D'une manière ou d'une autre, miraculeusement, elle avait survécu. Dave avait horreur qu'elle ait honte, mais il passerait le reste de sa vie à s'assurer qu'elle sache à quel point il l'aimait et à quel point il était fier d'elle.

Il était incroyable qu'elle soit vraiment là. Qu'il soit en train de la tenir. Il avait toujours su que sa femme était forte, mais après avoir entendu son histoire, et après avoir appris qu'elle avait donné naissance à leur fils toute seule, il était encore plus impressionné. Par-dessus tout, elle avait fait tout ce qu'elle pouvait pour protéger David aussi – une tâche qui n'avait rien de facile quand quelqu'un comme del Rio contrôlait chaque seconde des activités quotidiennes du petit garçon.

Dave était plus que prêt à faire sortir sa femme et son fils du pays et à les ramener au Colorado. Malheureusement, ils devaient attendre d'avoir le passeport de David. Ils étaient entrés dans le pays en se faisant passer pour des touristes, et même s'il pouvait sembler étrange que deux personnes supplémentaires rentrent avec eux – trois, si Gabriella y allait aussi – cela pourrait quand même fonctionner, en particulier s'ils soudoyaient les fonctionnaires de la douane de l'aéroport.

Tout d'abord, ils établiraient un plan pour faire sortir David de la maison où il était retenu captif. Dave ne voulait pas tuer les gens qui le surveillaient s'il pouvait l'éviter. Les femmes étaient certainement sous l'influence de del Rio et ne faisaient que ce qu'elles devaient pour rester en vie.

Del Rio avait beaucoup de gens dans sa poche et il y avait une possibilité qu'il fasse quelque chose afin d'inter-rompre le processus s'il avait vent du plan d'obtenir un passeport pour David et de le faire sortir du pays.

Il semblait de plus en plus que leur seule option était de faire une descente dans la maison où del Rio gardait David. Mais il était impossible de savoir ce que les hommes et les femmes qui montaient la garde auprès de l'enfant avaient reçu comme instructions si quelque chose comme cela arri-vait. Si quoi que ce soit arrivait à David, Raven n'y survivrait pas. Il en était certain.

Dave ferait tout ce qu'il fallait pour ramener David aux États-Unis en sécurité. Peu importe s'il devait perdre sa dignité et *supplier* le patron de la plus grande faction de trafic sexuel d'Amérique du Sud de le laisser emmener son fils. Il le ferait. Le plus important était de ramener Raven et David à la maison. Quel qu'en soit le coût.

Bien qu'il veuille appeler son équipe et faire une descente dans la maison ce soir-là, il savait qu'ils devaient attendre d'avoir les documents officiels pour faire sortir son fils du pays. Même si del Rio était un salaud qui maltraitait les enfants, David avait vécu dans cette maison pendant quatre ans et demi. Ils n'avaient aucun indice indiquant que del Rio allait passer à l'action aux alentours de la semaine suivante. Il vaudrait mieux qu'ils partent en reconnaissance, planifiant leur attaque de la maison et faisant les préparatifs nécessaires pour sortir du pays à la seconde où ils auraient

David entre les mains. Et ils ne pouvaient pas faire quoi que ce soit qui attirerait l'attention de del Rio en attendant.

Le patron pourrait déjà savoir qu'il y avait quelqu'un en ville, traînant autour de Mags, mais avec un peu de chance, il lui faudrait longtemps pour découvrir qui ils étaient.

S'il savait que les Mercenaires Rebelles étaient de retour et qu'ils étaient connectés à la mère de David, les choses pourraient mal tourner très rapidement.

Souhaitant pouvoir agiter une baguette magique et faire en sorte que sa femme et son enfant soient confortablement installés et en sécurité dans sa maison de Colorado Springs, Dave savait qu'il devrait se lever et continuer à envoyer des e-mails à ses contacts pour mettre les choses en marche afin de rendre les amies de Raven à leurs familles. Mais tant que sa femme dormait dans ses bras, il n'allait pas bouger un muscle. Il chérissait cela. Il n'avait pas osé rêver que cela soit possible.

Fermant les yeux, Dave inhala l'odeur propre et savonneuse de Raven jusque dans son âme. Personne ne lui referait du mal. Il mourrait avant que cela arrive.

10

Mags passa les jours suivants à apprendre à connaître son mari de nouveau. Il était similaire à ce dont elle se souvenait, mais bien plus. Il était perspicace et compatissant, plus que lorsqu'ils étaient ensemble.

Elle était allée voir David quatre fois de plus, mais à présent, Dave la déposait et allait la chercher pour qu'elle n'ait pas à marcher huit kilomètres. Elle savait que son mari et son équipe étaient occupés à rassembler des informations pour ce qu'ils avaient l'intention de faire à propos de son fils, mais elle ne les vit jamais quand elle était avec David, et il ne partageait aucun de ces détails avec elle.

Cependant, ils avaient confié à Teresa, Bonita, Carmen et Maria leurs plans pour les aider à rentrer chez elles, et les quatre femmes avaient été submergées par la reconnaissance. Dave avait noté leurs noms, leurs adresses, leurs dates de naissance et tout ce dont il avait besoin non seulement pour trouver leurs familles – ou amis, dans le cas de Bonita, dont la propre famille l'avait vendue à del Rio –, mais aussi pour se procurer les documents nécessaires afin de faire sortir les femmes du Pérou. Mags l'avait observée tandis qu'il faisait ce qu'il faisait de mieux... utiliser un ordinateur pour obtenir les informations et faire en sorte que les choses arrivent.

Gabriella avait aussi été bouleversée quand Mags lui avait demandé si elle voulait aller aux États-Unis avec elle et le reste des Mercenaires Rebelles. Elle avait accepté immédiatement. Plus tard, elle avait dit à Mags qu'elle était morte de peur, mais qu'il ne restait rien pour elle au Pérou, et elle voulait avoir une chance de se créer une vie meilleure.

Mags avait pensé que les nuits seraient difficiles en dormant dans la chambre de motel de Dave, mais étonnamment, elle avait dormi mieux qu'au cours de la dernière décennie. Serrée contre lui, sur le matelas le plus doux qu'elle ait senti depuis une éternité, l'odeur de son mari dans les narines... Mags n'avait aucun problème à dormir.

Ce jour-là, pendant que les amis de Zara et Dave finalisaient les détails pour la nouvelle clinique qu'elle finançait, Dave avait décidé d'emmener Mags à Miraflores. C'était une partie plus touristique de Lima. Elle aurait été satisfaite de traîner dans la chambre de motel toute la journée, mais il avait dit qu'il voulait qu'elle ait quelques bons souvenirs du Pérou.

C'était adorable de sa part. Elle savait qu'il essayait juste de lui faire oublier le fait qu'ils attendaient encore l'arrivée des documents pour elle et les autres. Et surtout... elle soupçonnait qu'ils n'avaient pas encore trouvé le meilleur moyen de faire sortir David de l'emprise de del Rio.

À ce moment-là, Dave était dans la chambre adjacente, discutant de cela avec ses amis. Leurs voix avaient d'abord été étouffées, mais plus le temps passait, plus elles s'étaient élevées. La frustration et la colère qu'elle entendait dans l'autre chambre la rendaient nerveuse, et elle était ravie qu'il y ait un mur entre elles.

Elle écouta sans pudeur leur conversation. Ils parlaient de son fils et tout ce qui le concernait la concernait.

Elle avait finalement avoué à Dave le soir précédent ce que David avait dit à propos des photographies que del Rio avait prises, et il avait à peine contenu sa rage.

Son mari faisait très attention à ne pas laisser ses émotions échapper à son contrôle quand il était près d'elle. Il faisait de son mieux pour être doux et décontracté, mais après avoir entendu ce qu'il avait fait à David, elle vit la colère scintiller dans ses yeux, irradiant de tout son corps. Au lieu de lui faire peur, cela la rassura. Elle *voulait* que Dave soit en colère. Elle voulait qu'il fasse tout ce qu'il fallait pour faire sortir David de cette situation. Dieu savait qu'elle n'avait pas été capable de le faire toute seule, elle accepterait donc toute l'aide qu'elle pourrait obtenir.

— Je sais que tu penses que c'est une option, mais ce n'est pas une bonne idée, dit Ball à voix haute dans l'autre chambre.

— La seule autre option est de foutre une peur bleue à mon fils, argumenta Dave. Et je dois envisager n'importe quelle autre alternative qui empêcherait cela.

— Tu es notre officier traitant depuis des années, dit quelqu'un d'autre.

Mags ignorait de qui il s'agissait.

— Et tu as prêché encore et encore que nous sommes une équipe. Nous y allons ensemble et nous en sortons ensemble, alors pourquoi est-ce que tu insistes à ce point maintenant ?

— Il y a des situations où, parfois, il est nécessaire qu'une seule personne y aille, dit Dave.

— Quand, par exemple ? demanda Ro.

Mags sut que c'était lui à cause de son accent.

— Comme lorsque Gray est monté à bord du bateau et qu'il a trouvé Allye, répliqua Dave. Comme quand Arrow a

dû s'éloigner du reste de l'équipe en République dominicaine pour protéger Morgan. Quand Black est entré dans ce
bâtiment en feu pour aller chercher Harlow.

Tout le monde resta silencieux un instant, puis quelqu'un dit :

— C'est complètement différent.

— Non, ça ne l'est pas.

— N'importe quoi. Gray n'est pas monté dans ce bateau
en s'attendant à trouver une femme captive. S'il avait su
qu'Allye était là, le plan aurait été très différent. Arrow ne
voulait pas s'éloigner du reste de l'équipe ; nous l'avons
forcé à le faire à cause des circonstances. Et Black n'est pas
entré dans un bâtiment en feu... il a attrapé ces gamins à
l'extérieur. Tes exemples sont des conneries et tu le sais.

Mags retint sa respiration tout en écoutant
attentivement.

— Et qu'en est-il du fait que tu n'es pas entraîné ?
demanda quelqu'un d'autre.

— La dernière chose que tu veux, c'est foirer la mission
la plus importante de ta vie parce que tu ne crois pas que
l'équipe sur laquelle tu comptes depuis des années réussisse, au moment même où on a le plus besoin de nous.

Mags grimaça. Au cours des derniers jours, elle avait eu
l'impression que Dave se sentait quelque peu désavantagé à
cause de son manque de compétences militaires, mais
d'après ce qu'elle avait vu, il était parfaitement compétent
malgré cela.

— C'est exactement l'une des raisons principales pour
lesquelles Rex est né, dit Dave à ses amis. Je savais que cela
vous dérangerait de recevoir des ordres de la part de Dave, le
barman. Mais le truc, c'est que je sais ce que je fais. J'ai
écouté au cours des années. J'ai étudié. Et j'ai une motivation pour cette mission qu'aucun de vous n'a. David est *mon*
fils, et Raven est ma *femme*. Je ne ferais jamais *rien* pour

mettre l'un d'eux en danger. Je connais mes forces et mes faiblesses. Et si l'un de vous essayait d'entrer là-dedans et de parler à ce connard, il verrait dans votre jeu immédiatement. Il saura que vous êtes militaire. Vous en avez tous l'air.

— Et tu ne penses pas qu'il verra que tu t'intéresses un peu trop au garçon ? demanda quelqu'un.

— Je peux lui montrer ce que je veux qu'il voie, insista Dave.

Sa voix perdit une partie de sa rudesse, mais il parlait encore très fort quand il dit :

— Je ne suis pas un imbécile, je sais ce qui est en jeu. Je sais aussi que si je foire, vous serez tous là pour faire sortir ma famille du pays.

— Évidemment que nous le ferons, dit Ro.

— Tu ne seras pas seul, grogna Ball. Je comprends ce que tu dis à propos du fait que c'est ta famille qui est en jeu, mais entrer tout seul n'est pas malin, et tu le sais.

Il y eut une longue pause avant que Mags entende Dave parler à nouveau.

— Perdre David détruirait Raven. Je l'ai perdue une fois, je n'ai pas l'intention de la perdre à nouveau. Je me sacrifie-rais avec joie pour éloigner David de del Rio.

— Nous le savons, lui dit Ro. Mais tu n'as pas à le faire. C'est pour ça que tu as créé les Mercenaires Rebelles. Pour des situations exactement comme celle-ci. Dès que nous saurons que le passeport de David est fait et prêt à partir, nous le sortirons de là.

Mags n'entendit pas la réponse de Dave, mais elle entendit la porte d'à côté s'ouvrir et elle se raidit, attendant que Dave revienne dans sa propre chambre, où elle l'at-tendait.

Il arriva quelques secondes plus tard.

— Est-ce que ça va ?

La question sortit d'elle sans réfléchir.

— Ça semblait intense.

— Saloperies de murs ultrafins, marmonna Dave avant d'avancer vers elle.

Il s'agenouilla devant l'endroit où elle était assise sur le lit, faisant attention à ne pas la bousculer ou la toucher.

— Nous allons faire sortir David de là. D'accord ?

Elle examina ses yeux et ne vit aucun doute. Aucune hésitation. Elle avait besoin de sa force et de son assurance plus qu'elle ne souhaitait l'admettre.

— D'accord.

— Bien. Maintenant, qu'est-ce que tu dirais si nous sortions ? Tu es prête à jouer les touristes un moment ?

Elle avait été au Pérou pendant dix ans et elle n'avait pas pensé une seule fois à avoir une journée d'insouciance. Ce qu'elle désirait réellement, c'était voir son fils, mais étant donné que c'était hors de question, elle hocha la tête.

Dave se leva et tendit la main, attendant que ce soit *elle* qui *le* touche. C'était l'une des cent une choses qu'elle appréciait et aimait chez lui. Il ne la pressait jamais. Il ne la forçait jamais à faire quoi que ce soit qu'elle ne veuille pas faire. Elle savait que si elle disait qu'elle voulait rester au motel, c'est ce qu'ils feraient. Si elle disait qu'elle voulait aller traîner au barrio, il serait d'accord, et il resterait avec elle pour s'assurer qu'elle soit en sécurité. La seule chose qu'il ne la laisserait pas faire, c'était qu'elle se mette en danger. Ni pour David ni pour lui.

Elle avait été déterminée à maintenir Dave à distance. Elle n'était pas sûre de pouvoir reprendre les choses là où ils les avaient laissées ce jour-là, à Las Vegas. Mais chaque jour, chaque heure qu'elle passait avec lui, ses défenses tombaient un peu plus en miettes. Elle aimait l'homme qu'il était devenu. Beaucoup. Elle avait besoin de sa dureté et de sa force extérieure pour la faire tenir bon.

Elle tendit la main et posa sa paume dans la sienne, et la

chair de poule recouvrit ses bras tandis qu'il refermait sa main autour de la sienne et qu'il la serrait légèrement.

* * *

Plusieurs heures plus tard, Mags marchait main dans la main avec Dave dans le parc de Miraflores. La zone fourmillait de touristes et de locaux essayant de vendre leur marchandise à la criée. Certaines personnes demandaient l'aumône, comme elle l'avait fait un nombre incalculable de fois. Mais même s'ils étaient entourés de monde, elle n'était pas nerveuse comme d'habitude.

Son mari l'emmena vers un banc à l'ombre et ils observèrent les gens pendant quelques minutes avant qu'il sorte un morceau de papier de sa poche et qu'il le lui tende.

Confuse, Mags demanda :

— Qu'est-ce que c'est ?

— Ouvre-le et regarde.

Doucement, Mags déplia le morceau de papier et regarda les mots qui y étaient tapés à l'ordinateur d'un air confus. Puis, elle comprit ce qu'elle était en train de voir.

— Oh, mon Dieu, murmura-t-elle.

— Tu sais que l'autre jour j'ai demandé plus de détails à propos de la naissance de David, dit Dave. Je n'étais pas juste curieux, même si je meurs d'envie de connaître n'importe quel autre détail que tu puisses me dire sur lui. J'avais besoin de savoir pour pouvoir obtenir ça.

Il désigna le papier du menton.

Mags était en train de regarder le certificat de naissance de son fils. Un certificat que Dave avait de toute évidence trouvé un moyen d'obtenir, car del Rio ne s'était certainement pas donné la peine d'enregistrer la naissance de son enfant. Son nom était là, ainsi que son poids – que Mags avait deviné – et l'adresse au Pérou de Daniela était indiquée comme étant la sienne. Mais ce n'était pas ce qui l'amena presque à faire de l'hyperventilation.

Dave s'était inscrit comme étant son père.

— Je sais que c'était présomptueux de ma part, dit-il comme s'il lisait dans ses pensées. Mais je ne voulais pas laisser ce champ vide. Nous avons parlé d'avoir des enfants, et j'ai toujours regretté que nous n'ayons jamais réussi à le faire. Je ne l'ai pas encore rencontré, mais je l'aime, simplement parce qu'il représente une partie de toi. Je m'inquiète pour lui tout comme toi les jours où tu ne peux pas aller le voir et je ne supporte pas l'idée qu'il lui arrive quoi que ce soit. Savoir ce que del Rio a planifié me donne envie de tuer tous ceux qui ont osé même le regarder. Oui, avoir mon nom sur le certificat de naissance facilite la tâche de mon contact pour lui obtenir un passeport, mais je me fiche de ça. Si tu préférais retirer mon nom et me demander que je l'adopte officiellement quand nous serons de retour aux États-Unis, je peux le faire aussi.

— Non ! cria presque Mags. Je veux dire, c'est parfait. C'est la chose la plus incroyable que qui que ce soit ait faite pour moi.

Dave leva la main et posa délicatement sa paume sur le côté du visage de Mags.

— Je t'aime, chérie. Je suis tellement désolé d'avoir mis aussi longtemps à te trouver.

Elle secoua la tête.

— Le fait que tu n'aies jamais abandonné est plus important pour moi que tu ne puisses l'imaginer.

— Comme si j'allais un jour arrêter de chercher, dit Dave en secouant légèrement la tête. Peu importe combien ça coûtait et combien de temps ça prenait, je n'aurais jamais arrêté avant de te trouver, toi ou ton corps.

Mags le croyait. Elle regarda fixement l'homme qu'elle n'avait jamais pensé revoir un jour, et toutes les raisons pour lesquelles elle était tombée amoureuse de lui au départ lui remplirent la tête. Le temps avait été bon avec lui. Il avait quelques cheveux gris dans ses boucles brun foncé et dans sa barbe à présent, et plus de rides sur le visage, mais il était tout aussi beau qu'il l'avait été le jour de leur mariage. Elle avait toujours aimé à quel point il était musclé et la taille de son corps la faisait se sentir encore plus en sécurité, assise dans un parc au milieu de Miraflores.

Tandis qu'elle l'examinait, il bougea. Il mit un genou à terre à ses pieds et prit quelque chose dans sa poche. Il sortit une bague et la tint entre eux.

— Margaret Crawford Justice, me feras-tu l'honneur de m'épouser à nouveau ? Nous sommes tous les deux différents des personnes que nous étions il y a quinze ans, quand j'ai fait ça pour la première fois. Plus vieux et, avec un peu de chance, plus sages. Sans aucun doute plus cyniques et prudents. Je t'aime. Je t'*ai* toujours aimée et je t'*aimerai* toujours. Je te promets de mieux m'occuper de toi cette fois et je m'efforcerai toujours d'être le genre d'homme dont ton fils et toi puissiez être fiers.

Mags ferma les yeux et posa une main sur son propre cœur, comme si cela pouvait ralentir les battements frénétiques dans sa poitrine. Elle avait envie de dire oui. Bon sang, comme elle en avait envie. Mais elle devait s'assurer qu'il savait dans quoi il s'engageait.

Lorsqu'elle ouvrit les yeux et qu'elle croisa son regard, elle eut horreur d'y voir de l'insécurité.

— Je fais des cauchemars, admit-elle. Et je serai probablement la mère la plus surprotectrice du monde. Je n'aime pas la foule et j'ai du mal à faire confiance aux gens. Je n'ai pas besoin de grand-chose : j'ai survécu au cours des années avec rien d'autre que quelques petits bouts de nourriture à manger chaque jour et un toit en métal pourri au-dessus de la tête. Je me moque de l'argent et du prestige, mais je ne suis pas sûre de pouvoir être une vraie épouse pour toi. J'ai de vrais problèmes d'intimité. Non seulement ça, mais je dirai probablement ce qu'il ne faut pas à la mauvaise personne et je te ferai honte...

Elle laissa sa phrase en suspens. Il y avait un million d'autres choses auxquelles elle ne pouvait pas penser à ce moment précis et qui pourraient lui faire douter de sa demande, mais si elle était tout à fait honnête envers elle-même, elle avait terriblement envie d'avoir cette bague à son doigt. Son alliance originale n'avait plus été sur son annulaire quand elle s'était réveillée enchaînée au lit au Pérou et elle donnerait presque n'importe quoi pour la récupérer. Mais le fait que Dave passe un diamant scintillant sur son doigt était un miracle dont elle n'avait jamais osé rêver.

— Si tu fais des cauchemars, je te serrerai dans mes bras jusqu'à ce qu'ils se dissipent. Et tu ne seras pas plus protectrice envers notre fils que moi. Je n'aime pas la foule non plus et il n'y aura plus un seul jour de ta vie où il te manquera quelque chose, que ce soit de la nourriture, un abri ou de l'amour. Et crois-moi, j'ai dit plus que ma part de choses gênantes aux mauvaises personnes. Un jour, j'ai dit au président des États-Unis que je me foutais de son agenda, que j'étais plus inquiet à propos de trouver certains des milliers de femmes et d'enfants disparus dont le gouvernement ne semblait pas se préoccuper.

Mags écarquilla les yeux.

— Vraiment ?

Dave hocha la tête.

— Ouaip. Mais il s'est contenté de rire et de promettre de dédier un demi-million de dollars au renouvellement des efforts pour trouver des enfants disparus. Épouse-moi à nouveau, Raven. S'il te plaît.

— Oui.

Elle n'aurait rien pu dire d'autre.

Dave lui prit la main et glissa délicatement la bague sur son doigt.

— Quand as-tu acheté ça ? demanda-t-elle.

— Hier, quand tu étais avec David.

Mags ne pouvait pas détourner le regard du diamant. Il était simple. Pas du tout tape-à-l'œil. Il valait probablement environ juste un demi-carat, fixé bas sur une monture traditionnelle. Elle regarda Dave dans ses yeux marron.

— Je t'aime, murmura-t-elle. Je pensais que je n'aurais jamais la chance de te le dire à nouveau.

Dave se releva et s'assit de nouveau à côté d'elle sur le banc. Il leva un bras, puis hésita.

Faisant quelque chose qu'elle n'avait pas fait depuis des années, Mags se pencha en avant et passa ses deux bras autour de lui. Elle posa la tête sur son torse et s'accrocha à lui aussi fort que possible. Elle sentit Dave lui rendre son étreinte et, plutôt que de lui donner l'impression d'être piégée et paniquée, ses bras ne semblèrent que réconfortants.

Elle eut l'espoir optimiste que peut-être, juste peut-être, avec son mari, elle serait capable d'apprécier le fait d'être intime avec un homme à nouveau. Pas ce jour-là. Pas le lendemain. Mais peut-être un jour.

— Je t'aime tellement, Raven. Je sais que c'est un miracle, et je jure de ne jamais te tenir, toi ou notre amour, pour acquis.

Elle le serra davantage puis leva les yeux.

— Quand pourrons-nous rentrer à la maison, au Colorado ? demanda-t-elle.

Un air de frustration traversa le visage de Dave avant qu'il ne l'efface.

— Je ne suis pas sûr. Le passeport de David prend plus de temps qu'il le devrait, et la dernière chose que je veux, c'est prévenir del Rio et les avoir, lui ou la police et les militaires qu'il a soudoyés, sur le dos jusqu'à ce que nous partions. J'aimerais te renvoyer à la maison avec Zara et...

— Non, dit Mags avec insistance, se redressant et lui jetant un regard noir.

— Mais...

— Je n'abandonnerai *pas* David, lui dit-elle.

Dave soupira.

— Je me doutais que tu répondrais ça, dit-il sans avoir l'air trop énervé.

— Si tu le savais, alors pourquoi l'as-tu suggéré ? demanda-t-elle.

— Parce que j'avais de l'espoir. Je veux que tu sois aussi loin de del Rio que possible, dans un endroit sûr.

— Je n'étais pas en sécurité à Las Vegas, fit remarquer Mags.

— Touché, dit Dave.

— Alors, quel est le plan ? Je sais que tu en as parlé avec tes amis. Que vous vous êtes disputés à ce sujet.

Dave détourna le regard d'elle à ce moment-là et Mags se sentit mal à l'aise pour la première fois.

— Nous allons probablement devoir prendre d'assaut la maison dans laquelle il est. Je sais, je sais, dit-il rapidement quand Mags ouvrit la bouche pour protester. Ce n'est pas idéal. La dernière chose que je veux, c'est effrayer David, mais del Rio ne va pas tout simplement nous laisser entrer et l'emmener loin de là. Il a fait en sorte que beaucoup de gens les surveillent, lui et la maison, et il a dépensé beaucoup d'argent au cours des années pour l'élever. Il ne va pas vouloir perdre son investissement.

Mags avait horreur de penser à son fils de cette façon, mais elle savait que Dave avait raison. Del Rio avait déjà commencé à essayer de l'endoctriner, lui disant que les enfants obéissaient aux adultes peu importe ce qu'ils disaient, prenant des photographies. Ce n'était qu'une question de temps avant qu'il fasse l'inimaginable.

— Tu dois juste savoir que je fais tout ce que je peux pour nous faire sortir d'ici le plus vite possible. Et maintenant que nous avons son certificat de naissance, j'espère que les choses iront bien plus vite. Si tout va bien, nous repartirons au Colorado en famille sous peu.

— Et si tout ne va *pas* bien ? demanda Mags.

— Alors, David et toi retournerez *quand même* au Colorado.

— Ne fais rien qui puisse te blesser ou te causer des ennuis, dit-elle en lui lançant un regard noir. Je ne peux pas repartir sans toi.

Dave posa ses mains sur ses épaules et la tourna vers lui.

— Tu peux le faire et tu le feras. J'ai besoin que vous soyez en sécurité, Raven. Toi *et* notre fils.

— Et j'ai besoin de *toi*, répliqua Mags. Te faire tuer n'est pas la réponse.

— Je ne vais pas mourir, dit calmement Dave. Je suis sacrément difficile à tuer.

Les yeux de Mags vacillèrent vers la cicatrice sur son cou avant qu'elle ne croise à nouveau son regard.

— Promets-moi que tu ne feras rien de stupide.

— Je le promets, dit-il immédiatement. Quelque chose de stupide serait de causer un incident international et faire en sorte que le reste des Mercenaires Rebelles et moi finissions dans une prison péruvienne. Ça n'arrivera pas.

Mags ne pouvait pas l'imaginer. Elle se pencha lentement en avant et posa son front sur le torse de Dave. Ses mains agrippèrent ses énormes biceps lorsqu'elle dit :

— Je ne peux pas t'avoir retrouvé pour te perdre à nouveau si vite.

— Ça n'arrivera pas, promit-il. Maintenant, viens, nous

devons rentrer au motel pour rejoindre les gars. Nous avons un dîner de célébration ce soir.

— Vraiment ? demanda Mags, laissant Dave l'aider à se lever.

Ils commencèrent à marcher en direction de l'endroit où il avait garé le minivan plus tôt et il hocha la tête.

— Oui.

— Pourquoi ?

— Nos nouvelles fiançailles, le fait que je sois devenu père, le fait que tu as été secourue, le retour aux États-Unis avec nous de Gabriella, le sauvetage imminent de notre fils, les retrouvailles des autres femmes avec leurs familles, l'achat de la nouvelle clinique, et juste la vie en général.

Tout cela semblait incroyable aux yeux de Mags.

— Est-ce que nous allons sortir ?

— Non. Nous allons tous nous empiffrer dans la chambre de Gray. La nourriture est censée être livrée à environ dix-huit heures, et nous devons aller au barrio chercher les filles. Zara va amener Daniela avec elle.

— Tout le monde sera là ?

— Ouaip. C'est pour ça que j'ai dit que nous allions nous empiffrer dans la chambre de Gray, dit Dave en riant. Nous avons pensé à sortir, mais la logistique pour toutes vous maintenir en sécurité serait compliquée. Alors nous allons acheter tout un tas de nourriture et nous allons nous asseoir et discuter et rire comme une grande famille heureuse. Est-ce que tu crois que ça va déranger quelqu'un ?

— Déranger quelqu'un ? Absolument pas. Honnêtement, nous avons toutes l'habitude de nous accroupir et de nous attrouper dans un petit espace, dit Mags.

— Bien.

Tandis qu'ils marchaient ensemble vers le véhicule, la tête de Dave tournait constamment, s'assurant qu'elle était en sécurité. De temps en temps, son pouce effleurait la bague qu'il lui avait mise au doigt, et Mags voyait le coin du certificat de naissance de David sortir de la poche de sa chemise, là où il l'avait caché. Sa vie avait fait un demi-tour tellement radical en seulement deux petites semaines que Mags pouvait à peine y croire.

Mais elle hésitait à l'accepter complètement, à cause de la vie qu'elle avait menée pendant si longtemps. S'il y avait une chose qu'elle savait par-dessus tout, c'était qu'au moment même où vous pensiez que la vie se déroulait parfaitement bien, un imprévu pouvait vous heurter pour tout gâcher.

Mags espérait et priait pour avoir tort cette fois. Dave et elle, ainsi que le petit David, avaient déjà assez subi.

Plus tard ce soir-là, Dave s'assit sur le sol à côté de Mags dans la chambre de motel de Gray et essaya de mémoriser ce moment.

Avant ce voyage au Pérou, il avait eu peur de ce que ses amis penseraient quand ils découvriraient que le barman qui les servait au Pit était en réalité leur officier traitant, Rex. Il n'avait pas vraiment eu l'intention de garder le secret aussi longtemps, mais une fois que les choses avaient commencé, il avait semblé plus facile de maintenir le statu quo.

Heureusement, jusque-là, tout s'était plutôt bien passé entre eux. Il y avait un peu de tension parce que ses hommes n'étaient pas d'accord à propos de la meilleure façon de faire sortir David de l'emprise de del Rio et de le faire rentrer aux États-Unis, mais mis à part cela, Dave ne sentait aucune hésitation ou méfiance. Ils ne semblaient pas accorder d'importance au fait qu'il n'avait pas été militaire. Apparemment, il avait suffisamment fait ses preuves dans le passé, ce qui le soulageait.

Zara était assise sur les genoux de Meat, sur l'un des lits, traduisant pendant qu'ils parlaient avec Teresa, Bonita et Carmen. Ro et Gray étaient assis près de Gabriella et lui enseignaient un peu d'anglais tandis qu'elle leur apprenait quelques mots de base en espagnol. Arrow était parti cinq minutes plus tôt pour téléphoner à sa femme et s'assurer qu'elle et leur bébé, Calinda, allaient bien. Black et Ball étaient assis près de Dave et Mags, qui traduisait pour Maria et Daniela.

Des boîtes vides de nourriture étaient empilées près de la poubelle et les restes avaient déjà été empaquetés pour que les femmes les emmènent quand elles partiraient.

Dave n'avait pas lâché la main de Raven et se contentait d'apprécier l'ambiance détendue de la pièce, qu'il savait être un cadeau. Il ne pouvait pas non plus détourner le regard de la bague qu'il lui avait mise au doigt plus tôt. Y voir son alliance lui avait manqué.

Lorsqu'il sentit Raven se raidir à côté de lui, Dave réalisa qu'il n'avait pas prêté attention. Se réprimandant mentalement, il se redressa et regarda autour de lui pour voir ce qui avait bouleversé sa femme.

Il se rendit compte que la pièce était presque entièrement devenue silencieuse et que tout le monde regardait Raven.

— Quoi ? dit-il un peu trop durement.

— Tout va bien, dit Raven en lui serrant la main. Maria a juste demandé pourquoi je ne leur avais jamais dit que j'avais un enfant.

— Ce ne sont pas leurs affaires, dit-il.

Raven secoua la tête.

— En réalité, si. Ce sont mes amies. J'aurais dû me confier à elles.

Elle se tourna vers Maria et les autres et commença à

expliquer en espagnol, pendant que Zara traduisait à voix basse pour les hommes.

— Quand del Rio m'a mise à la porte de son établissement, j'étais à la fois soulagée et terrifiée. Il ne m'avait pas laissée prendre David avec moi, et même si j'étais heureuse de m'être retirée de la vie qu'il m'avait forcée à avoir, je ne voulais pas partir sans mon bébé. Mais il ne m'a pas donné le choix. Il m'a dit qu'il me surveillerait, et que si je faisais quoi que ce soit pour essayer de lui prendre l'enfant, je le regretterais.

— Nous savons tous que del Rio est un salaud de première catégorie, quelqu'un qui n'a aucun problème à enlever des enfants, mais pourquoi voudrait-il s'accrocher à ce point à David, en particulier dans une maison qui est essentiellement juste pour lui ? demanda Arrow.

Il était revenu de son appel téléphonique et était appuyé contre l'un des murs.

Raven soupira.

— Je n'ai jamais vu d'autre femme enceinte dans l'établissement ni aucun bébé, mais il y avait de temps en temps des enfants. Quand une femme disparaissait pendant des mois et qu'elle revenait soudainement, les rumeurs disaient que del Rio les cachait jusqu'à ce qu'elles aient leurs bébés. Certaines revenaient, mais elles ne disaient jamais rien à propos de l'endroit où elles étaient allées ou de ce qu'elles avaient subi. Aucune de nous ne voulait poser la question parce qu'il était évident qu'elles étaient traumatisées.

Quand je suis tombée enceinte, au début, il était énervé. Je sais qu'il gagnait beaucoup d'argent grâce à moi. Il m'a dit qu'un médecin viendrait à l'établissement pour « s'occuper du problème ». J'ai pleuré et je l'ai supplié de me laisser garder mon bébé. J'ai passé un accord avec lui, disant que je ferais tout ce que les clients voulaient, autant de fois par jour qu'*il* le voulait, si del Rio me laisser le garder.

Raven déglutit difficilement et quand les quatre autres femmes qui avaient été utilisées par del Rio se rapprochèrent d'elle, Dave se leva et leur donna un peu d'espace. Tout le monde posa une main sur sa femme pour la soutenir et cela sembla leur donner de la force à toutes tandis qu'elle continuait de leur raconter son histoire.

— Il y avait beaucoup d'hommes qui pensaient que c'était... intéressant de coucher avec une femme enceinte. Del Rio ne m'a pas emmenée dans une autre partie de l'établissement avant que ma grossesse soit vraiment visible et qu'il soit évident que j'étais enceinte. On me gardait très occupée, et quand le moment est venu pour moi d'accoucher, del Rio m'a enfermée dans une chambre et m'a dit que si j'allais avoir mon bébé, je devrais le faire toute seule.

Carmen émit un son criard.

— Et s'il y avait eu des complications ?

Raven haussa les épaules.

— Alors nous serions morts tous les deux.

Elle le dit sans la moindre modulation dans la voix. Pour elle, il en était ainsi, mais pour Dave, cela fit augmenter davantage la colère qu'il ressentait envers le monstre qu'était del Rio.

— Enfin bon, j'ai eu David et del Rio m'a mise à la porte de la maison. Je ne suis toujours pas sûre de savoir pourquoi, étant donné que d'autres femmes ont eu des enfants et ont continué à travailler. Il a emmené David dans l'une de ses maisons plus petites et ne m'a autorisé à le voir que trois fois par semaine. J'étais encore plus perdue à propos de la raison pour laquelle il me permettait de voir mon fils, vu qu'il ne voulait pas me laisser partir avec lui, mais je n'ai pas osé poser la question. Je lui ai donné le sein aussi longtemps que possible, mais finalement, il a dû être nourri au lait maternisé étant donné que je n'étais pas assez là pour le nourrir quand il en avait besoin. Je ne pouvais pas vous parler de lui, dit tristement Raven à ses amies. Si del Rio le découvrait, je ne sais pas ce qu'il aurait fait à mon fils.

— Nous comprenons, dit doucement Maria. Nous aurions toutes fait la même chose.

Carmen semblait clairement mal à l'aise. Puis elle lâcha :

— J'ai entendu un bébé une fois.

Tout le monde se tourna pour la regarder quand Zara eut traduit.

— Où ? demanda Dave voyant que tout le monde restait silencieux.

— Dans l'établissement. J'étais enfermée dans ma chambre et je ne pouvais pas enquêter, non pas que je l'aurais fait de toute façon, mais j'étais allongée sur mon lit et j'ai entendu ce que je savais être des pleurs de bébé. J'étais déroutée, car, comme l'a dit Raven, nous n'avions pas vu de femme enceinte.

Raven regarda Dave et il vit la douleur dans ses yeux.

— Combien d'autres bébés penses-tu qu'il y a là dehors ? murmura-t-elle. Élevés par del Rio dans un but horrible.

Dave ne voulait même pas y penser, mais il ne pouvait pas mentir à sa femme. Il hocha la tête.

— Je ne sais pas. Mais je suppose qu'il y en a probablement plusieurs. Il fait du trafic d'enfants depuis au moins quelques années.

— Où sont-ils ? demanda-t-elle, plus à elle-même qu'à qui que ce soit d'autre. Est-ce qu'ils sont retenus dans l'établissement ? Pourquoi n'a-t-il pas gardé David là aussi ?

— Peut-être qu'il a laissé les autres emmener leurs bébés avec elles.

Il n'y croyait pas une seconde, mais il le dit pour, avec un peu de chance, faire disparaître une partie de l'angoisse des yeux de sa femme.

— Ou peut-être qu'ils sont élevés de la même manière que ton fils, dit calmement Gray.

— Les photos... murmura Raven.

— Quelles photos ? demanda Arrow.

Raven ferma les yeux et secoua la tête.

Dave répondit à sa place.

— Raven dit que David lui a raconté que del Rio lui avait rendu visite avec un autre homme et qu'il avait pris des photos d'eux sans vêtements.

Les mots semblaient encore plus obscènes quand ils étaient expliqués au groupe.

— Putain, marmonna Arrow.

Les autres hommes dans la pièce jurèrent aussi dans leur barbe.

— Nous ne pouvons plus attendre, dit Dave. Nous devons faire sortir mon fils de cette maison et le ramener aux États-Unis où il sera en sécurité.

— Je suis d'accord, dit Gray.

— Absolument, marmonna Black.

Dave ne voulait pas penser à del Rio et à ses projets pour David, et sans doute pour d'autres enfants qu'il aurait cachés à travers la ville. Ils avaient parlé de ce qu'ils allaient faire et même si rien n'était gravé dans le marbre, il savait qu'ils n'avaient plus de temps. Ils ne pouvaient pas prendre le risque que del Rio décide de faire autre chose que prendre des photographies. Il avait trouvé sa femme, et son fils, juste à temps.

— Est-ce que vous pouvez me pardonner ? demanda Raven aux autres femmes dans la pièce. Je vous l'aurais dit si j'avais pu.

Un chœur de « sí » résonna dans la pièce tandis que tout le monde disait que oui, bien entendu qu'elles la pardonnaient.

— Personne ne devrait avoir autant de contrôle sur le

système reproductif d'une femme, dit Daniela, et Zara traduisit. Je le vois tout le temps... des femmes dont les hommes refusent de porter des préservatifs, et elles ont un bébé après l'autre. Elles ne peuvent pas nourrir leurs familles, et pourtant, elles ne peuvent rien faire pour empêcher celles-ci de s'agrandir. Et ensuite, il y a les hommes qui battent leurs femmes dans l'espoir qu'elles avortent. Ce n'est qu'une des raisons pour lesquelles je suis enthousiaste pour la clinique... Je peux donner plus de choix aux femmes en ce qui concerne les histoires de famille. La contraception et la santé prénatale manquent ici.

Elle regarda Zara.

— Merci beaucoup, ma fille, de rendre cela possible. Mon pays n'a pas été bon avec toi, et tu n'as aucune raison de vouloir lui rendre quelque chose, et pourtant tu le fais.

Les yeux de Daniela se remplirent de larmes.

— Sois bénie.

À ce moment-là, la plupart des femmes dans la pièce avaient les larmes aux yeux, mais Dave n'était inquiet que pour la sienne. Raven semblait émotive, mais pas complètement dévastée, ce dont il pouvait s'accommoder. Soit elle était dans le déni à propos de ce que del Rio avait en réserve pour David, soit elle essayait de ne pas y penser. Il soupçonnait qu'il s'agissait de la seconde option. Sa femme n'était pas stupide, mais elle avait subi beaucoup de choses, et étant donné qu'elle ne pouvait rien faire pour aider son fils, s'inquiéter à propos de la situation n'aiderait pas.

Il n'avait pas l'intention de rester là à ne rien faire et laisser une conversation qui bouleversait Raven continuer, mais étant donné qu'elle semblait aller bien, il essaya de se détendre.

— Comment vas-tu ? demanda Gray, à côté de lui.

Dave ne détourna pas le regard de sa femme.

— Je vais bien.

— Non. *Comment est-ce que tu vas* ? répéta Gray, prononçant délibérément chaque mot.

Dave se retourna pour le regarder et haussa un sourcil.

— Tu ne t'es pas éloigné de ton bar depuis... Je ne sais pas combien de temps. Tu as trouvé ta femme, qui a disparu depuis une décennie et presque dans le même souffle, tu as découvert qu'elle avait eu un bébé. Un fils que tu as désormais réclamé comme étant le tien. Non seulement ça, mais tu as dû digérer un sacré paquet de choses à propos de ce que Raven a subi pendant qu'elle avait disparu. Et maintenant, au lieu d'être sur le chemin du retour chez toi avec ta famille, tu es coincé ici pendant que nous essayons de découvrir à quoi del Rio joue et comment lui reprendre ton fils sans provoquer un incident international. Alors, je te demande si tu vas bien.

Dave hocha la tête.

— Je vais bien.

Ce fut au tour de Gray de hausser un sourcil sceptique.

— Je ne suis pas vraiment heureux. J'en ai assez d'attendre les bras croisés le passeport de David et je veux que mon fils soit secouru. *Immédiatement.* Mais ma femme est assise juste devant mes yeux et c'est un satané miracle. Alors je m'en sors.

— Nous aurons son passeport demain, lui rappela Gray.

— Je sais, dit impatiemment Dave. Mais j'ai l'impression qu'il y a une énorme horloge au-dessus de mon esprit et que le tic-tac de chaque seconde qui passe résonne dans ma tête.

— Nous allons récupérer ton fils, dit Gray. Peu importe le prix, nous allons le faire sortir des griffes de del Rio.

Dave se retourna pour regarder Raven. Il ne pouvait pas passer plus d'une minute ou deux sans vérifier qu'elle allait bien. Les autres femmes étaient retournées là où elles s'étaient assises sur le lit et le sol, satisfaites de voir que leur amie allait s'en sortir. Mais il avait l'impression qu'il faudrait beaucoup de temps avant qu'*il* soit à l'aise à l'idée d'être loin d'elle, de la perdre de vue, en particulier en public.

— J'ai peur, admit Dave à son ami.

— Je serais inquiet si ce n'était pas le cas, répondit Gray.

— Je n'aime pas l'idée de mettre l'un de vous en danger. Vous n'êtes pas seulement mon équipe, vous êtes mes amis aussi. La dernière chose que je veux, c'est donner une peur bleue à mon fils en l'impliquant dans un échange de coups de feu, mais je sais que toi et les autres feriez tout ce que vous pourriez pour empêcher ça. Et vous avez tous des femmes qui vous attendent ; je ne veux pas avoir à dire à l'une d'entre elles que l'amour de sa vie ne rentrera pas à la maison.

— Cette équipe a pour but de ramener des femmes et des enfants kidnappés chez eux. Et ton fils est retenu en otage. Oui, il se peut qu'il soit dans une belle maison et qu'il ne soit pas enchaîné, mais il est retenu prisonnier quand même, insista Gray. Nous n'allons pas prendre plus de risques que dans une autre opération, mais nous sommes tous plus impliqués à présent. David est l'un des nôtres.

Dave inhala profondément. Il détestait ce qu'ils avaient prévu jusque-là. Prendre d'assaut la petite maison et tuer toutes les personnes qui se mettraient entre eux et David. Mais il ne voulait plus attendre une fois qu'il aurait les passeports entre les mains. En particulier après avoir entendu les rumeurs à propos d'autres bébés. Del Rio était le diable en personne, et tout ce qu'il avait en réserve pour David était purement malfaisant.

— Merci, finit par dire Dave à Gray, sentant ce mot jusque dans son âme.

— Je ne crois pas t'avoir déjà remerciée, dit Black à Raven.

— Pourquoi ? demanda celle-ci.

— Pour avoir sauvé Meat. Et pour accepter de risquer ta

vie pour garder le secret à propos de ma cachette si l'équipe n'était pas venue me chercher quand ils l'ont fait.

Black faisait référence à leur mission précédente, quand Meat et lui avaient été séparés du reste de l'équipe et que Ruben et ses amis leur avaient sauté dessus. Ils auraient probablement tué les deux Mercenaires Rebelles si Zara et ses amies n'avaient pas emmené Meat et si l'équipe n'avait pas trouvé Black à ce moment-là.

Raven haussa les épaules.

— Vous étiez là pour essayer d'aider, pas pour faire du mal. C'était le moins que l'on puisse faire.

Black inclut toutes les femmes dans son regard en disant :

— Dans notre domaine, c'est facile de devenir cynique et de penser le pire de l'humanité. Nous voyons le pire du pire, alors c'est agréable de voir des gens qui, même quand la chance est contre eux et qu'ils n'ont rien à gagner, sont quand même prêts à aider. Merci.

Raven hocha la tête et les autres femmes rougirent quand Zara traduisit pour elle.

— Alors, vous êtes tous mariés ou avez des petites amies, pas vrai ? demanda Raven.

Dave retourna là où elle était assise sur le sol et se baissa sur la moquette pour s'installer à côté d'elle. Il eut l'impression que son cœur allait éclater quand elle tendit le bras pour lui prendre la main. Chaque fois qu'elle le touchait volontairement depuis leurs retrouvailles, Dave avait l'impression qu'il venait de gagner le jackpot. Il fit de son mieux pour prêter attention à la conversation qui se déroulait autour de lui, et pas à la sensation et à l'odeur de sa femme à ses côtés. Il avait rêvé de ce moment un nombre incalculable de fois et il était difficile de croire qu'il était vraiment arrivé.

— Oui, répondit Gray. Ma femme s'appelle Allye. C'était une danseuse professionnelle à San Francisco. Nous nous sommes rencontrés quand le bateau sur lequel elle était a coulé et que nous étions coincés au milieu de l'océan ensemble.

Raven haussa brusquement les sourcils.

— Sérieusement ?

— Sérieusement. Elle avait été enlevée dans la rue et était en train d'être livrée à l'homme qui l'avait achetée, mais je suis intervenu. Malheureusement, il lui a mis la main dessus plus tard.

— Mais tu l'as trouvée ? demanda Raven dans un souffle.

— *Nous* l'avons trouvée, confirma Gray. Maintenant, elle enseigne la danse à des enfants aux besoins éducatifs spécifiques à Colorado Springs et nous venons d'avoir notre premier enfant, Darby James.

Raven se tourna vers les autres hommes. Ils saisirent le message. L'un après l'autre, ils lui racontèrent l'histoire abrégée de leur rencontre avec leurs femmes.

— Chloe était maintenue prisonnière par son frère. Je l'ai trouvée… et j'ai décidé de la garder, dit succinctement Ro.

— Morgan Byrd était l'une des personnes disparues les plus célèbres des États-Unis. Nous sommes tombés sur elle pendant une mission en République dominicaine, dit Arrow. Et tu sais qu'elle a récemment eu notre petite fille, Calinda.

— Je connaissais Harlow lorsque nous étions au lycée, dit Black. C'est une cheffe cuisinière et elle travaillait dans un refuge pour femmes quand un promoteur a mis une pression forte – et illégale – sur le propriétaire pour qu'il vende. Il a fini par mettre le feu au refuge et Harlow a dû sauter de la fenêtre du troisième étage pour s'échapper.

— J'ai aidé Everly à trouver sa sœur, qui avait été enlevée. Nous pensions qu'il s'agissait d'un cercle de trafic sexuel, mais il s'est avéré qu'il s'agissait juste d'un fou qui cherchait sa prochaine femme... qu'il voulait garder enchaînée dans sa maison pour les vingt prochaines années, expliqua Ball.

Les yeux de Raven étaient énormes sur son visage, tout comme ceux des autres femmes quand Zara termina de partager les histoires des hommes.

— Et tu connais l'histoire de Meat, et de notre rencontre, dit Zara en gloussant. Je *l'*ai sauvé, mais quand une personne de mon passé a décidé qu'elle voulait mon argent, il a dû se secourir tout seul cette fois.

— Vous n'avez vraiment pas des vies ennuyeuses, lança malicieusement Raven.

— Mis à part Black, peut-être, nous avons tous rencontré les amours de nos vies grâce à ton mari, dit Gray.

— Non, même si je n'ai pas rencontré Harlow pendant une mission, je ne serais pas allé au refuge pour femmes pour aider avec la défense personnelle si je n'avais pas fait partie des Mercenaires Rebelles, dit Black. Je ne serais même pas allé à Colorado Springs.

— C'est vrai. D'accord, alors, grâce à Rex et à sa détermination tenace de faire tout ce qu'il fallait pour te trouver, nous avons tous trouvé les femmes qui nous complètent, corrigea Gray.

Dave sentit que Raven le regardait et il se tourna pour l'observer. Elle le fixait d'un regard qu'il ne savait pas interpréter.

Les autres femmes dans la pièce commencèrent toutes à parler en même temps. Il était évident qu'elles étaient impressionnées et touchées par la façon dont les hommes avaient rencontré leurs femmes. L'humeur était joyeuse et Dave adorait passer du temps avec ses hommes de cette façon. Il n'avait pas eu beaucoup d'opportunités de le faire dans le passé, étant donné qu'il était seulement barman. Être au milieu du groupe et être inclus était agréable.

Mais s'asseoir à côté de sa femme, qu'il avait honnêtement commencé à imaginer ne plus revoir, était la cerise sur le gâteau. Il était heureux pour ses amis qui avaient trouvé des femmes à aimer, mais il était encore plus ravi pour lui-même.

La seule chose entre lui et une vie longue et belle – ce qu'il en restait – avec sa femme et son enfant était del Rio. Et le fait de sortir du Pérou.

Peu de temps après que tous les hommes avaient raconté leurs histoires, le groupe commença à se séparer. Daniela dit qu'elle devait rentrer avant qu'il ne soit trop tard et les autres femmes acquiescèrent. Elles n'avaient eu aucun problème avec Ruben et ses amis depuis la rencontre du groupe avec Dave, mais personne ne voulait tirer sur la corde. Black et Ro allaient les escorter à leur cabane et monter la garde pendant la nuit. Ball et Gray s'assureraient que Daniela rentrerait chez elle en sécurité également.

Tout le monde se souhaita une bonne nuit et Dave escorta Raven jusqu'à la chambre qu'ils partageaient. Elle se prépara pour aller au lit dans la salle de bains et Dave retira son tee-shirt et son pantalon. Il se plaça sous l'édredon, mais resta au-dessus des draps. Raven sortit de la salle de bains et monta dans le lit. Elle ne dit rien à propos du fait qu'il ne porte pas de tee-shirt, mais il vit l'hésitation dans ses mouvements.

— Je peux le remettre si tu veux, dit doucement Dave.

Elle prit une profonde inspiration puis secoua la tête un peu désespérément.

— Non. Ça ira.

— Viens là, dit Dave en tendant le bras.

Elle se rapprocha de lui avec hésitation et il remarqua la seconde où elle réalisa qu'il y avait encore un drap entre leurs corps. Il eut horreur du soulagement qu'il vit dans ses yeux, mais se rappela qu'ils n'avaient été réunis que deux semaines auparavant. Ce n'était pas assez long pour effacer les souvenirs des autres hommes et des choses qu'ils lui avaient faites.

Elle posa avec précaution sa tête sur son épaule nue et il soupira de soulagement quand le bras de Raven glissa doucement sur sa taille. La tête de Raven se leva légèrement et Dave sut qu'elle regardait la cicatrice sur la partie supérieure de son torse. Le coup de couteau du membre du club de motards était descendu le long de son cou et s'était arrêté juste au-dessus du téton.

— Qui a pris soin de toi après que c'est arrivé ? demanda-t-elle à voix basse.

— Moi. Je suis allé à l'hôpital dès que possible, mais pas avant que le détective principal sur ton affaire me passe un savon et me dise de dégager de sa ville. Je suis retourné à la maison à Colorado Springs et je me suis remis au travail. Au Pit et en faisant des recherches sur Internet pour trouver la moindre trace de toi.

— J'ai horreur de ne pas avoir été là.

Dave émit un petit rire.

Elle lui jeta un regard noir.

— Pourquoi est-ce que tu ris ? Il n'y a rien de drôle.

— C'est un peu drôle, rétorqua-t-il. Raven, si tu avais été là, je n'aurais jamais été blessé pour commencer, étant donné que j'ai obtenu ce petit souvenir en *te* cherchant.

Elle poussa un soupir et reposa sa tête.

— Je n'aime juste pas penser au fait que tu souffres.

Dave redevint immédiatement sérieux.

— Je ressens la même chose pour toi. Je ferais n'importe quoi pour remonter le temps et prendre des décisions différentes à propos de ce voyage à Las Vegas. Mais nous ne pouvons pas faire ça. Nous devons juste continuer à aller de l'avant. Un jour à la fois.

Elle sursauta légèrement et releva la tête une fois de plus.

— Pourquoi est-ce que tu as dit ça ?

— Dit quoi ?

— Un jour à la fois.

Il haussa les épaules.

— C'est ce que je me disais tous les soirs quand j'allais au lit. Que je devais prendre chaque jour comme il venait ! Un à la fois. Je ne pouvais pas penser à la semaine suivante, ou l'année suivante, ou aux cinq prochaines années sans toi. Je me disais que tout ce que j'avais à faire, c'était tenir bon un jour de plus. Tout le reste semblait trop. Trop long.

— C'est comme ça que j'ai fait face à tout ça aussi, reconnut-elle. Chaque jour où j'étais retenue captive, je me disais que je devais juste tenir un jour de plus. Et quand je vivais dans le barrio, que j'avais tellement faim que j'étais étourdie et que j'avais peur de Ruben et de tous les autres, j'ai fait face en pensant que tout ce que j'avais à faire, c'était de tenir bon jusqu'à la fin de la journée. Que le lendemain, tout irait mieux.

— Je t'aime, murmura Dave. Même quand nous étions séparés, nous étions sur la même longueur d'onde.

Elle ne lui rendit pas ses mots, mais elle reposa sa tête sur son torse. Le simple fait de sentir son souffle chaud sur sa peau rendait Dave moins nerveux. Il avait vraiment Raven là, avec lui. Elle était en vie. Elle était un miracle. Son miracle.

— Demain, après que je te déposerai pour voir David, j'espère pouvoir aller chercher son passeport. Dans peu de temps, tout cela sera derrière nous et nous serons à la maison, lui dit-il, sachant que le changement de sujet était un peu désagréable, mais il ne voulait pas qu'elle s'endorme avant qu'il lui dise que leur temps au Pérou arrivait avec un peu de chance à sa fin.

Ils restèrent silencieux quelques minutes. Dave pensait que Raven dormait quand elle dit :

— J'ai rêvé de ça, tu sais.

— Quoi ?

— Ça. Être allongée avec toi au lit. Toi qui joues avec mes cheveux. Je ne pensais pas que ça arriverait un jour.

— C'est réel. Je suis réel.

— Je sais. Merci, Dave. Merci de m'avoir trouvée et de m'aimer.

— Dors, chérie. Demain, nous serons un jour plus proche de notre retour à la maison et de vivre le reste de nos vies dans une joie paisible avec notre fils.

Il voulait s'excuser à nouveau pour avoir mis aussi long-temps à la trouver. Pour tout ce qu'elle avait subi, mais il garda les mots pour lui. Au fond de lui, il savait qu'il avait fait tout ce qu'il pouvait pour la trouver, mais cela l'exaspé-rait encore qu'elle ait vécu dix années d'enfer.

Il sentit l'expiration joyeuse sur sa peau tandis qu'elle soupirait. Puis, elle se détendit dans ses bras tandis qu'elle succombait au sommeil.

Dave ne dormit pas. Il mémorisa la sensation de sa femme dans ses bras, ses cheveux étalés sur son épaule et son bras.

Le lendemain serait, avec un peu de chance, un tournant dans les limbes où ils étaient coincés. Il irait chercher le passeport de l'enfant et son équipe et lui planifieraient l'as-saut de la maison où David était détenu. Puis, soit ils seraient sur le chemin du retour chez eux, soit les choses tourneraient au vinaigre. Il espérait qu'il s'agirait de la première option, mais il savait que si la seconde arrivait, les Mercenaires Rebelles prendraient soin des leurs.

Ils ne pouvaient plus se permettre le luxe d'attendre. Il n'avait pas l'intention de mettre en péril le bien-être mental et la santé de son fils si del Rio décidait de mettre en pratique les plans pervers qu'il avait en réserve pour lui.

Il tomba dans un sommeil troublé, sachant que le lendemain pourrait changer les vies de sa famille pour toujours, d'une façon ou d'une autre.

11

— Ne sois pas nerveuse, dit Dave à Raven tandis qu'ils s'arrêtaient sur le côté de la route où il la déposait habituellement avant de l'observer marcher en direction de la maison où David vivait.

— Je ne peux pas m'en empêcher, lui dit-elle en se mordant la lèvre. Chaque fois que je viens ici, j'ai peur d'entrer et qu'on me dise qu'il est parti. Que del Rio l'a emmené à nouveau.

Dave avait horreur de ça pour sa femme. Il détestait le délai pour libérer l'enfant et tous les ramener aux États-Unis.

— J'espère que la prochaine fois que nous viendrons dans cette maison, ce sera pour prendre David et le ramener chez nous, lui dit-il honnêtement.

— Moi aussi, murmura Raven.

— Regarde-moi, lui ordonna doucement Dave.

Sa femme tourna la tête et il ne put s'empêcher d'être émerveillé à nouveau à l'idée d'être vraiment assis à côté d'elle. C'était encore difficile à croire, après tout ce temps.

— Je vais ramener notre fils à la maison. Là où nous lui

apprendrons à adorer les Legos et à rire quand il laissera ses jouets dans toute la maison pour que nous trébuchions dessus. Nous l'emmènerons camper... nous lui montrerons comment faire des biscuits-sandwichs à la guimauve. Nous allons avoir un avenir ensemble. Tous les trois.

Il observa Raven se détendre visiblement.

— D'accord.

— Bien. Sois prudente. Ne fais rien et ne dis rien à David ou à qui que ce soit d'autre qui pourrait éveiller les soupçons.

— D'accord.

— Est-ce que tu as assez mangé ce matin ? Est-ce que ça ira jusqu'à ce soir quand je reviendrai te chercher ? demanda Dave.

Les lèvres de Raven tressaillirent.

— J'ai beaucoup mangé, lui dit-elle. Tu m'as fait avaler cette dernière barre de protéines et maintenant, je crois que je vais exploser.

— Tu as besoin des calories. T'affamer n'est qu'un mauvais point de plus pour l'âme de del Rio.

Il tendit la main et elle y posa la sienne. Dave l'attira contre sa bouche et embrassa sa paume.

— Je t'aime. Tout ça sera bientôt fini.

— D'accord, lui dit-elle, l'émotion facilement visible dans ses yeux. Elle était bouleversée et effrayée, mais derrière tout cela, il vit qu'elle croyait en lui et il espérait qu'il serait capable d'être à la hauteur.

Il l'observa tandis qu'elle tendait le bras et qu'elle ouvrait la portière. Elle la referma sans ajouter un mot et marcha le long du trottoir en direction de la petite maison. Dave avait voulu la déposer plus près, pour qu'elle n'ait pas à marcher autant, mais il savait qu'il était plus sûr de rester au moins à huit cents mètres de là pour ne pas éveiller les soupçons.

Il continua de regarder fixement le trottoir quelques moments après que Raven avait disparu, pensant à son rendez-vous imminent à l'ambassade des États-Unis pour aller chercher le passeport de David et à l'assaut que son équipe avait l'intention d'organiser ce soir-là...

Quand le verre de la vitre à côté de sa tête vola soudain en éclats.

Reculant face aux débris de verre, Dave n'était pas préparé à ce que deux hommes tendent le bras par la vitre et le tirent en dehors du véhicule. Ils étaient forts et Dave se débattit comme un forcené. Il parvint à leur donner quelques coups avant que l'un des hommes pointe un pistolet sur sa tête.

— Arrête de te débattre ou je te fais exploser le cerveau ici même, grogna l'homme.

Dave s'immobilisa.

Putain. Il savait qu'il pouvait vaincre ces salauds – ils n'étaient que quatre, en comparaison avec la demi-douzaine ou plus qu'il avait affrontée dans le barrio –, mais même lui ne pouvait pas résister à une balle. Et il devait vivre. Pour Raven. Pour son fils. Il ne pouvait pas les libérer depuis sa tombe.

Levant les mains en signe de capitulation, Dave mémorisa les visages des salauds qui l'entouraient. Il s'assurerait qu'ils paient pour cela. Ainsi que tous ceux qui se mettaient sur le chemin entre lui et sa famille.

— Pas si dur à cuire maintenant, hein ? demanda l'un des hommes juste avant que quelque chose heurte durement l'arrière de la tête de Dave.

À un instant, il jetait un regard noir aux hommes et décidait mentalement comment il allait les tuer, et une seconde après, tout devint noir.

* * *

Dave reprit connaissance à l'arrière d'une voiture, pris en sandwich entre deux hommes, dont l'un tenait un pistolet sur sa tête, même s'il n'était pas en état de se battre et que tout le monde le savait. Ses mains étaient attachées derrière lui et il avait un terrible mal de tête. Dave avait envie de vomir, mais il parvint à réprimer la bile.

Il regarda fixement l'énorme établissement dont la voiture s'approchait. Dave le reconnut immédiatement. Il avait passé de nombreuses heures à étudier l'endroit sur des photographies satellites. La maison elle-même était entourée par plusieurs hectares d'herbe verte et luxuriante et d'un mur en briques de trois mètres de haut.

Autrefois, Dave avait envisagé de s'approcher de cet endroit tout seul, mais son équipe l'avait convaincu de ne pas le faire.

À présent, on aurait dit qu'il allait avoir sa chance de parler face à face avec l'homme qui avait à lui seul essayé de détruire les vies de Raven et lui.

Dave devait supposer que quelqu'un avait rapporté à del Rio qu'ils l'avaient vu. Ou peut-être qu'il avait ordonné à quelqu'un de suivre Raven afin de la tenir à l'œil. Quoi qu'il en soit, il était certain que del Rio savait que les Mercenaires Rebelles étaient en ville, et qu'il n'en était pas ravi. Le fait que Dave ait été enlevé ne présageait rien de bon pour lui.

Il essaya de passer en revue tout ce qu'il savait à propos de del Rio. Avec lui, l'argent était roi. Tout ce que l'homme faisait était en lien avec le profit. Pour lui, l'argent était ce qui faisait tourner le monde. Et si de l'argent était ce qu'il fallait pour faire sortir David de son emprise, alors c'était ce que Dave offrirait. S'il en avait la possibilité, il achèterait David à cet homme sans hésiter un seul instant.

Il s'obligea à ne pas penser à Raven en train d'être violée encore et encore quelque part dans la grande maison devant lui. Ou en train de regarder le beau gazon par la fenêtre, souhaitant être ailleurs. C'était trop douloureux. Aussi fier qu'il soit de sa femme, Dave avait encore beaucoup de colère contenue en train de mijoter sous la surface. Quelqu'un paierait pour ce que sa femme avait subi, et cette personne serait del Rio lui-même. D'une manière ou d'une autre, cet homme paierait.

Levant la tête tandis que la voiture s'arrêtait, Dave examina les fenêtres, mais tous les rideaux étaient fermés. Il ignorait s'il y avait des femmes derrière ces rideaux. Des prisonnières qui étaient maltraitées et violées jour après jour sans pouvoir espérer être secourues. Y avait-il d'autres Américaines ? D'autres femmes comme Bonita, Carmen et les autres ?

Il savait que cela était probable, et l'idée était abjecte, mais Dave devait se concentrer sur la raison pour laquelle il était là.

Tenez bon, implora-t-il silencieusement les captives. *Je vous promets que je vais envoyer de l'aide. Vous devez juste tenir bon un peu plus longtemps.*

Dave se sentait coupable de ne pas pouvoir faire quoi que ce soit immédiatement pour les femmes qui étaient piégées à l'intérieur, vivant une vie qu'elles n'auraient pas pu imaginer dans leurs pires cauchemars. Mais à ce moment-là, il n'était même pas en mesure de s'aider lui-même.

Il fut tiré hors de la voiture et tomba presque à genoux dans l'allée. Le monde tourna et Dave sentit un filet de ce qu'il supposait être du sang suinter le long de l'arrière de sa tête. Ce qui l'avait frappé avait causé des dégâts, mais il était en vie.

Ne pas le tuer purement et simplement provoquerait la chute de del Rio.

— Comment m'avez-vous trouvé ? demanda-t-il aux

hommes qui étaient pratiquement en train de le tirer vers la grande maison.

— Nous avons plusieurs moyens, dit l'homme qui tenait l'arme. Del Rio est un dieu par ici. Si tu pensais que tes amis et toi n'alliez pas vous faire remarquer, vous êtes vraiment des Américains stupides. Nous avons des yeux et des oreilles partout.

Merde. Dave et les autres avaient spéculé plus d'une fois à propos de la raison pour laquelle del Rio n'avait pas envoyé ses sbires à leurs trousses. Ils étaient restés vigilants, juste au cas où, mais le salaud avait attendu qu'il soit seul et sans renforts pour l'attraper. C'était une erreur stupide de la part de Dave de déposer Raven sans personne de son équipe avec lui.

Il fut emmené à l'étage, le long de deux couloirs, dépassant au moins une douzaine de portes, toutes fermées, jusqu'à une grande bibliothèque. Il y avait des étagères de livres le long des murs de droite et de gauche, et une grande fenêtre derrière un énorme bureau qui était posé au milieu de la pièce. Il n'y avait rien sur la surface en bois poli. Un seul siège en bois à dossier droit était posé devant le bureau et un garde la désigna de son arme tandis qu'un autre coupait les liens des poignets de Dave.

Il s'assit comme on le lui avait ordonné. Soit il s'asseyait, soit il tombait, et la dernière chose qu'il voulait faire, c'était se rendre encore plus vulnérable.

Dave avait beau détester être dans cette maison, cette prison, il n'était pas vraiment fâché de pouvoir enfin parler à del Rio.

Du moins, il *espérait* que c'était ce qui était sur le point de se passer.

Il n'eut pas à attendre longtemps pour le découvrir.

La porte s'ouvrit brusquement, émettant un grand bruit quand elle heurta le mur, et Dave sursauta dans son siège.

Le mouvement secoua sa tête déjà douloureuse, mais il fit de son mieux pour ne pas montrer d'une quelconque façon à quel point il avait mal.

Trois hommes entrèrent dans la pièce. Deux étaient vêtus de noir, et le troisième était del Rio en personne. Il était évident que Dave n'allait pas pouvoir le tuer sur-le-champ. Pas quand ils étaient sept fois plus nombreux. Mais son heure allait venir. Même si Dave ne pouvait pas être celui qui presserait la détente, il savait que ce serait fait.

Dave avait déniché quelques photographies de del Rio sur Internet, mais aucune n'avait réussi à saisir le mal qui semblait suinter de sa personne. Il n'était pas terriblement grand, probablement entre un mètre soixante-dix ou soixante-quinze. Il avait des cheveux et des yeux marron. Sa peau était sombre et ridée. On disait que del Rio avait une cinquantaine d'années, et en le regardant, Dave devait être d'accord avec cette supposition. Il portait un jean, un étui avec un pistolet autour de la taille et une chemise rouge foncé à col boutonné et à manches longues ; il avait une démarche suffisante qui lui venait d'années d'arrogance à n'en faire qu'à sa tête.

Il fit le tour du bureau et s'assit sur la chaise. Un garde se plaça à côté de la porte et l'autre s'installa près du coin, au fond du bureau, près de del Rio. Les quatre hommes qui avaient tiré Dave en haut des escaliers restèrent, se tenant tous autour de sa chaise. Le pistolet n'était plus pointé sur la tête de Dave, mais il savait sans le moindre doute que s'il faisait un mauvais geste, il recevrait une balle dans le cerveau plus vite qu'il ne pouvait lever la main pour se protéger.

Avec ses propres mains derrière la tête, del Rio se pencha en arrière comme s'il n'avait pas le moindre souci au monde.

— Qui es-tu et pourquoi es-tu ici ? demanda del Rio en anglais.

Dave n'avait pas su si l'homme pourrait comprendre ou parler anglais, même s'il avait eu un pressentiment que c'était le cas. Un homme n'arrivait pas à avoir autant de pouvoir que del Rio sans savoir comment menacer les gens dans plus d'une langue. Il ne serait pas surpris si ce salaud en connaissait également d'autres.

C'était aussi une question bête. Del Rio savait exactement qui il était et pourquoi il était là, au moins en partie.

— Je suis là pour reprendre ce que tu m'as volé, lui dit Dave sans ménagement, supposant que l'homme apprécierait qu'il aille droit au but.

Del Rio haussa les épaules.

— Ta femme m'a fait gagner beaucoup d'argent dans le passé, mais elle ne me sert plus à rien, dit-il avec paresse. Je ne m'inquiétais pas que tu te les tapes, elle et ses amies. Mais à présent, elle a apporté des ennuis... et il est temps qu'elle disparaisse.

Cela énerva Dave davantage. Raven était plus qu'un moyen d'atteindre un but, et il n'aimait vraiment pas la menace de del Rio.

— Alors, laisse-moi partir et nous quitterons le Pérou pour ne jamais revenir, lui dit Dave. En réalité, nous avions l'intention de partir demain, alors si tu pouvais juste me déposer, je pourrais finir de mettre mes projets en place et nous nous en irons d'ici.

Del Rio émit un petit rire.

— Je ne crois pas, dit-il d'un air menaçant. Surtout pas quand tu sembles avoir un plan pour prendre ce qui ne t'appartient *pas.*

Dave plissa les yeux.

— Le garçon est plus mon fils que tu ne pourrais l'imaginer.

— Le truc, dit del Rio, c'est que j'ai des projets pour ce garçon.

— Va te faire foutre avec tes projets, cracha Dave.

Mais l'autre homme ne s'offusqua pas. Il rit et se pencha en avant, posant ses coudes sur le bureau devant lui.

— Mais tu n'as pas demandé quels étaient mes projets.

— Je sais tout ce qu'il y a à savoir à propos de tes putains de projets, lui dit Dave.

— Je ne crois pas que tu en saches autant que tu le penses. Est-ce que tu es au courant pour la planque que je possède, remplie à ras bord des bâtards des putes qui travaillent pour moi ? D'après ce que sait le gouvernement, c'est un orphelinat et je suis un ange pour ces pauvres enfants non désirés. Je les aide à trouver un foyer, où ils seront *très* aimés tant que leurs nouvelles familles voudront d'eux.

Le visage de Dave ne trahit rien. Il refusa de montrer la moindre trace de dégoût envers l'homme malfaisant situé devant lui.

— Pas de réponse à ça, hein ? demanda del Rio. Alors qu'est-ce que tu dis de ça : j'ai décidé de garder le petit David pour moi.

En entendant cela, Dave ne put s'empêcher de tressaillir légèrement.

Mais del Rio le vit et son sourire s'élargit.

— J'aurai besoin d'un successeur un jour. Quelqu'un pour prendre la relève quand je déciderai de prendre ma retraite. Et David, avec ses yeux bleus saisissants et ses fossettes adorables, était juste trop beau pour que je l'abandonne. Alors je lui ai épargné la vie que ces autres sales gamins vivent. Il a obtenu la meilleure éducation que l'argent peut acheter. Il sera cultivé, et j'ai même permis à sa maman de lui rendre visite, de lui enseigner l'anglais... une compétence tellement pratique dans mon domaine, tu ne crois pas ?

Mais il est temps pour que cette surprotection s'achève. Il doit grandir. Il commence à apprendre que *je* suis responsable. Sous peu, je lui présenterai les joies du plaisir sexuel. Il apprendra vite que faire exactement ce que je dis vaudra mieux pour lui que de résister. Je n'ai pas eu mon propre jouet depuis un bon moment, et j'ai hâte de le préparer à me faire plaisir, et seulement *à moi.*

Dave se sentait malade, son estomac s'agitant violemment. Non seulement del Rio avait l'intention de maltraiter *son* fils, mais il allait le préparer à être aussi mauvais que lui.

Ils avaient tous su que del Rio était malfaisant, qu'il utilisait et maltraitait à la fois les femmes et les enfants, mais c'en était trop.

Cela n'arriverait pas. *Hors de question.*

— Je vois que ce genre de chose n'est pas vraiment ton truc, ce qui n'a aucune importance, poursuivit del Rio avec un sourire suffisant. Pendant longtemps, je me suis contenté de prendre ce que je voulais... des travailleuses pour mon établissement ici, mais aussi des enfants pour les vendre aux acheteurs les plus avertis. Mais j'ai découvert qu'il était bien plus facile d'enlever des femmes que des enfants. Les gens donnent plus d'importance aux petits. Mais ensuite, je me suis rendu compte que j'avais ma propre usine à bébés juste sous mon toit ! Ça a été plus rentable que tu ne pourrais l'imaginer.

— Je peux payer, dit Dave à l'homme. Quoi que tu veuilles. Pour le garçon.

— Tu n'écoutais pas ? demanda froidement del Rio. Je ne veux pas de ton argent. Je veux le garçon. Ce sera mon jouet, puis mon successeur. Je vais l'entraîner à être encore plus impitoyable que moi. Il finira par diriger mon empire à ma place, et le nom de del Rio sera prononcé avec peur et révérence pendant des décennies.

— Pourquoi ? demanda Dave avec dégoût. Pourquoi faire ça ? Il y a des tas de femmes qui *veulent* travailler dans le commerce du sexe. Les femmes que tu gardes enfermées ici ont des familles qui les aiment. Elles avaient des vies avant que tu les arraches aussi impitoyablement à tout ce qu'elles connaissaient.

— Parce que je le peux, dit simplement del Rio. Parce que les femmes sont dégoûtantes. Elles écartent les jambes pour n'importe qui tant que ça leur rapporte ce qu'elles veulent. De l'argent, de la nourriture, du prestige. Elles ne sont *rien*. Les hommes sont supérieurs à tout point de vue, et les femmes doivent apprendre cela.

Dave n'avait pas réponse. L'homme assis si calmement devant lui était fou. Non seulement ça, mais il n'y avait pas un seul os de compassion dans son corps.

— Je ne te laisserai pas prendre mon successeur, *mon* fils, loin de moi, conclut del Rio en levant le menton.

Dave vit le signal subtil à l'un des hommes debout derrière lui, mais avant qu'il puisse faire quoi que ce soit, un pistolet paralysant fut tiré sur son flanc.

Laissant échapper un grand cri, Dave ne pouvait plus contrôler ses muscles. Il tomba de sa chaise sur le sol et l'homme continua de maintenir le dispositif contre lui. Les courants électriques traversèrent son corps et Dave ne put que convulser sur le tapis haut de gamme.

Del Rio se leva, la chaise sur laquelle il avait été assis craquant sous ses mouvements, et il s'approcha tandis que Dave se tordait de douleur à ses pieds. Il ne pouvait pas se défendre. Il ne pouvait rien faire à part observer del Rio dire quelque chose aux gardes. Puis, sans un regard en arrière, le trafiquant d'êtres humains le plus tristement célèbre et malfaisant que Dave ait croisé se retourna et sortit de la bibliothèque, ses deux gardes du corps le suivant sans la moindre expression sur leurs visages.

Les hommes qui l'avaient enlevé dans sa voiture, dans la rue, parlèrent entre eux puis baissèrent les yeux vers lui. L'un d'eux sortit un couteau et Dave frémit lorsque celui-ci brilla sous les lumières vives de la pièce.

Il ferma les yeux tandis que l'un des hommes appuyait à nouveau le Taser contre son corps, le rendant physiquement incapable de se défendre.

L'autre homme tira la tête de Dave en arrière, exposant son cou.

Refusant de fermer les yeux, Dave lança un regard noir à l'homme qui était le plus proche de lui, tout en luttant contre les effets paralysants du courant qui traversait son corps.

Il pensa à Raven. À son émotion quand il ne reviendrait jamais la chercher.

Del Rio était le diable incarné. Et Dave n'était qu'un homme. Un homme désespéré qui avait voulu faire tout ce qu'il fallait pour soulager la douleur dans les yeux de sa femme... mais à présent, il n'en aurait jamais l'opportunité.

* * *

Dave ignorait quelle heure il était quand il reprit connaissance. Il était allongé dans ce qu'il supposait être le coffre d'une voiture. Levant une main, il toucha son cou et grimaça en y sentant quelque chose d'humide.

Mais il était en vie. Quoi qu'il se soit passé pendant qu'il était inconscient, cela n'avait pas été mortel. Soit les hommes étaient incompétents, soit ils avaient l'intention de le torturer davantage quand ils auraient atteint leur destination.

La voiture ralentit puis s'arrêta et Dave ferma les yeux,

décidant de rassembler autant d'informations que possible à propos de sa situation avant d'agir. Une puanteur qui ne ressemblait à rien qu'il ait déjà senti auparavant flotta jusqu'à ses narines, mais il ne bougea pas et ne réagit pas.

Le coffre s'ouvrit et il entendit deux hommes parler en espagnol. Après deux minutes, Dave sentit des mains sur lui. Il maintint son corps mou, rendant son poids mort difficile à déplacer. Les hommes grognèrent et jurèrent tout en faisant de leur mieux pour le soulever du coffre de la voiture. Il maintint ses muscles mous et parvint à retenir un grognement quand ils le soulevèrent au-dessus du bord du coffre et qu'ils laissèrent la gravité faire le reste du travail. Sa tête heurta brutalement le sol quand il roula hors de la voiture.

Les hommes continuèrent de discuter puis chacun d'eux agrippa l'une de ses chevilles et ils commencèrent à le tirer quelque part. Le sol sur lequel il était tracté était cahoteux et humide. Il avait l'odeur d'un mélange de chair pourrie et d'excréments humains. Mais il ne bougea pas.

Avec un dernier grognement de la part de l'un des hommes, ils lâchèrent ses chevilles et ses jambes tombèrent mollement sur le sol une fois de plus. Dave se préparait à bondir et à se battre...

Mais il ne se passa rien.

Lorsqu'il eut l'impression d'entendre les hommes s'éloigner, Dave prit le risque d'entrouvrir les yeux pour évaluer la situation.

Si les hommes retournaient à la voiture pour aller chercher une arme ou quelque chose comme ça, il devrait bouger... mais il hésitait. Il voulait bondir et les attaquer, puis voler la voiture, mais il se sentait étourdi et malade, probablement à cause de la perte de sang et de la façon dont ils lui avaient injecté du courant électrique.

Tandis qu'il se demandait s'il avait la force pour réaliser

une attaque sournoise, Dave les observa d'un air incrédule tandis qu'ils démarraient la voiture et qu'ils s'éloignaient.

C'étaient des imbéciles. Vaniteux et trop sûrs de l'avoir tué, ou qu'il finirait par mourir à cause de ce qu'ils avaient déjà fait.

Ils auraient dû s'assurer d'avoir fini le travail qu'on leur avait assigné.

C'était une pensée stupide, mais Dave savait que ses Mercenaires Rebelles n'auraient jamais commis une erreur aussi colossale. Ce n'étaient pas des tueurs, comme il le leur disait souvent, mais s'ils étaient obligés de descendre quelqu'un au cours de leur quête pour libérer une captive, il s'assurerait bien que le travail soit fait.

En grognant, Dave parvint à se tourner sur le côté. Il leva à nouveau une main vers son cou et exerça une pression sur la blessure de couteau qu'il y trouva. D'une manière ou d'une autre, ces salauds n'avaient pas réussi à le tuer alors qu'il était allongé sans défense sur le sol, incapable de se protéger. La nouvelle coupure était perpendiculaire à la blessure qu'il avait reçue des années auparavant. Dave ne pouvait qu'imaginer ce que la nouvelle cicatrice ferait à son apparence déjà effrayante, mais il ne pouvait pas vraiment s'en inquiéter à ce moment-là. Il ne pouvait que penser à sortir de l'endroit où il était, quel qu'il soit, et à secourir son fils.

Ouvrant complètement les yeux, Dave vit qu'il avait été jeté dans ce qui ne pourrait être qualifié que de décharge. Il y avait des tas d'ordures et de déchets à perte de vue. La puanteur était terrible, mais tant qu'il était en vie, il avait une chance de s'en sortir. Des oiseaux volèrent au-dessus de lui, grappillant tout ce qu'ils pouvaient trouver à manger et leurs cris étaient bruyants dans l'atmosphère silencieuse.

Dave essaya de se mettre à genoux, mais le monde tournait follement autour de lui. En jurant, il tomba face contre terre dans la saleté. Roulant sur le dos, il resta allongé là, tentant de retrouver ses repères et sa force.

Il devait atteindre la ville. Retourner auprès de Raven. Il devait secourir son fils avant que del Rio puisse l'emmener ou mettre son plan à exécution. Il devait aussi trouver où son « orphelinat » était ; les autres enfants ne méritaient pas ce que del Rio avait en réserve pour eux plus que David.

Ce qui avait commencé comme un simple voyage pour trouver sa femme et la ramener à la maison était devenu plus compliqué que tout ce que Dave aurait imaginé.

Mais cela n'avait pas d'importance. Secourir des femmes et des enfants était le travail des Mercenaires Rebelles, et peu importe combien de temps cela prenait ou combien de paperasse ils devraient remplir, del Rio n'allait pas gagner cette bataille. David retournerait bien à la maison avec lui et del Rio maudirait le jour où il s'en était pris à sa famille.

Mais d'abord...

Dave ferma les yeux. D'abord, il allait se reposer une minute et reprendre ses forces. Puis, il se lèverait, retrouverait son chemin jusqu'à la ville, secourrait son fils et partirait de ce satané Pérou.

12

Mags faisait les cent pas avec impatience dans la chambre de Gray. Il était dix-huit heures et Dave n'était pas revenu la chercher de son rendez-vous avec David. Elle était retournée au motel en marchant, s'attendant à l'y trouver... s'attendant à ce que Dave s'excuse d'avoir été retenu par d'autres affaires. Mais il n'y avait eu aucun signe de lui quand elle était arrivée.

Gray ne s'était même pas rendu compte que Dave avait disparu avant qu'elle revienne au motel et qu'elle lui explique qu'il n'était pas allé la chercher.

Zara était dans la chambre avec Mags, ainsi que Ro et Ball. Le reste de l'équipe était dans une autre chambre, discutant apparemment des prochaines étapes et de la façon de trouver Dave.

— Il m'a dit qu'il irait chercher le passeport de David et qu'avec un peu de chance, avant demain, nous serions loin d'ici, dit Mags. Que s'est-il passé ? Où est-il ? Est-ce que David n'est plus en sécurité ?

— Ne panique pas, dit Ro d'une voix qui était bien trop calme pour la tranquillité d'esprit de Mags.

— Ne pas paniquer ? demanda-t-elle, hors d'elle. Comment pourrais-je ne pas paniquer ? Mon mari a réussi à me trouver après tout ce temps et par miracle, il a accepté le fait que j'aie un enfant qui n'est pas le sien. Et maintenant, il a *disparu.* C'est mauvais, Ro. Très mauvais. Del Rio est littéralement fou. S'il a mis la main sur Dave, tous les gens que j'aime sont en danger.

— Dave a beau ne pas être un soldat, il a de bons instincts, lui dit Ball. Même s'il s'est retrouvé dans une situation qui a tourné au vinaigre, il sera capable de s'en sortir.

— Pas si quelqu'un lui tire une balle dans la tête ! s'exclama hystériquement Mags.

Ro s'approcha d'elle, lui prit la main et l'emmena vers l'un des lits. Il l'assit sur le matelas et s'agenouilla devant elle.

— Je sais que ça ne fait pas longtemps que tu nous connais, mais crois-moi quand je te dis que nous faisons tout ce que nous pouvons pour le trouver et lui apporter des renforts.

— Vous savez où il est ? demanda Mags.

Ro secoua la tête.

— Non. Mais Dave est intelligent. Bon sang, il nous a aidés à planifier des centaines de missions. S'il a des ennuis, il trouvera un moyen de s'en sortir.

Elle prit une grande inspiration.

— Alors, quel est le plan en attendant ? Rester assis là et attendre que Dave revienne ?

Étonnamment, Ro sourit.

Mags fronça les sourcils.

— Désolée, chérie, c'est juste que... Je peux voir pourquoi Dave est fou amoureux de toi. Tu es le genre de personne à aller droit au but, tout comme lui. Enfin, le plan est de trouver Dave, aller chercher ton fils et sortir du pays.

Elle ne sourit même pas.

— Comment ?

Ro se leva puis Ball se plaça devant elle.

— Meat est en train d'appeler nos contacts ici dans le pays pour nous obtenir des armes supplémentaires. Nous en avons, mais il nous faut plus de puissance de feu. Nous irons à l'ambassade pour voir si Dave est arrivé là-bas ce matin. Sinon, nous prendrons le passeport de David ainsi que le tien et ceux des autres femmes aussi. Le plan est d'être prêts à partir pour pouvoir aller à l'aéroport à la seconde où nous trouverons Dave et où nous récupérerons ton fils. Nous avons affrété un avion et il est prêt à décoller. Nous n'avons qu'à leur indiquer une heure et ils seront là pour nous prendre et nous ramener à la maison.

Mags fronça les sourcils.

— Un jet privé ? À qui appartient-il ?

— Ça n'a pas d'importance. Les Mercenaires Rebelles ont beaucoup d'amis aux États-Unis. Des amis haut placés qui sont plus que disposés à nous prêter un avion si cela veut dire que nous leur serons redevables. Meat est en train de faire tout ce qu'il peut pour trouver Dave ce soir, mais même si nous ne le trouvons pas, nous voulons aller chercher David demain. Nous en avons assez d'attendre.

Elle inhala vivement et sentit Zara lui serrer l'épaule.

— Demain ?

— Oui. Nous partirons à l'aube, quand il est possible qu'il y ait moins de gens dans les parages. Avec un peu de chance, nous pourrons l'enlever et partir sans tirer aucun coup de feu. Même s'il y en a, nous ne partirons pas sans ton fils.

— Et Dave ? murmura-t-elle, déchirée entre le fait d'être ravie d'avoir enfin son fils et la douleur de ne pas connaître le sort de son mari.

— Si nous ne l'avons pas trouvé avant de vous amener ici, David et toi, alors toi, ton fils, Gabriella, Zara et la moitié de l'équipe irez à l'aéroport avec les autres femmes et vous partirez en avion. Nous trois, nous resterons jusqu'à ce que nous trouvions Dave.

Mags secoua la tête.

— Non, je ne veux pas partir sans lui.

— Mags, dit tendrement Zara, il faut que tu emmènes David au Colorado. Del Rio ne pourra pas le toucher là-bas. Plus tu restes ici, plus il y a de chances pour qu'il soit trouvé et enlevé à nouveau. Et Dave nous botterait les fesses si nous ne faisions pas tout ce qui est en notre pouvoir pour te ramener à la maison, avec ou sans lui.

Les épaules de Mags s'affaissèrent. Bon sang, quel choix horrible elle devait faire. Son fils ou son mari ?

— Mags, dit doucement Ball, regarde-moi.

Mags leva les yeux vers le regard bleu et intense de l'homme.

— Dave est l'un des nôtres. Notre équipe. Bon sang, c'est notre meneur. Il a été là pour nous un nombre incalculable de fois. Même sans être physiquement en mission, il est quand même *là*. Il s'est mis en quatre pour s'assurer que nous ayons les informations dont nous avions besoin et pour mettre la pâtée quand c'était nécessaire. Nous n'allons pas partir sans lui. Je te donne ma parole de Mercenaire Rebelle que nous te ramènerons ton mari à la maison. D'accord ?

Mags hocha la tête avec réticence. Elle n'aimait pas cela, mais elle devait croire que les hommes de Dave savaient ce qu'ils faisaient.

— Bien. Bon, tu n'as pas touché ton dîner. Tu sais que Dave ne serait pas content si tu ne manges pas. Alors s'il te plaît, essaye d'avaler quelque chose. Je ne veux pas que ton mari me fasse du mal s'il revient et qu'il pense que nous n'avons pas pris soin de toi.

Cela fit légèrement sourire Mags. Elle se retourna pour

sourire à Zara également, puis elle prit une profonde inspiration. Alors que Ro lui tendait un sandwich et une cannette de soda, elle pensa : *Tu ferais mieux de ne pas être mort, Dave. Ton fils et moi avons vraiment beaucoup trop besoin de toi.*

* * *

Dave avait l'impression que la mort lui était passée dessus. Les poils de son nez avaient probablement été légèrement brûlés par les odeurs terribles provenant des piles d'ordures tout autour de lui. Il n'avait pas la moindre idée de l'heure qu'il était, mais une lueur venait de la lune descendante, avec juste une faible lumière pour indiquer l'arrivée du soleil.

Étant donné qu'il avait été enlevé le matin précédent, puis jeté alors que le soleil était haut dans le ciel, il savait qu'il avait été inconscient pendant des heures.

Chaque fois qu'il tournait la tête, une douleur aiguë le traversait depuis la coupure de son cou. Levant une main, Dave examina prudemment la plaie. Il n'avait pas de miroir, mais d'après ce qu'il pouvait dire, elle semblait plutôt superficielle et le saignement avait presque cessé. Soit le couteau avait été très émoussé, soit le type qui l'avait utilisé était un satané débutant dans l'art de couper les gorges.

L'avant de son tee-shirt était encore humide et collant à cause du sang, mais il était en vie. Del Rio avait foiré. Il aurait dû s'assurer que ses potes l'avaient tué.

Dave se redressa lentement, testant son équilibre, et regarda autour de lui.

Sa tête palpitait et il se sentait un peu faible, mais il supposa que cela était dû à la perte de sang et à la déshydratation. Il portait encore ses vêtements et ses chaussures, mais il n'y avait rien dans ses poches et le fourreau qui se trouvait sur sa cheville ainsi que le couteau dedans avaient disparu. Dave fut énervé un moment, jusqu'à ce qu'il regarde autour de lui. Il était entouré d'ordures, y compris des kilomètres de verre brisé, plusieurs barres en métal... il remarqua même un couteau à steak cassé et plié. Il avait tout un tas de choix d'armes.

Réalisant qu'il portait toujours sa ceinture aussi, Dave sourit. Il l'avait acheté sur un site Internet de voyage des années auparavant. Il y avait une poche à fermeture éclair cachée et pratique à l'intérieur, où il avait caché un peu d'argent liquide au cas où.

Se sentant mieux sachant qu'il aurait des armes et qu'il n'avait qu'à marcher jusqu'à ce qu'il puisse héler un taxi, Dave se mit lentement et prudemment sur pied. Après quelques secondes, il prit une profonde inspiration et il réalisa qu'il se sentait bien pour quelqu'un qui venait presque de se faire tuer... à nouveau.

Il avait été vraiment chanceux, mais au lieu de se sentir triomphant d'avoir survécu, il se mettait un peu plus en colère chaque seconde. Il avait une femme et un enfant auxquels penser à présent, et il avait foiré. Il aurait dû être plus perspicace. Il aurait dû savoir que del Rio apprendrait qu'il était là et qu'il ferait quelque chose pour protéger ce qu'il considérait comme ses « investissements ». Il avait dessiné une énorme cible sur son fils, et peut-être même sur Raven aussi.

Il devait retourner en ville et retrouver son équipe. Mais plus important encore, il devait atteindre son fils avant qu'il ne soit déplacé ou davantage maltraité par del Rio.

Penser aux projets de del Rio fit reculer la douleur dans son cou. Il ne restait que la détermination de faire sortir son fils du pays et le ramener à la maison au Colorado, où il serait en sécurité. Il prendrait des dispositions pour s'occuper de l'opération de del Rio une fois qu'ils seraient sains et saufs, hors de sa portée.

Puis, Dave et Raven pourraient enfin commencer leur vie de famille, comme ils en avaient toujours rêvé.

Un bruit le fit sortir de son brouillard de colère. Dave regarda dans la direction d'où il provenait et vit un seul phare se dirigeant vers la décharge. Une moto ou un scooter.

Souriant, Dave se baissa et ramassa ce qui avait probablement été le tuyau d'évier de cuisine, ainsi que le couteau tordu qu'il avait aperçu plus tôt. Il s'éloigna aussi vite et silencieusement que possible de l'endroit où il s'était réveillé et se cacha derrière une pile d'ordures en train de pourrir. Il ne sentait même plus la puanteur. Il était complètement concentré sur l'homme qui avançait vers la décharge.

L'homme gara le grand scooter et Dave le reconnut immédiatement. C'était le garde qui avait eu l'air si joyeux quand son pote l'avait électrocuté, celui qui lui avait coupé la gorge.

Furieux, il savait qu'il pourrait facilement en finir avec la vie de l'homme à ce moment précis et ne pas sentir la moindre trace de remords... mais il ne le ferait pas. Dave n'était pas un tueur.

Mais cela ne voulait pas dire qu'il ne pouvait pas faire de mal à l'homme comme celui-ci lui en avait fait à *lui*.

Il changea sa prise sur le couteau, imaginant exactement ce qu'il était sur le point de faire. Dave ne savait pas pourquoi l'homme était revenu, peut-être pour s'assurer qu'il était mort, mais il allait être déçu. Il avait une occasion de se venger un peu et avec de la chance, un moyen de sortir de cette décharge. Il ignorait également où se trouvait l'autre garde ou s'il allait rejoindre son ami pour terminer le travail qu'ils auraient dû faire plus tôt.

L'homme se dirigea immédiatement vers l'endroit où son ami et lui avaient laissé Dave dans l'après-midi. Ne le trouvant pas, il grogna quelque chose avec colère en espagnol.

Dave se faufila rapidement derrière lui et enroula un bras autour de la gorge de l'homme plus petit avant qu'il ne réalise qu'il n'était pas seul.

— Surprise, connard, siffla Dave, se fichant que l'homme ne le comprenne pas.

Le garde se débattit dans son emprise, mais Dave n'allait pas laisser l'homme prendre le dessus. Il appuya le couteau sur sa gorge et le taillada rapidement d'une oreille à l'autre.

L'homme de del Rio cria et se débattit, rendant la coupure plus profonde que Dave l'avait souhaité. Il avait juste voulu effrayer l'homme, lui donner une cicatrice qui lui rappellerait toujours l'Américain qu'il aurait dû tuer, mais qu'il avait laissé en vie. Les mains de l'homme se précipitèrent vers sa gorge alors même que Dave le retournait. Avant qu'il ne puisse se défendre, Dave lui donna un violent coup de poing au visage. Il tomba comme une pierre.

L'homme était allongé, inconscient, sur la même pile de pourriture et d'ordures dans laquelle il avait laissé Dave plus tôt. Fouillant rapidement ses poches, Dave prit le peu d'argent qu'il trouva, ainsi que les clés du scooter. Puis, il se leva, cracha sur l'homme et lui tourna le dos sans un regard de plus. Il n'était pas trop inquiet pour lui. S'il se vidait de son sang, ainsi soit-il... ce n'était pas son problème. Seuls sa femme et son fils avaient de l'importance à présent.

Dave ignorait où il était et comment il retournerait au motel, mais il le découvrirait. Le ciel s'éclaircissait déjà et plus il tarderait à rejoindre Raven et à aller chercher David, plus ils seraient tous en danger.

Dave avait le mauvais pressentiment qu'il avait réveillé une bête et il était possible que del Rio ait déjà déplacé son fils. Cette pensée lui glaça le sang, mais elle ne fit que renforcer sa détermination. Personne ne s'en prenait au meneur des Mercenaires Rebelles. Personne.

* * *

Mags était nerveuse. C'était le matin et il n'y avait toujours pas de signe de Dave. Mais il était temps pour elle d'aller voir son fils.

L'équipe de Dave organisait un assaut matinal de la maison où David était retenu. Elle n'était pas ravie que son fils soit probablement traumatisé en étant pour ainsi dire kidnappé de la maison où il avait vécu toute sa vie, mais l'éloigner de del Rio était vital.

Ce jour-là n'était pas l'un de ces jours de visite programmés. Elle allait frapper à la porte avec la ruse d'avoir été informée par quelqu'un du barrio que del Rio avait exigé sa présence dans la maison. Quand la porte lui serait ouverte, l'équipe prendrait la maison d'assaut et secourrait son fils.

Ils étaient tous fourrés dans le minivan qui restait, tous les sept, et Black venait de terminer de lui dire d'agir comme s'il n'y avait pas de problème et de faire tout ce qu'elle pouvait pour ne pas éveiller les soupçons. L'équipe pouvait entrer dans la maison même si la porte ne lui était pas ouverte, mais cela prendrait plus de temps et les hommes de main de del Rio à l'intérieur pourraient utiliser ce temps pour faire du mal à David.

— Des questions ? demanda Black.

Elle secoua la tête.

— Non.

— D'accord, contente-toi de rester calme. David et toi allez très bien vous en sortir. Je le jure, dit-il.

Mags appréciait son réconfort. Ils étaient de toute évidence tendus et semblaient dangereux, mais elle se sentait en sécurité avec eux. Pendant une seconde, elle aurait souhaité pouvoir rester dans le van, mais ensuite, elle prit une grande inspiration et redressa les épaules. David serait mort de peur si elle n'était pas là et qu'il était enlevé par des hommes étranges. Elle devait le faire rester calme.

— Je vais y arriver, dit-elle, plus à elle-même qu'aux autres, mais bien entendu, ils l'entendirent tous de toute façon.

— Tu l'as dit.

— Bien sûr que oui.

— Carrément.

Mags ne put s'empêcher de sourire face à leurs réponses. Elle aimait ces hommes. Ils étaient un peu rudes sur les bords, mais de toute évidence, ils aimaient leurs petites amies et leurs femmes et ils n'avaient pas peur de faire ce qu'il fallait afin de protéger les plus vulnérables.

Elle sortit du van et descendit les huit cents mètres en direction de la maison où vivait David. Elle savait que les amis de son mari la suivaient à une distance prudente et discrète. Cela la faisait se sentir moins seule et renforça son courage. Elle pouvait le faire. Elle *allait* le faire. Elle avait été complaisante pendant bien trop longtemps. Il était temps de reprendre sa vie en main et celle de son fils tant qu'elle y était. L'inquiétude pour son mari continuait de marteler le fond de son esprit, mais à ce moment-là, elle devait se concentrer sur David. Elle détestait le fait de devoir choisir, mais elle savait qu'il lui dirait aussi de donner la priorité à David.

Elle avança jusqu'au portail à l'avant de la maison et sonna, attendant que quelqu'un réponde et révisant le discours qu'elle avait préparé dans sa tête. Voyant que rien ne se produisait, Mags fronça les sourcils et poussa le bouton une fois de plus.

Plusieurs minutes plus tard, elle était encore debout à

l'extérieur du portail verrouillé. Personne n'avait répondu à la sonnette.

Le malaise monta dans son estomac et elle appuya frénétiquement sur le bouton encore et encore. Voyant que personne ne répondait, elle jeta un œil entre les barres en fer forgé du portail et cria en espagnol :

— Hello ? Est-ce qu'il y a quelqu'un ?

Elle ne vit aucun mouvement dans la maison. Aucune lumière n'était allumée et elle ne voyait pas de fumée sortir de la cheminée.

À présent désespérée, elle agrippa les barres et tira...

À sa grande surprise, le portail bougea.

Baissant les yeux, Mags se rendit compte qu'il n'était pas verrouillé. Elle le poussa, la crainte l'emplissant quand il s'ouvrit sans difficulté.

Elle fit un pas vers la maison, impatiente de voir ce qu'il se passait, mais quelqu'un agrippa son bras.

Paniquant, Mags se retourna et dirigea approximative-ment son poing vers l'endroit où elle supposait que la tête de la personne se trouverait.

Gray attrapa son poing dans sa paume.

— Doucement, Raven, ce n'est que moi.

— Gray ! Personne ne répond, cria Mags. Ils devraient être là.

— Je sais. Nous sommes sur le coup. Reste calme.

Rester calme ? Comment pouvait-elle rester calme ? D'abord, Dave avait disparu, et à présent, il semblerait que David aussi. Mags fit de son mieux pour contrôler la panique qui montait en elle. Gray hocha la tête à l'attention de quelqu'un derrière elle et elle tressaillit à peine quand elle sentit une autre personne agripper son bras. Deux semaines plus tôt, elle aurait paniqué si qui que ce soit l'avait saisie comme ces hommes le faisaient, mais elle savait que son mari leur confierait sa vie. Elle n'avait pas peur d'eux. À ce moment-là, elle craignait davantage pour son fils.

C'était Meat qui se trouvait à côté d'elle à présent. Lorsqu'elle regarda derrière elle, Gray avait disparu.

— Où est-il allé ? murmura-t-elle.

— Gray est un fantôme, répondit Meat comme s'ils étaient simplement en train d'avoir une conversation normale lors d'un jour quelconque. De nous tous, il a la capacité la plus extraordinaire pour se fondre dans son environnement et ne pas être vu. Ce qui est curieux, étant donné sa taille, mais c'est vrai.

Il l'avait écartée de la rue et emmenée juste à l'intérieur du portail pour qu'ils ne puissent pas être vus par les passants. Il déplaça sa main jusqu'à la sienne et la prit. Cela aurait dû être étrange, tenir la main d'un homme qui n'était pas son mari, mais à ce moment-là, Mags accepterait tout le réconfort qu'elle pourrait avoir.

— Les autres vont aller à l'intérieur et voir ce qu'il se passe, dit doucement Meat. Si David est là, ils te l'amèneront.

S'il était là. Elle leva les yeux vers l'homme imposant debout à côté d'elle.

— Oh, mon Dieu, Meat, il *doit* être là.

— Chuuuuut, Raven. Ne te fais pas de souci.

Puis, il baissa les yeux vers elle.

— Je te jure ici et maintenant que s'il a été déplacé, nous *allons* le trouver.

Tout le monde le lui disait continuellement, mais elle ignorait complètement comment ils allaient s'y prendre. Des pensées à propos de Zara et de la façon dont elle avait été seule au Pérou depuis le plus jeune âge traversèrent l'esprit de Mags.

Comme s'il pouvait lire ses pensées, Meat dit :

— Il n'aura pas à vivre sans sa mère. Je te donne ma parole.

Sans le moindre doute, la meilleure décision que Mags avait prise depuis des années avait été de secourir cet homme quand il avait été allongé, brisé et en sang dans le barrio. Elle n'en avait pas su beaucoup à son propos à cette époque, seulement qu'il avait été pris en embuscade et blessé pendant que son équipe et lui étaient à Lima pour secourir des enfants.

Elle aurait pu ignorer ce que Ruben et sa bande faisaient à l'extérieur de leur cabane. Elle aurait pu dire à ses amies de rester silencieuses et de ne pas s'impliquer. Elle avait perdu sa foi en l'idée que tout arrivait pour une raison. Comment pourrait-elle croire qu'il y avait une raison pour qu'elle soit enlevée, retenue contre son gré et obligée à faire des choses ignobles ?

Mais être debout contre le mur, observant les hommes de son mari et attendant qu'ils sortent de la maison, avec un peu de chance avec son fils, fit que sa foi revienne plus forte que jamais. Oui, elle avait vécu un enfer, mais elle avait un fils. Elle avait toujours voulu un enfant et même si elle ne l'avait pas eu comme elle l'aurait voulu, il était quand même là et elle l'aimait plus qu'elle n'aurait pu l'imaginer quand elle avait rêvé d'être mère. Non seulement ça, mais son mari l'avait trouvée.

Et l'homme dont elle avait aidé à sauver la vie était debout à côté d'elle à ce moment-là, jurant que, si son fils avait disparu, il le trouverait. C'était presque suffisant pour la faire pleurer.

Ils observèrent en silence les lumières s'allumer et s'éteindre dans la maison. Puis, les hommes sortirent lentement les uns derrière les autres par la porte d'entrée, comme si l'endroit leur appartenait.

La respiration de Mags resta coincée dans sa gorge.

Arrow fut le premier à les atteindre, Meat et elle.

— C'est vide. Il n'y a personne.

— Personne ? demanda Mags.

— Non, lui dit Arrow, le visage rempli de sympathie.

Se sentant étourdie, Mags ferma les yeux. Elle sentit des mains se poser sur ses épaules et ses yeux s'ouvrirent immédiatement. Elle n'aimait pas se sentir encerclée, mais elle ne bougea pas d'un pouce.

— Ils ne sont pas partis depuis longtemps, dit Arrow. Il y avait une tasse de thé sur la table qui était encore tiède. Quoi que del Rio ait prévu, je suppose que ça prend du temps. Et tout à propos de cette maison vide donne l'impression qu'il s'agissait d'un travail vite fait, alors il ne va rien faire avec David immédiatement. Nous avons le temps pour suivre la trace de del Rio à la fois physiquement et en ligne. Nous allons trouver ton fils.

Les hommes de son mari semblaient tous sur la même longueur d'onde. Ils ne cessaient de la rassurer en lui disant qu'ils allaient trouver son fils et son mari. Et elle avait besoin de l'entendre.

Puis, lui tenant toujours la main, Meat la fit sortir de la cour et l'emmena vers le van. Mags ne se souvenait pas être montée dans le véhicule ni être retournée à l'hôtel. Elle ne réalisa où elle était que lorsque Zara la prit dans ses bras et la serra fortement, dans la chambre où Dave et elle avaient dormi.

Les choses étaient troubles après cela. Les hommes se rassemblèrent tous dans la chambre, ne la laissant pas seule une seconde. Meat était penché sur son ordinateur, cliquant rapidement sur les touches, et les autres parlaient à voix basse dans un coin, planifiant de toute évidence les prochaines étapes. Maria, Gabriella et les autres femmes entraient et sortaient de la chambre, la cajolant et essayant de la rassurer.

Il était presque midi quand la porte de la chambre s'ouvrit brusquement.

Mags sursauta et trois des hommes bondirent immédiatement et se mirent entre la porte et l'endroit où elle était assise sur une chaise, contre le mur. Leurs instincts protecteurs l'auraient rassurée à n'importe quel autre moment, mais quand elle entendit Black prendre une inspiration rapide et dire : « Dave ! », elle bondit sur ses pieds.

Elle se fraya un chemin entre les hommes et regarda fixement son mari d'un air incrédule.

Ses cheveux étaient ébouriffés et il sentait affreusement mauvais. Mais c'était la couche de sang à l'avant de son tee-shirt qui la fit pousser un cri d'horreur.

— Merde, mec, tu vas bien ? demanda Ball.

— Où étais-tu ? aboya Gray.

— Assieds-toi avant de tomber, ajouta Black.

Mais Dave ignora ses amis. Il n'avait d'yeux que pour Mags.

Elle retint sa respiration tandis qu'il avançait à grands pas vers elle. Elle n'avait jamais eu peur de son mari auparavant, mais pendant une seconde, son regard la terrifia. L'homme drôle et doux qu'elle avait réappris à connaître au cours des deux dernières semaines avait disparu.

À sa place se trouvait un guerrier. Un soldat énervé et absolument furieux.

Il avança à grands pas vers elle et s'arrêta à quelques centimètres de distance. Mags dut tordre le cou pour garder le contact visuel.

— David a disparu, murmura-t-elle au seul homme qu'elle ait aimé. Nous sommes allés le chercher aujourd'hui, mais quand nous sommes arrivés, la maison était vide.

Un muscle de la mâchoire de Dave tressaillit.

— Del Rio va regretter de s'en être pris à ma famille. Je

le jure devant Dieu, il va savoir exactement qui a ruiné sa vie et pourquoi.

Les mots de Dave étaient catégoriques et froids, mais Mags pouvait quand même voir la haine brûler dans ses yeux.

— D'accord, dit-elle, cherchant à l'apaiser, mais ne sachant pas vraiment comment faire.

Sans détourner le regard d'elle, il dit :

— Meat, j'ai besoin que tu vérifies s'il y a de grands dépôts sur les comptes en banque de del Rio. Il a une maison pleine d'enfants quelque part qu'il fait passer pour un orphelinat. Nous devons localiser tous les dépôts et demander à nos contacts ici au Pérou de suivre les pistes. Je suis sûr qu'elles mèneront à des salauds riches et hauts placés qui ont soudain acquis des enfants qu'ils prétendront avoir adoptés.

— Je suppose qu'ils ne le font pas par bonté de cœur, marmonna Gray.

— Non, dit catégoriquement Dave. Ils les ont achetés à del Rio pour vivre leurs fantasmes sexuels pervers.

Mags poussa un cri. Beaucoup savaient déjà que del Rio faisait du trafic d'enfants, mais les informations à propos de « l'orphelinat » étaient un tout nouveau niveau de malfaisance.

— Je suis dessus, dit Meat quelque part derrière eux. Une idée de combien il y en a ?

— Pas la moindre. Mais je suppose que c'est un nombre très élevé. Des filles et des garçons. Nous devons aussi trouver ce soi-disant orphelinat. Empêcher que d'autres enfants soient vendus.

Meat hocha la tête, mais ne répondit pas. Il était déjà occupé à taper sur son clavier.

— La maison où David était retenu semblait chaotique, dit Gray d'un ton contrôlé, mais houleux. Nous supposons que les choses se sont déroulées rapidement. Probablement à cause de ce qu'il t'est arrivé. Que s'est-il passé ?

— Del Rio a paniqué, dit Dave. Ce qui ne lui ressemble pas.

— Exact, acquiesça Gray.

— Je suppose qu'il a caché mon fils quelque part. Peut-être avec les autres gamins... au moins pour le moment. Je doute qu'il prenne le risque d'emmener David dans son établissement tant que les Mercenaires Rebelles sont encore en ville.

Et si c'était possible, Mags vit encore plus de détermination dans les yeux de son mari.

— Nous partirons ce soir, dès que nous aurons des informations à propos de l'endroit où del Rio a caché ces enfants... et avec un peu de chance, David.

Les hommes acquiescèrent, et tout le monde sauf Meat se dirigea vers la porte.

— Zara ? demanda Dave.

— Oui ?

— Est-ce que tu peux entrer en contact avec Daniela s'il te plaît ? J'ai besoin qu'elle garde un œil ouvert sur tout ce qui est en rapport avec des enfants inconnus apparaissant soudain dans des zones où ils ne se trouvaient pas auparavant, juste au cas où Meat ne pourrait pas trouver quoi que ce soit.

— D'accord, mais Dave ? Est-ce qu'elle peut venir ici pour te jeter un coup d'œil d'abord ? demanda Zara.

Mags vit la confusion sur le visage de son mari et il détourna enfin le regard d'elle pour se tourner vers Zara.

— Pourquoi ?

— Tu es couvert de sang et je pense que tu saignes encore, dit doucement Zara.

— Je vais bien, dit Dave d'un ton dédaigneux avant de se tourner à nouveau vers Mags.

— Mais...

— Je m'en occupe, dit fermement Mags en posant une main sur le biceps de Dave.

Elle se sentait plus forte maintenant que son mari était de retour et qu'elle pouvait le toucher. Ce n'était pas comme si elle n'avait pas cru les autres quand ils avaient dit qu'ils trouveraient David, mais elle savait sans le moindre doute que Dave remuerait ciel et terre pour le lui ramener. Il l'avait trouvée, *elle* ; il trouverait leur fils.

— Si tu es sûre, dit Zara d'un ton qui indiquait qu'*elle* ne l'était pas.

Puis, elle se retourna et se dirigea vers la porte.

Mags entendit à peine la porte se fermer derrière Zara avant que Dave lui prenne la main et enlace ses doigts avec les siens. Il l'attira vers la salle de bains.

— Dave ? appela Meat avant qu'ils ne l'atteignent.

— Oui ?

— Qu'est-ce qu'il s'est passé exactement ?

Dave commença à marcher à nouveau.

— Trouve-moi quelque chose pour avancer et je l'expliquerai plus tard quand tout le monde sera de retour.

Apparemment, c'était tout ce que Dave était disposé à dire à son ami, car il entra dans la salle de bains, tenant toujours la main de Mags, et il ferma la porte derrière eux.

Il l'attira vers lui tout en s'asseyant sur la lunette des toilettes. Puis, il laissa retomber sa main et se pencha en avant jusqu'à ce que son front soit appuyé contre le ventre de Mags.

Surprise, elle ne réagit pas immédiatement. Ce ne fut pas avant de sentir Dave prendre une inspiration tremblante qu'elle demanda doucement :

— Dave ?

— Je suis désolé, murmura-t-il.

— À propos de quoi ?

— J'aurais dû voir les types s'approcher furtivement. C'était un coup de novice de les laisser s'abattre sur moi après t'avoir déposée.

Mags pouvait à peine respirer.

— Les hommes de del Rio ?

— Oui. C'est un sacré fils de pute glacial, dit Dave sans lever la tête. J'étais assez désespéré pour proposer de lui acheter ton fils, mais il a beau adorer l'argent, il voulait me voir souffrir davantage.

Dave leva la tête à ce moment-là et Mags grimaça en voyant un peu de sang sortir de la coupure qu'il avait au cou.

— Il a d'horribles projets pour lui, dit son mari d'une voix si furieuse qu'elle aurait dû être effrayée.

Mais étant donné qu'il réagissait au fait que son fils était mis en danger, elle n'avait pas peur de lui.

— Il veut l'élever pour qu'il soit son remplaçant. Contaminer notre fils et le transformer en monstre.

Mags prit une vive inspiration, posant une main sur sa bouche. Elle savait que del Rio était malfaisant... mais elle avait ignoré ce qu'il avait en réserve pour David. Cela lui faisait physiquement mal de penser qu'il avait l'intention de transformer son fils tendre et affectueux en un salaud glacial et sans cœur.

— Mais il a commis une erreur, dit Dave.

— Laquelle ? murmura Mags.

— Il s'en est pris aux Mercenaires Rebelles. Nous allons trouver chacun de ces enfants, les emmener loin de lui et ruiner toute son organisation au passage. Et nous allons faire sortir David de ses griffes. Il ne sera jamais comme del Rio. *Jamais.*

Mags croyait chacun des mots que son mari disait. La conviction et l'assurance étaient facilement reconnaissables dans sa voix. Elle était encore morte de peur parce que son petit garçon était quelque part là dehors, mais elle croyait en son Dave. Il ferait tout ce qu'il pourrait pour lui ramener leur fils. Le voir aussi énervé, couvert de sang et ayant l'odeur de quelqu'un qui avait littéralement été traîné dans une pile d'excréments, crachant de la haine envers l'homme qui avait fait de son mieux pour ruiner sa vie, et être aussi sûr qu'il tomberait lui donnait encore plus confiance en lui.

Déglutissant difficilement, elle posa ses mains sur les boutons de la chemise de Dave. Lentement, elle commença à les défaire, l'un après l'autre.

Avant qu'elle n'arrive au dernier, Dave prit ses mains dans les siennes et dit :

— Va attendre dans la chambre. Je vais me doucher et je sortirai dans cinq minutes.

Elle secoua la tête.

— Non. Laisse-moi voir ta blessure.

— Ce n'est rien.

Mags secoua la tête.

— La ferme, Dave. Ce n'est *pas* rien. Tu saignes partout. Je vais y jeter un œil et m'assurer que tes entrailles ne sont pas sur le point de te sortir par le cou. *Ensuite*, tu pourras aller sauver notre fils et botter des fesses. D'accord ?

Étonnamment, la haine et l'obscurité dans ses yeux vacillèrent puis disparurent complètement. Il ressemblait à nouveau à l'époux doux et aimant qu'elle avait réappris à connaître au cours des deux dernières semaines.

— D'accord, Raven. Fais ce que tu as à faire.

— Oui, souffla-t-elle avant de retirer doucement sa chemise de ses épaules.

Elle avait été proche et intime avec son torse nu quand elle avait dormi contre lui, mais pour une raison ou pour une autre, cette fois était différente. Ses pectoraux se tendirent alors qu'elle le fixait du regard et Mags s'obligea à regarder son cou. Il était ensanglanté. Elle tendit la main vers l'un des gants de toilette, grimaçant, car elle savait qu'elle était sur le point de l'abîmer en le tachant du sang de son mari.

— Attends, dit-il, laisse-moi sauter dans la douche et laver le plus gros du sang et de la puanteur d'abord.

Sans attendre sa réponse, il se leva, obligeant Mags à faire un pas en arrière. Elle l'observa déboutonner son pantalon et baisser la braguette. Il se tourna pour être dos à elle et retira le tissu de son corps.

Mags retint sa respiration en voyant la perfection absolue exposée devant elle. Dave était dix ans plus vieux que la dernière fois qu'elle l'avait vu, mais il était toujours aussi en forme. Il avait même encore ce petit creux en bas de sa colonne vertébrale à propos duquel elle l'avait toujours taquiné. Ses cuisses étaient grandes et musclées et même ses fesses étaient encore fermes.

Il se pencha et alluma l'eau de la douche. Il commença à entrer dans la baignoire, portant toujours ses sous-vêtements.

Mags savait qu'il l'avait fait pour elle. Il ne la pousserait pas à faire quoi que ce soit qu'elle ne veuille pas faire, y compris regarder son corps nu.

Mais pour la première fois depuis des années, elle n'avait pas peur d'un homme. Elle n'était pas terrifiée à l'idée de voir son sexe. Son mari était si parfaitement proportionné... partout.

C'était un homme imposant, et s'il levait un jour la main sur elle, il pourrait lui faire beaucoup de mal. Il pourrait la maîtriser et la plaquer au sol et faire tout ce qu'il désirait.

Mais il ne le ferait pas.

Elle parierait non seulement sa vie, mais celle de son fils sur ce fait.

La certitude monta en elle jusqu'à ce qu'elle ne veuille rien d'autre que sentir les bras de Dave autour d'elle. Le sentir sur elle, baissant un regard tendre vers elle tandis qu'ils faisaient l'amour.

Elle avait utilisé ses souvenirs précieux comme échappatoire lorsqu'elle avait été obligée à faire des choses avec d'autres hommes. Et à présent, elle avait récupéré son bel et tendre époux. Cela faisait des années qu'elle n'avait pas eu de relations sexuelles et une décennie qu'elle n'avait pas fait l'amour. Elle n'était pas prête à se remettre en selle, pour ainsi dire, mais pour la première fois, elle se rendit compte qu'elle désirait l'intimité qu'elle avait un jour eue avec son mari. Elle voulait s'allonger au lit avec lui pendant des heures et simplement l'explorer. Elle voulait sentir l'euphorie qu'elle n'avait sentie qu'avec lui. Elle voulait lui montrer à quel point elle l'aimait.

Se sentant plus forte que jamais depuis très longtemps, Mags passa son tee-shirt par-dessus sa tête. Elle baissa son pantalon et prit une profonde inspiration. Gardant sa culotte et son soutien-gorge, elle écarta le rideau et entra dans la douche.

L'expression du visage de Dave était incrédule et pleine d'espoir à la fois. Il maintint son regard rivé sur son visage en demandant :

— Tu es sûre ?

Mags hocha la tête.

— Je dois m'assurer que tu ne te vides pas de ton sang là-dedans. Donne-moi le savon et je vais te laver le dos. Tu pues.

Elle sourit légèrement et tendit une main qui ne tremblait qu'un peu.

Dave posa le savon dans sa paume et se retourna pour faire face au jet d'eau. Il leva la tête et laissa l'eau couler sur la partie supérieure de son torse.

Mags savait que l'eau chaude devait lui faire mal au niveau de la blessure de son cou, mais il ne tressaillit pas.

Elle fit mousser le savon et commença à laver son mari. Même cela lui rappela des souvenirs. De bons souvenirs. D'eux riant et jouant dans la douche à Las Vegas, appréciant l'intimité.

Lorsqu'elle en eut fini avec son dos, il se retourna et posa ses mains derrière sa tête, lui montrant sans dire un mot qu'il ne la toucherait pas sans sa permission.

Mags fit de son mieux pour laver rapidement son torse et ses jambes sans lui laisser voir à quel point cela était difficile pour elle. Mais il le savait quand même. Lorsqu'elle se redressa et qu'elle lui tendit le savon, il murmura :

— Tu m'impressionnes, Raven. J'ai toujours su que tu étais forte, mais je n'avais jamais su à quel point avant ce voyage. Est-ce que tu me laisserais te rendre la pareille ? Je te jure que tu peux me faire confiance.

Déglutissant difficilement, Mags hocha la tête. Elle devait regarder sa blessure et voir s'il avait besoin de points de suture, et ils devaient tous les deux trouver leur fils, mais à ce moment précis, dans leur petite bulle, elle avait besoin de prouver, à lui et à elle-même, que del Rio ne l'avait pas brisée de façon permanente.

Comme s'il pouvait lire ses pensées, Dave dit :

— Plus tard, quand nous n'aurons pas besoin d'aller chercher notre fils, je veux le refaire. Prendre mon temps. Te montrer à quel point tu comptes pour moi.

Mags déglutit difficilement et hocha la tête une fois de plus.

Elle se retourna et dévoila son dos à Dave, supposant que tout cela serait plus simple s'il commençait là. Il la savonna rapidement, ses mains malaxant brièvement ses épaules tandis qu'il la lavait. Il s'agenouilla et prit chacun de ses pieds dans ses mains et les lava minutieusement. Ses mains sur ses mollets firent presque céder les genoux de Mags. Puis, il se leva à nouveau.

Elle se retourna pour lui faire face.

Avec une grande délicatesse, Dave savonna son cou puis chacun de ses bras. Puis, il s'agenouilla à nouveau et lava l'avant de ses jambes. Il fit à nouveau mousser ses mains et posa le savon sur le petit rebord de la bouche. Ses mains touchèrent sa taille et il caressa doucement son ventre et ses flancs, s'assurant de ne pas s'égarer trop au nord ou au sud. Lorsqu'il eut terminé, il se déplaça jusqu'à ce que le jet d'eau soit sur elle et rince les bulles.

Le lavage avait été rapide et efficace, mais tendre et aimant quand même. C'était une dichotomie, tout comme lui.

Tandis que Mags observait le savon couler dans les canalisations, elle eut l'impression qu'il s'agissait d'un nouveau début. Faire sortir l'ancien et faire entrer le nouveau. C'était son mari. Un homme qu'elle aimait de tout son cœur. Un homme qui n'avait jamais arrêté de la chercher quand la plupart des gens auraient supposé qu'elle était morte depuis longtemps. Un homme qui n'arrêterait jamais de chercher avant de trouver leur fils et de le ramener à la maison.

Elle n'avait pas vu son côté de Mercenaires Rebelles en colère avant qu'il ne passe la porte peu de temps auparavant, mais curieusement, cela ne lui faisait pas peur ; cela la réconfortait. Del Rio était impitoyable et son mari devait l'être tout autant, voire plus, s'il voulait les protéger, son fils et elle.

Prenant une grande inspiration, elle toucha délicatement le menton de Dave.

— Lève la tête. Laisse-moi voir.

Il fit ce qu'elle lui avait ordonné, une autre chose qui indiquait à Mags jusque dans la moelle de ses os qu'elle était en sécurité avec cet homme. Il était plus imposant qu'elle. Plus fort. Et pourtant, il faisait ce qu'elle lui demandait, se rendant vulnérable pour elle. C'était une sensation enivrante.

La blessure de son cou ne semblait plus du tout aussi grave maintenant qu'il n'était plus couvert de sang. Heureusement, elle était peu profonde. Elle supposait que quelques pansements papillon seraient suffisants pour la refermer à présent. La coupure allait de droite à gauche, mais grâce à Dieu, elle n'avait pas été assez profonde pour couper sa jugulaire, sinon Dave se serait vidé de son sang. Elle toucha le bord de la blessure d'un doigt, ne voulant même pas penser à quel point il avait frôlé la mort.

Dave ferma les yeux et demanda :

— Est-ce que je peux te tenir ?

Il ne bougea pas d'un pouce, ne l'envahit pas et n'essaya pas de l'influencer.

Sans un mot, Mags s'approcha de son mari et enroula ses bras autour de sa taille. Elle posa sa tête sur son torse et retint sa respiration, attendant que la panique monte en elle à l'idée d'être aussi proche d'un homme.

Par miracle, elle ne sentit rien d'autre que de la satisfaction.

Les bras de Dave s'enroulèrent lentement autour de sa taille et il l'attira encore plus près. Elle pouvait sentir son corps dur contre le sien, mais de nouveau, elle n'avait pas peur et elle n'était pas dégoûtée. Elle ne ressentait pas la moindre envie de s'éloigner de lui. En réalité, elle voulait s'approcher davantage.

Pour la première fois depuis dix ans, Mags se sentait réellement en sécurité. Et l'étincelle d'espoir qui s'était formée quand elle l'avait laissé la laver s'illumina davantage. Elle était dans ses bras et elle n'était pas terrifiée. Elle n'était pas révulsée. En réalité, elle sentit ses tétons durcir, comme si son corps se souvenait du genre de plaisir que seul son mari lui avait donné.

Elle ignorait combien de temps ils étaient restés ainsi, mais finalement, Dave s'écarta.

— Merci, Raven.

Il passa une main tendre sur ses cheveux.

— Même si j'aimerais que nous restions ici pour toujours, j'ai du travail.

Elle hocha la tête.

— Il n'est pas aussi malin qu'il le pense, chérie.

Mags hocha la tête à nouveau. Que pouvait-elle faire d'autre ?

Dave ferma l'eau et écarta le rideau de la douche. Il prit une serviette et la lui donna. Puis, il tendit la main alors qu'elle sortait prudemment de la baignoire. Dave ne prit une serviette pour lui qu'à ce moment-là. Il l'enroula autour de sa taille puis retira son caleçon en dessous, faisant attention à ne pas s'exhiber devant elle.

— Attends là. Je dois prendre quelques vêtements de rechange, et je vais t'amener quelque chose.

Mags hocha la tête et frémit quand il ouvrit la porte et que l'air froid de la chambre entra dans la salle de bains chaude et remplie de vapeur. Il revint quelques secondes plus tard, fermant la porte derrière lui.

Il lui tourna le dos et s'habilla rapidement pendant que Mags en faisait de même. Elle n'avait pas peur qu'il se retourne et qu'il lui jette un coup d'œil pendant qu'elle se déshabillait. C'était son mari. Il avait vu chaque centimètre d'elle, et elle ne lui avait pas vraiment caché quoi que ce soit dans la douche. Ses sous-vêtements blancs en coton étaient pratiquement transparents quand ils étaient mouillés, mais il eut quand même la courtoisie de rester dos à elle.

Une fois qu'ils furent habillés, Mags regarda à nouveau son cou, secouant la tête en pensant à la chance qu'il avait eue, tellement reconnaissante que le salaud qui lui avait fait du mal ait été incompétent. Dave avait amené un kit de premiers secours qu'ils avaient acheté pour Daniela et qu'elle n'avait pas encore emporté à la clinique. Elle désinfecta la coupure puis posa quatre pansements papillon dessus, resserrant la peau pour l'aider à cicatriser.

Se mettant sur la pointe des pieds, Mags embrassa délicatement le dernier pansement avant de s'écarter pour le regarder.

Puis, juste devant ses yeux, Dave, son mari tendre et doux, disparut lentement et Rex, le meneur dur à cuire des Mercenaires Rebelles prit sa place.

— Je dois parler à Meat, dit-il. Viens.

Mags sortit de la pièce à sa suite et ne fut pas du tout dérangée quand il se concentra sur autre chose tandis qu'il se dirigeait à grands pas vers l'endroit où Meat était assis et qu'il demandait :

— Qu'est-ce que tu as trouvé ?

Mags s'assit sur le lit, releva ses genoux contre sa poitrine et observa l'homme qu'elle aimait faire ce qu'il faisait apparemment le mieux... chercher la trace de leur fils disparu.

13

Il se faisait tard, le soleil s'était couché depuis longtemps. Meat avait travaillé tout l'après-midi et toute la soirée pour trouver la maison où del Rio avait caché les enfants, et ils étaient sur le point d'y parvenir quand le téléphone sonna. Dave sourcilla d'irritation. Il était de plus en plus impatient de trouver David avant que del Rio ait le temps de le cacher quelque part où ils pourraient ne pas le trouver avant des années.

Meat appuya sur le bouton pour décrocher et mit le haut-parleur.

— Meat.

— C'est Black. J'ai besoin que Raven vienne dans le barrio. Fissa.

— Pourquoi ? aboya Dave, ne voulant pas que Raven aille où que ce soit à part là où elle était, en sécurité à ses côtés au motel.

— Parce qu'elle parle espagnol et que nous avons besoin d'un traducteur, dit laconiquement Black. À moins que Zara soit là et qu'elle puisse venir à sa place.

— Elle est encore avec Daniela et les autres. Que se passe-t-il ? demanda Meat.

— Quand nous sommes partis, plus tôt, nous sommes allés chercher les passeports, puis nous avons décidé d'aller au barrio, juste pour voir si notre présence pouvait rendre quelqu'un assez nerveux pour parler, quand nous avons vu ce salaud, Ruben. Nous l'avons attrapé et il a commencé à parler à tort et à travers. Je n'étais pas sûr de savoir ce qu'il disait... mais il a dit le nom de David. Nous sommes dans la cabane où les femmes vivent, et j'ai besoin de quelqu'un pour traduire pendant que je l'interroge.

Raven s'était levée et était déjà en train de remettre ses chaussures.

— Laisse-moi lui parler d'abord, dit Dave à Black.

Il était parfaitement conscient de ses compétences d'interrogateur. Et même s'il n'avait jamais tué qui que ce soit en les interrogeant en tant que Mercenaire Rebelle – du moins, Dave ne pensait pas qu'il l'ait fait – il n'y allait pas en douceur non plus. Il ne voulait pas que Raven doive assister à ce genre de violence. Il n'était pas non plus ravi à l'idée que Raven s'approche de Ruben à nouveau, même s'il avait besoin de ses connaissances d'espagnol.

— Tu sais que je ne te le demanderais pas, mais il a dit le nom de ton fils, dit Black avec insistance. Il souriait d'un air suffisant, comme s'il savait quelque chose que nous ignorons.

— Attends, dit Dave avant d'expliquer rapidement les techniques de Black à sa femme.

— J'y vais, dit Raven en se levant.

Elle était nerveuse, mais déterminée.

— Et sérieusement, ça ne me dérange pas de voir Ruben se faire tabasser. Il le cherchait depuis longtemps, maintenant.

— Si c'est trop, dis-le et je te ramènerai ici.

Elle hocha la tête.

— Je suis sérieux. Black est doué, lui dit Dave. Probablement un peu trop doué.

— Je comprends, Dave. Mais si tu crois que je vais prendre peur parce que Ruben est blessé, tu as tort. S'il sait quoi que ce soit à propos de l'endroit où David se trouve et qu'il ne nous le dit pas, je me fiche de ce qu'il lui arrive.

Dave aimait le courage de sa femme, mais il ne voulait quand même pas qu'elle soit témoin de la violence dont Black ferait usage sur Ruben si nécessaire.

— D'accord, mais si les choses deviennent trop intenses, je me réserve le droit de te faire sortir de là.

Raven sourit, et Dave retint sa respiration quand elle tendit la main vers lui. Au cours des trois semaines qui s'étaient écoulées depuis qu'il l'avait trouvée, il n'était pas souvent arrivé qu'elle fasse un effort pour le toucher. Mais il ne pourrait pas être plus heureux dans les circonstances actuelles qu'ils aient atteint un tournant après leur douche. Quand sa main chaude prit délicatement son visage, Dave ferma les yeux de contentement et de satisfaction.

Sa voix était basse quand elle prit la parole.

— Je n'allais pas essayer de te contacter. Ça me déchirait de l'intérieur, mais je pensais que tu t'en sortirais mieux sans moi. Je ne pensais pas que tu serais capable de passer outre ce que j'avais dû faire pour survivre. Je ne pensais pas que tu voudrais de moi. Mais par-dessus tout, je savais que je ne serais jamais capable d'abandonner David. Oui, il a été conçu de la pire des manières, mais je l'aime. Je mourrais pour le protéger. Et même si je savais que tu aurais été un père merveilleux, je ne pensais pas qu'il était juste de te demander d'accepter un enfant dont j'ignore le nom du père. Mais... Je réalise à présent... Que j'avais tort, et je suis désolée. Tellement désolée. Si j'avais essayé de te joindre juste après que del Rio m'avait mise à la porte, tu n'aurais peut-être pas raté les premiers pas de David, ou ses premiers mots. Ou son premier sourire.

Dave leva les mains et prit celle de Raven. Il tourna la tête et embrassa sa paume avant de la replacer sur sa joue, sa main continuant de la serrer.

— Je mourrais pour vous protéger, toi et notre enfant, jura Dave.

Les yeux de Mags se remplirent de larmes, mais il poursuivit.

— J'accepte David pour sa mère. Parce que tu l'aimes. Toutes ces années auparavant, quand nous parlions de nos espoirs et de nos rêves pour nos enfants, je me suis rendu compte que je ferais n'importe quoi pour faire de toi une mère. In vitro, une mère porteuse, l'adoption... Ça n'avait pas d'importance. Je savais à cette époque que tu serais une mère incroyable, et la preuve est juste devant moi. Je t'aime, Raven. Je t'aime pour ta force, ton instinct protecteur et ta capacité à continuer d'avancer quoiqu'il arrive. Je suis impressionné par toi et par tout ce que tu as surmonté. Je passerai le reste de mes jours à faire tout ce qui en mon pouvoir pour te protéger de la merde que la vie a à offrir. Et ça inclut le fait de te protéger du genre de violence que les Mercenaires Rebelles doivent parfois utiliser pour obtenir des résultats. D'accord ?

Dave savait que ses mots étaient précipités et qu'il était follement passé d'un sujet à un autre, mais son esprit vrombissait d'émotions. D'amour pour sa femme. De soulagement d'être en vie. De haine envers del Rio. Et d'inquiétude pour leur fils. Il avait beau avoir trouvé Raven, si quoi que ce soit arrivait au petit garçon à qui elle avait donné tout son amour au cours des quatre dernières années et demie, il la perdrait à nouveau. Et il n'avait pas l'intention de la laisser se faufiler entre ses doigts. Hors de question.

— D'accord, dit Raven.

— Tu es prêt à partir, Meat ? demanda Dave à voix haute sans détourner le regard de Raven.

— Prêt, confirma Meat.

Lentement, afin de ne pas l'alarmer, Dave se pencha en avant et embrassa délicatement Raven sur le front. Elle soupira et leva les yeux vers lui lorsqu'il s'écarta. Elle semblait vouloir dire quelque chose, mais Meat ouvrit la porte de la chambre et le moment fut perdu.

Dave prit la main de Raven et les mena vers la porte. Ro et Ball les attendaient dans le couloir. Soit Black les avait appelés plus tôt, soit Meat les avait prévenus par ordinateur. Le groupe sortit du bâtiment et se dirigea vers le barrio.

Dave détestait cet endroit. Il avait horreur de penser que Raven y avait vécu ne serait-ce qu'une seconde. C'était déprimant et sale. Ce n'était pas sûr même pour les locaux, mais il était fier de sa femme pour avoir tiré le meilleur parti de la situation impossible dans laquelle elle s'était retrouvée.

Ils passèrent l'entrée dans le mur en parpaing et se dirigèrent vers la cabane dans laquelle Raven et les cinq autres femmes avaient vécu, six quand Zara avait été là, et lorsqu'ils entrèrent, Dave ne fut pas trop surpris par ce qu'il vit.

Ruben était assis sur une chaise en bois branlante, les chevilles et les poignets attachés par une sorte de ficelle ou de corde. Sa tête tombait en avant, du sang coulait de son nez et ce qui ressemblait à deux yeux au beurre noir étaient en train de se former. Black avait de toute évidence déjà commencé à s'assurer que Ruben sache qui était le patron.

À la seconde où Ruben vit Raven, il plissa les yeux et il commença à parler à toute vitesse.

Raven écarquilla les yeux et elle fit un pas en arrière, se heurtant à Dave. Il posa une main sur son épaule pour la stabiliser et la vit redresser physiquement les épaules.

— Qu'est-ce qu'il dit ? demanda Dave.

— Rien d'important.

Black avança vers elle à ce moment-là et se tint si près que Dave la sentit se presser contre lui tandis qu'elle levait les yeux vers le visage de son ami.

— Ce n'est pas comme ça que ça va se passer, dit doucement Black. Il faut que tu nous dises exactement ce qu'il dit. Chaque mot. Tu ne peux rien omettre.

— Je comprends, mais tout ce qu'il disait, c'étaient des conneries pour m'énerver. Il a dit qu'il était temps que j'arrive, que ce n'est pas une orgie sans une femme dans laquelle planter son sexe.

Dave se raidit face aux mots crus. Il était ravi de voir les autres personnes présentes dans la pièce s'énerver tout autant quand ils entendirent ce que Ruben avait dit.

Black se retourna pour faire face à l'homme sur la chaise et dit :

— Oui. Maintenant, les festivités peuvent commencer.

Raven traduisit et Dave vit un soupçon de peur dans les yeux de la brute.

— Qu'est-ce que tu m'as dit quand nous t'avons trouvé plus tôt ? demanda Black à Ruben.

C'était un peu gênant de devoir attendre que Raven traduise, mais elle le fit sans hésitation et tout le monde s'habitua rapidement au va-et-vient guindé.

— Va te faire foutre, dit Ruben.

— Non, ce n'est pas ça. Qu'est-ce que tu dirais d'une petite motivation pour te souvenir ? demanda Black, puis il ne donna pas beaucoup de temps à Raven pour traduire avant que son poing s'écrase sur son nez.

Ruben hurla et essaya de se recroqueviller pour se protéger, mais il ne pouvait pas beaucoup bouger avec les cordes qui l'attachaient.

— Maintenant, essayons à nouveau. Qu'est-ce que tu as dit à propos de David ?

— J'ai dit que vous ne trouveriez jamais le sale morveux, cracha Ruben, la haine facilement identifiable dans le ton de sa voix avant que Raven traduise.

Dave observa Black interroger Ruben d'un œil quelque peu détaché. Il était plus inquiet pour Raven et la violence qui se déroulait juste devant elle. Il maintint sa main sur sa taille, et tandis que les minutes s'écoulaient, il la sentit se raidir chaque fois que Ruben refusait de répondre et que Black ou l'un des autres lui donnait un peu de motivation. Elle transpirait et elle tressaillait chaque fois que l'un de ses hommes avançait vers leur captif étonnamment têtu.

Soit Ruben était sacrément stupide, soit il avait encore plus peur de del Rio que d'eux. Il supposait que cela n'avait pas vraiment d'importance, car Black finirait par le briser. Il lui ferait dire tout ce qu'ils voulaient savoir à propos de David et de del Rio.

Quand Black passa en revue les quelques ustensiles de cuisine de la cabane et qu'il prit un couteau, Dave dit :

— Attends une seconde.

Raven s'était raidie davantage, si cela était possible, et avait commencé à trembler dans ses bras. Dave la retourna jusqu'à ce qu'elle soit dos à Ruben. Il leva son menton et maintint sa tête entre ses mains. Elle respirait un peu trop vite et il voyait le stress dans ses yeux. Lorsqu'elle leva la main et qu'elle agrippa ses poignets, enfonçant ses ongles dans sa chair, il eut envie de la faire sortir de la cabane, de la ramener à l'hôtel et de la serrer contre lui comme il l'avait fait dans la douche. Mais ils devaient en finir. Aucun d'eux n'avait le choix. *Maudit del Rio.*

— Regarde-moi, Raven, lui dit-il.

— Je te regarde, murmura-t-elle.

— Concentre-toi sur *moi*, lui ordonna-t-il doucement. Tu peux traduire sans regarder ce qu'il se passe derrière toi.

Elle déglutit difficilement et hocha la tête, le soulagement facilement reconnaissable dans ses yeux.

Dave ne détourna pas le regard de sa femme lorsqu'il dit :

— D'accord, continue, Black.

— Tu as l'air assez populaire chez les femmes du coin, dit Black d'une voix traînante. Même si je suppose que c'est parce que tu prends ce que tu veux plutôt que parce que tu courtises qui que ce soit. Je te suggère de nous dire ce que nous voulons savoir si tu veux garder ton pénis.

Raven traduisit à voix haute de façon que Ruben l'entende, mais elle ne détourna pas le regard de Dave.

— C'est ça, murmura-t-il. Tu t'en sors très bien.

Ruben gémit et cracha un déluge de mots.

— Éloigne ce truc de moi ! Je te dirai que dalle !

— Ce qu'il y a avec mon ami, dit Arrow à Ruben, c'est que ce n'est pas un joueur de poker. Principalement parce qu'il ne saurait pas mentir même si sa vie en dépendait.

— Ce couteau n'a pas l'air très tranchant, dit Ball en se joignant aux moqueries. Cette connerie ne va pas couper très bien. Peut-être que tu devrais voir si tu peux l'aiguiser avant de couper quoi que ce soit.

Du coin de l'œil, Dave vit Black lever le couteau comme s'il essayait de décider s'il pensait qu'il fonctionnerait ou pas.

— Je pense que ça ira. Ça pourrait prendre plus de temps de couper la chair, mais étant donné que le pénis n'a pas d'os, ça fonctionnera.

Cela fit l'affaire. Ruben commença à bredouiller.

— Je ne suis sûr de rien ! Je ne sais que ce que mon ami m'a dit. Il ment beaucoup alors, il aurait pu essayer d'avoir l'air cool ou quelque chose comme ça.

— Qu'est-ce que ton ami a dit ? demanda Black d'un ton grave.

La voix de Raven ne trembla pas tandis qu'elle continuait de traduire.

— Dans le barrio où il vit, il y avait beaucoup d'agitation parce que del Rio est venu. Il est allé chez une vieille femme qui vit là-bas. Il y avait un enfant avec lui, il le traînait derrière lui. Le gamin a essayé de donner un coup de pied à del Rio et de s'enfuir, mais il lui a donné une gifle du revers de la main et lui a dit d'être sage sinon, il ne reverrait jamais sa mère. Il a rendu visite à la vieille femme pendant un moment, puis il est parti... sans le gamin. D'après la rumeur, il paie la femme pour s'occuper du morveux et ça énerve tout le monde.

— Pourquoi est-ce qu'ils sont en colère ? demanda Ro.

— Parce que d'habitude, del Rio parle avec beaucoup de monde quand il passe, il donne de l'argent en échange d'informations, mais il ne l'a pas fait cette fois-ci. Tout le monde sait qu'il a probablement donné beaucoup d'argent à la vieille salope. De l'argent qu'ils veulent.

— Quoi d'autre ? demanda Black.

— Rien, c'est tout !

Il y eut un son de tissu déchiré et Ruben laissa échapper un cri aigu. Dave savait que Black n'avait fait que couper son pantalon, mais étant donné la réaction de Ruben, quiconque en train d'écouter aurait pensé qu'il était mortellement blessé.

Les pupilles de Raven se dilatèrent et elle agrippa ses poignets plus fort.

— Sois tranquille, chérie. Il a juste coupé son pantalon. C'est tout.

Elle hocha la tête, et Dave fut captivé par ses yeux bleus et agités.

— Tiens bon, juste un peu plus longtemps. Tu t'en sors magnifiquement bien.

— Prête à continuer ? demanda doucement Gray à Raven, à côté d'elle.

Elle hocha la tête, mais ne détourna pas les yeux de ceux de Dave.

— Nous ne pourrions pas faire ça sans toi, l'encensa Gray. Ce n'est pas facile, mais tu t'en sors très bien.

Les mots de son ami semblèrent renforcer quelque peu Raven. Il n'aimait pas la situation, mais il n'aurait pas pu être plus fier de Raven même si elle avait gagné le Prix Nobel de la Paix.

— D'accord, dit Black à Ruben d'un ton menaçant. Alors tu as un pote qui prétend que del Rio a amené un enfant à son barrio. Comment as-tu su qu'il s'appelait David ? Qu'est-ce que tu ne nous dis pas ?

— Je vous dis tout ! gémit Ruben.

Davantage de bruissement dans le dos de Raven, et Dave vit du coin de l'œil que Black avait coupé le tee-shirt de Ruben cette fois. Il posa la pointe du couteau sur l'un de ses tétons et appuya. Une perle de sang se forma et grandit rapidement, jusqu'à ce qu'elle coule sur la poitrine de Ruben.

— Arrête ! Pour l'amour du ciel, arrête ! Je vais te le dire ! cria Ruben. Mon ami est allé dans la cabane de la vieille femme, pour voir ce qu'il se passait et peut-être essayer de recevoir un peu d'argent de sa part. Le gamin avait une chaîne autour de la cheville et était assis contre le mur, en train de pleurer. Il a pris un peu d'argent et a donné quelques gifles à la vieille femme jusqu'à ce qu'elle lui dise que le gamin s'appelait David, mais elle ne savait rien d'autre. Ni combien de temps il serait là ni ce que del Rio voulait de lui.

Dave caressa délicatement le visage de Raven de son pouce, souhaitant l'apaiser comme il le pouvait. Il détestait le fait qu'elle soit là, à écouter Ruben débiter ses horreurs. Il détestait qu'elle ait à entendre ce que leur fils subissait. Il voulait prendre les rênes et le tuer, bordel. Mais Raven avait besoin de lui exactement où il était. Et s'il avait le choix entre être présent pour sa femme et prendre sa revanche, il choisirait Raven à chaque fois.

— Le gamin a demandé si mon ami connaissait sa mère, Mags. Il a dit qu'elle s'inquiéterait pour lui quand elle irait lui rendre visite chez lui et qu'il ne serait pas là. Il a dit qu'il était perdu et qu'elle le chercherait, poursuivit Ruben.

— Il est inquiet pour moi, murmura Raven après avoir traduit les mots de l'autre homme, des larmes lui montant aux yeux.

— Bien sûr que oui, lui dit Dave. Il t'aime.

— Où est le barrio où ton ami vit ? demanda Black.

Voyant que Ruben ne répondait pas, Raven se raidit dans les bras de Dave.

— Tiens bon un peu plus longtemps, l'apaisa-t-il. C'est presque fini.

— Je t'ai demandé où est le barrio où ton ami vit, répéta Black d'un ton meurtrier.

Cette fois, il n'y eut aucun bruit tandis que Black se déplaçait derrière Ruben et s'agenouillait. Sans un avertissement, il agrippa l'une de ses mains et, utilisant le couteau émoussé, il coupa le bout de l'un des petits doigts de l'homme.

Le cri qui sortit de Ruben fut perçant par son intensité.

— Arrête ! Arrête ! Je vais te le dire ! Il est à quelques kilomètres d'ici. Je peux vous y emmener ! cria Ruben.

— Dis-nous juste exactement où il est, lui dit Ball. *Exactement.*

Pendant les quelques minutes suivantes, entre des sanglots, Ruben leur donna des instructions claires sur la manière d'atteindre le barrio où, soi-disant, David se trouvait et sur la cabane qui appartenait à la vieille femme. Le barrio était plus grand que celui où ils étaient à présent et il contenait le double de maisons, d'après Ruben. Il était situé à côté d'un développement immobilier et il était entouré par une clôture en béton de trois mètres et demi, séparant les riches des pauvres.

Dave savait qu'ils avaient ce qu'il leur fallait de Ruben. Il laissa retomber sa main et prit celle de Raven. Il commença à avancer vers la porte avec elle quand Black l'arrêta.

— Juste une seconde, Dave. J'ai besoin que Raven traduise une dernière chose pour moi.

Détestant cela, Dave s'arrêta et hocha la tête quand même. Il savait que Raven protesterait s'il essayait de la faire sortir de la cabane. Elle était désintéressée et désireuse d'aider de toutes les manières possibles. Il ne pouvait pas lui retirer ça, peu importe à quel point il souhaitait l'enrouler dans du coton et la cacher de la laideur du monde. Elle était plus forte que cela. Elle le prouvait tous les jours et il serait un salaud de ne pas la traiter comme la guerrière qu'elle était.

Dave passa un bras autour de la taille de sa femme, la maintenant le dos à la pièce.

— Tu as merdé quand tu nous as attaqués, mon ami Meat et moi, dit Black à Ruben tandis que Raven traduisait. Tu vois, mes amis et moi détestons les petites brutes. Et c'est ce que tu es. Tu n'as aucun problème à faire le dur quand tu es face à ceux que tu considères comme plus faibles que toi, comme les femmes et les enfants et les personnes âgées, mais lorsqu'il s'agit de lever la tête comme un homme, tu te replies comme un bébé. Tes jours d'intimidation sont finis, Ruben. Pour toi et pour tous tes amis. Nous allons nous assurer, tout d'abord, que tu ne pourras plus pénétrer une femme de force.

— Ne me coupe pas le sexe ! hurla Ruben.

— Non, dit calmement Black, mais je *vais* m'assurer que tu ne pourras rien faire d'autre que pisser avec avant longtemps. Et ne te donne pas la peine d'aller à la policlinique du coin, car je te garantis que personne ne t'aidera. La deuxième chose que mes amis et moi allons faire, c'est nous assurer que del Rio sache ce qu'il s'est passé ici aujourd'hui. Que ton ami parlait à tort et à travers et se vantait de ce qu'il a vu, et que tu nous as donné toutes les informations dont nous avions besoin pour trouver le petit garçon.

— Non. Non, non ! cria Ruben. S'il vous plaît, non. Il va me tuer.

Black haussa les épaules.

— Ce n'est pas mon problème, si ? Ça craint quand quelqu'un d'autre prend des décisions pour ta vie, pas vrai ?

Ball hocha la tête en direction de Dave, lui indiquant que Black avait fini de parler, et Dave lui rendit son geste. Il mena rapidement Raven hors de la cabane.

Et s'arrêta dans son élan en voyant ce qui les attendait.

On aurait dit que la moitié du barrio s'était rassemblée dans la ruelle, à l'extérieur de la cabane. Pendant une seconde, il se raidit... mais ensuite, certaines des femmes avancèrent, parlant à Raven. Il pouvait voir leurs sourires dans la faible lumière de deux feux de camp situés à proximité. Voyant qu'il ne percevait pas d'ondes négatives ou hostiles et que sa femme ne semblait pas effrayée, il laissa tomber son bras de sa taille.

Elle traversa lentement le groupe, parlant à voix basse. Dave resta juste derrière elle, prêt à la protéger si nécessaire, mais il n'avait pas besoin de s'en faire. La foule qui avait écouté ce qu'il se passait derrière la porte en métal était de toute évidence satisfaite par ce qu'elle avait entendu.

Meat et Ro suivaient Dave de près et la plupart des gens, après avoir parlé à Raven, les remercièrent tous les trois également.

Des « *Gracias* » et « *Dios los bendiga* » résonnaient autour d'eux tandis qu'ils descendaient l'allée en direction de la sortie du barrio.

— Ils disent « Merci » et « Que Dieu vous bénisse », dit Raven à voix basse une fois qu'ils eurent laissé le groupe derrière eux.

— J'ai deviné, dit Dave avec un petit sourire.

Il avait envie de s'arrêter et de la serrer dans ses bras. La rassurer en lui disant que David serait bientôt à leurs côtés à nouveau, mais ils n'avaient pas le temps. Maintenant qu'ils avaient une piste à propos de la localisation du petit garçon, il devait mobiliser les Mercenaires Rebelles et établir un plan.

Les hommes et les femmes qui avaient écouté l'interrogation avaient eu l'air ravis, mais il suffisait qu'un seul d'entre eux s'en aille informer del Rio de ce qu'il s'était passé.

Dave avait commis une erreur une fois en ne secourant pas David le jour même où il avait appris son existence. Il n'allait pas foirer encore une fois.

— Alors, nous pouvons aller chercher David ce soir ? demanda-t-elle. Maintenant que nous savons où il est.

Dave les fit se hâter de sortir du barrio et de rejoindre le motel. Il jeta un coup d'œil à Meat et Ro puis dit :

— D'abord, *nous* n'allons nulle part. Hors de question que je t'amène dans ce barrio.

— Mais...

Dave lui coupa la parole.

— Non. Pas de « mais ». Je sais que tu veux être là, mais je te jure sur ma vie que je ne referai jamais rien qui te mette en danger. Je ressens beaucoup de culpabilité pour ne pas avoir mieux veillé sur toi à Las Vegas et tu vas devoir supporter ma surprotection. Deuxièmement, tu es ma femme, pas un membre de l'équipe. Je suis inflexible là-dessus. Ce que je fais en tant que meneur des Mercenaires

Rebelles ne te touche pas. Jamais. Je sais que ça me fait passer pour un salaud, mais j'ai besoin de savoir que tu es en sécurité. Je ne serai pas capable de fonctionner si je m'inquiète de savoir où tu es et si tu vas bien. J'ai *besoin* que tu restes au motel pendant que je fais ça, Raven. Si David est là, je te le ramènerai. Je le promets.

Il observa Raven lutter entre l'envie d'argumenter pour être là pour son fils et son désir de lui donner ce dont il avait besoin. Il était parfaitement ému quand elle prit une profonde inspiration et qu'elle hocha la tête.

— Je t'aime, murmura-t-il.

— Je t'aime aussi, répondit-elle.

— Et pour répondre à ta question précédente, nous allons absolument aller chercher ton fils ce soir. Je ne vais pas l'abandonner à l'emprise de ce salaud une seconde de plus que nécessaire. Meat restera à l'hôtel avec toi et prendra les dernières dispositions pour emmener les autres femmes à l'aéroport. Je suis plus que prêt à en finir avec ça et à rentrer à la maison.

— Et les autres enfants ?

— Meat continuera de faire ce qu'il peut pour les trouver aussi. Il était sur le point de retrouver leur trace avant que nous partions du motel. Nous ne les laisserons pas sans défense. Je sais qu'on ne dirait pas, mais il y a des gens ici à Lima qui s'inquiètent pour ces enfants. Meat va trouver les informations dont ils ont besoin pour les faire sortir et avec un peu de chance, pour leur trouver des maisons avec des gens qui les traiteront bien, lui dit Dave.

— Bien, dit doucement Raven.

Dave adorait comme Raven avait le cœur tendre. Elle était terrifiée pour son propre fils, mais elle avait quand même de la compassion pour les autres enfants qui étaient encore là dehors, perdus et seuls. Il passa son bras autour de

Raven et la tint près de son flanc tandis qu'ils rentraient rapidement au motel.

Il était presque minuit, mais Dave ne se sentait pas du tout fatigué. Meat avait été d'accord pour rester, veiller sur Raven et régler les derniers détails pendant que l'équipe allait, avec un peu de chance, récupérer David.

Dave savait qu'il faudrait un peu de temps avant que Gray et les autres reviennent du barrio, mais dès qu'ils arriveraient, ils ressortiraient pour aller chercher David. Il récupérerait son fils ce soir-là.

14

Dave se tenait derrière cinq des six hommes à qui il confierait sa vie et attendait le signal de Gray pour sortir.

Il n'avait pas été facile de convaincre Raven de rester au
motel avec Zara, les autres femmes et Meat. Il n'avait pas
voulu les y laisser seules, au cas où del Rio saurait où ils
dormaient et qu'il déciderait de s'en prendre à elle juste
pour se comporter davantage comme un salaud.

Daniela était également venue au motel pour offrir son
soutien. Dave appréciait la docteure fougueuse. Au début, il
n'avait pas été sûr de savoir quoi penser d'elle. Elle était un
peu bourrue et il n'avait pas été certain qu'elle les apprécie
et qu'elle approuve leur présence. Mais après avoir appris à
la connaître, et avoir entendu l'histoire de la mort de son
mari et de son fils dans une révolte du barrio, il comprenait
d'où venait une partie de sa froideur.

Meat avait retrouvé la trace de deux maisons qui déte-
naient probablement les enfants que del Rio prétendait
maintenir captifs pour être « adoptés » par des clients. Les
équipes péruviennes dignes de confiance que Dave était
parvenu à se procurer avaient l'intention de frapper les deux

maisons en même temps cette nuit-là. Il cherchait encore les noms et les adresses de quiconque ayant peut-être acheté un enfant pour que les autorités puissent retrouver leurs traces plus tard.

À présent, il était temps d'aller chercher David. Meat était parti en reconnaissance dans le barrio où David était censé être détenu et se rendit compte qu'il s'agissait du plus grand et du plus habité des barrios locaux.

Il était prévu que seuls dix d'entre eux entreraient dans le barrio – six Mercenaires Rebelles et quatre membres supplémentaires d'une division d'élite des forces de police péruviennes – contre ce qui était littéralement des milliers de personnes vivant dans le barrio. Ils ne savaient pas combien d'entre eux travaillaient pour del Rio, ou si ce dernier avait déjà déplacé David à nouveau avant qu'ils ne puissent y arriver. Mais avec un peu de chance, étant donné qu'ils étaient partis moins d'une heure et demie après avoir découvert où David était retenu, il serait encore exactement là où del Rio l'avait laissé.

Dave permettait à ses hommes de diriger la mission, mais il refusait de rester au motel ou dans la voiture. Il portait une radio, tout comme les autres, et il resterait en retrait, mais il serait là quoiqu'il arrive. Il avait *besoin* d'être là. De placer ses bras autour de son fils et de le rassurer en lui disant que tout allait bien.

Alors que tout le monde effectuait des vérifications radio avant d'entrer dans le barrio, Gray se glissa vers lui.

— Ça va ?

Dave hocha la tête une fois.

— D'accord, nous allons partir dans deux minutes. Tu connais le plan ?

Dave essaya de ne pas s'irriter face à son ami.

— Oui, je connais le plan, bordel. J'ai aidé à élaborer ce fichu truc. Et je connais les plans B, C, D et E aussi. Je comprends, je suis un outsider ici, mais n'oublie pas qui a planifié la plupart des autres opérations sur lesquelles tu as travaillé. Je ne suis pas un passant dans la rue.

Il leva les yeux vers Gray et l'épingla d'un regard intense.

— Tout ça pour dire que si quelque chose tourne mal, je prends David et je me fais la malle.

Gray acquiesça.

— Bien. Nous pouvons nous occuper des ennuis dans le barrio. Et si del Rio se pointe avec une quelconque sorte de puissance de feu, nous le repousserons pendant que tu sors David d'ici. Les résidents ont construit une échelle de fortune pour passer au-dessus du mur du fond. Tu prends David et tu disparais dans le quartier derrière le barrio. J'espère que del Rio ne se montrera pas du tout, mais si c'est le cas... qui sait combien de temps il pourrait te chercher. Nous devons partir du principe que ça pourrait être un moment, car il n'aime pas perdre. Vous vous faites petits et vous faites profil bas. Nous rentrerons au motel, iront chercher les femmes, et nous reviendrons vous chercher. Restez cachés, et ne prenez aucun risque. Nous utiliserons le dispositif de repérage de ta radio pour nous rapprocher. Quoi qu'il arrive, ne retourne *pas* au barrio.

— Je ne suis pas stupide, lui dit Dave. Tu sais que j'ai étudié de près les images satellites de ce quartier. Je sais exactement où je vais aller avec David pour faire profil bas jusqu'à ce que la voie soit libre.

Gray sourit et secoua la tête.

— Désolé. J'ai encore du mal parfois à comprendre que tu es vraiment Rex.

Dave se détendit.

— Je sais que je n'ai pas votre expérience, mais tout ça est personnel pour moi. Je ne vais pas tout faire foirer.

— Je sais que non, lui dit Gray. Je te fais confiance.

Ses mots avaient beaucoup d'importance pour Dave. Il

n'avait pas réalisé à quel point il voulait et avait besoin de l'approbation de ses hommes. C'était une chose de faire confiance à Rex, mais c'en était une tout autre de faire confiance à Dave.

Ils marquèrent tous les deux une pause dans leur conversation pour écouter les bavardages dans leurs oreillettes indiquant que l'équipe était prête à sortir dans une minute.

— Je ne sais pas où tu as trouvé les Péruviens qui nous aident aujourd'hui, mais ils déchirent, dit Gray.

— Effectivement, acquiesça Dave.

Il avait créé des contacts dans presque tous les pays du monde et il était reconnaissant d'avoir trouvé quelques hommes qui n'avaient pas été corrompus par del Rio pour l'aider. Ils allaient bientôt sauver un nombre incalculable d'enfants d'un destin pire que la mort et, quelques minutes plus tard, ils l'aideraient à secourir son propre fils. Dave aurait la chance de rencontrer l'enfant de Raven, *leur* enfant, pour la première fois quelques minutes plus tard. Il était nerveux, mais calme en même temps.

Il n'y avait que quatre Péruviens avec eux, mais ils avaient tous été d'accord pour dire, étant donné qu'il s'agissait d'un aller-retour et, avec un peu de chance, pas d'une bataille grandeur nature, que l'équipe de dix serait adaptée à la mission.

Après qu'il avait reçu le feu vert pour entrer dans le barrio depuis quatre entrées différentes autour du mur en parpaings et que les autres s'étaient dispersés, Gray dit rapidement :

— Nous allons le trouver, Dave. Attends que je te donne le feu vert quand nous arriverons à la cabane de la vieille femme. D'accord ?

Il n'aimait pas cela, mais Dave hocha la tête quand même. Il comprenait que ses hommes le protégeaient. Si

David était mort ou si la mission tournait mal, ils ne voulaient pas qu'il voie son fils dans cet état ou le mettre directement dans la ligne de tir au cas où il y aurait un échange de coups de feu militaire.

Gray et lui se glissèrent dans le barrio et se dirigèrent rapidement vers le nord-ouest du camp, où Ruben avait prétendu que David avait été amené. D'une certaine manière, le barrio était le même que celui où Raven avait vécu pendant des années. Des ordures partout, et l'odeur de feux de camp imprégnant l'air. Mais c'était le regard méfiant et soupçonneux de la plupart des résidents qu'ils dépassaient qui inquiétait Dave.

Il ne s'agissait pas de gens qui étaient satisfaits de se débrouiller avec ce qu'ils avaient. Il s'agissait d'hommes, de femmes et d'enfants plus durs et plus insensibles. Personne ne fit le moindre geste pour les arrêter tandis qu'ils marchaient, mais il était évident que si quelque chose se produisait, personne ne serait prêt à aider, comme Raven et ses amies avaient aidé Black et Meat quelques mois plus tôt.

— Cible en vue, dit une voix dans l'oreille de Dave. Il leva les yeux et réalisa que c'était Gray qui avait parlé, et ils s'approchaient de la fin d'une rangée de cabanes délabrées construites à partir de ce sur quoi les résidents avaient pu mettre la main.

— En approche depuis l'est, dit une autre voix dans son oreille.

Dave ne se donna même pas la peine de regarder autour de lui pour voir les paires en approche. Ro et Arrow étaient positionnés près du mur avant du barrio, guettant les ennuis quelle que soit la forme qu'ils prenaient et protégeant leurs flancs. Black et Ball étaient tous les deux en binôme avec l'un de leurs homologues péruviens et convergeaient vers la cabane en même temps que les autres.

Le champ de vision de Dave était rétréci tandis qu'il fixait le morceau de métal placé devant l'entrée de la cabane. Il priait plus fort que jamais au cours de sa vie pour que David soit à l'intérieur... et pour qu'il aille bien. Il savait grâce à l'interrogatoire de Ruben qu'il avait été malmené par del Rio, et s'en souvenir lui fit serrer les poings. Il voulait tuer tous ceux qui osaient faire du mal à un enfant. *Son* enfant.

— Doucement, Dave, dit Gray en posant une main sur son épaule. Attends trois minutes de plus.

Dave hocha la tête et observa Black et son partenaire péruvien marcher silencieusement jusqu'à la cabane. Après avoir compté jusqu'à trois, Black poussa le métal et l'autre homme se précipita dans la pièce.

Ball et trois autres Péruviens étaient sur leurs talons.

Des mots en espagnol furent prononcés à voix haute, mais il n'y eut aucun cri de détresse ou de peur. Dave n'était pas sûr de savoir s'il s'agissait d'une bonne ou d'une mauvaise nouvelle. En quelques secondes, il entendit Black dire « RAS » dans la radio et Dave se déplaça avant même d'y réfléchir.

Il suivait Gray de près et ils se pressèrent dans la cabane d'une pièce déjà très remplie.

Jetant un coup d'œil à la pièce, Dave vit qu'elle était plutôt typique en ce qui concernait les logements d'un barrio. Un sol en terre, des bassines utilisées comme évier, de la vaisselle sale, un seau qui servait de toilettes.

Tandis qu'il saisissait la pièce en une fraction de seconde, son regard s'arrêta sur un piquet en fer sur le sol auquel était attachée une chaîne. Il suivit la chaîne...

Et inhala vivement en voyant une paire de petits yeux bleus le fixant du regard derrière une grande boîte.

Il était au courant pour les chaînes grâce à l'interrogatoire de Ruben, mais les voir en personne et savoir que c'était *son* enfant qui y était attaché lui fit presque perdre la tête.

Maîtrisant son humeur de justesse, Dave se dirigea à grands pas vers le piquet et, utilisant une force brutale, il le sortit de la terre compacte. Ses muscles firent un effort, mais en quelques secondes, la chaîne glissa de la partie inférieure du piquet et tomba par terre avec un grand bruit métallique.

Il lâcha le piquet et se tourna vers l'enfant. À sa grande surprise, au lieu de devoir amadouer le garçon pour qu'il sorte de derrière la boîte, l'enfant était déjà debout à côté de celle-ci. Il avait des cheveux noirs et ébouriffés et un bleu sur une joue. Il portait un short et un tee-shirt et était couvert de poussière. Et Dave n'avait jamais vu quoi que ce soit d'aussi beau de toute sa vie.

Puis, l'enfant bouleversa réellement Dave et tout le monde dans la pièce en levant les bras et en criant :

— *Papá* !

Instinctivement, Dave fit un pas en avant et tendit les bras pour soulever le petit garçon.

— David ? demanda-t-il.

L'enfant sourit, même s'il était un peu incertain.

— Où est *Mamá* ? Est-ce que tu l'as trouvée aussi ?

— Il parle anglais, dit Black, surpris.

— Raven a dit qu'elle le lui avait enseigné, Dave entendit-il Gray expliquer.

— Oui, mais je pensais qu'il savait probablement juste quelques mots ici et là, répondit Black.

Dave se déconnecta de leur conversation, toute son attention étant centrée sur le garçon dans ses bras.

— Ta maman est en sécurité. Nous allons t'emmener la voir, maintenant. Est-ce que tu vas bien ? Est-ce que tu as mal quelque part ? demanda Dave.

David secoua la tête.

— Non, *Papá*. Je vais bien maintenant que tu es là.

— Comment est-ce que tu sais qui je suis ? demanda Dave tandis que Black avançait avec une paire de coupe-boulons afin de couper la chaîne de la jambe du petit garçon.

— *Mamá* m'a dit à quoi tu ressemblais. À la seconde où je t'ai vu, je l'ai su. Elle a dit que nous étions perdus et que tu nous cherchais et qu'un jour, tu nous trouverais. J'avais peur quand del Rio est venu et m'a emmené de la maison parce que je ne savais pas comment tu me trouverais. Mais tu l'as fait !

Dave avait envie de pleurer. Il voulait s'asseoir dans la poussière à cet endroit précis et brailler comme un bébé. Raven avait parlé de lui à son fils. Elle lui avait décrit à quoi il ressemblait et l'avait rassuré en lui disant qu'il les cherchait.

Elle n'avait eu aucune raison de croire qu'elle le reverrait un jour, et elle ignorait sans aucun doute s'il accepterait David à cause de l'histoire de sa naissance, et pourtant, elle avait quand même dit à son fils qu'il était son *papá*. L'intensité de ses émotions était presque trop forte pour la surmonter.

Il examina le petit garçon et ne parvint pas à se remettre comme il ressemblait à sa mère. Depuis ses yeux bleus jusqu'à ses cheveux noirs, il était un Raven miniature. Il avait l'air plutôt en bonne santé, bien qu'un peu maigre au goût de Dave. Il voulait le poser et passer ses mains sur tout son petit corps pour s'assurer qu'il n'était blessé nulle part, mais il ne pouvait littéralement pas supporter de le lâcher même quelques minutes pour l'examiner.

Black retira enfin la chaîne de la cheville de David et Dave sentit les petites jambes du garçon s'enrouler autour de sa taille et le serrer. Ses bras se placèrent autour de son cou et il s'accrocha fortement à lui. Presque désespérément. Dave enroula ses deux bras autour du précieux enfant et le tint encore plus près de son torse. Il avait beau ne pas avoir été là au cours des quatre premières années et demie du garçon, mais il serait certainement là pour les cinquante prochaines.

David écarquilla les yeux tout en déplaçant ses petites mains sur l'un des biceps de son *papá* et en le serrant.

— Ils sont *vraiment* aussi gros que les arbres de mon jardin ! s'exclama-t-il.

Dave entendit l'un de ses amis émettre un petit rire, mais ne pouvait pas détourner le regard du précieux petit enfant. Il était difficile à croire qu'il était debout là, avec le fils de Raven dans les bras. Il n'avait aucune pensée pour le plan, juste un pur émerveillement. Raven avait donné naissance à un bébé qui était actuellement dans ses bras. Rien n'aurait pu le préparer au degré d'émotions qu'il ressentit à ce moment-là.

Puis, ils entendirent Ro dire avec insistance dans leurs radios :

— Merde, alors ! Il y a trois SUV qui s'approchent rapidement à l'avant du barrio.

— Merde, marmonna Gray.

Dave tourna la tête et vit l'équipe d'hommes locaux parler avec la femme âgée qui se trouvait dans la cabane quand ils étaient entrés. Elle agitait les mains, les yeux écarquillés de terreur.

— Putain, dit Arrow dans la radio. C'est del Rio, annonça-t-il à tout le monde. Quelqu'un a dû l'informer que nous étions là. Il porte un foutu costume alors qu'il fait un million de degrés et il se promène comme s'il est un putain de roi ou quelque chose comme ça.

Tout le monde dans la cabane savait que leur temps s'était écoulé.

— Combien d'hommes y a-t-il avec lui ? demanda Gray à Ro et Arrow.

— Au moins une douzaine. Et ils sont en train de se déployer. Vous n'allez pas pouvoir sortir par le même chemin par lequel vous êtes entrés. On passe au plan B, ordonna Ro.

Sans un autre mot à la femme qui n'avait probablement pas eu d'autre choix que de s'occuper de son fils, Dave se retourna et sortit de la cabane avec David dans les bras. Il savait que l'équipe péruvienne s'assurerait que la femme soit en sécurité au cas où del Rio voudrait se venger d'elle pour avoir permis que David soit emmené.

Il avait tout à fait conscience de l'avancement de del Rio et de ses hommes tandis qu'ils se dirigeaient vers la cabane, grâce aux informations très détaillées qu'il recevait par radio dans son oreille. Les hommes ne se déplaçaient pas à la hâte. Il était évident qu'ils pensaient que Dave n'avait pas la moindre chance de s'échapper du barrio avec David. Salauds présomptueux. La plupart des résidents avaient disparu dans leurs cabanes, ne voulant pas attirer l'attention de del Rio et ses hommes.

— Voilà ce qu'il va se passer, dit Dave au petit David. Je veux que tu t'accroches à moi aussi fort que possible. Quoi qu'il arrive, ne me lâche *pas*. Compris ?

— Oui, *Papá*. Est-ce que nous allons voir *Mamá* ?

— Oui, lui dit Dave. Mais del Rio est ici, et nous devons rester loin de lui.

Lorsqu'il prononça le nom de del Rio, le visage de David pâlit et ses bras se resserrèrent presque douloureusement autour de la nuque de Dave. Il dit presque désespérément :

— Est-ce qu'il va m'emmener ?

— Non, la rassura immédiatement Dave tandis qu'il se frayait un chemin entre les cabanes alentour.

Il se dirigeait vers le mur du fond, où David et lui pourraient avec un peu de chance disparaître dans la nuit.

— Mais il a dit que si je m'enfuyais, il tuerait *Mamá*.

— Il ne va pas toucher à un cheveu de ta maman. Je le promets, lui dit Dave.

C'était une menace stupide, étant donné que David avait été enchaîné au sol. Del Rio affirmait juste son emprise sur le petit garçon et continuait de lui faire peur.

— Mais il a dit que je lui appartenais. Que je devais faire tout ce qu'il me dit, sinon, je ne la reverrai jamais.

Sa petite voix trembla.

— Peut-être que je devrais rester.

Le cœur de Dave se brisa presque, mais en même temps, il était incroyablement fier. David était désintéressé et prêt à faire tout ce qu'il fallait pour protéger sa mère.

— Nous n'allons pas rester ici, et ta mère est en sécurité, rassura-t-il le garçon en accélérant le pas. Je te donne ma parole. Souviens-toi, tu n'as qu'à t'accrocher à moi. D'accord ? Croise les doigts dans ma nuque. Bien, exactement comme ça. Est-ce que tu peux tenir si je n'ai pas mes bras autour de toi ? demanda Dave.

Quand David hocha la tête, Dave le testa, écartant les bras de chaque côté de son corps comme un avion. Dave resserra ses jambes autour de sa taille et ses bras se bloquèrent, le maintenant exactement où il était contre son flanc.

— Bien joué, l'encensa Dave en enroulant à nouveau ses bras autour du petit garçon. Tu es vraiment fort.

David lui adressa un léger sourire et une rougeur apparut sur ses petites joues. Bon sang, personne d'autre que Raven ne lui avait jamais fait de compliment ?

Mais Dave connaissait la réponse à cette question et il jura à ce moment précis de s'assurer que David sache à quel point il était incroyable.

— Si vous n'êtes pas en route, vous devez y aller, les avertit Arrow par radio.

— Nous sommes en route, en approche du mur du fond, dit Dave dans la radio.

Puis, il s'adressa une fois de plus à son fils.

— David, les hommes qui étaient dans la cabane avec moi sont mes amis. *Tes* amis. S'il arrive quoi que ce soit et que nous sommes séparés, fais leur confiance à eux et à personne d'autre. Compris ?

David hocha la tête.

— Ils s'appellent Ball, Gray et Black. Je sais, ce sont des noms bizarres, mais ils t'aideront si c'est nécessaire.

— Est-ce qu'ils connaissent *Mamá* ?

— Oui. Et notre autre ami, Meat, est avec elle en ce moment même, s'assurant qu'elle est en sécurité. Arrow et Ro, deux autres amis, attendent aussi à proximité. Tu n'es plus seul, champion. Compris ?

— Champion ?

Dave ne put s'empêcher de sourire.

— Oui, c'est un surnom. Est-ce que ça te convient ?

Dave hocha la tête avec enthousiasme.

— *Mamá* dit que tu l'appelles Raven, même si son nom est Margaret. Et que *Grandpapá* et *Grandmamá* l'appellent Magpie. Je n'ai jamais eu de surnom !

— Maintenant, tu en as un, champion, lui dit Dave tandis que son regard balayait le barrio anormalement sombre et silencieux autour d'eux. Il est temps de se taire et de s'accrocher, maintenant. Quoi qu'il arrive.

— D'accord, *Papá*, murmura David.

Chaque fois qu'il entendait ce nom sortir de la bouche de son fils, Dave tombait un peu plus amoureux et cela le rendait encore plus déterminé à les faire sortir, Raven et lui, du Pérou.

Hypervigilant et écoutant toujours l'avancée de del Rio et de ses hommes vers la cabane d'après les rapports qu'il obtenait dans ses écouteurs, Dave alla droit vers l'escalier sommaire que les résidents avaient construit dans le coin, au fond du barrio, pour pouvoir facilement passer par-dessus le mur en parpaings qui les séparaient des quartiers plus agréables de l'autre côté.

Il vit Ball et Gray s'approcher une fois qu'il fut en haut du mur, et ils commencèrent immédiatement à démonter l'escalier. Il espérait que cela ne prendrait pas longtemps, étant donné qu'il était constitué de boîtes, de palettes et d'autres déchets que les résidents avaient pu trouver dans les poubelles, mais la pile était immense.

Le haut du mur n'était large que de soixante centimètres, mais Dave n'eut aucun problème à garder l'équilibre. Il avait beau être imposant, il était agile, et il portait ce qu'il avait de plus précieux. Il y avait une chute de six mètres de l'autre côté, à cause de la colline sur laquelle le barrio était construit, mais soixante mètres plus loin y était accolée une grande pente, réduisant les six mètres à seulement deux et demi. Marcher sur la partie supérieure du mur était la partie la plus dangereuse du plan. Ils étaient exposés, et il n'y avait nulle part où se cacher. Les autres hommes avaient l'intention de se frayer un chemin jusqu'à son emplacement et de se déployer autour d'eux, mais si del Rio voulait sortir une arme et tirer, ils seraient des cibles faciles.

Cependant, Dave était presque certain qu'il ne le ferait pas. Il était arrogant et le tuer rapidement ne serait pas suffisamment satisfaisant. Dave avait la sensation qu'à la seconde où del Rio réaliserait qui il était, qu'il avait survécu et qu'il avait déjoué ses plans, il désirerait des représailles en tête à tête.

Il aurait également parié que le salaud ne voudrait pas endommager son investissement... David. Il avait beaucoup de projets pour l'enfant et il était peu probable qu'il ordonne à ses hommes de leur tirer dessus.

Du moins, Dave comptait là-dessus.

Il commença à marcher, arrivant à mi-chemin de sa destination quand les hommes de del Rio le virent et se mirent à courir vers lui, armes dégainées. Dave eut le temps de dire à ses hommes qu'il avait été repéré et qu'ils devaient se ramener à son emplacement pour atténuer la menace quand del Rio cria.

— Arrête-toi immédiatement ou j'ordonne à mes hommes de tirer !

Jetant un coup d'œil à la distance qu'il lui restait à parcourir, Dave sut qu'il pourrait atteindre l'endroit où il devait aller avec cinq ou six pas de plus. Mais il était hors de question qu'il prenne le risque que David se fasse tirer dessus. Il avait besoin de la couverture de son équipe pour pouvoir parcourir les quatre derniers mètres et demi et se mettre relativement à l'abri.

Il se tourna pour faire face à l'homme qui avait transformé sa vie en enfer au cours des dix dernières années.

Del Rio leva les yeux vers lui avec une fureur absolue.

— Toi ! s'exclama-t-il.

— Moi, confirma Dave, plissant les yeux face à la lumière que quelqu'un utilisait pour l'illuminer sur le mur.

— J'ai dit à mon homme de s'assurer que tu étais mort. J'aurais dû savoir qu'il avait échoué quand il n'est pas revenu, dit del Rio avant dégoût.

— Je ne suis pas mort, dit catégoriquement Dave.

En un instant, la colère disparut de sa voix et l'arrogance revint.

— Peu importe. Tu ne vas pas t'échapper avec mon enfant, dit del Rio en tirant sur la veste de son costume et en essuyant distraitement la poussière sur l'avant de celle-ci.

— Mon œil que je ne vais pas le faire, cria Dave.

Il entendit ses hommes lui dire par radio qu'ils seraient là en vingt secondes. Juste assez de temps pour dire à del Rio ce qu'il pensait de lui avait de pouvoir s'en aller avec son fils. David s'accrochait fermement à lui et avait enfoui sa tête dans son cou.

Resserrant un bras autour de la taille du garçon, Dave ne donna pas le temps à del Rio de dire quoi que ce soit d'autre.

— J'avais eu l'intention de t'offrir une mort rapide et facile. Il est hors de question que je te laisse vivre pour continuer à gâcher les vies de femmes et d'enfants comme s'ils n'étaient rien de plus que de la poussière sous tes chaussures. Mais à présent, je vais m'assurer que tu connaisses une souffrance interminable avant de mourir. Pour chaque femme que tu as forcée à vivre une vie dont elle ne voulait pas. Pour tous les enfants qui ont perdu leur mère, et pour tous les gamins que tu as volés à leurs familles et que tu as forcés à faire des choses qu'une personne saine d'esprit n'aurait jamais permises, tu paieras.

Del Rio rit.

— Et comment est-ce que tu prévois de faire ça ? demanda-t-il. C'est toi qui es encerclé et sans moyen de t'en sortir. Tu n'as aucune idée du pouvoir que j'ai dans ce pays. Je détiens le gouvernement, l'armée, la police. Même les gens dans ce trou à rats travaillent pour moi ! Tu n'as nulle part où aller et nulle part où te cacher. Contente-toi de me donner le garçon, et je m'assurerai que *ta* mort soit rapide.

— C'est ce qui ne va pas chez les gens comme toi. Vous pensez que vous êtes invincibles. Flash spécial, *Roberto*, tu ne l'es pas.

Dave vit que l'utilisation de son prénom l'énerva. Del Rio adorait être connu par son nom de famille. Il adorait la peur qu'il martelait dans les cœurs de ses compatriotes.

Dix secondes.

— Je vais te tuer, grogna del Rio. Puis, je vais trouver ta femme, la ramener chez moi et la donner gratuitement à tous ceux qui veulent lui passer dessus. Peut-être que je l'emmènerai dans les barrios et que je laisserai tout le monde avoir leur tour sans donner un putain de sol en échange ! Tu les as mises dans la merde, non seulement *elle,* mais toutes les personnes qu'elle fréquente aussi. Elles vont *toutes* payer pour ton intrusion !

Dave ne mordit pas à l'hameçon, mais il sentit David trembler contre lui et fut soulagé que la conversation soit presque finie. Ses hommes convergeraient sur del Rio et ses sbires ; en quelques secondes, l'enfer se déchaînerait.

— Le problème, quand tu es au sommet, c'est que tu tombes de très haut.

Il parodia un salut militaire à l'attention de l'homme à terre sous lui.

— À plus, Roberto. Je ne te reverrai jamais, mais tu regarderas toujours par-dessus ton épaule. Le karma est une chienne, et elle vient te chercher.

À la seconde où les derniers mots sortirent de sa bouche, il entendit ses Mercenaires Rebelles crier de ce qui semblait être toutes les directions. Disant aux hommes de poser leurs armes. La lumière qui était pointée sur Dave disparut alors que les hommes de del Rio étaient soudain occupés à se protéger, le replongeant dans l'obscurité.

Dave recentra son attention sur le mur, avançant à grands pas avec assurance et rapidité vers sa destination. Il entendit del Rio crier des ordres à ses hommes, mais toute l'attention de Dave était concentrée sur ses pas et sur le fait de descendre du mur.

— Prêt, champion ? demanda-t-il à son fils tandis qu'il se mettait en position.

Il s'assit sur le bord du mur, dos au barrio, ses pieds pendant de l'autre côté.

— Je te tiens, fiston. Est-ce que tu me fais confiance ? demanda Dave voyant que l'enfant ne répondait pas.

Il resserra son bras autour de David et le tint fermement contre son corps.

— *Sí.*

— Bien. Ferme les yeux et accroche-toi.

Il attendit que les petits yeux de David soient fermés et qu'il resserre ses jambes et ses bras autour de lui une fois de plus. Puis, Dave se poussa du mur et sauta.

L'atterrissage fut un peu douloureux, mais Dave fléchit les genoux et absorba le plus gros de l'impact avec ses jambes. Il trébucha et dut utiliser son autre main pour garder l'équilibre lorsqu'il commença à tomber, mais il se rattrapa. Hors de question qu'il tombe avec son fils dans les bras. L'enfant mourrait de peur et pourrait même être blessé au passage. Dave préférerait mourir plutôt que de faire quoi que ce soit pouvant faire du mal à son fils après tout ce qu'il avait subi.

Il se leva et s'élança sur la pente de la colline dès qu'il retrouva l'équilibre, n'osant pas regarder derrière lui. Il entendit d'autres cris provenant du barrio et de son écouteur, mais il ne s'arrêta pas et ne ralentit pas, ignorant les voix. Il était évident qu'ils n'avaient pas deviné qu'il sauterait de l'autre côté du mur. Del Rio était suffisamment vaniteux pour croire que Dave se serait tout simplement rendu.

Hors de question.

Ayant étudié les photographies satellites de la zone jusqu'à les connaître par cœur, Dave savait exactement où il allait et où il se cacherait. Del Rio était arrogant. Il n'abandonnerait pas facilement, mais les Mercenaires Rebelles les maintiendraient occupés, lui et ses hommes, jusqu'à ce que Dave puisse disparaître avec David et se cacher jusqu'au matin.

Il savait que son équipe était douée, mais le barrio était un territoire inconnu même s'ils avaient étudié les photographies de surveillance. Del Rio et ses hommes y étaient beaucoup plus à l'aise. Il était probable que del Rio parvienne à s'échapper, mais Dave n'était pas inquiet. Comme il le lui avait dit, il prendrait sa revanche un jour. Dave s'en assurerait.

Il détestait le fait que Raven serait hors d'elle d'inquiétude en voyant qu'il ne revenait pas immédiatement avec leur fils. Les heures suivantes seraient inconfortables, mais son équipe viendrait les chercher dès qu'ils le pourraient et ils seraient sur le chemin du retour aux États-Unis, par conséquent, tout cela en vaudrait la peine.

Les voix de ses hommes crépitaient à présent dans son oreillette, et plus il s'éloignait du mur, plus il y avait de parasites. Les radios étaient prévues pour de courtes distances. Ils avaient tous su qu'il était possible qu'ils perdent le contact, Dave n'était donc pas inquiet. Le plan était établi et ses hommes pouvaient prendre soin d'eux-mêmes.

— Il était vraiment en colère, murmura le petit garçon quand ils se furent éloignés du mur du barrio et qu'ils entrèrent dans le quartier.

Dave ne ralentit pas tandis qu'il se frayait rapidement un chemin vers la première rue. Les maisons étaient proches les unes des autres et les plus hautes n'avaient que deux étages. Il y avait des centaines de maisons dans le quartier et même s'il était plus plaisant que le barrio, il était quand même pauvre. Il serait plus difficile de se cacher dans un quartier chic. Del Rio viendrait le chercher, en particulier après que Dave avait pris le dessus sur lui et qu'il l'avait insulté et menacé. Il ne pouvait pas laisser passer cela, pas quand plusieurs de ses hommes l'avaient entendu. Il aurait l'air faible.

Mais Dave s'en fichait. Que del Rio le cherche. Il ne le trouverait pas.

Son équipe et les Péruviens tueraient del Rio s'ils en avaient l'occasion, et s'ils échouaient, Dave soupçonnait que ses hommes seraient en colère. Mais ce qu'ils ne savaient pas, c'était que del Rio le paierait quand même... un jour ou l'autre. Il espérait que l'homme passerait un peu de temps à se demander où et quand la vengeance se produirait. Il voulait qu'il devienne paranoïaque et plus soucieux pour sa propre sécurité que pour établir des plans afin de vendre des enfants et d'enlever des femmes.

Mais si cela n'arrivait pas, et que del Rio ignorait ses menaces, le karma s'abattrait quand même un jour. Dave s'en assurerait.

— Il *était* en colère, dit Dave à son fils, mais il ne va pas nous trouver. Nous allons nous cacher, puis nous allons aller chercher ta maman et rentrer à la maison.

La tête de David se souleva de son épaule tandis qu'il le fixait du regard.

— Promis ?

— Promis, dit immédiatement Dave.

— Del Rio a dit que si je partais, il tuerait *Mamá*, lui rappela craintivement David.

Dave était furieux de la torture mentale que del Rio avait infligée à ce précieux petit garçon. Sachant que cela était important et qu'il devait s'en occuper immédiatement, Dave se précipita entre deux maisons et s'accroupit. David se mit sur pied et se leva, se mordant la lèvre inférieure d'un air hésitant.

Dave posa ses mains sur les épaules de David et le regarda dans les yeux en parlant.

— Del Rio est un homme mauvais, champion. Il est méchant et c'est une brute. Il se fiche de faire du mal aux autres gens. Je ne doute pas un instant qu'il t'ait dit la vérité, qu'il était sérieux. Mais il ne peut pas faire de mal à ta maman s'il ne peut pas la trouver. Et crois-moi quand je te dis qu'il ne la trouvera jamais. Et toi non plus. Aujourd'hui était le dernier jour où tu étais obligé de voir cet homme et la dernière fois qu'il te voyait. Il ne pourra plus vous faire de mal, car nous allons partir.

— Mais il a dit que je ne pouvais me cacher nulle part ! rétorqua David.

Fronçant les sourcils, Dave demanda :

— Qu'est-ce qu'il t'a dit d'autre ? Quelles autres méchancetés t'a-t-il dit qui t'ont fait de la peine ? Je veux tout entendre pour pouvoir te rassurer en te disant qu'il a tort.

Il fallut un instant, mais ensuite, David commença à parler.

— Quand j'ai demandé si je pouvais aller à l'école, il a dit que ce serait un gâchis d'argent parce que je suis stupide. Il m'a dit que j'étais laid et que mes yeux avaient une couleur bizarre. Je devais faire tout ce qu'il me disait parce que j'étais bête et que je ne pourrais pas travailler et gagner mon propre argent. J'ai pleuré devant lui une fois, parce qu'il m'a frappé et que ça m'a fait mal, et il m'a traité de pleurnichard.

La tête de David s'affaissa et il regarda le sol tout en admettant à voix basse la chose suivante.

— *Mamá* a dit que tu nous cherchais, mais je ne pensais pas que tu nous trouverais à temps. Quand je devais m'asseoir sur les genoux de l'ami de del Rio sans mes vêtements, il m'a dit que bientôt, l'homme serait mon nouvel ami et qu'il m'emmènerait chez lui et que si je ne faisais pas tout ce qu'il me disait, si je ne le laissais pas me toucher, il tuerait *Mamá.*

Il leva la tête vers Dave à ce moment-là.

— Est-ce que tes amis vont m'obliger à faire ça ?

Dave avait envie de remonter le temps de vingt minutes et d'ordonner à Gray de mettre une balle dans la cervelle de del Rio à la seconde où il le voyait, peu importe les conséquences. Qu'il ait eu l'intention de garder David lui-même ou de le vendre à un autre tordu de pédophile, le résultat aurait été le même.

Il prit une grande inspiration et secoua la tête.

— Non, champion. Jamais. Personne n'a le droit de te toucher sans ta permission. *Personne.* Compris ?

Le petit garçon n'avait pas l'air convaincu.

— Ta *mamá* va bien. Elle est en sécurité. Je te donne ma parole de *papá.*

David avait l'air de vouloir le croire si fort.

Dave savait qu'ils devaient poursuivre leur route. Il prit son fils dans ses bras et recommença à marcher.

— Je sais que c'est difficile à comprendre, mais sache que del Rio est un homme mauvais. Il utilise ses mots pour obliger les autres à faire ce qu'il veut. Il utilise ses poings pour faire du mal aux gens aussi, mais si on te répète quelque chose assez souvent, encore et encore, tu peux commencer à le croire.

Il regarda son fils.

— Tu n'es pas stupide, champion. En réalité, tu es l'un des petits garçons les plus intelligents que j'ai rencontrés.

David ne dit rien.

— Tu sais parler deux langues. Je ne peux pas parler ou comprendre l'espagnol, et toi, si. En fait, aucun de mes amis que tu as rencontrés aujourd'hui ne comprend l'espagnol, alors, dans ce sens, tu es déjà plus intelligent que nous.

— Vraiment ? demanda David.

— Vraiment, le rassura Dave. Et tu ne parles certaine-ment pas comme les enfants de quatre ans que j'ai rencon-trés. Et puis, tu ne t'es pas enfui quand tu nous as vus, mes amis et moi. Tu savais qui j'étais, même si nous ne nous étions jamais rencontrés.

— *Mamá* m'a dit à quoi tu ressemblais.

— Exactement, et tu t'en es souvenu. C'est malin. Dave continua son éloge tout en marchant rapidement dans les rues du quartier, cherchant le bâtiment qu'il avait repéré sur les images satellites.

Il sentit David hocher la tête puis lever une main vers la blessure sur la gorge de Dave.

— Tu as un bobo.

Il faudrait un moment pour que Dave s'habitue aux changements de sujets de son fils, et il se rendit compte qu'il avait hâte de tout savoir à propos de l'enfant qui était dans ses bras. Il avait beaucoup de temps à rattraper. Quatre ans et demi.

— Oui, lui dit-il.

— Ça a l'air de faire mal.

Dave haussa les épaules.

— Il y a la douleur, et puis il y a la douleur.

David semblait confus, à juste titre.

— Parfois, se faire une écharde, une ampoule ou une égratignure au genou ne fait pas du tout aussi mal que la douleur qui vient du cœur, dit Dave. Quand ta maman a été... perdue... mon cœur m'a fait mal. J'étais tellement triste que je ne me préoccupais pas de manger, de dormir, ou de me couper si je hachais des légumes pour le dîner. La douleur dans mon cœur parce que ta maman était perdue était bien pire que n'importe quelle douleur de la chair.

David hocha sagement la tête.

— Comme quand *Mamá* devait partir quand notre journée était terminée. Je n'aimais pas ça. Tout le monde était méchant et me criait dessus. Je devais rester dans ma chambre et je n'avais qu'un peu de riz à manger. Ensuite, *Mamá* revenait et j'étais heureux pendant un petit moment.

Une fois de plus, ses doigts tracèrent délicatement la blessure que Dave avait au cou.

— Mais... tu vas bien, pas vrai ? Tu ne vas pas nous perdre de nouveau, *Mamá* et moi, si ?

— Non. Ta maman et toi ne vous perdrez plus jamais. Et je vais m'en sortir. Merci de t'inquiéter pour moi.

David hocha la tête et se pencha en avant pour poser à nouveau sa tête sur le torse de son *papá*.

Le cœur de Dave lui donnait l'impression d'être sur le point d'exploser. À présent, il comprenait mieux que jamais pourquoi Raven n'avait pas essayé de le contacter. Il lui avait dit qu'il comprenait, mais ce n'était pas vraiment le cas. À présent, tenant David dans ses bras et sentant sa confiance absolue, persuadé d'être entièrement responsable du bien-être du petit garçon, Dave savait qu'il ferait tout ce qu'il fallait pour le protéger. Et s'il ressentait cela après l'avoir connu pendant si peu de temps, il savait également que Raven le ressentait cent fois plus profondément.

Son amour pour sa femme et pour le petit garçon blotti dans ses bras était presque accablant. Il ferait n'importe quoi pour les protéger tous les deux. *N'importe quoi.*

Après avoir marché dix minutes de plus, Dave commença à s'inquiéter. Il avait commencé à entendre des cris et des véhicules au loin et il savait qu'il devait trouver sa cachette, fissa.

Au moment même où il pensait s'être perdu, ou que les images satellites étaient fausses, Dave tourna dans une rue et vit ce qu'il cherchait.

Il avait atteint la limite du quartier et les maisons étaient un peu plus délabrées. Elles ne ressemblaient en rien à celles du barrio qu'ils venaient de quitter, mais il était évident que les propriétaires n'avaient ni les moyens ni le désir de s'en occuper comme cela avait été le cas des autres maisons. Regardant autour de lui pour s'assurer qu'il n'y avait personne à proximité, Dave traversa en courant la pelouse de l'une des maisons au milieu d'une longue rangée. Il n'y avait pas de clôtures entre les jardins et il se faufila à l'arrière.

Souriant quand il vit ce qu'il cherchait, Dave dit :

— D'accord, champion, il faut que tu t'accroches à moi vraiment fort. J'ai besoin de mes deux mains et je ne pourrai pas te tenir.

David écarquilla les yeux.

— Tu vas monter là-haut ?

— Ouaip, lui dit Dave, jetant un coup d'œil à l'arbre qui poussait près de la maison. Est-ce que tu es déjà monté dans un arbre ?

David secoua la tête.

— Non. Je n'avais pas le droit. Et je n'allais dehors que quand *Mamá* était là.

— Dans ce cas, je suis ravi de partager ta première escalade d'un arbre, dit Dave. Tu crois que tu peux t'accrocher à moi ?

— *Sí.*

— D'accord. Si tu sens que tu glisses, dis-le-moi et nous nous arrêterons pour nous réajuster.

Dave n'hésita pas. Il leva les bras, agrippa la branche la plus basse et commença à escalader. C'était un homme imposant et l'arbre était un peu plus fin qu'il en avait eu l'air sur les images satellites, mais en quelques minutes, il avançait sur l'une des branches plus grandes en direction du toit de la maison la plus proche.

David était comme un petit singe, s'accrochant à lui comme s'il était né pour ça.

Lorsqu'il eut suffisamment avancé, Dave prit une profonde inspiration et sauta. Il atterrit exactement où il en avait eu l'intention, même s'il était déséquilibré par le poids supplémentaire de son fils sur sa poitrine. Il commença à tomber, mais il fléchit les genoux et se tourna avant d'atterrir sur le dos plutôt que sur David.

Fermant les paupières de soulagement, il entendit un léger gloussement.

Levant les yeux, Dave vit son fils se mettre à califour-chon sur son torse en riant.

— C'était drôle ! dit-il avec enthousiasme.

Plus soulagé qu'il ne pourrait l'exprimer que le petit garçon ne soit pas mort de peur, Dave lui rendit son sourire.

— Ça l'était, hein ?

— Mmh mmh... est-ce qu'on peut le refaire ?

— Je suis vieux, champion. Il faut que je me repose un moment. Est-ce que ça te va ?

David hocha la tête.

Enroulant son bras autour du garçon, Dave se redressa et se déplaça vers le milieu du toit.

L'une des raisons pour lesquelles il avait choisi cette maison était l'arbre et l'accès facile au toit plat. L'autre raison était la quantité de choses que les propriétaires avaient mises là. Des boîtes, des conteneurs en métal, un grand climatiseur et une bâche recouvrant quelque chose. Dave savait qu'ils pourraient rester sur le toit plusieurs heures, même s'il espérait que son équipe arriverait bien plus tôt. La bâche, ainsi que le reste du bric-à-brac, leur serviraient pour se cacher de del Rio et ses sbires si nécessaire.

Gardant sa prise sur son fils, Dave fut soulagé qu'il y ait assez de place pour qu'ils se cachent entre les boîtes, sous la bâche, sans avoir à déplacer quoi que ce soit. Il se poussa en arrière jusqu'à se retrouver contre une boîte et sourit au petit garçon.

— *Papá* ?

— Oui, fiston ?

— J'ai faim.

Dave sourit à nouveau, ravi de pouvoir faire quelque chose à ce propos. Il mit la main dans l'une des poches de son pantalon et en sortit une barre de protéines.

— Ce n'est pas terriblement palpitant, mais j'en ai

quelques-unes qui vont nous dépanner jusqu'à ce que nous puissions partir d'ici et acheter quelque chose de plus nourrissant.

Dave regarda la barre d'un air méfiant.

— Qu'est-ce que c'est ?

— Une barre de protéines. C'est bon, je te le promets.

Le petit garçon plissa le nez, mais quand il la déballa et que l'odeur du chocolat le frappa, il écarquilla les yeux et il leva brusquement la tête vers Dave.

— Du chocolat ?

— Oui, et du beurre de cacahuète. Tu n'es pas allergique aux cacahuètes, pas vrai ?

Mais David ne l'écoutait pas. Son regard s'était tourné à nouveau vers la barre comme s'il en avait peur.

— Qu'est-ce qui ne va pas ? demanda Dave.

— Pour moi ? demanda David.

— Oui, champion. Pour toi.

Il leva à nouveau la tête vers Dave.

— Je n'ai pas le droit de manger des sucreries.

Le cœur de Dave se serra fortement, mais il s'obligea à rester calme.

— Ce n'est pas une sucrerie, champion. Je veux dire, il y a du chocolat dedans, mais c'est pour l'énergie et les calories. De plus, les règles que tu devais suivre quand tu étais chez del Rio ne s'appliquent plus. Nous établirons de nouvelles règles. Vas-y, prends-la, l'incita-t-il.

Mais le petit garçon ne prit pas la nourriture.

Dave rompit un petit morceau de la barre de protéines et le lui tendit.

— Tiens, fiston. Je te promets qu'il n'y a pas de problème.

Tout doucement, David tendit la main vers le petit morceau de barre de protéines. Il l'approcha de son nez et le sentit. Puis, il tira sa petite langue et lécha le granola et le chocolat avec précaution. Ses yeux s'illuminèrent et il fourra le morceau dans sa bouche. Il le mâcha un long moment, comme s'il essayait de sentir tout le goût de la nourriture avant de l'avaler enfin.

— Ça te plaît ? demanda Dave.

David hocha la tête. Il ne prit pas le reste de la barre de protéines, mais il la regarda avidement.

Pendant les minutes suivantes, Dave rompit un morceau après l'autre et les donna à son fils. L'observer manger avec tant d'avidité et voir la quantité de plaisir qu'il obtenait d'une simple friandise était à la fois touchant et déchirant.

Quand la barre de protéines fut terminée, David sourit et le regarda.

— C'est la meilleure chose que j'ai mangée.

— Est-ce que tu as déjà mangé du chocolat et du beurre de cacahuète auparavant ? demanda Dave.

Le petit garçon hocha la tête.

— Une fois. *Mamá* avait discrètement amené un bonbon pour moi à Noël, une année. Je n'avais pas le droit d'avoir des bonbons ou des cadeaux à Noël, mais *Mamá* a dit que le Père Noël l'avait trouvée et avait déposé le bonbon pour moi. Il était écrasé, mais quand nous sommes allés dehors, nous avons pu le manger sans que personne le voie. Il était vraiment bon.

Le garçon le tuait. Et à chaque mot qui sortait de sa bouche, Dave se rappelait à quel point sa femme et son fils avaient souffert, et ce qu'ils avaient perdu. Mais, d'une manière ou d'une autre, ils avaient tenu presque cinq ans et ils en étaient sortis compatissants et aimants. Ils étaient un miracle. Ses miracles.

— J'ai deux autres de ces barres de protéines que nous pourrons manger plus tard si nous avons faim, dit-il d'une voix étranglée par l'émotion. Il s'éclaircit la voix et dit :

— Quand nous arriverons au Colorado, aux États-Unis,

qu'est-ce que tu veux manger pour ton premier repas dans ta nouvelle maison ?

Le garçon écarquilla les yeux.

— Tu veux dire que je peux choisir ?

— Oui, David, tu peux avoir tout ce que tu veux.

Il eut l'air enthousiaste un instant, puis baissa les yeux d'un air hésitant.

Dave posa un doigt sous son menton et l'incita à relever la tête. Lorsqu'il le fit, Dave demanda :

— Qu'est-ce qui ne va pas ? Tout va bien, tu peux être honnête avec moi. Je ne me mettrai pas en colère, quoi que tu dises.

— Est-ce que *Mamá* pourra manger avec nous aussi ? Je ne veux pas manger devant elle si elle ne peut pas manger aussi. Elle fait comme si elle s'en fichait, mais j'entends son estomac faire du bruit et ça me rend triste.

Les sacrifices que Raven avait faits pour son fils étaient sur le point de faire exploser le cœur de Dave.

— Ta maman n'aura plus jamais faim. Elle peut manger quand elle veut et ce qu'elle veut. Et ça vaut pour toi aussi, champion.

— Nous pouvons manger ensemble ? demanda David.

— Oui. En réalité, nous mangerons en famille autant que possible. Il y aura peut-être des soirs où je ne pourrai pas rentrer à la maison pour dîner avec vous deux, mais je te promets ici et maintenant que je ferai de mon mieux pour être là aussi souvent que possible.

Les yeux de David l'illuminèrent.

— Je t'aime, *Papá.*

La poitrine de Dave lui fit mal en entendant les mots de son fils.

— Je t'aime aussi, champion. Maintenant, qu'est-ce que tu veux manger quand nous rentrerons ensemble avec ta maman ?

David tourna de grands yeux bleus vers Dave.

— *Arroz con pollo*. Et le plat préféré de *Mamá* est le *pollo empanada*.

Il partit d'un petit rire.

— Est-ce que tu peux traduire ça pour moi, champion ? Souviens-toi, je ne parle pas espagnol.

— Riz et poulet pour moi et poulet...

Il fronça les sourcils.

— Je ne sais pas comment on dit *empanada* en anglais.

— Je me débrouillerai, le rassura Dave.

À ce moment-là, ils entendirent une voiture descendre la rue. Elle se déplaçait très lentement et ils pouvaient tous les deux entendre des hommes parler à voix haute en espagnol.

David écarquilla les yeux et il leva la main pour poser son petit doigt sur les lèvres de Dave.

Hochant la tête, Dave saisit la main de son fils dans la sienne et en embrassa la paume de manière rassurante. Il n'était pas surpris que les hommes de del Rio les cherchent. Il s'y était attendu. Mais c'était pour cette raison qu'il avait choisi cette maison. En la regardant depuis la route, il ne semblait pas y avoir de manière de monter sur le toit. L'arbre qu'ils avaient escaladé n'était pas beaucoup plus grand que la maison, et personne ne penserait qu'un homme aussi imposant que Dave puisse l'utiliser pour monter sur le toit.

Le SUV poursuivit son chemin, mais Dave savait que la menace n'avait pas disparu. Ils devaient être patients et ne pas bouger. Les hommes de del Rio finiraient par être rappelés après avoir supposé qu'il s'était échappé.

En murmurant, il complimenta son fils.

— Bien joué pour être resté silencieux, champion.

Quand David rougit et détourna le regard, Dave jura à nouveau de complimenter l'enfant autant que possible. Beaucoup trop de haine avait été dirigée à son égard dans sa courte vie. Il avait besoin de savoir qu'il était compétent et intelligent, car c'était le cas.

Ils discutèrent un moment, puis David demanda :

— Quand nous rentrerons à la maison... est-ce que tu penses... est-ce que je pourrai aller à l'école ?

Dave hocha la tête.

— Bien entendu, champion. Pourquoi pas ?

Il haussa ses petites épaules.

— Parce que je suis stupide. Et que personne ne veut être mon ami.

Détestant del Rio un peu plus à chaque mot qui sortait de la bouche de son fils, Dave dit :

— Nous en avons déjà parlé, champion. Tu n'es pas stupide. Pas du tout. Et pourquoi quelqu'un ne voudrait-il pas être ton ami ?

— Parce que je suis un bâtard.

Dave tressaillit en entendant le mot cru sortir de la bouche de l'enfant innocent.

— Qu'est-ce que ça veut dire « bâtard », *Papá* ?

Contrôlant sa fureur face aux dégâts mentaux que del Rio lui avait infligés, Dave souhaita que Raven soit là. Elle saurait exactement quoi dire pour rassurer leur fils. Il improvisait et il se sentait complètement en dehors de sa zone de confort à ce moment-là.

— Je crois que tu vas avoir un nombre incalculable d'amis, champion, le rassura Dave. Tu es un gentil garçon. Amical. Attentionné et intelligent. Pourquoi quelqu'un ne voudrait-il pas être ton ami ?

Dave savait qu'il devait être prudent dans son explication. David n'avait même pas encore cinq ans, mais il avait entendu le mot et, étant donné qu'il était *intelligent*, il savait que c'était une sorte d'insulte. La dernière chose qu'il voulait, c'était que son fils pense qu'il valait moins que les autres.

— Et « bâtard » est un mot méchant que les brutes utilisent pour essayer de faire en sorte que quelqu'un d'autre se sente mal.

— Mais qu'est-ce que c'est ? demanda David, n'abandonnant pas.

Dave réfléchit rapidement et décida de lui dire la vérité... en quelque sorte.

— Un bâtard, c'est quelqu'un dont la maman et le papa ne sont pas mariés quand il naît. Et étant donné que ta maman et moi *étions* mariés quand tu es né, tu n'en es pas un.

Le soulagement sur le visage de David aurait fait tomber Dave à genoux s'il avait été debout.

— Alors, je ne suis pas un bâtard ?

— Non, fiston, tu n'en es pas un. Tu es David Justice, fils de Margaret et Dave Justice.

Il écarquilla les yeux.

— Tu t'appelles Dave ?

— En réalité, je m'appelle David. Mais tous mes amis m'appellent Dave.

— Nous avons le même prénom ! s'exclama David.

Dave hocha la tête, souriant tandis que le regard de son fils se remplissait de fierté. Il serra le petit garçon contre lui et demanda :

— Est-ce que tu as dormi avant que nous venions te secourir ?

David secoua la tête.

— J'avais peur. La vieille femme ne voulait pas me parler. J'avais faim aussi.

S'allongeant, Dave installa son fils sur sa poitrine jusqu'à ce qu'ils soient tous les deux à l'aise.

— Tu n'as pas à avoir peur maintenant, fiston. Je suis là, et je vais m'assurer que tu sois en sécurité. Ferme les yeux et fais une sieste. Quand tu te réveilleras, tu pourras manger une autre barre de protéines.

— Je ne suis pas fatigué, *Papá*, dit David avant de laisser échapper un énorme bâillement.

En souriant, Dave dit :

— D'accord, champion. Contente-toi de t'allonger avec les yeux fermés et je vais te raconter des histoires, d'accord ?

— D'accord.

Puis, allongé sur le toit d'un inconnu au milieu de Lima pendant que l'homme le plus ignoble de la Terre les pourchassait, Dave serra son fils en lui racontant des histoires de ce que serait sa nouvelle vie au Colorado. Même après que de légers ronflements sortirent de la petite bouche de David, il continua de parler, rassurant son fils en lui disant qu'il était intelligent et aimé, et qu'on ne lui ferait plus jamais de mal s'il pouvait l'en empêcher.

Dave n'était pas du tout fatigué. Il était nerveux. Il s'inquiétait pour Raven et pour ce qu'elle pensait étant donné qu'il n'était pas revenu. Il savait que ses amis prendraient soin d'elle et la rassureraient en lui disant que David et lui allaient bien. Mais il savait aussi qu'elle ne serait pas tranquille avant de voir son bébé de ses propres yeux. Avant de voir qu'il était libéré de del Rio une fois pour toutes.

Dans un murmure, il dit :

— Tiens bon, chérie. Juste un peu plus longtemps. Tiens bon.

15

———————

— Comment ça, ils ne sont pas là ? demanda Mags d'une voix à moitié hystérique quand tout le monde rentra au motel.

Tout le monde sauf son mari et son enfant.

— Ne panique pas, ordonna Gray. Ils vont bien.

— Mais ils ne sont pas ici ! cria-t-elle presque. Et tu as dit que del Rio était là-bas ? Oh, mon Dieu, est-ce qu'il a atteint David avant que vous arriviez ? Est-ce que Dave est parti le chercher ?

— Non. Prends une grande inspiration, Raven, ordonna Arrow en lui prenant les mains et en la menant doucement vers le bord du lit qu'elle avait partagé avec Dave.

— Tout s'est déroulé selon le plan, lui dit Arrow.

— Quel plan ? A, B, C ou D ? demanda Mags d'un ton narquois.

Dès que les mots sortirent de sa bouche, elle regretta de les avoir prononcés. Elle se comportait comme une garce envers les hommes qui étaient entrés dans le pays pour la secourir.

Mais étonnamment, Arrow et les autres se contentèrent de rire.

— C'est bien la femme de Dave, dit Ball avec un petit rire.

— Plan B, lui dit Arrow. Nous avons trouvé David exactement là où Ruben a dit qu'il serait...

— Et est-ce qu'il allait bien ? demanda Mags, l'interrompant.

— Il allait très bien. Il était enchaîné au sol, mais mis à part quelques bleus, il n'était pas blessé.

Mags soupira de soulagement.

— Et ensuite ?

— Ensuite, le plan B a été mis en œuvre parce que del Rio s'est pointé dans le barrio, dit Ro.

Mags se tendit, mais elle s'obligea à rester calme. Aucun des hommes autour d'elle ne paniquait, cela devait donc dire que David allait bien. Du moins, c'était ce qu'elle se disait.

Ball reprit l'histoire à partir de là.

— Nous savions grâce aux images satellites que les résidents avaient construit un raccourci pour sortir du barrio contre le mur du fond. Dave est monté sur le mur avec David et nous avons détruit l'accès avant que del Rio et ses hommes arrivent. Quand ils ont compris ce que Dave faisait, il était trop tard pour qu'ils les attrapent. Del Rio et lui se sont disputés pendant que nous nous mettions tous en place pour les couvrir, et Dave a disparu derrière le mur. Ils sont tous les deux en train de se cacher jusqu'à ce que nous puissions aller les chercher et nous rendre à l'aéroport.

— Nous partons ? demanda Mags.

— Carrément, nous partons, ajouta Meat. Nous avons été ici assez longtemps, tu ne crois pas ?

Mags hocha la tête. Elle était morte de peur à l'idée que

son mari et son fils soient quelque part en ville, pourchassés par del Rio et ses hommes.

— Et maintenant ?

— Maintenant, nous allons nous assurer que toi et les autres êtes prêtes à partir, dit Arrow. Toi, Zara et Gabriella devriez dire au revoir à Daniela, Bonita, Carmen, Maria et Teresa.

— Nous les abandonnons ? demanda Zara, à côté de Meat.

— Non, la rassura celui-ci. Nous allons emmener les femmes à l'aéroport ce soir. Dès que possible. Nous avons obtenu leurs passeports aujourd'hui et nous avons acheté des billets pour des avions de nuit qui les emmèneront dans leurs pays respectifs. Leurs amis et familles les retrouveront de l'autre côté. Gabriella, Mags et toi irez à l'aéroport avec Black et moi, et vous embarquerez dans l'avion qui nous attend. Les autres iront chercher Dave et David et nous rejoindront là-bas.

Mags voulait protester. Elle voulait insister pour aller chercher son fils avec les autres, mais elle se tut. Ils en avaient déjà tellement fait pour elle, et la dernière chose qu'elle souhaitait, c'était faire quelque chose qui puisse faire rater le sauvetage de son fils. Faire rater leur chance de quitter le Pérou une bonne fois pour toutes. Elle était plus proche que jamais de rentrer chez elle, et elle était terrifiée à l'idée que quelque chose arrive et qu'elle finisse par retourner dans l'établissement de del Rio.

— Et del Rio ? demanda Zara. Est-ce que vous vous en êtes occupés aujourd'hui ?

Gray secoua la tête.

— Non. Il a réussi à s'échapper du barrio avec quelques-uns de ses gardes. Nous supposons qu'il cherche Dave en ce moment même.

— Pourquoi ne l'avez-vous pas tué ? demanda Zara.

Avant que qui que ce soit puisse parler, Mags prit la parole.

— Parce qu'ils ne sont pas comme lui.

Zara fronça les sourcils.

— Mais il doit mourir, insista-t-elle. Il a gâché tellement de vies. Je ne comprends pas.

Meat embrassa le sommet de la tête de Zara.

— Honnêtement ? Nous voulions tous les faire, mais Dave nous a dit de ne pas passer du temps à le pourchasser si ça n'arrivait pas. Il a promis qu'il aurait ce qu'il mérite. Dave a un plan. Je ne sais pas lequel. Mais quoi que ce soit, del Rio ne sera plus un problème pour très longtemps.

— Rex connaît du monde, dit doucement Gray. Maintenant que je sais que Rex est en réalité barman, c'est difficile à croire.

Il sourit.

— Mais nous travaillons avec lui depuis longtemps et nous avons toujours été stupéfiés par les contacts qu'il a. Si quelqu'un peut s'assurer que del Rio aura ce qu'il mérite, c'est Rex.

Mags avait aussi du mal à croire que son doux mari était le genre d'hommes que les Mercenaires Rebelles avaient appris à connaître sous le nom de ce Rex. Cependant, il avait toujours été têtu et charismatique. Si qui que ce soit pouvait constituer un réseau secret d'alliés très puissants et dangereux, tout cela pour la rechercher, ça ne pouvait être que lui.

— Est-ce que vous pouvez lui parler maintenant ? demanda-t-elle.

Meat secoua la tête.

— Nos radios ne valent que pour communiquer sur de courtes distances. Mais nous suivons sa trace.

Il se dirigea vers son ordinateur portable et l'ouvrit, l'amenant pour que Mags puisse le voir.

— Tu vois ? Ce point bleu clignotant, c'est Dave. Il va bien ; il est installé exactement là où nous l'avions prévu.

Mags observa l'écran, le point bleu que Meat avait désigné. Il ne bougeait pas. Dave était sur le bord extérieur d'un grand quartier adjacent au barrio où Ruben avait prétendu que son fils était retenu. Elle prit une grande inspiration et hocha la tête. Dave avait prouvé à de nombreuses reprises qu'il pouvait prendre soin de lui et elle avait confiance en lui pour prendre soin de leur fils également.

Sa vie avait tellement changé en si peu de temps qu'elle était encore quelque peu étourdie. Mais une chose restait la même : son amour et sa confiance envers son mari. Elle avait presque oublié à quel point il pouvait être têtu. Mais au cours des deux dernières semaines, il l'avait trouvée, il avait intégré le fait qu'elle avait été violée et fécondée par un inconnu et il avait accepté à bras ouverts le bébé qu'elle avait eu en conséquence. D'une manière ou d'une autre, il avait traversé les boucliers qu'elle avait érigés comme mécanisme de défense et il l'avait amenée à se sentir en sécurité quand il la touchait. Quand elle dormait à côté de lui. Même quand elle avait été presque nue avec lui dans la douche après qu'il avait été blessé.

En résumé, il avait accompli un miracle. Il l'avait fait penser que peut-être, seulement peut-être, avec lui à ses côtés, elle serait capable de retourner aux États-Unis et de ne pas être complètement cinglée.

De toutes les personnes du monde, elle avait confiance en lui, et en lui seul, pour protéger son fils et le lui ramener.

— Alors, d'accord. Nous avons beaucoup de travail à faire en peu de temps si nous allons tous partir d'ici dès que possible.

Elle vit l'admiration dans les yeux des hommes et cela l'aida à garder davantage le contrôle sur elle-même. Il serait difficile de dire au revoir aux autres femmes, mais savoir qu'elles pourraient garder le contact et qu'elles seraient enfin protégées de del Rio rendait le chagrin un peu moins douloureux.

Et le fait que Gabriella puisse partir avec elle la rendait très heureuse. Non seulement pour son amie, mais pour elle aussi. Il ne serait pas facile de s'acclimater à nouveau à une vie normale, mais avec Zara, Gabriella et Dave, et bien entendu, David, cela serait plus simple que si elle avait été seule.

Une fois que la plupart des hommes furent sortis de la chambre, Zara s'approcha d'elle et demanda :

— Est-ce que ça va ?

Étonnamment, Mags se sentait plutôt bien. Elle était inquiète pour David et Dave, mais au fond, elle savait qu'ils allaient bien. Dave ne laisserait rien arriver à leur fils.

— Je vais bien.

— Est-ce que tu as hâte de rentrer à la maison ?

Mags hocha la tête.

— Oui. Et je suis morte de peur.

— Je l'étais aussi, avoua Zara. Mais je serai là pour t'aider. Tu auras Dave aussi. Ton fils te maintiendra occupée, avec les courses à faire pour lui et l'inscription à l'école. Mais je suis sûre que quand les autres apprendront son existence, Dave et toi devrez les supplier d'arrêter d'acheter des affaires pour votre fils.

— Tu n'as pas beaucoup parlé d'elles, dit Mags. Je suis sûre que je suis un peu plus âgée. Est-ce que tu penses... Est-ce qu'elles vont m'apprécier ?

— Oh, mon Dieu, s'exclama Zara, elles t'*adorent* déjà ! Tu vois, le truc, c'est qu'elles ont toutes vécu leur propre version de l'enfer, et elles tiennent Dave en haute estime. Alors tu n'as pas du tout à craindre qu'elles ne t'acceptent pas. Ce sont des gens bien, Mags. Promis, juré.

Mags soupira.

— Je suis très nerveuse à l'idée de voir mes parents, admit-elle.

Zara tendit le bras, prit la main de Mags et la serra.

— D'après ce que Meat m'a dit, il les a maintenus informés de ce qu'il se passait ici. Il leur a dit que Dave t'avait trouvée et que tu étais en vie et en bonne santé. Il leur a aussi parlé de leur petit-fils. Ils sont sur un petit nuage, mais ils sont nerveux aussi. Prends les choses un jour après l'autre. D'accord ?

— Ils sont au courant pour David ? demanda Mags, choquée.

Zara hocha la tête.

— J'ai fait sa fête à Meat pour ça. Ce n'était pas son rôle de le leur dire. Je suis désolée.

— Non, ce n'est pas grave. Je veux dire, je suis surprise, mais un peu soulagée aussi. Je n'étais pas sûre de savoir comment ils réagiraient... tu sais, à cause des circonstances de sa naissance.

— C'est un miracle, dit doucement Zara. Ils le savent, tout comme Dave. Je suis la pire personne pour te parler de ça, étant donné que j'étais vierge quand j'ai rencontré Meat, mais je peux pratiquement te garantir que personne ne dit de mal de toi ou de ton fils à cause de la manière dont il a été conçu. Je suis impressionnée par toi, Mags. Tu as été là pour moi quand je n'avais personne d'autre. Tu as été ma mère et mon amie, et c'est uniquement à ça que je pense quand je te vois. Ce que tu as subi fait de toi une guerrière, pas quelqu'un dont on pourrait avoir pitié ou qu'on pourrait regarder de haut. Tous ceux qui pensent différemment peuvent aller se faire voir.

Mags eut les larmes aux yeux pendant que son amie parlait, mais face au dernier commentaire, elle émit un petit rire.

— Merci, Zed, dit-elle doucement, utilisant le surnom

que Zara avait pris quand elle avait fait semblant d'être un garçon pour sa propre sécurité dans le barrio.

— Viens. Tu n'as été dans le motel qu'une semaine, mais je crois que tu as plus d'affaires que moi quand je suis arrivée. Nous devons aussi nous assurer que Daniela va bien. L'achat de sa nouvelle clinique progresse rapidement. Allons chercher la valise que les mecs t'ont achetée et voyons combien d'affaires nous pouvons y faire rentrer.

Elle serra sa main et se dirigea vers le placard.

Mags hocha la tête. Zara avait raison. Elles avaient beaucoup à faire, et la situation serait très émouvante quand elles quitteraient les autres femmes. Elle préférerait que Dave soit là avec elle, lui disant que tout irait bien, mais il était occupé à protéger leur fils. Elle devait donc remonter ses manches de grande fille et se mettre à l'œuvre.

Fermant les yeux et faisant une prière rapide pour la sécurité de sa famille, Mags se retourna et suivit Zara vers le placard.

* * *

— Tu me racontes une autre histoire, *Papá* ? demanda David.

Dave ignorait combien de temps s'était écoulé, mais il faisait encore nuit dehors. David avait dormi un moment, puis il s'était réveillé et avait mangé une autre barre de protéines avec autant d'enthousiasme que plus tôt. Il faisait très chaud sous la bâche même si le soleil ne brillait pas encore au-dessus d'eux, mais Dave n'allait pas prendre le risque de partir. Pas avant que son équipe vienne le chercher. Il n'avait pas entendu del Rio ou ses soldats récemment, mais cela ne voulait pas dire qu'ils n'étaient pas là dehors, en train d'attendre et d'observer.

— Quel genre d'histoire ? demanda Dave.

— L'histoire de comment tu as rencontré *Mamá*, dit David sans hésiter.

Surpris par sa demande, Dave n'était pas sûr de savoir par où commencer.

Heureusement, son fils l'aida.

— Tu as acheté un bâtiment et *Mamá* est allée le voir, dit David pour lui donner un indice.

En riant, Dave comprit que le petit garçon avait déjà entendu l'histoire de leur première rencontre de la bouche de Raven. Probablement plusieurs fois, s'il ne se trompait pas.

— C'est ça, ta maman est venue s'assurer que mon nouveau bâtiment était sûr pour que les gens aillent à l'intérieur.

— Elle était nerveuse parce que tu étais assez grand pour soulever des voitures et te battre avec des méchants, ajouta David avec enthousiasme.

Dave hocha la tête.

— Ouaip. Mais le truc, c'est qu'à la seconde où j'ai vu ta maman, j'ai su que je voulais qu'elle se sente en sécurité avec moi. Je ne voulais pas lui faire craindre d'être près de moi. Elle portait un pantalon brun clair et un joli top bleu foncé qui rendait ses yeux encore plus bleus. Ses cheveux volaient dans la brise et elle ressemblait à une Fée Princesse pour moi.

Les yeux de David étaient écarquillés et il écoutait en retenant son souffle chaque mot que Dave prononçait. Le petit garçon n'avait entendu que la version de Raven pendant des années et Dave voulait s'assurer qu'il comprenne exactement à quel point celle-ci lui avait fait tourner la tête ce jour-là.

— Elle se mordait nerveusement la lèvre quand elle me regardait et je voyais ses mains trembler. Et j'avais horreur de ça. Ça ne me dérange pas que certaines personnes aient peur de ma taille, mais ta maman était la dernière personne que je voulais effrayer. Je me suis assuré de garder mes distances pour ne pas lui faire peur davantage. Elle devait faire le tour du bâtiment et je me suis forcé à rester près de la porte pour qu'elle ne soit pas nerveuse à l'idée que je la suive. Je ne voulais pas le faire, cela dit. Je voulais rester juste à côté d'elle et m'assurer que personne d'autre ne puisse s'approcher suffisamment pour lui faire du mal. Non pas qu'il y ait eu qui que ce soit dans les parages qui le ferait, mais je voulais en être sûr.

— Elle était contente, dit David. Elle avait peur de toi.

— Je sais, et ça m'a fait mal ici, dit Dave en posant une main sur son cœur. Je ne voulais pas qu'elle ait peur de moi. Je voulais qu'elle m'apprécie autant que je l'appréciais. Quand elle a eu fini d'examiner l'extérieur du bâtiment, elle a dû entrer et regarder l'intérieur aussi. Elle a ri à quelque chose que j'avais dit et, je te le jure, champion, je suis tombé amoureux d'elle sur-le-champ.

— Vraiment ?

— Oui, vraiment. Ses yeux bleus avaient étincelé quand elle avait ri et je n'ai pas pu m'empêcher de souhaiter la voir sourire tous les jours pour le restant de ma vie.

— *Mamá* a dit que tu étais drôle, l'informa David.

— Je ne suis pas sûr de ça. Tout ce que je sais, c'est qu'au moins une heure s'est écoulée pendant que nous parlions et ensuite, elle a dû partir. Je lui ai demandé si elle aimerait aller au restaurant avec moi plus tard.

— Et elle a dit oui ! s'exclama David en applaudissant. Et tu as mangé du poisson et elle, un steak !

— Exactement. C'est ça. Le truc, champion, c'est qu'un jour tu vas rencontrer la personne avec qui tu sauras que tu veux passer le reste de ta vie. La personne avec qui tu voudras avoir une famille, et pour qui tu céderais tout ce que tu possèdes, ne serait-ce que pour la rendre heureuse. Il devrait y avoir une étincelle, quelque chose à propos de cette personne qui te donne l'impression que si tu ne peux pas la voir ou lui parler tous les jours, ta vie ne sera pas complète. C'est ce que j'ai ressenti pour ta maman la première fois que je l'ai vue. Et lors de ce premier rendez-vous, dans ce restaurant, j'ai su que si elle ne m'épousait pas, je ne serais pas complet. Elle me complète, ta maman. Je ne lui ferais jamais de mal. Jamais. Nous pouvons nous disputer et crier, mais je ne poserai jamais la main sur elle à cause de la colère. Comment pourrais-je faire ça à la femme qui est comme l'autre moitié de mon âme ?

Dave espérait commencer à défaire les dégâts que del Rio avait pu causer à son fils en le désensibilisant à la violence et en dévaluant les femmes. Il ne savait pas si cela fonctionnait, mais David l'observait d'un œil captivé qui semblait perçant par son intensité.

— Comment tu as perdu *Mamá* ?

La question était douloureuse, mais à ce moment-là, Dave fit la promesse silencieuse, à lui-même et à son fils, de ne jamais lui mentir.

— Tu sais quoi ? Je ne suis toujours pas sûr de savoir comment je l'ai perdue. Mais je sais que c'était douloureux. Chaque jour où elle avait disparu était plus douloureux que le précédent. Je ne savais pas où elle était ni si elle était blessée. J'ignorais si quelqu'un la nourrissait ou la faisait se sentir en danger. Elle me manquait, champion. Chaque jour, elle me manquait un peu plus. Mon cœur semblait vide sans elle. Je l'ai cherchée partout. J'ai rassemblé tous mes amis pour m'aider. J'ai mis longtemps, bien trop longtemps, à la trouver enfin. Et tu sais quoi ?

— Quoi ?

— Je t'ai trouvé aussi. Tu étais une surprise, une des meilleures surprises de ma vie.

— Vraiment ?

— Vraiment, champion. Car ta maman et moi avons beaucoup parlé de vouloir avoir un bébé. Nous voulions un fils ou une fille pour l'aimer et pour compléter notre famille. Mais elle s'est perdue avant que nous puissions le faire.

David l'examina et Dave pouvait voir les engrenages de son petit esprit tourner.

— Je sais que tu n'es pas mon vrai *papá*, dit-il après un long moment. Del Rio a dit que *Mamá* ne savait pas qui était mon vrai père et qu'il ne voulait rien savoir de moi.

Dave posa un doigt sous le menton du garçon et l'obligea gentiment à le regarder dans les yeux.

— *Je suis* ton vrai *papá*, dit-il fermement. Je t'aime et j'aime ta *mamá*. C'est ce qui fait une famille. L'amour. Del Rio ne sait pas de quoi il parle. C'est un homme méchant et une brute, tu te souviens ? Son but dans la vie est de rendre les gens tristes. Est-ce que je serais là si tu n'étais pas mon fils ? Si je n'étais pas ton vrai *papá* ?

Il voyait bien que l'enfant était confus, mais il finit par secouer la tête.

Dave baissa la sienne jusqu'à ce que son front soit posé sur celui de David.

— Vous trouver, ta mère et toi, est un miracle, fiston. Je n'ai pas été heureux depuis le jour où j'ai perdu ta maman, et maintenant que je vous ai trouvés, elle *et* toi ? Je suis deux fois plus heureux. Nous allons aller au Colorado et vivre heureux pour toujours. Tu vas aller à l'école et devenir encore plus intelligent que tu l'es à présent. Tu auras des tonnes d'amis et tu grandiras pour faire des choses incroyables. Je le sais.

— Et tu seras toujours mon *papá* ? Même quand je serai méchant ? Tu ne me renverras pas ?

— Non, David. Tu ne reviendras jamais ici, pas à moins que tu le veuilles. Tu es mon fils. *Le mien.* Je ne vous abandonnerai pas, ni toi ni ta maman. Jamais. Et tu ne peux pas être méchant. Ce n'est pas possible. Il se peut que tu prennes des décisions qui ne sont pas les bonnes, et il se peut que tu fasses quelque chose de mal, mais ça ne fait pas de toi une mauvaise personne. Compris ?

David hocha la tête.

Ayant l'impression de devoir détendre l'atmosphère, Dave recula et dit :

— Alors... ta maman m'a dit qu'elle t'avait enseigné les chiffres. Tu veux me montrer ce que tu as appris ?

Le sourire de David fut si grand que Dave aurait juré que l'air autour d'eux s'était éclairci.

— Oui !

— Très bien, champion. Combien font un plus un ?

David leva ses mains et montra un doigt sur chacune.

— Deux !

Dave écarquilla les yeux et s'exclama :

— Ouah, tu es vraiment intelligent, exactement comme ta maman l'a dit.

Le sourire sur le visage de son fils devint encore plus grand, si cela était possible. Et Dave jura de passer le reste de sa vie à faire tout ce qui était en son pouvoir pour maintenir ce sourire sur le visage de son enfant.

Environ une heure plus tard, Dave et David étaient sortis de la bâche. Son équipe arriverait bientôt et il voulait être prêt. Ils étaient allongés sur le dos, côte à côte, et regardaient les étoiles.

— Je ne sais pas grand-chose sur les constellations, s'excusa Dave envers son fils, alors je ne peux pas te les montrer, mais je peux te dire une chose dont je suis certain.

— Quoi ? demanda David.

— Les étoiles m'ont sauvé la vie.

— Vraiment ? Comment ? demanda le petit garçon avec émerveillement.

— J'étais très triste que ta maman soit perdue et de ne pas pouvoir la trouver. Je savais qu'elle était effrayée quelque part, mais je ne pouvais pas être là pour l'aider. C'est la chose la plus douloureuse que j'ai subie au cours de ma vie. Je suis allée dans mon bar, celui où j'ai rencontré ta mère, et je suis monté sur le toit. Il est plat, similaire à celui sur lequel nous sommes maintenant. Je me suis allongé et j'ai regardé les étoiles, comme nous sommes en train de le faire. Ta mère me manquait beaucoup et je lui ai demandé de me donner un signe qu'elle était encore en vie. Qu'elle allait bien. Et tu sais ce qu'il s'est passé ?

— Non. Quoi ? demanda David d'une voix étouffée.

— Une étoile filante. Voilà ce qu'il s'est passé. La plus lumineuse que j'ai jamais vue. Elle a traversé le ciel juste au-dessus de moi. Je me suis rendu compte que ta maman aurait pu être en train de regarder les mêmes étoiles que moi au même moment. Qu'elle aurait pu penser à moi, et que c'est pour cette raison que j'ai vu une étoile filante.

— Ouah, souffla David.

— Oui. Alors, à partir de ce moment-là, je suis allé dehors et j'ai regardé les étoiles autant que possible. Ça me réconfortait de savoir que, où que ta maman soit, elle regardait les mêmes étoiles. Ça me faisait me sentir plus proche d'elle.

— *Mamá* n'avait pas le droit de rester avec moi quand il commençait à faire noir, mais une fois, elle m'a dit que si j'avais peur, je devrais regarder les étoiles par ma fenêtre, et que ça voulait dire qu'elle pensait à moi. Que les étoiles qui scintillaient étaient elle qui me faisait un clin d'œil et qui veillait sur moi, dit David à son père.

Dave prit une grande inspiration et ferma les yeux pour essayer de contrôler ses émotions. Finalement, il ouvrit les paupières et tourna la tête pour regarder son fils.

— Quand nous rentrerons à la maison, nous nous allongerons tous les trois dans notre jardin, nous regarderons les étoiles et nous nous réjouirons du fait que nous nous sommes trouvés. D'accord ?

— D'accord. *Papá* ?

— Oui, champion ?

— Je suis prêt à partir, maintenant.

Dave émit un petit rire.

— Je sais. Moi aussi. Nous devons attendre juste un peu plus longtemps. Mes amis, *nos* amis, viendront bientôt nous chercher.

— Est-ce que *Mamá* sera là aussi ?

— Non. Mais elle sera à l'aéroport, prête à nous retrouver. Est-ce que tu as hâte de voler dans un avion ? demanda Dave, voulant détourner les pensées de l'enfant de sa maman qui lui manquait.

Il avait été exceptionnellement sage toute la nuit. Il n'avait pas eu peur de l'obscurité et il ne s'était pas plaint du tout quand il s'était ennuyé. Il était facilement diverti et tellement intelligent pour son âge. Raven l'avait incroyablement bien éduqué jusque-là.

— Oui ! dit David, légèrement trop fort.

— *Chuuut*, garde la voix basse, champion, l'avertit Dave.

— Désolé, *Papá*. Oui, j'ai vraiment hâte !

Vérifiant sa montre, Dave vit qu'il ne restait qu'environ une heure avant qu'il soit temps qu'on vienne les chercher. Descendre du toit requerrait l'aide de ses hommes. Ils descendraient rapidement, sans que quiconque sache qu'ils avaient été là pour commencer. Il avait hâte de faire le point avec son équipe. Il supposait que tout s'était déroulé selon le plan dans le barrio et que personne n'avait été blessé, mais il n'en était pas certain.

Tournant son attention vers son fils, Dave fit de son mieux pour contenir son adrénaline. Après dix longues années, il était presque temps de ramener sa femme à la maison. Il avait hâte de le faire.

16

Le crépitement de sa radio dans son oreille était l'un des meilleurs sons que Dave ait entendus. Il était plus que prêt à descendre de ce fichu toit et à quitter le Pérou. David était profondément endormi sur son torse. Le jour était sur le point de se lever et il y avait très peu de bruit dans le quartier autour d'eux, et très peu de lumières allumées également.

Se redressant lentement pour ne pas déranger le petit garçon, Dave appuya sur la radio dans son oreille, activant la connexion mains libres.

— Rex, si tu es là, ta reine demande l'honneur de ta présence.

Dave avait envie de rire. Mais si ses hommes avaient emmené Raven pour venir le chercher, il allait s'énerver.

— Si ma reine est là, quelqu'un va être viré, répondit-il à voix basse.

Un rire lui répondit.

— Bien sûr que non, même si elle nous a suppliés pour venir. Est-ce que le prince et toi êtes prêts à partir ?

— Oui.

— Nous serons là dans cinq minutes. Terminé.

Dave reconnut la voix de Ball et se détendit légèrement. De toute son équipe, Ball était le meilleur conducteur. Si les choses tournaient mal, il savait sans l'ombre d'un doute que Ball serait capable de les emmener à l'aéroport rapidement et en sécurité.

Tout doucement, Dave se leva, stupéfait de voir que David ne bougeait même pas. Soit il avait le sommeil le plus lourd du monde soit il était exténué par l'excitation et le stress de tout ce qu'il s'était passé. Dave supposait qu'il s'agissait probablement d'un peu des deux. Il avait hâte d'en apprendre davantage à propos de son fils. De connaître ses particularités. Était-il matinal ? Leur casserait-il les oreilles au petit-déjeuner ou serait-il dans la lune et silencieux jusqu'à ce qu'il démarre vraiment ? Quelle serait sa matière préférée à l'école ? Serait-il sportif ou plutôt scolaire ?

Mais commençons par le commencement. Ils devaient quitter le Pérou en sécurité.

Serrant le poids mort de son fils contre son corps, Dave se déplaça silencieusement jusqu'à l'autre côté de la maison. Descendre du toit serait plus facile que d'y monter, car le plan était que Ball conduise le minivan à travers le jardin jusqu'au flanc de la maison. Dave donnerait son fils à Gray, étant donné qu'il était le plus grand des Mercenaires Rebelles, qui se tiendrait debout sur le toit du véhicule.

Il entendit son équipe faire le compte à rebours des minutes qui restaient avant leur arrivée et se raidit en entendant Ball jurer.

— Qu'est-ce qui ne va pas ?

— Nous avons de la compagnie, dit laconiquement Ball. Apparemment, les hommes de del Rio sont plus têtus que nous le pensions. Ils sont encore en train de faire du repérage dans le quartier. Nous allons devoir faire en sorte que ce ramassage soit rapide.

— Ou ils ont de grosses motivations, dit Ro. Je suppose que del Rio a dit que s'ils revenaient à l'établissement sans Dave ou le gamin, ils ne reverraient pas le soleil se lever.

Dave secoua doucement l'enfant endormi pour le réveiller.

— David ? Il faut que tu te réveilles.

Un instant, David était profondément endormi, et une seconde après, il était complètement éveillé et en alerte.

— Qu'est-ce qui ne va pas, *Papá* ? demanda-t-il, la peur facilement reconnaissable dans sa voix.

— Est-ce que tu es prêt à aller à l'aéroport pour voir *Mamá* ? demanda Dave.

David hocha la tête avec enthousiasme.

Dave expliqua rapidement la situation de son mieux au petit garçon.

— Tu vas devoir être courageux un peu plus longtemps. Mes amis, ceux que tu as déjà rencontrés, vont arriver dans environ une minute et demie. Ils vont se garer juste là, en bas. Dave désigna l'endroit sous le bord du toit sur lequel ils étaient debout.

— Gray, notre ami très grand, va monter sur le toit de la voiture et t'aider à descendre. Est-ce que tu peux être courageux pour ça ?

David se mordit la lèvre et eut l'air inquiet.

— Est-ce que tu vas venir aussi ?

— Bien entendu, champion. Je serai juste derrière toi. Mais c'est trop loin pour que je saute avec toi dans les bras. Je vais devoir te baisser par-dessus le bord du toit. Mais Gray sera là. Tout ira bien. Je le promets.

— D'accord, *Papá*. Je peux le faire.

— Tu es un bon garçon, l'encensa Dave. Mais nous allons devoir le faire très vite, car les hommes de del Rio ne veulent pas que tu retrouves ta maman. Nous nous sommes cachés ici sur le toit dans l'espoir qu'ils arrêtent de nous chercher. Tu comprends ?

David hocha solennellement la tête et Dave eut horreur que le petit garçon ne comprenne que trop bien quelles seraient les conséquences si on les attrapait.

— Tout ira bien, lui dit-il fermement. Est-ce que tu as confiance en moi ?

Il lui fallut une seconde, mais le menton de David se baissa finalement une fois.

Se penchant en avant, Dave posa les pieds de son fils sur le sol et s'accroupit pour le regarder dans les yeux.

— Je ne vous ai pas trouvés, ta mère et toi, après tout ce temps pour vous perdre à nouveau. Je te jure, fiston, que nous serons bientôt réunis avec ta maman et que nous serons sur le chemin de retour vers les États-Unis.

Le père et son fils se regardèrent un long moment jusqu'à ce que David murmure enfin :

— D'accord, *Papá.*

— Vingt secondes, dit Ball dans l'oreille de Dave.

— Tu es prêt, champion ? Nos amis arrivent, et vite.

— Prêt, dit David, même si sa petite voix trembla légèrement.

Dave était furieux envers del Rio. Comment osait-il effrayer son fils à ce point ! Comment osait-il penser qu'il avait le droit d'enlever qui il voulait pour ses projets ignobles ? La haine monta en lui, mais il la réprima. Il n'y avait pas de place dans son esprit pour autre chose que la mission imminente. Il devait se contrôler. David et Raven comptaient sur lui.

Le temps ralentit tandis que Dave attendait l'arrivée de son équipe. Il vit le minivan au moment même où il entendit Ball dire par radio dans son oreille qu'il était presque arrivé. Il se mit à genoux et s'approcha davantage du bord du toit.

— Donne-moi tes mains, champion. Tu peux garder les yeux fermés si tu veux. Ça va se passer très vite. Tu n'auras pas le temps d'avoir peur.

— Je te fais confiance, *Papá*, dit David.

Une fois de plus, le cœur de Dave sembla sur le point d'éclater de fierté et d'amour pour ce petit être humain. Il le connaissait depuis moins de vingt-quatre heures, et il connaissait son existence depuis seulement deux semaines environ, mais il représentait déjà toute sa vie.

Dave observa Ball ralentir à peine tandis qu'il fonçait vers la maison. Il écrasa la pédale de frein et dérapa pour s'arrêter à quelques centimètres du flanc du bâtiment. Alors même que Dave prenait les mains de David dans les siennes et qu'il commençait à le baisser par-dessus le bord du toit, Gray sortit du van d'un bond et monta dessus.

— Prêt, champion ? demanda Dave lorsque Gray fut en place pour attraper le petit garçon.

David leva les yeux vers les siens et hocha la tête.

— Je n'ai pas peur, *Papá*. Tu ne ferais rien pour me faire du mal.

Bon sang... Cet enfant.

Dave pencha quelque peu la tête sur le côté et croisa le regard de Gray.

— Prêt ?

— Je vais l'attraper, patron.

Dave n'hésita pas et ne compta pas à rebours. Il lâcha simplement les mains de David et, en deux secondes, il fut dans les bras de Gray. Cela avait été les deux secondes les plus longues de la vie de Dave. Il détestait perdre le contact de son fils même pour la courte période qu'il lui fallut pour passer ses jambes par-dessus le côté du toit et pour s'en faire glisser, pendu par les bras. À la seconde où il entendit Gray crier « Vas-y », il lâcha prise et atterrit sur le toit du minivan.

Gray était déjà descendu avec David et était en train de

remonter dans le véhicule. Entendant un crissement de pneus, Dave sut qu'ils n'avaient pas de temps à perdre. Ils avaient été repérés par l'un des groupes itinérants de del Rio.

Il sauta du toit et se jeta dans le minivan. Ro claqua la portière derrière lui et Ball se mit en mouvement avant même que Dave reprenne l'équilibre. Il se retourna et tendit les bras vers David ; Gray le lui donna immédiatement.

Passant un bras autour de son fils et agrippant le siège passager avant de l'autre, Dave fit une prière silencieuse de remerciement parce que le ramassage s'était bien déroulé. Bien entendu, ils n'étaient pas encore sortis de l'auberge.

— Est-ce que tu peux le semer ? demanda Arrow à Ball depuis le siège situé à côté du sien.

— Un jeu d'enfant, marmonna Ball tout en éteignant les phares et en appuyant sur l'accélérateur.

David ignorait comment il pouvait voir quoi que ce soit dans le quartier mal éclairé, mais il ne s'inquiétait pas. Ball avait fait ses preuves à de nombreuses reprises en ce qui concernait le fait d'éviter les méchants. Le minivan dans lequel ils se trouvaient n'était pas vraiment le véhicule le plus rapide ni le plus maniable, mais Ball trouverait un moyen de semer leurs poursuivants et de se rendre à l'aéroport en toute sécurité.

Les yeux de David étaient écarquillés tandis qu'il regardait fixement les autres hommes.

— Salut, petit gars, dit Ro. Ravi de te revoir.

— Tu vas bien ? demanda Gray au petit garçon apparemment sous le choc.

Levant les yeux vers Dave, qui lui adressa un hochement de tête encourageant, David acquiesça.

— Je vais bien, monsieur Gray.

— Tu te souviens de mon nom ? demanda Gray, surpris.

David hocha la tête.

— Cela dit, je ne vois pas monsieur Meat.

— Il va nous retrouver à l'aéroport. Il s'assure que ta maman est en sécurité jusqu'à ce que nous arrivions pour être avec elle. Je t'ai parlé des autres hommes qui sont là ; ce sont tes amis aussi. Ils ne sont pas comme del Rio ni comme *ses* amis. Ils ne te feront pas de mal. Jamais. Si tu as peur ou que tu es incertain, tu peux aller voir l'un d'eux et ils t'aideront et contacteront ta mère ou moi. D'accord ?

David hocha la tête.

— Bien. Lui, c'est Ro. Ce sera facile de t'en souvenir parce que c'est celui qui a un accent bizarre. Et lui, c'est Arrow, et Ball est le conducteur.

— Accrochez-vous, dit Ball d'un ton ferme, mais calme tandis qu'il prenait un virage sur ce qui semblait deux roues. Dave resserra sa prise sur son fils tandis que le minivan avançait à toute vitesse après le tournant.

— Tout le monde est bien arrivé à l'aéroport ? demanda Dave à Gray.

L'autre homme hocha la tête.

— Oui. Les femmes sont toutes parties sans problème. Gabriella et Zara ont versé des torrents de larmes et ont promis de garder le contact.

— Et Raven ? demanda Dave.

— Dure comme la roche, lui dit Gray, la fierté facilement reconnaissable dans sa voix. Elle était triste, mais étant donné qu'elle a subi la même chose qu'elles, elle était plus heureuse que contrariée qu'elles partent. Zara leur a dit qu'elles étaient enfin libres et qu'elles ne devraient jamais regarder en arrière. Elle leur a dit de prendre les choses un jour à la fois.

David hocha la tête. Ça ressemblait bien à sa Raven.

— Et Daniela ?

— Elle est en sécurité à la clinique et elle a déjà promis de faire tout ce qu'elle pourrait pour les enfants qui seraient

trouvés. Elle travaille avec les hommes des équipes péruviennes. Après la fuite de del Rio du barrio, ils ont immédiatement pris d'assaut deux des maisons où il avait caché des
enfants. L'équipe et Daniela travaillent ensemble pour
trouver leurs familles, ou de nouveaux foyers. Ils vont continuer de chercher les acheteurs des autres enfants en utilisant les informations que Meat peut leur fournir.

— Bien. On dirait que les choses se déroulent comme
prévu.

Ro s'éclaircit la gorge et Dave se tourna vers lui.

— Ce n'est pas le cas ?

Tout le monde bougea sur son siège tandis que Ball
prenait un autre virage serré. Il conduisait bien trop vite
pour que ce soit sûr, mais personne ne dit un mot tandis
qu'il faisait de son mieux pour semer leurs poursuivants.

— Meat est entré en contact. Il a dit que c'était une
bonne chose que l'avion soit arrivé dans la zone commerciale de l'aéroport. L'un des contacts avec qui il parle à l'aéroport a dit qu'il y avait des agents de police partout dans le
terminal international, cherchant un groupe d'Américains
qui n'a pas la documentation appropriée pour sortir du
pays. D'après la rumeur, un couple essaye d'enlever un
enfant péruvien.

— Merde, jura Dave avant de soupirer. David, tu ne m'as
pas entendu dire ça. C'est un mauvais mot et ta maman ne
serait *pas* contente si tu commençais à dire des mots comme
ça. Elle serait très déçue.

Étonnamment, David gloussa.

— D'accord, *Papá*, je ne dirai rien.

— Merci, champion, je l'apprécie.

Puis, se retournant vers Ro, Dave demanda :

— Alors, quel est le plan ?

— Ball va nous déposer et nous allons retrouver l'un des
mille et un contacts que tu sembles avoir, puis nous serons

escortés jusqu'à l'avion où tous les autres sont déjà en train d'attendre. Ensuite, nous nous tirerons d'ici, dit succinctement Ro.

— Comment est-ce que tu connais autant de monde, d'ailleurs ? demanda Arrow.

— Virage à gauche ! cria Ball.

Tout le monde s'accrocha tandis que Dave disait :

— J'ai passé les dix dernières années à me faire des amis hauts placés. Chaque fois que les Mercenaires Rebelles ont accompli une mission, j'ai créé un peu plus de connexions avec des gens puissants. J'ai demandé qu'on me rende de nombreuses faveurs au cours des deux dernières semaines, ça, c'est sûr.

— Je vois. Je suis reconnaissant à chacun de tes contacts. Il aurait été impossible d'obtenir tous ces passeports sans eux, dit Arrow.

— Ni de secourir tous ces enfants, ajouta Grey.

— Ni de faire venir un jet privé jusqu'ici qui serait prêt à partir, termina Arrow.

— Si quelque chose se passe mal à l'aéroport, prenez David et tirez-vous de là, dit Dave, ignorant les éloges de son équipe.

Il avait fait ce qu'il fallait, et même s'il allait être redevable aux hommes qui l'avaient aidé à secourir sa famille pour le restant de ses jours, il ne le regretterait pas.

— Nous ne t'abandonnerons pas, dit Ball tandis qu'il tournait brusquement le volant vers la droite. Tout ce que nous avons à faire, c'est semer cette voiture qui nous suit, et nous serons libres.

Dave savait que ce n'était pas exactement vrai. Il pouvait lire entre les lignes de ce qu'avait dit Ro. Del Rio avait mobilisé son armée et ferait tout ce qu'il fallait pour l'empêcher de quitter le pays avec David et Raven. Il se sacrifierait lui-même si c'était ce qu'il fallait pour s'assurer qu'ils puissent s'échapper de l'enfer dans lequel ils avaient vécu.

Comme s'il pouvait lire dans ses pensées, Gray dit :

— N'y pense même pas, Dave. Nous allons tous embarquer dans cet avion. Ne fais rien de stupide. Ta femme a besoin de toi. Sans parler de ce petit gars.

Le minivan s'élança en avant tandis que Ball s'engageait sur l'une des autoroutes encerclant Lima.

— Nous allons jouer très serré ici dans un instant, dit-il en mettant les gaz. Ce type se montre un peu têtu. Mais ne vous inquiétez pas, je vais le semer dans une minute ou deux.

Dave s'appuya contre son siège et tint David un peu plus près de lui. Il mettrait sa vie entre les mains de Ball, et celle de son fils aussi, mais il ne faisait pas confiance aux autres conducteurs autour d'eux. Heureusement, l'autoroute était presque vide étant donné qu'il était encore tôt. Mais cela signifiait aussi que la personne qui les suivait pourrait le faire plus facilement.

Tout le monde resta silencieux tandis que Ball serpentait dans la faible circulation.

Ils étaient sur le point de dépasser une sortie quand, à la dernière seconde, Ball fit une embardée et coupa la route à un pick-up pour s'engager sur la bretelle de sortie. Il rit après quelques secondes et dit :

— À plus, pauvre type !

— Tu l'as semé ? demanda Arrow.

— Pour l'instant, confirma Ball.

— Comment sais-tu où nous sommes ? demanda Ro.

— J'ai étudié des cartes de la zone, dit Ball sans marquer de pause. Tu crois que je prendrais le risque de faire foirer toute la mission en me perdant ?

Ro émit un petit rire :

— Non, mais il y a une première fois à tout.

— Pas avec moi. Je suis un savant de la route, se vanta Ball. Je ne me perds jamais.

La tête de David n'arrêtait pas de pivoter, se tournant vers un homme puis l'autre tandis qu'ils parlaient.

Quinze minutes plus tard, Ball se gara dans la zone commerciale de l'aéroport international de Lima, de l'autre côté de la ville. Il respectait la limite de vitesse et ne conduisait pas comme un fou, comme il l'avait fait quelques minutes plus tôt.

— Tu as environ cinq minutes après nous avoir déposés pour garer ce truc quelque part et ramener tes fesses à l'intérieur, dit Gray à Ball.

L'équipe avait parlé de laisser le van sur le bord du trottoir, là où ils étaient arrivés à l'aéroport, mais ils décidèrent que cela attirerait plus d'attention sur eux que ce qu'ils souhaitaient.

— Je sais. J'ai compris. Je serai là.

Dave regarda son fils.

— D'accord, champion. Nous y sommes presque. Est-ce que tu peux être courageux juste un peu plus longtemps ?

Le petit garçon hocha la tête.

— Je n'ai pas peur, *Papá*.

— Bien. Ta maman va être tellement heureuse de te voir ! s'enthousiasma Dave.

À la seconde où Ball arrêta le minivan, Gray ouvrit la portière et ils marchèrent tous rapidement, mais pas trop vite, vers l'entrée.

Un homme s'avança dès qu'ils entrèrent dans le bâtiment.

— Monsieur Justice ?

— Qui veut le savoir ? demanda Arrow, se plaçant entre Dave et l'homme.

— Un ami de Rex, dit l'homme.

Tout le monde se détendit quelque peu et Dave s'avança.

— Merci pour votre aide.

L'homme hocha la tête et dit :

— Nous devons nous dépêcher. L'avion est prêt à partir, mais une grosse tempête se prépare et il vaudrait mieux que vous soyez partis quand elle arrivera.

Comprenant le message pas très énigmatique de l'homme, Dave acquiesça. Il se pencha en avant et prit David dans ses bras une fois de plus, sachant qu'il pourrait aller plus vite s'il le portait.

Le groupe commença à traverser le terminal et l'homme qui les avait accueillis à la porte demanda :

— Vous avez vos passeports.

Gray répondit.

— Oui, tout est en ordre. Il y a un membre du groupe en plus qui arrive. Il est en train de garer la voiture.

Approchant un téléphone portable de son oreille, l'homme hocha la tête et appuya sur un bouton pour appeler quelqu'un. Il prononça quelques mots puis raccrocha.

— Quelqu'un va le retrouver à la porte et l'escorter jusqu'à l'avion.

Dave ne fut pas surpris en voyant qu'ils n'avaient pas besoin de passer par le moindre point de sécurité. Ses connexions avaient conscience de l'importance de faire profil bas et, de toute évidence, ils avaient déjà huilé la mécanique qui devait l'être afin de s'assurer que leur départ serait le plus facile possible.

Leur escorte s'arrêta à côté d'une porte et l'ouvrit. Dave put voir un jet privé de taille moyenne en train d'attendre à environ quatre-vingt-dix mètres sur le tarmac. Le moteur était allumé et l'escalier était baissé.

Soupirant de soulagement, mais pas encore complète-ment à l'aise – il ne le serait pas avant qu'ils soient dans les airs – il se tourna vers l'homme et lui tendit la main.

Ils se serrèrent la main et Dave déclara :

— Dites à votre patron que je lui suis redevable.

L'homme secoua la tête.

— Il a dit que vous diriez cela et il m'a demandé de vous dire que vous êtes quittes à présent.

David sourit.

— Comment va sa fille ?

— Bien. Les choses ont été difficiles un moment, mais étant donné que vous l'avez trouvée si rapidement et que vous l'avez ramenée à la maison, elle s'en sortira.

Dave savait que ses amis écoutaient avec un grand intérêt, mais il se contenta de baisser le menton et de dire :

— Bien. C'est super.

— Faites bon voyage, dit l'homme avant de tourner la tête vers le terminal à nouveau.

Dave ne regarda pas derrière lui en se dirigeant vers l'avion. C'était comme s'il pouvait sentir les yeux de Raven sur lui. Il savait qu'elle était probablement paniquée et terriblement inquiète.

Il avait l'impression que sa vision était étroite en marchant vers l'avion. Il atteignit les escaliers et les monta deux par deux, clignant des yeux en ajustant sa vue entre le tarmac s'illuminant rapidement et l'intérieur lumineux de l'avion.

Il entendit le cri d'enthousiasme et de soulagement de Raven, puis elle fut à ses côtés.

Elle se jeta sur lui, enroulant ses bras autour de lui et de son fils en même temps.

— *Mamá* ! s'exclama joyeusement David.

Raven ne releva pas la tête, au contraire, elle la maintint collée à l'épaule de Dave tout en s'accrochant fermement à eux.

Sachant que son équipe devait monter dans l'avion

derrière lui, Dave la fit reculer jusqu'à ce qu'ils soient plus loin dans l'allée. Il embrassa sa tempe et dit doucement :

— Nous sommes là. Nous allons bien.

Il sentit Raven hocher la tête contre lui et prendre une profonde inspiration. Lorsqu'elle leva la tête, elle avait les larmes aux yeux, mais elle lui sourit.

— Salut.

— Salut, ma belle. Nous allons bien.

Puis, elle se tourna vers son fils.

— Salut, mon chou.

— *Mamá* ! Regarde ! C'est *Papá* ! Il nous a trouvés !

— Je le vois bien, dit Raven.

— Del Rio m'a emmené dans une maison toute petite avec une vieille femme. Elle n'était pas méchante, mais elle n'était pas très gentille non plus. Ensuite, *Papá* est venu avec monsieur Gray et monsieur Black et d'autres amis et il m'a sauvé ! Nous avons escaladé un mur très haut et *Papá* a énervé del Rio. Nous avons sauté du mur et nous avons marché et marché et marché. Ensuite, nous avons escaladé un arbre et nous avons dormi sur le toit d'une maison ! Sous une *bâche* ! C'était amusant. *Papá* et moi avons regardé les étoiles et il m'a raconté des histoires. Ensuite, il m'a fait tomber du toit et nous sommes montés dans une voiture qui roulait à toute vitesse d'un côté et de l'autre. Monsieur Ball conduisait et Papa a dit un gros mot. Maintenant, nous sommes ici, et nous allons aux États-Unis !

Les mots de David se bousculaient tandis qu'il faisait de son mieux pour raconter tout ce qu'il lui était arrivé au cours des dernières heures.

— Ouah, tout ça semble vraiment palpitant. Est-ce que tu as eu peur ? demanda Raven.

David secoua la tête.

— Au début. Mais quand *Papá* est arrivé, il m'a dit qu'il ne me ferait pas de mal, que je pourrais te voir bientôt, que nous pourrions manger ensemble et vivre dans la même maison.

Raven hocha la tête et prit une profonde inspiration avant de poser son front sur le torse de Dave à nouveau.

Il savait qu'elle faisait de son mieux pour garder son calme, et même s'il n'aimait pas qu'elle soit en train de pleurer, il aimait le fait qu'il s'agisse de larmes de joie.

— Je suis là ! dit Ball en entrant dans l'avion. Nous devons nous tirer d'ici. *Tout de suite.*

Les deux membres de l'équipage fermèrent la porte tandis que Dave incitait Raven à s'asseoir côte à côte avec David. Il se pencha et déposa un baiser sur le sommet de leurs crânes.

— Je reviens tout de suite. Attachez vos ceintures.

— Est-ce que tout va bien ? demanda Raven d'une voix tremblante.

Dave hocha la tête.

— Bien sûr.

Il se retourna pour s'éloigner et Raven lui attrapa la main. Il baissa les yeux vers elle et son cœur se renversa dans sa poitrine. Il pouvait à peine croire qu'il ne s'agissait pas d'un rêve. Qu'il l'avait enfin trouvée et qu'ils rentraient à la maison. Il lui serra la main puis se tourna vers l'avant de l'avion et le cockpit.

Il hocha la tête à l'attention de Zara et Gabriella en les dépassant et se fraya un chemin à travers les membres de son équipe – qui ignoraient tous les pauvres membres de l'équipage leur disant qu'ils devaient s'asseoir – pour atteindre la porte du cockpit.

Il passa la tête à l'intérieur et dit :

— Je suis Dave Justice. Et même si je suis vraiment ravi de vous voir, j'espère vraiment que vous n'êtes pas facilement intimidés, car j'ai le pressentiment que les choses sont sur le point de mal tourner.

L'homme assis à gauche hocha la tête. Il avait probablement une cinquantaine d'années.

— Je suis le Capitaine Mark Brown. Je vous présente mon copilote, Porter Hilliard. Nous avons tous les deux volé sur plus d'une centaine de missions pendant la Guerre du Golfe. Nous connaissons votre histoire, monsieur, et vous pouvez compter sur nous. Votre femme et votre enfant ont traversé suffisamment d'épreuves. Il est temps que vous rentriez tous chez vous.

Dave adressa un signe de tête aux deux hommes, aussi heureux que possible d'avoir deux vétérans aux commandes.

Mark leva une main et appuya sur le casque radio dans son oreille, et chaque muscle de son corps se tendit. Il retira le casque et commença à allumer des interrupteurs et à appuyer sur des boutons.

— Vous devriez probablement aller vous asseoir et attacher votre ceinture. Ça va sans doute être un décollage brutal.

Voyant des lumières du coin de l'œil, Dave regarda par l'une des vitres et vit un véhicule de police se diriger vers eux avec des lumières tournoyantes.

— Merde, marmonna-t-il.

Puis, se retournant vers le pilote, il demanda :

— Est-ce que nous pouvons décoller si on ne vous en a pas donné l'autorisation ?

— Je veux, oui, dit Porter, à la droite de Dave.

Il se retourna et dit à Meat, qui se tenait debout juste derrière lui :

— La situation est sur le point de devenir risquée. Va dire aux femmes de s'accrocher et tous les autres doivent mettre leur ceinture aussi.

— J'y vais.

Meat se retourna pour s'éloigner.

— Et toi ? demanda-t-il à Dave.

— J'arrive dans une seconde, lui dit Dave.

Il acquiesça puis se dépêcha de relayer l'information aux autres. Avant qu'il ne puisse partir, Dave l'arrêta en posant une main sur son épaule.

— Meat ?

— Oui ?

— Merci d'avoir veillé sur Raven pour moi et de les avoir amenées, elle et les autres, dans l'avion.

Meat hocha la tête.

— Pas de problème. Puis, il se retourna et se dirigea vers les rangées de sièges.

Dave vit le visage inquiet de Raven tandis qu'elle se penchait dans le couloir de l'avion, l'observant. Il lui adressa un rapide mouvement du menton puis se retourna vers le cockpit.

Ils avançaient maintenant le long de l'une des routes d'accès vers la piste. Il ne pouvait pas voir ce qu'il se passait derrière eux et demanda :

— Est-ce qu'ils nous suivent ?

Mark émit un petit rire.

— Je n'aurais jamais cru voir une voiture de police pour-chasser un putain d'avion et essayer de l'arrêter. Mais ne vous inquiétez pas, nous n'allons pas nous arrêter. Après tout ce que j'ai entendu à propos de ce que votre femme et vous avez subi, il faudra un peu plus que des lumières clignotantes pour m'obliger à le faire.

— Et en ce qui concerne l'autorisation ? Que disent-ils dans la radio ? demanda Dave en regardant Porter, qui portait encore un casque.

— Ils ne sont pas contents, monsieur, mais c'est vrai-ment dommage que je ne les comprenne pas bien avec leur accent.

Il lui adressa un clin d'œil.

— Ils nous ont donné l'autorisation plus tôt, et en ce qui me concerne, ils s'assurent juste que nous sommes prêts à partir.

Dave grimaça. Ces hommes mettaient leur carrière en jeu pour lui et son équipe. Il ne l'oublierait pas. Certes, ils étaient là parce qu'il avait demandé qu'on lui retourne d'énormes faveurs qui lui étaient dues, mais s'ils parvenaient à faire décoller cet avion et à le faire sortir de l'espace aérien péruvien, il leur serait redevable à jamais.

Il se tint debout derrière les hommes, respirant à peine tandis que le capitaine poussait le manche en avant. Le tournant au bout de la route pour rejoindre la piste était serré et il entendit Gabriella jurer en espagnol, derrière lui. Il avait entendu suffisamment de jurons dans cette langue depuis qu'il était arrivé au Pérou pour reconnaître son expression pour ce qu'elle était. Il ne bougea toujours pas pour mettre sa ceinture. Il ne pouvait pas le faire. Il était trop tendu. Prêt à ce que quelque chose d'horrible arrive pour les empêcher de décoller. Si les larbins de del Rio avaient été intelligents, ils se seraient mis *devant* l'avion, ils ne l'auraient pas pourchassé par-derrière.

Avec cette pensée en tête, il vit les lumières de la police avancer à toute vitesse vers la piste par la droite.

Leur temps était presque écoulé. Si les véhicules atteignaient la piste avant qu'ils aient décollé, ils n'y arriveraient pas.

— Youpi, espèce de fils de pute, marmonna Mark en se penchant en avant et en faisant vrombir les moteurs de l'avion à toute allure.

— Vol trois-deux-sept prêt au décollage, dit Porter dans la radio.

David s'accrocha aux dos des sièges des pilotes au point que ses doigts devinrent blancs. Il maintint le regard rivé sur les voitures de police qui s'approchaient rapidement. Ils ne ralentissaient pas et s'ils ne s'arrêtaient pas, ils mourraient tous dans une boule de feu massive.

— Allez, allez, marmonna Mark tandis que l'avion tremblait et vrombissait, accélérant de plus en plus tout en se précipitant sur la piste.

Il y avait au moins trois voitures de police en train de foncer sur eux par la droite, et qui sait combien d'autres derrière l'avion. Dave vit également deux Humvees militaires derrière les voitures de police. Del Rio avait appelé la cavalerie, aucun doute.

Il savait que si on les arrêtait et qu'on les mettait en garde à vue, il ne reverrait jamais sa femme et son fils, et son équipe, les hommes qu'il avait appris à aimer et à respecter comme des frères, passeraient des années enfermés dans une prison péruvienne tandis que les contacts de del Rio s'assureraient que leurs dossiers ne passent jamais devant un tribunal. Zara et Gabriella seraient sans doute faites prisonnières par del Rio aussi.

Et Dave lui-même serait torturé à mort et probablement obligé à regarder sa femme être agressée jour après jour, jusqu'à ce qu'ils deviennent tous les deux fous de douleur et de désespoir.

— Faites-nous sortir de là et je vous paierai personnellement un bonus d'un million de dollars chacun, dit Dave aux pilotes.

— Allez vous faire voir, dit Mark entre ses dents. Vous ne m'avez pas entendu dire que je connaissais votre histoire et que j'allais vous ramener chez vous ?

L'avion trembla encore plus tandis que le pilote le poussait jusqu'aux limites de ses capacités.

Dave retenait sa respiration et ne pouvait pas détourner le regard des lumières clignotantes qui les poursuivaient, de plus en plus vite. L'avion et les voitures faisaient un bras de fer. Un jeu qui finirait par tous les tuer si personne ne reculait.

Heureusement pour eux, la voiture de police de tête céda enfin.

Le conducteur appuya brusquement sur le frein avant que la voiture se précipite sur la piste, juste devant l'avion.

Les roues se soulevèrent du sol et Dave vit les hommes des voitures sortir à toute vitesse et lever leurs fusils, visant l'avion.

Il était trop tard. Ils étaient dans les airs.

Mais étaient-ils en sécurité ?

— Dave ? demanda une voix derrière lui.

Tressaillant tandis qu'une main touchait son dos, Dave se retourna pour trouver Raven debout devant lui. Son visage était pâle et elle tremblait. Sans un mot, Dave enroula ses bras autour d'elle et l'attira contre lui, se retournant pour faire face à l'avant de l'avion une fois de plus. Regardant par-dessus son épaule, il vit David assis avec Gray, qui lui montrait quelque chose du doigt par le hublot, détournant l'attention de l'enfant du décollage brutal.

Trébuchant quelque peu à cause de l'angle raide de l'avion, Dave stabilisa ses jambes et utilisa une main pour s'agripper à la porte du cockpit.

— Est-ce qu'ils vont nous abattre ? demanda Raven d'une voix tremblante.

Dave ouvrit la bouche pour répondre, mais Porter le devança.

— Non, madame. Ils n'oseront pas.

Dave n'était pas sûr d'être tout à fait d'accord avec le copilote, mais il ne le contredit pas. Cependant, il ne parvenait pas à se détendre. Pas avant qu'ils soient complètement hors de portée et hors du Pérou une bonne fois pour toutes.

Raven ne recula pas. Elle n'essaya pas de l'obliger à s'asseoir avec elle. Elle posa simplement sa tête sur son torse et s'accrocha à lui.

Il ignorait combien de temps s'était écoulé, mais les membres de l'équipage commencèrent à marcher dans le couloir demandant à tout le monde s'ils voulaient boire quelque chose, il sut donc qu'il était resté là, à fixer le pare-brise, pendant un long moment.

Ce ne fut pas avant que Mark, qui avait remis son casque, dise : « Dix-quatre. Vol trois-deux-sept, entrée dans l'espace aérien équatorien » que Dave sentit ses genoux céder.

Il ferma les yeux et se sentit sombrer doucement sur le sol. Raven s'accrocha à lui jusqu'au bout, et une fois qu'il fut par terre, elle se mit à califourchon sur ses jambes et s'en-roula autour de lui.

David devait avoir été en train de les observer, car il courut à l'avant et se blottit contre eux.

Ce fut à ce moment-là, et seulement à ce moment-là, avec sa femme et son fils dans ses bras, que Dave perdit le contrôle.

Il pleura la décennie qu'ils avaient perdue. Il pleura pour la douleur et la souffrance que Raven avait subies. Il pleura parce qu'il n'avait pas été présent pour l'aider à protéger David et qu'il n'avait pas été là pour sa naissance.

Mais par-dessus tout, il pleura parce qu'il avait réussi. Il avait trouvé Raven. Tout le monde avait dit qu'elle était morte et qu'il devrait aller de l'avant. Mais il n'en avait pas été capable. Sa vie s'était arrêtée le jour où Raven lui avait été enlevée, et il pouvait enfin en reprendre le cours.

Ils pouvaient tous les deux recommencer à vivre.

17

Plusieurs heures plus tard, après que l'avion avait atterri à l'aéroport de Colorado Springs, Mags était nerveuse. Dave et les autres l'avaient rassurée en lui disant qu'il n'y aurait pas de journalistes présents quand ils atterriraient. Personne n'était au courant des épreuves qu'elle avait traversées. En ce qui concernait l'aéroport, il s'agissait juste d'un jet privé ordinaire en train d'atterrir. Ils débarqueraient sur le tarmac et entreraient dans le terminal comme tous les autres voyageurs.

Elle avait été si soulagée de voir David et son mari entrer dans l'avion. Elle avait été rongée par l'inquiétude ; même si Meat et Black l'avaient rassurée à plusieurs reprises en lui disant que les choses se déroulaient comme prévu et qu'ils allaient bien, elle ne s'était pas détendue avant de les voir de ses propres yeux.

Après un décollage éreintant, dont Dave lui avait parlé une fois qu'ils étaient dans les airs depuis environ deux heures, le vol s'était déroulé sans incident. David avait été surexcité par son premier voyage en avion et il avait passé la plus grande partie du vol avec le nez collé au hublot. Il avait tant de choses à apprendre sur le monde, et à présent, elle pourrait l'emmener à l'école et lui donner tout ce dont il avait été privé au cours des quatre premières années et demie de sa vie.

Mags ignorait ce qu'elle allait faire d'elle-même, mais Dave l'avait rassurée en lui disant qu'elle n'avait pas à faire quoi que ce soit. Elle pourrait passer autant de temps qu'elle en aurait besoin à s'acclimater de nouveau à la vie aux États-Unis. Zara et elle avaient un peu discuté des difficultés qu'elle avait eues pour se sentir à l'aise pour réaliser les tâches les plus simples, comme faire les courses, et savoir qu'elle aurait Zara et Gabriella pour la soutenir la faisait se sentir un peu mieux.

Voir son mari s'écrouler lui avait presque brisé le cœur. Dave avait toujours été le plus fort des deux. Un homme, un vrai. Par conséquent, le voir pleurer comme s'il n'arrêterait jamais avait été déchirant et touchant à la fois. D'une manière ou d'une autre, elle savait qu'il laissait sortir toutes les émotions qu'il ne s'était pas permis de ressentir au cours de la décennie passée. Elle se sentait encore un peu engourdie, mais elle savait qu'elle aurait ses moments également dans un avenir proche.

Mais assise sur ses genoux, avec son fils sous un bras et tenant Dave de l'autre, Mags était exactement où elle le voulait. Dave ne lui ferait pas de mal. Jamais. Il les protégerait, elle et David, de sa vie. Elle ignorait si elle pourrait un jour être à nouveau une « vraie » épouse pour lui, mais elle décida à ce moment-là de faire tout ce qui était en son pouvoir pour essayer. Elle commencerait une thérapie, elle parlerait avec d'autres survivantes du trafic sexuel et elle ferait de son mieux pour ne pas donner à del Rio une seule seconde de plus de pouvoir sur elle.

Dave resta en arrière tandis que les autres sortaient de

l'avion et se dirigeaient vers le terminal. Il serra la main des deux pilotes et dit :

— Vous aurez très bientôt des nouvelles de mon comptable.

Le pilote lui jeta un regard noir et dit :

— Je serai ravi de recevoir une invitation à la fête d'anniversaire ou à la remise des diplômes de votre fils, mais si vous envoyez quoi que ce soit d'autre, je vais m'énerver.

— Pareil, dit le copilote. Nous en avons déjà parlé. Nous faisions notre travail, et je dois dire que ça a été vraiment amusant de faire un bras de fer avec ces salauds. Le seul remerciement dont j'ai besoin, c'est voir ces deux-là debout et souriants comme c'est le cas maintenant.

Il fit un signe de la tête vers Mags et David.

— D'accord. Mais si vous avez un jour besoin de *quoi que ce soit*, appelez-moi, dit Dave.

— Ce sera fait.

— Pas de problème.

Et sur ce, les deux hommes sortirent pour effectuer leurs vérifications de l'avion.

Dave la tourna vers lui et posa ses mains sur ses épaules. Quelques jours auparavant, cela aurait pu la faire paniquer, mais après ce qu'il s'était passé après le décollage, elle voyait son mari sous un autre jour.

— Il faut que je te le dise avant que tu entres là-dedans... tes parents sont là.

Mags le fixa d'un regard incrédule. Elle secoua la tête.

— Non... Je... Je ne suis pas sûre que ce soit une bonne idée.

— Chérie, fais-moi confiance. Ils ont été aussi dévastés que moi. Tout va bien se passer.

Elle ne pouvait pas s'empêcher de s'inquiéter. Elle savait que ses parents avaient déjà appris l'existence de son fils, mais cela ne rendait pas les retrouvailles imminentes beaucoup plus faciles. Cela faisait longtemps qu'elle ne les avait pas vus et même si elle souhaitait être la fille qu'ils connaissaient et aimaient, elle avait beaucoup changé.

— Tout ira bien, répéta Dave, lisant dans ses pensées, se penchant en avant et posant son front sur le sien. Ils ne pourraient pas être plus ravis pour David. Ils ont hâte de le rencontrer, mais par-dessus tout, ils ont simplement besoin de te voir de leurs propres yeux. Je les ai prévenus que juste après l'atterrissage n'était peut-être pas le meilleur moment, mais tu connais ton père, il n'allait pas attendre une seconde de plus pour te voir.

Mags avait peur. Elle savait qu'elle devait le faire. Bon sang, elle *voulait* voir ses parents. Elle s'était inquiétée pour eux pendant des années, se demandant s'ils allaient bien, s'ils étaient encore en vie. Entendre que c'était le cas et qu'ils allaient très bien avait été un grand soulagement. Mais les voir à ce moment-là ? Immédiatement ?

— Viens, dit Dave en tendant les bras vers David. Ils sont probablement en train de paniquer étant donné que les autres sont déjà à l'intérieur.

Mags le laissa prendre leur fils et se détendit un peu quand il lui prit la main. Elle leva les yeux vers lui.

— Tu seras là à chaque instant ?

— Juste à côté de toi. Et si quelqu'un dit quoi que ce soit de négatif – même si je ne pense pas que ça arrivera –, nous partirons.

— D'accord.

— D'accord.

Elle lui serra la main puis descendit l'étroit escalier et l'attendit en bas. Lorsqu'il arriva à ses côtés, il lui prit la main à nouveau et dit :

— Raven ?

— Oui ?

— Tous les autres seront là aussi.

Elle laissa échapper un petit rire et secoua la tête.

— Tu veux bien m'expliquer qui sont « tous les autres » ?

— Allye, et le fils qu'elle a avec Gray, Darby. Chloe, Harlow, Everly et Morgan, et la fille qu'elle a avec Arrow, Calinda.

— C'est tout ?

Dave haussa les épaules.

— Barbara Ellis, la propriétaire du studio de danse où Allye travaille, Nina Scofield et sa mère, Noah, l'une des serveuses du Pit. Peut-être Carrie, Julia Sue, Melinda, Ann, Lauren et Bethany. Je ne serais pas surpris si Loretta Royster et Edward venaient aussi. Oh, et bien entendu, Elise, la sœur d'Everly.

Mags ne put s'empêcher d'agiter à nouveau la main d'exaspération.

— Sérieusement ? Est-ce que je suis censée savoir qui sont tous ces gens ?

— Non, lui dit Dave en levant sa main vers ses lèvres et en déposant un baiser sur le dos de celle-ci. Je te préviens juste qu'il y aura du monde. J'ai en quelque sorte quitté très rapidement la ville quand j'ai découvert que Zara te connaissait.

— Alors, ils sont là pour toi, dit doucement Mags. Parce qu'ils t'admirent et qu'ils tiennent à toi.

— Je le suppose, admit Dave. Si ça te dérange, dis-le-moi et je vous ferai sortir, tes parents et toi, pour que vous puissiez discuter dans un endroit plus intime.

Mags secoua la tête. Elle était touchée de voir que tant de monde venait soutenir son mari. Oui, ils étaient probablement ravis qu'elle aille bien, mais ils ne la connaissaient pas. Ils connaissaient Dave. Il était important pour eux et ils voulaient s'assurer qu'il sache à quel point ils étaient heureux pour lui. Pour *eux*. Comment cela pourrait-il la déranger ?

Dave lui ouvrit la porte quand ils arrivèrent au bâtiment et elle prit une profonde inspiration. Elle avait rêvé de ce moment pendant dix longues années et elle pouvait à peine croire que tout cela était réel.

Ils montèrent un escalier et Dave lui ouvrit une autre porte. Ils entrèrent dans le petit aéroport et Raven dut sourire en voyant à quel point David avait les yeux écarquillés. Il s'imprégnait silencieusement de tout et avec le bel émerveillement d'un enfant. Elle avait hâte de l'emmener au zoo de Colorado Springs. Et au Musée des Enfants de Denver. Et dans un aquarium. Il avait été privé de tant de choses au cours des cinq premières années de sa vie et elle avait hâte de se faire pardonner auprès de lui.

Dave lui avait dit dans l'avion qu'il pensait que David était surdoué. Il pensait qu'il était extrêmement intelligent pour un enfant de son âge. Il ne s'exprimait même pas comme un enfant de quatre ans et demi. Mags le savait pratiquement déjà... et elle s'était inquiétée à ce sujet dans le passé. David n'avait eu aucun problème à apprendre à la fois l'anglais et l'espagnol et il avait commencé à parler à environ dix mois. Il avait absorbé tout ce qu'elle lui avait enseigné sur les nombres, les couleurs et toutes les autres choses auxquelles elle pouvait penser pour le divertir pendant les journées qu'ils passaient ensemble. Elle avait été fière, mais elle avait également craint ce que cela pourrait signifier au Pérou.

Toutes les pensées à propos de son fils lui sortirent de la tête dès qu'elle vit un grand groupe de gens en train de les attendre de l'autre côté du poste de sécurité. Marchant lentement, elle se sentit soudain nerveuse et elle demanda presque à Dave de la faire passer par une porte arrière pour qu'elle n'ait pas à faire face au comité de bienvenue.

Mais ensuite, elle aperçut une femme aux cheveux gris dans le groupe. Elle était debout à côté d'un homme grand et plus âgé. Il avait un bras autour de ses épaules et ils regardaient Mags comme s'il s'agissait d'un fantôme. Des larmes coulaient sur le visage de la femme et elle semblait à la fois dévastée et folle de joie.

Et, d'un coup, sa réticence disparut.

— Maman ? murmura-t-elle.

S'écartant de Dave, elle marcha plus rapidement, les yeux rivés sur sa mère. Des larmes se formèrent sans qu'elle le remarque et elle se mit à courir tout en s'approchant de plus en plus. Sa mère s'écarta de son père et tendit les bras.

Mags s'y précipita directement.

— Maman ! sanglota-t-elle tandis que l'odeur familière de lavande de sa mère l'entourait, tout comme ses bras.

Elles pleuraient toutes les deux et Mags ne pouvait pas s'arrêter. Elle était vraiment là. Dans les bras de sa mère. Elle n'était pas décédée pendant l'absence de Mags. En réalité, elle semblait plus forte à présent. Mags avait l'impression d'être la plus faible des deux.

Sa mère recula et posa ses mains sur les joues de Mags. Elles faisaient presque la même taille et tandis que Mags regardait sa mère dans les yeux, elle réalisa à quel point elles se ressemblaient.

— Je t'aime, Maman, murmura-t-elle.

— Laisse-moi juste te regarder, pleura Justine Crawford tout en tenant la tête de sa fille entre ses mains.

— Arrête de l'accaparer, se plaignit John Crawford en poussant délicatement sa femme de la hanche.

Mags rit et leva la tête vers son père, et elle vit qu'il avait également les larmes aux yeux. Elle le serra fortement dans ses bras, inhalant son odeur familière de cigarette. Il ne fumait que lorsqu'il était stressé et elle supposait qu'il l'avait probablement été beaucoup récemment. Sa mère détestait cette habitude et lui faisait sa fête chaque fois qu'elle le surprenait.

— Salut, Magpie, dit-il doucement en la serrant dans ses bras.

— Salut, Papa, répondit-elle, fermant les yeux de joie quand elle entendit le surnom que son père avait toujours utilisé pour elle.

Les voir encore ensemble fit sourire Mags. Elle avait toujours su qu'ils avaient une bonne relation, et après tout ce qu'elle avait subi, elle désirait ce genre de mariage aussi. Incapable de s'en empêcher, elle chercha Dave derrière elle.

À la seconde où leurs regards se croisèrent, il s'approcha. Il était resté à proximité, prêt à intervenir si nécessaire, tout comme il l'avait promis.

— Maman, Papa, j'aimerais vous présenter mon fils, David.

— Oh, ma parole, dit Justine à voix basse. C'est ton portrait craché.

Dave avança, serra la main de son père et retourna David pour qu'il soit face à eux.

— Champion, je te présente ta mamie et ton papi.

Il avait les yeux écarquillés. Il les regarda, puis se tourna vers sa mère, puis à nouveau vers Dave.

— Vraiment ?

— Vraiment, le rassura Dave.

David se tortilla dans ses bras et Dave se pencha en avant pour le poser par terre. David se précipita sur Justine et enroula ses bras autour de sa taille. Il posa sa tête sur son ventre et dit :

— J'ai toujours voulu avoir une mamie !

Mags vit de nouvelles larmes couler sur les joues de sa mère face à l'étreinte de son fils. Puis, David la lâcha et se déplaça pour faire face à son père. Il leva les yeux vers lui et sourit.

— Bonjour ! Je m'appelle David.

— Bonjour, David. Est-ce que tu as fait bon vol ?

C'était la bonne question à poser.

David hocha joyeusement la tête.

— Oui ! Je n'étais jamais monté dans un avion. Je pouvais presque tendre le bras et toucher les nuages ! Et les montagnes avaient l'air tellement petites, et nous avons volé au-dessus de l'océan ! Et j'ai pu manger des bretzels, et monsieur Meat m'a même apporté de l'*arroz con pollo* à manger et *Mamá* a eu son plat préféré, du *pollo empanada*. *Papá* et nos amis ont tous mangé des hamburgers. Et quand nous avons atterri, l'avion allait tellement vite. Zoooooom !

Il fendit l'air de sa main pour montrer exactement à quelle vitesse il pensait qu'ils avaient volé.

Mags observa son père s'accroupir devant lui.

— Vraiment ? Aussi vite que *ça* ?

David acquiesça. Puis, il inclina la tête et examina attentivement son nouveau grand-père.

— *Mamá* s'est perdue. Ensuite, elle m'a eu, et *Papá* nous a trouvés.

— Oui, effectivement. Et je ne pourrai jamais le remercier suffisamment pour ça, répondit son père, sa voix se brisant.

Puis, comme si David avait simplement dû dire les mots à voix haute à ses grands-parents et les entendre être confirmés, il hocha la tête et se retourna vers Dave.

Son mari se pencha en avant et le reprit dans ses bras.

— Un jour, j'aurai des bras comme des troncs d'arbre, comme mon *papá*, déclara David assez fort pour que tout le monde autour d'eux puisse l'entendre.

Tout le monde rit et Mags se serra contre Dave, passant un bras autour de sa taille. Elle regarda toutes les personnes qui lui souriaient et se détendit. Elle avait imaginé ce qu'elle ressentirait à ce moment-là si souvent, mais elle avait ignoré qu'il s'agirait d'une sensation aussi extraordinaire et profonde.

Elle était enfin à la maison. Et rien n'avait jamais été aussi bon.

* * *

Cette nuit-là, après être allés chez Gray et Allye pour une fête de bienvenue improvisée et après que David s'était endormi sur le trajet jusqu'à l'appartement dans le nouveau siège auto que Meat avait acheté, et après que Raven et David avaient inspecté son appartement de haut en bas, et après qu'ils s'étaient tous empilés sur le lit king size de la chambre principale, Dave observa sa femme et son fils dormir.

Pour la première fois depuis dix ans, il avait l'impression de pouvoir enfin respirer. Il savait où était sa femme. Elle était juste là. À côté de lui. Ce n'était pas une victime. Pas du tout. C'était une survivante. Elle avait traversé des épreuves qui en avaient brisées d'autres. Elle avait été battue, frappée et piétinée dans la poussière à plusieurs reprises. Mais elle s'était relevée chaque fois, plus forte et plus déterminée à survivre à tout ce que del Rio et ses partisans lui feraient subir.

Ne voulant pas la laisser une seule seconde, mais sachant qu'il lui restait une chose à faire avant de pouvoir enfin laisser partir la rage et la haine qu'il avait dans le cœur envers l'homme qui lui avait pris ce qui lui appartenait, ce qu'il n'avait *aucun droit* de prendre, Dave se glissa silencieusement hors du lit, faisant attention à ne bousculer ni sa femme ni son fils.

Il prit un téléphone satellite intraçable qu'il avait reçu de la part de l'un de ses contacts du FBI et sortit à pas feutrés de sa chambre. Il se dirigea vers le balcon et ouvrit la porte glissante en verre. Il pouvait voir le pic Pikes depuis son appartement et d'habitude, cela l'apaisait. Il ne pouvait pas le discerner dans le ciel nocturne, mais si cela avait été le cas, il n'y aurait prêté aucune attention cette nuit-là.

Il composa un numéro qu'il avait appris par cœur environ un an plus tôt et posa le téléphone contre son oreille.

— Silverstone Towing. Que puis-je faire pour vous aider ?

— C'est Rex. J'ai un travail pour toi.

— Rex ! Nous n'avons pas eu de tes nouvelles depuis un moment. Tout va bien ?

— J'ai retrouvé ma femme, dit Dave à l'homme à l'autre bout de la ligne.

— Sérieusement ? C'est génial, bordel !

L'homme marqua une pause, puis demanda :

— Je suppose que le travail a quelque chose à voir avec ça ?

— Effectivement. La mission aura lieu au Pérou. À Lima, pour être précis. Est-ce que c'est un problème ? demanda Dave.

— Tu sais bien que non. Envoie-moi les détails. On y jettera un œil et on verra ce qu'on peut faire.

— Merci. Et... Je veux que tu fasses en sorte que ce soit douloureux.

L'autre homme baissa la voix.

— Est-ce que Raven va s'en sortir ?

— Un jour. Mais j'ai besoin qu'il paie pour ça.

— C'est comme si c'était fait.

— Je t'en dois une, dit Dave à l'homme au bout de la ligne.

— Non. Ce coup-là est offert par la maison. Un remboursement pour toutes les fois où tu as aidé ceux qui ne pouvaient pas s'aider eux-mêmes.

— Merci.

— Si tu viens un jour dans les environs d'Indianapolis...

et que tu as besoin d'un remorquage... ça ne nous dérange-rait pas si tu passais au garage.

Dave émit un petit rire.

— Ce sera fait. Merci.

— Je suis content pour toi, Rex. Sérieusement. Nous allons nous occuper de ça. Contente-toi d'aller vivre ta vie comme tu n'as pas pu le faire au cours des dix dernières années. D'accord ?

— Je le ferai. Salut.

— Salut.

Dave raccrocha et soupira. Il ne ressentait même pas une pointe de culpabilité. En réalité, ses épaules semblaient dix fois plus légères après avoir passé cet appel. Il retourna à l'intérieur de l'appartement et verrouilla la porte coulis-sante en verre derrière lui. Puis, il se glissa dans sa chambre et sourit en voyant sa famille encore en train de dormir profondément. Il grimpa sous la couverture et se blottit contre le dos de sa femme. Elle ne bougea pas, ce qui prou-vait à quel point les derniers jours avaient été éprouvants.

Il ferma les yeux et sombra dans un profond sommeil. Le genre de sommeil qu'il n'avait pas eu depuis au moins trois mille six cent cinquante jours.

ÉPILOGUE

Deux mois après le retour

Dave était dans le canapé en train de regarder les informations de la nuit avec Raven. David dormait dans sa chambre. Ils étaient allés tous les deux chez le médecin pour faire un bilan de santé complet. Ils avaient tous les deux quelques carences en vitamines et Raven devrait voir un médecin régulièrement pendant au moins un moment, mais ce n'était pas inattendu. Ils avaient également vu un dentiste et un opticien et Dave les avait emmenés au centre commercial, quand Raven avait été prête, pour acheter quelques produits indispensables. David avait écarquillé les yeux en voyant les rangées de magasins et il avait presque pleuré lorsque Dave lui avait offert un sac rempli de nouveaux vêtements, quelque chose qu'il n'avait jamais eu de toute sa vie.

David avait également commencé à aller à la maternelle et il en adorait chaque seconde. Dave était tellement fier de l'enfant. David était nerveux et effrayé le premier jour, il n'était pas sûr que les autres l'apprécieraient, mais depuis, il était extraverti et populaire parmi les autres enfants. En réalité, pendant les week-ends, il était triste de ne pas pouvoir aller voir ses amis.

Ils avaient eu une longue conversation avec l'institutrice qui avait été d'accord pour dire qu'intellectuellement, David était largement en avance sur les autres. Elle avait suggéré qu'ils lui fassent passer un test de QI pour savoir exactement ce qu'il en était. Elle s'était également portée volontaire pour travailler attentivement avec David afin de s'assurer qu'il serait stimulé. Tout le monde était d'accord pour dire qu'il vaudrait mieux pour lui qu'il reste là où il était et qu'il ne soit pas envoyé dans une classe supérieure pour le moment. Il avait besoin d'être en contact avec des enfants de son âge et apprendre à socialiser avec autrui.

Gabriella s'épanouissait dans son nouveau pays. Elle avait vécu dans l'appartement avec eux pendant un moment et ils l'avaient aidée à déménager dans son propre foyer non loin de là à peine deux semaines auparavant. Elle s'était inscrite à un cours d'anglais comme seconde langue et elle apprenait incroyablement vite. Pendant la journée, elle était soit en classe, soit en train de travailler avec Harlow. Les deux femmes s'étaient immédiatement entendues et Gabriella était en train de devenir une cheffe excellente. Le soir, elle allait généralement rendre visite à Raven et David.

Et Raven avait commencé à accompagner Dave au Pit. Au début, elle était extrêmement nerveuse, même avec le peu de clients qui venaient pendant la journée. Les hommes la mettaient encore mal à l'aise et chaque fois que Dave pensait à la raison, il devait contrôler sa rage.

Cependant, curieusement, quand elle travaillait avec lui derrière le bar, elle semblait aller bien. Ils avaient supposé qu'étant donné qu'il était avec elle, et que le comptoir se trouvait entre elle et les gens, cela lui offrait la bulle de protection dont sa psyché avait besoin.

Dave adorait l'avoir près de lui. Il adorait travailler côte à côte avec elle. C'était littéralement un rêve qui se réalisait, pour tous les deux. Par conséquent, pendant la journée, ils tenaient le bar, et dans l'après-midi, ils allaient chercher David ensemble et passaient leurs soirées à rire et à réapprendre comment être un mari et une femme, ainsi qu'une famille.

Chaque soir, ils lisaient tous les deux une histoire à David, puis ils le bordaient et s'asseyaient l'un à côté de l'autre dans le canapé. C'était devenu leur nouvelle tradition. Parfois, ils regardaient la télévision. Parfois, ils discutaient. Parfois, ils lisaient des livres. Mais peu importe ce qu'ils faisaient, ils le faisaient ensemble, en se touchant. Ils se tenaient la main, ou Raven s'appuyait contre lui ou posait ses jambes sur ses genoux tout en utilisant l'accoudoir du canapé comme oreiller.

Dave se délectait de ces moments. Dans le passé, il s'était assis sur ce canapé et avait regardé dans le vide, se torturant en se demandant ce que sa femme était en train de faire au même moment. Se demandant s'il aurait un jour la chance de lui dire à quel point il tenait à elle.

Ils vivaient encore dans l'appartement de Dave, mais ils avaient parlé avec un agent immobilier et écumé les petites annonces pour voir s'ils pouvaient trouver une maison sur quelques hectares ou un terrain sur lequel ils pourraient construire une modeste maison où ils pourraient vivre le reste de leurs vies en paix.

Dave était perdu dans ses pensées à propos de l'une des maisons qu'ils avaient vues en ligne plus tôt quand Raven poussa un petit cri. Se raidissant, il fut immédiatement en alerte.

Raven agrippa fortement son avant-bras, mais son regard était rivé sur l'écran de télévision. Les yeux de Dave se tournèrent brusquement pour voir ce qui avait alarmé sa femme. La présentatrice des informations était assise derrière un bureau sur le plateau et une photographie de Roberto del Rio en personne était superposée sur son épaule gauche.

— *L'homme connu sous le nom de del Rio a été découvert mort aujourd'hui dans son établissement tentaculaire de Lima, au Pérou. Les détails sont sommaires, mais d'après les photographies de la scène de crime, une source interne a suggéré qu'il s'agirait d'un homicide, dû à la nature macabre de la scène. Del Rio était soupçonné depuis longtemps d'être à la tête d'une gigantesque opération de trafic sexuel et quand la police a pris d'assaut l'établissement, des preuves de pornographie pédophile ont été trouvées, ainsi que des douzaines de jeunes femmes provenant d'Amérique Centrale et d'Amérique du Sud ainsi que de pays du monde entier. Certaines sources supposent que del Rio aurait pu être la cible de factions criminelles rivales.*

Lima lutte depuis longtemps contre la corruption dans la police, l'armée et les agences du gouvernement, et en plus des femmes et de la pornographie, des armes, de la drogue et des listes de noms ont également été trouvées à l'intérieur de la maison. On suppose que les listes correspondent aux personnes extorquées par del Rio, et peut-être d'autres personnes qu'il payait pour fermer les yeux sur son opération. Notre source indique qu'il faudra des mois, voire des années, pour ordonner ce désordre et que des centaines de personnes perdront certainement leur emploi en conséquence de la corruption. Des milliers d'affaires dans les tribunaux péruviens devront également être réexaminés. Des centaines de victimes innocentes pourraient être libérées des prisons péruviennes, une fois que l'étendue de la corruption sera mise en lumière.

Des experts avertissent que dans les mois à venir, il y aura une lutte de pouvoir à Lima parmi ceux qui pourraient vouloir reprendre les choses là où del Rio les a laissées. Nous vous ferons part de nouvelles informations au fur et à mesure de leur arrivée à propos de cette situation constamment actualisée au Pérou. Tom, quelle sera la météo demain ?

Raven recula et se tourna vers Dave.

— Oh, mon Dieu... est-ce que c'est vrai ? Est-ce qu'il est vraiment mort ? Est-ce que nous sommes vraiment libres ?

Dave attira sa femme à ses côtés, reconnaissant qu'elle ne tressaille plus quand il bougeait trop vite ou qu'il la prenait dans ses bras.

— Si ça passe aux informations, ça doit être vrai, lui dit-il.

— Je n'arrive pas à y croire. Je... intellectuellement, je savais que j'étais en sécurité ici. Je veux dire, il est là-bas au Pérou et je suis ici, mais une partie de moi n'arrivait pas à se détendre. Il m'a eue quand j'étais à Las Vegas. Je n'étais pas sûre qu'il ne soit pas suffisamment en colère que nous nous soyons enfuis pour ne pas envoyer quelqu'un nous enlever à nouveau, David et moi. Mais... si c'est vraiment vrai... nous pouvons vraiment nous détendre ! Tu ne penses pas que quelqu'un d'autre pourrait venir ici pour se venger, si ? demanda-t-elle d'une voix légèrement tremblante.

— Impossible, chérie. Comme l'a dit la femme aux informations, tout le monde va être beaucoup trop occupé à essayer de sauver leurs fesses ou de s'élever au sommet pour s'inquiéter à propos de toi. Ou de moi. Ou de David.

Il déposa un baiser sur sa tempe.

— Et tu as raison. Nous sommes libres. Libres de vivre nos vies comme nous aurions dû le faire au cours des dix dernières années. D'être heureux. De voir notre fils grandir et prospérer. De passer du temps avec nos amis et de rire des choses les plus stupides.

Il était prêt à consoler Raven si elle se mettait à pleurer, mais il n'aurait pas dû être surpris quand elle se redressa à côté de lui avec un sourire radieux. Pas une larme en vue.

— Je sais que c'est mal de fêter la mort d'un autre être

humain, mais je m'en fiche. Est-ce qu'il nous reste de la glace, ou est-ce que David a tout mangé ce soir ?

David lui rendit son sourire.

— Je pourrais bien avoir caché un demi-litre dans le fond du congélateur pour qu'il ne le trouve pas et qu'il ne nous supplie pas d'en avoir « une boule de plus ».

Raven rit, un son tellement insouciant.

— Tu connais bien ton fils.

Le cœur de Dave lui donna l'impression d'être sur le point d'exploser.

— Effectivement, acquiesça-t-il.

Puis, il se leva et attira Raven sur pied à côté de lui. Il enroula son bras autour de sa taille et ils entrèrent dans la cuisine ensemble. Il sortit le demi-litre de glace avec double dose de morceaux de chocolat et une pointe de caramel, la glace que sa femme préférait en ce moment, pendant qu'elle prenait deux cuillères. Ils sortirent sur le balcon et Dave l'attira sur ses genoux.

Ils étaient tous les deux perdus dans leurs pensées tout en prenant des cuillérées de glace dans le pot l'un après l'autre et en regardant les étoiles.

— Merci de ne pas avoir cessé de me chercher, dit Raven après un long moment.

— Merci à *toi* de ne pas avoir abandonné, rétorqua Dave.

Plus tard, quand ils eurent fini la glace, ils entrèrent dans la chambre principale et, comme tous les soirs depuis deux mois, ils se préparèrent pour aller au lit puis se blottirent l'un contre l'autre sous les couvertures.

— Dave ?

— Oui, chérie ?

— Je ne suis pas prête pour l'instant, mais... un soir, je vais avoir envie que tu me fasses l'amour.

Une fois de plus, Dave eut l'impression que son cœur allait exploser dans sa poitrine. Il était tellement fier de sa femme. C'était la personne la plus courageuse et la plus forte qu'il ait connue au cours de sa vie.

Il ne voulait pas dénigrer son courage en lui disant qu'il n'avait pas besoin de sexe. Par conséquent, il dit simplement :

— D'accord, mon amour.

* * *

Trois mois après le retour

Dave était assis à la table se trouvant dans l'arrière-boutique du Pit et regardait les hommes des Mercenaires Rebelles. Ils lui avaient demandé une réunion et bien entendu, il avait accepté. Il appréciait d'être assis là avec eux plutôt que de leur parler au téléphone de manière anonyme, comme il l'avait fait avant qu'ils découvrent qu'il était leur officier traitant, Rex.

Comme l'homme pragmatique qu'il était, Gray s'éclaircit la gorge et alla droit au but.

— Nous en parlons depuis un moment et nous aimerions savoir si tu envisagerais de faire en sorte que les Mercenaires Rebelles ne s'occupent que de cas nationaux à partir de maintenant.

La requête était directe, mais pas totalement inattendue.

Dave connaissait extrêmement bien son équipe. Il les observait et les dirigeait depuis maintenant des années. Il avait perçu un changement dans leurs priorités, à commencer par Gray quand il avait rencontré Allye. Il n'en avait pas été complètement ravi, il avait craint que cela fasse obstacle à la mission de sauvetage de sa femme, s'il la trouvait un jour. Mais après avoir vu de ses propres yeux à quel point les choses pouvaient être dangereuses dans les missions à l'étranger, il avait changé d'avis.

Ce n'était pas comme s'il ne savait pas que ses hommes

avaient fait face au danger à chaque mission, mais il s'agissait d'autre chose que des balles et de mettre leurs vies en péril. Il s'agissait de faire face à la barrière linguistique, à la corruption et même à la menace d'être jeté dans une prison étrangère glauque sans issue.

Et ils devaient tous s'occuper de leurs familles à présent. Des femmes et des enfants qui comptaient sur eux et qui les aimaient. Toute l'équipe avait pris trois mois de vacances depuis leur retour du Pérou et Dave avait vu la différence que cela avait causée chez eux. Ils étaient plus détendus. Ils riaient plus. Ils étaient moins stressés.

Black avait annoncé à tout le monde que Harlow était enceinte et Meat et Arrow s'étaient mariés. Calinda et Darby grandissaient comme de l'herbe et au moins une fois par jour, un ou plusieurs membres du groupe passaient au Pit pour saluer Raven et discuter.

Tout en regardant ses hommes, Dave dit :

— Il est peut-être temps que les Mercenaires Rebelles prennent leur retraite.

Comme si cela avait été planifié, les six hommes désapprouvèrent en chœur.

— Non !

— Ce n'est pas ce que je voulais dire !

— Absolument pas !

— Nous ne pouvons pas nous dissoudre !

— Qu'est-ce que tu racontes, bordel ?

— Ce n'est pas ce que nous voulons !

Ils rirent tous en voyant qu'ils s'étaient emportés simultanément. Ro se pencha en avant et parla pour le groupe.

— Nous ne voulons pas arrêter de faire ce que nous faisons. Il y a encore des milliers de femmes et d'enfants là dehors qui ont besoin de notre aide. C'est juste que les missions à l'étranger nous emmènent loin de nos familles pendant de longues périodes. Et elles sont plus imprévisibles. Nous ne voulons pas démissionner, simplement changer notre axe. Mais si ça ne te convient pas, nous ne démissionnerons pas non plus. Nous demanderons seulement plus de temps entre les missions.

— Marché conclu, dit Dave sans hésiter. Je me concentrerai sur la recherche de ceux qui ont disparu aux États-Unis.

— Juste comme ça ? demanda Ball.

— Juste comme ça, confirma Dave.

— Et si nous trouvons des informations à propos de quelqu'un comme Morgan, qui a été emmené en dehors des États-Unis et qui a besoin d'être secouru ? demanda Meat.

— Dans ce cas, je passerai les informations à l'un de mes contacts, dit Dave, s'appuyant contre le dossier de sa chaise et croisant les bras.

— Un de tes contacts, répéta Arrow.

— Oui, dit Dave.

— Combien d'équipes est-ce que tu diriges ? demanda Black.

— Juste celle-ci, dit Dave afin de rassurer ses amis. Mais je connais d'autres groupes semblables au nôtre. Sans parler de mes contacts avec le FBI, la CIA, les chefs de police et les dirigeants de plusieurs Mafias et organisations de la pègre qui ne sont pas impliqués dans le trafic d'êtres humains.

Gray se contenta de secouer la tête.

— Je savais que tu étais bien connecté, mais nous n'en savons toujours pas la moitié, pas vrai ?

Dave n'afficha même pas un petit sourire.

— Non.

— D'accord, dit Gray. Dans ce cas, c'est réglé.

— Oui.

— Ça a été bien plus facile que ce que je pensais, admit Ball. D'habitude, tu es une sacrée tête de mule, Rex.

À ces mots, Dave sourit.

— Merci.

— Ce n'était pas un compliment, marmonna Ball.

Puis, il sortit une enveloppe de sa poche et la lança sur la table en direction de Dave.

— Qu'est-ce que c'est ? demanda-t-il.

— Tu es têtu, dit Ball. Mais nous le sommes davantage. Tu prends ça, et nous n'accepterons pas de refus.

Se penchant en avant, Dave prit l'enveloppe et sortit les documents qui se trouvaient à l'intérieur. Il lui fallut une minute pour comprendre ce qu'il avait devant les yeux, mais quand ce fut le cas, il leva brusquement la tête et regarda son équipe d'un air choqué.

— C'est seize hectares de terrain près de Monument. Tu es directement responsable pour le fait que nous ayons rencontré nos femmes et pour avoir aidé des centaines d'autres. Ce monde serait un endroit bien pire sans toi. Nous savons que tu cherches un endroit où t'installer avec ta famille et ce terrain est parfait. Il est isolé, mais pas suffisamment loin de tout pour qu'il n'y ait pas de téléphone, Internet ou d'infrastructure en place pour l'eau, l'électricité et la fosse septique. La vue au nord de la propriété est hors pair, car il y a un promontoire qui donne sur une vallée montagneuse en contrebas. Tu peux construire une maison aussi grande ou aussi petite que tu le désires. Mais ce que tu ne peux *pas* faire, c'est refuser notre cadeau.

Dave ne savait pas quoi dire. Il n'avait pas l'impression d'avoir fait quoi que ce soit de spécial. Après tout, il avait formé les Mercenaires Rebelles pour des raisons extrêmement égoïstes. Il avait cherché son épouse et il avait trouvé d'autres femmes et enfants en chemin. Mais en regardant les hommes à qui il confierait sa vie – et plus important encore, à qui il confierait la vie de sa femme et de son enfant –, il hocha la tête et dit simplement :

— Merci.

* * *

Sept mois après le retour

Mags se tenait sur le promontoire de leur propriété et leva les yeux vers son mari. Le vent soufflait légèrement et, à ce moment-là, il n'y avait rien d'autre que le son des oiseaux sifflant tout autour d'eux. Ils étaient seuls – enfin... presque seuls –, quelque chose qui n'arrivait plus souvent.

Dave se tint devant elle, ses mains prenant les siennes tandis qu'ils se faisaient face.

Quand Dave lui avait demandé de l'épouser à nouveau au Pérou, Mags avait dit oui. Ils auraient pu organiser une grande cérémonie devant leur famille et leurs amis, mais lorsque Dave avait proposé cela, un échange simple, mais significatif de leurs nouveaux vœux où ils ne seraient que tous les deux, elle avait sauté sur l'occasion.

Ils avaient tous les deux vécu un enfer. Un enfer différent, mais un enfer quand même. Et, d'une manière ou d'une autre, réaffirmer leurs vœux simplement tous les deux avait semblé la bonne chose à faire.

Leur famille et leurs amis les attendaient au Pit. Gabriella et Harlow avaient préparé toute la nourriture et il y aurait plus de cinquante personnes présentes pour les aider à célébrer l'occasion. Mais pour le moment, ils n'avaient d'yeux que l'un pour l'autre.

— Margaret Crawford Justice, tu es l'amour de ma vie. Tu es la raison pour laquelle mon cœur bat et tu me donnes le courage de sortir du lit chaque jour et de faire face au monde. Je suis émerveillé par toi et je suis plus fier que je puisse l'exprimer pour ton courage et ta force. Tu es une guerrière jusqu'au bout des ongles, dit Dave en la regardant dans les yeux. Le vent fit voler ses cheveux sur son visage, mais avant qu'elle puisse lever une main pour les écarter, celle de Dave était là. Mags frémit tandis que le bout de ses doigts effleurait la peau sensible de son oreille.

— La seule chose qui m'a permis d'avancer quand tu étais absente était la promesse de pouvoir un jour voir tes yeux bleus de nouveau. Je te fais le vœu solennel ici et maintenant de toujours être là pour toi. Je ne te tromperai jamais. Je ne lèverai jamais la main sur toi ou sur notre fils. Je ferai tout ce qu'il faut pour te donner ce que tu souhaites et ce dont tu as besoin. Je t'aimerai pour le restant de mes jours et même après cela. Tu as mon cœur et mon âme dans tes mains, Raven, et je ne voudrais pas qu'il en soit autrement.

Mags se perdit dans les yeux marron et profonds de Dave pendant qu'il parlait. Elle aurait juré pouvoir voir l'amour briller et émaner d'eux. C'était fantaisiste et stupide, mais elle n'avait jamais oublié à quel point ses yeux étaient expressifs. Elle ignorait comment elle avait pu avoir autant de chance.

— La seule chose qui *m'a* permis d'aller de l'avant, c'était de penser à toi, dit Mags en commençant ses vœux.

Elle n'avait pas prévu quoi que ce soit, souhaitant que ses mots viennent du cœur et qu'ils correspondent au moment présent.

— J'avais envie d'abandonner. Je voulais trouver un moyen de m'ôter la vie, mais je ne pouvais pas le faire. Je savais que tu me cherchais. Je *savais* que tu ferais tout ce qu'il faudrait pour me trouver... et tu l'as fait. Je n'ai pas essayé de te contacter quand j'en ai eu l'occasion, non pas parce que je ne pensais pas que tu m'aimerais, mais parce que je ne pensais plus mériter ton amour. Mais il m'a fallu moins de deux semaines après que tu m'as trouvée pour changer ma façon de penser, et pour regretter de ne pas avoir trouvé un moyen de te faire savoir que j'étais en vie, et de te demander de venir nous chercher, David et moi.

L'amour soigne toutes les blessures, et même si je n'oubliais jamais ce qu'il m'est arrivé, ton amour m'a aidé à prendre les jours les uns après les autres et à apprécier et vivre le moment présent chaque jour depuis lors. Je t'aime, David Justice. Je ne te tromperai jamais et je serai à tes côtés pour te soutenir chaque jour pour le reste de nos vies. Merci de m'avoir trouvée. Merci de ne pas avoir abandonné. Mais par-dessus tout, merci de m'aimer.

Dave leva son autre main et prit sa tête entre ses paumes, se penchant lentement en avant et effleurant ses lèvres des siennes. Puis, il le fit encore et encore... jusqu'à ce que Mags soit tellement excitée, et frustrée par sa douceur, qu'elle jette une main dans les cheveux de l'arrière de sa tête et qu'elle grogne contre lui.

Sa passion soudaine le surprit. Mags aimait son mari, mais elle avait craint que sa libido ait été supprimée pour toujours. Découvrir qu'elle désirait soudain profondément Dave était surprenant... et représentait un grand soulagement.

Elle sentit ses lèvres s'étirer en un sourire, mais il n'approfondit pas leur baiser.

Il avait fait tellement attention à ne pas s'imposer à elle. Ne faisant rien qui pourrait lui ramener ses démons à la surface. Par conséquent, Raven prit le contrôle, lui montrant ce qu'elle voulait. Ce dont elle avait besoin.

Mettant sa langue dans sa bouche, elle lui donna le genre de baiser qu'elle n'avait pas eu depuis des années.

Il gémit, et elle sentit son érection contre son ventre. Mais pour la première fois depuis très longtemps, Mags ne fut pas rebutée. Elle n'était pas effrayée par l'excitation d'un homme.

Se sentant étourdie en voyant que son corps réagissait comme il l'avait toujours fait avec Dave avant qu'elle soit enlevée, elle s'offrit à lui. Son mari.

Mags ignorait combien de temps ils s'embrassèrent sur

le promontoire. Mais une grande pétarade résonna non loin de là et elle s'écarta en riant.

— Tant pis pour notre cérémonie romantique de renouvellement des vœux, dit Dave avec dégoût.

Mags enroula ses bras autour de lui et posa sa tête sur son torse.

— Plus vite ils construiront la maison, plus vite nous pourrons venir y habiter, lui rappela-t-elle.

L'équipe de construction était en train de travailler sur la maison de leurs rêves. Dave avait voulu leur donner une journée de congé pour qu'ils puissent avoir la propriété pour eux seuls quand ils prononceraient leurs vœux, mais Raven avait refusé, disant que chaque jour où ils ne travaillaient pas était un jour de plus où ils ne pourraient pas y emménager. Il avait accepté à contrecœur.

— Je t'aime, Dave. Tu es tout pour moi.

— Les mots semblent tellement... pauvres... en comparaison avec ce que je ressens pour toi, répondit Dave.

Raven lui sourit, et rougit de honte quand son estomac choisit ce moment-là pour gronder. Bruyamment.

Ce fut au tour de Dave de rire.

— On dirait que je dois nourrir ma femme, dit-il. Viens. Je suis sûr que David rend tout le monde fou avec son impatience de prendre une part de gâteau.

Tandis qu'ils s'éloignaient du promontoire et qu'ils s'approchaient de la voiture de Dave, Mags dit :

— À qui la faute s'il aime énormément les sucreries ?

— La mienne, admit immédiatement Dave sans la moindre honte.

Mags ne put que secouer la tête. Au fond, ça lui était égal que Dave gâte leur fils. Il essayait de se rattraper pour les quatre premières années et demie de sa vie pendant lesquelles on lui avait refusé presque tout : la nourriture, l'amour, les amis.

Dave lui ouvrit la portière et attendit qu'elle soit installée sur le siège passager avant d'aller de l'autre côté. Avant de démarrer le moteur, il se pencha et posa ses doigts sur le menton de Raven. Il lui tourna la tête et l'embrassa délicatement.

— Je t'aime, Raven.

— Je t'aime aussi.

Tandis qu'ils roulaient vers le Pit et l'énorme fête qui les attendait, Mags s'émerveilla à nouveau en réalisant à quel point elle avait de la chance d'avoir cet homme à ses côtés. Il était patient et aimant, et il lui était complètement dévoué. Il avait des torts, mais il était difficile de leur accorder beaucoup d'importance étant donné qu'il était tellement incroyable de bien des façons.

Bientôt, elle rassemblerait le courage de lui prouver physiquement à quel point il était important pour elle. À un moment, elle avait vraiment pensé qu'elle ne serait jamais capable de partager à nouveau son corps avec un homme. Doucement, mais sûrement, Dave avait ressuscité son désir et elle attendait avec impatience le jour où elle serait capable de faire l'amour avec son mari... et de se débarrasser du passé une fois pour toutes.

Un an après le retour

Dave n'arrivait pas à croire que la maison était enfin construite. Ils avaient enfin emménagé.

Cela ne l'avait pas dérangé de vivre dans un appartement pendant tant d'années, il n'avait pas accordé d'importance à grand-chose d'autre que trouver sa femme. Mais maintenant qu'il avait récupéré Raven depuis un an et qu'il avait le privilège de voir leur fils se transformer en un enfant équilibré et heureux, il ne pouvait pas imaginer vivre à nouveau dans un espace aussi petit et exigu.

Leur maison était un mélange entre sa vision et celle de Raven. Des fenêtres en verre étaient alignées d'un côté, leur permettant de voir la beauté du terrain à n'importe quelle heure du jour ou de la nuit. Il avait construit une terrasse en bois extra large et avait même fait bâtir un petit belvédère sur le promontoire.

Toute l'équipe des Mercenaires Rebelles et leurs femmes avaient participé pour les aider à déménager leurs meubles et ils avaient fait un barbecue improvisé ensuite, et Dave ne se rappelait pas avoir été heureux et satisfait à ce point.

David s'était endormi presque à la seconde où sa tête avait touché l'oreiller. Il était enthousiaste à l'idée de dormir dans sa chambre, et même si Dave savait que Raven était un peu triste qu'il semble devenir aussi indépendant, elle était ravie qu'il ne semble pas avoir peur d'être dans une nouvelle chambre, dans une nouvelle maison.

Raven était montée à l'étage environ dix minutes auparavant pendant que Dave finissait de mettre ce qu'il restait de vaisselle sale dans le lave-vaisselle. À présent, il allait à l'étage, dans leur chambre, impatient de prendre sa femme dans ses bras et de passer leur première nuit dans leur nouvelle maison ainsi.

Il ouvrit la porte de l'énorme et splendide chambre principale qu'il avait conçue en pensant à sa femme, et il s'immobilisa face à la vue qui l'accueillit.

Rave était debout juste à côté de leur lit, portant un négligé blanc très court.

Lorsqu'elle le vit, elle sourit.

— Il était temps que tu arrives, le taquina-t-elle. Je croyais que tu ne finirais jamais, en bas.

Dave ne savait pas quoi dire. Il avait toujours trouvé sa

femme attirante, mais ce qu'il aimait le plus à propos d'elle était ce qu'elle était en tant que personne. Même s'il ne pouvait pas nier que la voir debout là sans rien de plus qu'un bout de dentelle l'excitait.

— Raven ? dit-il d'une voix hésitante, ne voulant pas mal interpréter ses intentions.

— Il est temps. Je suis prête, lui dit-elle.

Dave marcha lentement vers elle et s'arrêta à soixante centimètres, lui donnant de l'espace.

— Prête pour quoi ? demanda-t-il, souhaitant qu'elle lui dise exactement quelles étaient ses attentes.

— Prête à faire l'amour avec mon mari. Prête à mettre le passé derrière moi une bonne fois pour toutes.

— Tu es sûre ? murmura Dave.

— À cent pour cent. Je ne dis pas que ce sera facile, ou que je n'aurais aucun mauvais moment, mais je n'ai aucun doute quant au fait que tu seras prudent avec moi et que tu ne me demanderas rien que je ne puisse pas te donner.

— Bien sûr que non, je ne le ferai pas, marmonna Dave.

Puis, il prit lentement l'ourlet de son tee-shirt et le passa au-dessus de sa tête. Il adorait le regard plein de désir dans les yeux de Raven. Il avait rêvé de ce moment, et c'était tellement mieux que ce qu'il avait imaginé. Il retira son pantalon et ses chaussettes, gardant son caleçon pour le moment. Étant donné à quel point il était excité, celui-ci ne laissait rien à l'imagination, mais Raven n'hésita pas. Elle parcourut la distance qui les séparait et se colla à lui.

* * *

Mags était nerveuse, mais pas à cause de ce que son mari pourrait faire. Elle n'était pas sûre de ses propres réactions. Elle voulait faire cela. Elle avait besoin de faire l'amour avec son époux. Mais même si elle était cent pour cent consentante, elle n'était pas certaine de savoir comment son corps pourrait réagir inconsciemment.

Tandis qu'elle enroulait ses bras autour de Dave et qu'elle sentait son érection contre son ventre, elle ne fut pas révulsée le moins du monde. Elle inhala profondément, et l'odeur de son mari remplit ses narines. Il ne sentait pas comme les autres. Son contact n'était pas comme celui des autres non plus. Il était imposant. Il l'encerclait et la faisait se sentir en sécurité.

— Tu es sûre ? lui murmura Dave à l'oreille.

Pour toute réponse, Mags recula, passa ses mains dans son caleçon et prit ses fesses dans ses paumes. Les muscles étaient tendus et elle sourit en enfonçant d'un air joueur ses ongles dans la peau sensible.

— Je suis sûre, lui dit-elle avant de déplacer ses mains vers ses hanches et de baisser lentement son sous-vêtement jusqu'à ce qu'il soit debout devant elle complètement nu.

Elle fit un pas en arrière, maintenant une main sur son biceps tandis qu'elle l'examinait. Bon sang, qu'il était beau ! Même s'il était à la fin de la quarantaine, il était plus séduisant que dans ses souvenirs, une décennie auparavant. Ses cuisses étaient gonflées de muscles et bien qu'il n'ait pas d'abdominaux, il n'était pas gros. Il avait quelques poils sur le torse dans lesquels elle adorait passer ses doigts quand ils étaient au lit ensemble.

Mais c'était de son sexe qu'elle ne pouvait pas détourner le regard à présent.

C'était un homme imposant, partout. Cela n'avait pas changé au cours de la dernière décennie. Cela faisait longtemps qu'elle n'avait pas apprécié le sexe, mais le voir debout devant elle dans toute sa gloire nue lui rappela qu'il s'était toujours assuré qu'elle jouisse en premier. À quel point il était toujours doux ! À quel point elle adorait ça quand elle pouvait lui faire perdre le contrôle de lui-même !

Ils avaient adoré expérimenter au lit et avaient fait l'amour dans presque toutes les positions imaginables. Elle voulait récupérer cela. Elle en avait besoin.

— Regarde-moi, chérie, dit Dave.

Se rendant compte qu'elle fixait son sexe des yeux, elle leva le menton et croisa son regard.

Il lui souriait d'un air amusé.

— J'ai beau être ravi que tu ne paniques pas en me voyant nu, si nous allons faire ça, je vais avoir besoin que tu me parles. J'ai besoin de savoir à quoi tu penses à tout moment. Si je te touche d'une manière que tu ne peux pas supporter, tu dois me le dire. Ne sois pas une martyre. Je ne peux pas le faire si je pense une seule seconde que tu n'es pas à l'aise, mais que tu ne veux pas me le dire.

— Je le ferai.

— Je suis sérieux, Raven. Je sais déjà que tu es une sacrée guerrière. Tu n'as pas besoin d'en être une quand tu es au lit avec moi. Si quelque chose ne te plaît pas, tu me le dis. D'accord ?

Et ça, juste là, c'était la raison numéro quatre cent soixante-sept pour laquelle elle était follement amoureuse de son mari.

— D'accord.

— Bien.

Puis, Dave la contourna et s'allongea sur le lit. Il mit ses mains derrière sa tête et Mags pouvait voir le désir dans ses yeux. Son membre n'était pas complètement dur, mais il était impressionnant même ainsi.

Elle se dirigea vers l'arrière du lit, monta sur le matelas et marcha à quatre pattes jusqu'à lui. Elle observa son sexe tressaillir et elle sourit. Elle ne s'arrêta pas avant d'être à califourchon sur son ventre.

Le teddy blanc qu'elle avait mis avait augmenté sa confiance en elle. Elle avait beaucoup progressé depuis l'époque où elle avait été une femme maigre et sous-alimentée, un an auparavant. Elle avait pris du poids aux bons endroits et avait de nouveau des courbes. Elle se sentait sexy.

Elle prit l'une des bretelles et la fit glisser de son épaule et le long de son bras. Elle fit de même avec l'autre et laissa la chemise de nuit tomber jusqu'à sa taille.

Les pupilles de Dave se dilatèrent et il se lécha les lèvres.

Mags avait décidé, pendant qu'elle avait attendu que son mari vienne à l'étage, de prendre le contrôle de leurs ébats amoureux. Elle savait que si elle laissait Dave faire ce qu'il voulait, il prendrait son temps et ferait tout ce qui était en son pouvoir pour faire en sorte que tout soit pour elle. Il serait doux, et même si cela ne la dérangeait pas, ce n'était pas ce qu'elle désirait pour cette première fois. Elle devait reprendre tout ce qui lui avait été volé et tout en haut de cette liste se trouvait le fait de demander ce qu'elle voulait.

Non, l'exiger.

Passant une main entre ses jambes, elle ouvrit le teddy et replia le tissu autour de son ventre. Elle avança à genoux jusqu'à ce que son sexe soit au-dessus de la bouche de Dave.

— Fais-moi jouir, ordonna-t-elle.

Sans une seconde d'hésitation, Dave leva la tête et la lécha de haut en bas.

Ils grognèrent tous les deux.

Il prit son temps pour réapprendre à la connaître. Léchant délicatement et enfouissant son visage dans ses plis. De temps à autre, sa langue passait sur son clitoris.

Adorant son attention, mais décidant qu'il prenait trop de temps, elle lui saisit les mains, qui étaient encore derrière sa tête, et les posa de chaque côté de son propre corps.

— Tiens-moi, lui dit-elle.

Ses doigts se plantèrent dans la peau sensible de ses hanches et elle cambra le dos, le laissant porter une partie de son poids. Mais il ne lui donnait toujours pas ce qu'elle voulait. Elle baissa les yeux sur son propre corps et vit qu'il avait les yeux ouverts et qu'il fixait son visage, comme s'il essayait de lire son état d'esprit.

Elle sourit.

— Lèche mon clitoris, Dave. Fais-moi jouir. S'il te plaît. J'en ai besoin. Ça fait trop longtemps.

C'était tout ce qu'il avait besoin d'entendre. Ses doigts se plantèrent dans sa chair et il ferma les yeux tandis qu'il concentrait toute son attention sur son clitoris. Sa bouche forma une succion et sa langue lui donna des petits coups comme s'il s'agissait d'un mini-vibreur.

— Oh, oui, c'est ça. Juste là. Encore... oh, mon Dieu, je vais jouir !

Son orgasme monta fortement et rapidement, et Mags n'y avait pas été préparée. Elle ondula contre le visage de son mari, mais il resta agrippé à elle et ne perdit à aucun moment le contact avec son clitoris. Tout son corps fut secoué tandis que l'orgasme la submergeait.

C'était si bon.

Si bon.

C'était libérateur. Elle ne s'était pas sentie de cette façon depuis très longtemps.

Mags avait l'impression que ses os étaient en gelée. Elle roula sur le côté, mais s'assura de l'attirer avec lui quand elle tomba. Il se mit prudemment en équilibre sur un coude à côté d'elle et utilisa sa main libre pour écarter les cheveux de son visage et de ses yeux.

— Fais-moi l'amour, le supplia Mags en levant les yeux vers lui.

— Tu es sûre ? Je suis tout à fait satisfait de juste de te tenir dans mes bras pendant que nous nous endormons, dit Dave.

— Je suis sûre, lui dit Mags. J'ai besoin de toi plus que jamais.

— Tu veux être au-dessus ?

Elle adorait sa délicatesse, mais elle secoua la tête.

— Non. Je veux que tu sois au-dessus.

— Ça ne va pas te rappeler de mauvais souvenirs ? demanda Dave.

Mags secoua à nouveau la tête.

— Non. Je veux lever les yeux vers toi pendant que tu me prends. Je veux m'accrocher à tes bras et enrouler mes jambes autour de ta taille. Je sais qui est dans mon lit, Dave. C'est toi. Et tu ne me ferais jamais de mal. Tu ne ferais jamais rien que je ne veuille pas faire.

— C'est sacrément vrai, dit-il en se plaçant sur elle et en se maintenant ainsi un moment, comme pour lui donner une chance de changer d'avis.

Mais Mags ne sentit pas une seule seconde de panique. C'était Dave. Son mari.

Il utilisa une main pour placer son sexe encore dur comme la roche devant son ouverture puis marqua à nouveau une pause. Elle savait à quel point cela devait être difficile pour lui, mais il n'indiqua pas du tout qu'il subissait la moindre douleur érotique.

Mags leva les hanches vers lui, sentant le bout de son membre glisser davantage en elle. Les narines de Dave se dilatèrent, mais il se maîtrisa et la pénétra lentement.

C'était un peu douloureux, étant donné que cela faisait longtemps qu'elle n'avait pas fait l'amour. Ils laissèrent tous les deux échapper le souffle qu'ils avaient retenu quand ses hanches rejoignirent les siennes et qu'il fut complètement en elle.

— Putain, je t'aime, murmura Dave.

— Je t'aime aussi, lui dit Mags.

— Est-ce que ça va ? demanda-t-il.

Elle hocha la tête.

— J'avais oublié comment c'était. J'avais oublié comment *tu* étais.

— Je n'ai jamais oublié, pas une seule seconde, lui dit Dave en soulevant ses hanches avant de replonger délicatement en elle.

Il le fit plusieurs fois, s'assurant qu'elle allait vraiment bien.

— Plus vite, l'incita Mags.

Il fallait reconnaître à Dave qu'il ne lui avait pas demandé si elle était sûre, il avait simplement accéléré le mouvement.

Cependant, il se retenait encore, Mags le voyait bien.

Elle plaça une main entre leurs corps et caressa son clitoris, faisant ruer ses hanches contre lui.

Son rythme régulier vacilla un moment et elle sourit. Baissant davantage sa main, elle caressa sa verge tandis qu'il la sortait de son corps, utilisant son index pour tourner autour de ses bourses à chaque pénétration.

— Bon sang, chérie. Si tu continues de faire ça, je ne vais pas tenir longtemps.

— Qui a dit que tu devais le faire ? demanda-t-elle.

— Je voulais que ce soit bon pour toi, dit-il en serrant les dents.

— C'est le cas. Vraiment. Et je veux que ce soit bon pour *toi*, rétorqua-t-elle.

— Ça n'a jamais été meilleur, lui dit Dave en se perchant sur ses mains et en cessant de se retenir.

Mags se caressa le clitoris tandis qu'il la pénétrait, et alors même qu'elle était sur le point d'avoir un deuxième orgasme, Dave se raidit sur elle et la pénétra aussi profondément qu'il le pouvait. Tout son corps trembla, même ses bras, alors qu'il se vidait en elle.

Mags était un peu déçue de ne pas avoir tout à fait

atteint l'orgasme, mais elle aurait dû savoir qu'ils n'avaient pas fini.

Restant en elle, Dave s'éleva davantage et la regarda.

— Continue, ordonna-t-il. Fais-toi jouir.

Elle n'eut pas besoin qu'il le lui répète. Elle leva les yeux vers lui en se masturbant. Cela semblait encore plus intime parce qu'il la regardait dans les yeux. Ses hanches tremblèrent et il glissa hors d'elle à cause du mouvement. Elle gémit de déception, mais n'arrêta pas de se toucher. Dave changea de position de façon qu'il se tenait en équilibre sur une main et que l'autre caressait son flanc, puis il glissa délicatement un doigt dans sa vulve trempée.

Il ne détourna toujours pas le regard du sien.

— C'est ça, Raven. Prends mon doigt.

Et elle le fit. Son doigt n'était pas aussi épais et long que son membre, mais c'était incroyable d'avoir quelque chose en elle tandis qu'elle se serrait et appuyait de toutes ses forces sur lui, et que son orgasme montait de plus en plus à la surface. Il n'essaya pas de prendre le contrôle, il n'écarta pas sa main en supposant qu'il connaissait mieux son corps qu'elle.

Quelques secondes plus tard, elle leva les hanches et passa par-dessus bord. Mags ferma les yeux et sa tête se pencha en arrière tandis qu'elle cambrait le dos et qu'elle jouissait. Elle s'agrippa une fois de plus à ses biceps, se stabilisant tandis que le monde se mettait sens dessus dessous.

Le tissu du teddy s'enfonça dans sa taille, mais elle ne le sentit même pas. Le doigt de Dave se glissa lentement hors de son corps et il s'allongea sur le flanc, l'attirant jusqu'à ce qu'elle soit couchée à côté de lui, la tête sur son épaule. Elle jeta une jambe par-dessus la sienne et il prit ses fesses dans sa paume en la serrant contre lui.

Lorsqu'elle put à nouveau respirer, elle pencha la tête en arrière et leva les yeux vers lui.

Il la regardait avec un amour si intense que cela l'aurait effrayée si elle n'avait pas été sûre d'avoir la même expression sur son propre visage.

— J'ai l'impression que c'est mon anniversaire, celui de mon mariage et Noël en même temps, murmura-t-il.

— Moi aussi.

Quelques minutes s'écoulèrent pendant lesquelles ils étaient tous les deux perdus dans leurs pensées. Puis, Dave dit :

— Merci.

— Je crois que c'est ma réplique, dit-elle malicieusement.

— Non, je suis sérieux. Merci d'avoir été aussi courageuse. J'étais prêt à passer le reste de ma vie sans te faire à nouveau l'amour. Je ne sais pas comment ni où tu as trouvé la force de faire ça après ce que tu as subi, mais je suis plus reconnaissant que je puisse l'exprimer que tu aies le courage d'aller de l'avant. Et je ne suis pas en train de dire que je suis reconnaissant que tu aies fait l'amour avec moi, je suis en train de dire que je suis content pour *toi* que tu aies pu envoyer se faire voir chacun de ces salauds qui t'ont fait du mal et ne pas les laisser t'abattre. Est-ce que c'est sensé ?

Ça l'était. Chaque mot. Et Mags était fière d'elle-même aussi.

— Oui, murmura-t-elle. C'est sensé.

Puis, Dave embrassa sa tempe et sortit du lit. Il se tint à côté de celui-ci et tendit la main.

— Une douche avec moi ? Peut-être sans nos vêtements, cette fois ?

Elle sourit face à sa référence de cette fois à Lima, quand il avait été blessé et qu'il avait senti terriblement mal après avoir passé du temps dans une des nombreuses décharges situées autour de la ville. Elle tendit le bras, prit sa main et le laissa l'aider à sortir du lit. Elle se tint immobile tandis qu'il faisait glisser le teddy sur ses hanches et elle frémit en sentant sa respiration chaude sur sa poitrine, faisant durcir ses tétons.

Dave fit semblant de ne pas remarquer sa réaction, mais ce fut le cas, bien entendu. Ils entrèrent dans l'énorme salle de bains principale pour laquelle il avait dépensé bien plus d'argent que ce qu'elle considérait comme raisonnable, même si elle était secrètement aussi surexcitée qu'une adolescente avant son premier rendez-vous en voyant le résultat.

Tandis qu'il se penchait en avant pour ouvrir l'eau, Mags ne put s'empêcher de lorgner ses fesses. Elle avait vraiment beaucoup de chance.

* * *

Sept ans après le retour

— C'est de la pure folie, dit Allye Martin aux autres femmes assises sur le porche arrière de Dave et Raven.

— Mais nous ne changerions rien pour tout l'or du monde, dit Morgan en riant.

Les sept femmes acquiescèrent et sourirent en regardant tous les enfants et leurs hommes courir dans le jardin. Ils venaient de terminer la chasse au trésor que David avait organisée pour tout le monde. Il avait passé les deux jours précédents à écrire les petits mots et à les cacher sur toute la propriété.

Mags n'aurait pas pu être plus fière de son fils. Il avait presque douze ans et il adorait passer du temps avec Darby, Calinda et tous les enfants plus jeunes de leurs amis. Ils se considéraient tous comme des cousins et se voyaient tout le temps.

Harlow avait deux enfants, Chloe en avait un, Everly avait des jumeaux et un autre enfant, et Zara et Meat avaient décidé de ne pas en avoir et avaient plutôt une ménagerie d'animaux de compagnie chez eux.

Des éclats de rire résonnèrent dans le jardin tandis que les hommes jouaient au loup avec les enfants. David se tenait à l'écart avec les plus jeunes enfants d'Everly dans les bras.

D'une certaine manière, le Pérou semblait avoir eu lieu une éternité auparavant pour Mags, et d'un autre côté, on aurait dit que c'était arrivé la veille. Mais les femmes assises autour d'elle à ce moment-là s'étaient avérées être sa grâce salvatrice. Elles avaient ri ensemble et pleuré. Elles avaient toutes vécu leurs propres expériences traumatisantes et il était agréable de pouvoir faire un pied de nez aux gens qui avaient essayé de les abattre. Elles avaient toutes des vies merveilleuses en dépit de ce qu'on leur avait fait.

— David semble aller bien, observa Zara. Il n'est pas très grand, cela dit, si ? dit-elle en riant.

Mags secoua la tête.

— Malheureusement, non. Il n'aura jamais de « bras aussi gros que des troncs d'arbres » non plus, comme il a dit un jour qu'il le voulait.

Elles rirent toutes.

— Mais c'est quand même un sacré joueur de basket, fit remarquer Morgan.

— Eh bien, c'est un bon tireur, mais quand les autres enfants deviendront plus grands que lui, il aura du mal à les contourner, dit Mags en haussant les épaules.

— C'est un bon garçon, dit doucement Harlow.

Mags regarda l'autre femme, essayant de lire l'expression de son visage.

— C'est vrai.

— Non, je veux dire, c'est *vraiment* un bon garçon, répéta Harlow. L'autre jour, il est venu nous aider, Gabby et moi, avec la nourriture que nous préparions pour le refuge et il ne s'est pas plaint du tout de devoir passer tout l'après-midi avec nous. Et quand nous sommes arrivés au refuge, il est immédiatement allé jouer avec les enfants. Je dis juste qu'il a beau avoir eu un début de vie difficile, Dave et toi faites tout ce qu'il faut avec lui. Tu devrais être extrêmement fière de lui.

Le cœur de Mags lui donnait l'impression d'être sur le point d'exploser hors de sa poitrine. Elle *était* fière de son fils.

— Merci. Je suis sûre que nous aurons quelques problèmes quand il arrivera à l'adolescence, mais il n'est pas seulement intelligent et sportif, il est empathique aussi. Je ne sais pas si cela vient d'une partie de lui qui se souvient comment la situation était avant ou autre chose, mais je suis reconnaissante.

— Est-ce que tu lui as parlé de Lima ? demanda Chloe.

Mags secoua la tête.

— Pas encore. Je le ferai, quand il sera prêt. Il a demandé à voir des photos de lui bébé et j'ai dû lui dire que je n'en avais pas, non pas parce qu'il ne comptait pas suffisamment pour moi pour que j'en prenne, mais parce que nous étions tellement pauvres quand il était bébé que je n'avais pas pu me le permettre. Ça a semblé l'apaiser pour le moment, mais je sais qu'il va continuer à poser des questions.

— Je ne doute pas un instant que Dave et toi trouverez un moyen de lui parler de son passé d'une manière qu'il comprendra, dit Everly avec assurance.

— Je l'espère, dit Mags.

— Nos hommes avaient besoin de ça, dit Harlow après qu'une minute s'était écoulée.

Mags hocha la tête.

Effectivement. Quelques jours plus tôt, ils étaient tous revenus d'une mission qui avait été vraiment difficile. Ils avaient pris d'assaut une maison de New York où, d'après la rumeur, plusieurs femmes et adolescentes étaient détenues contre leur volonté. Les rumeurs étaient vraies. Ils avaient secouru huit femmes, ayant toutes entre quatorze et dix-neuf ans. Quatre étaient des enfants disparus des États-Unis et les quatre autres venaient du Canada, d'Italie et du Mexique. Elles avaient toutes une addiction à la méthamphétamine et elles étaient obligées de se prostituer pour obtenir la drogue dont leurs corps avaient besoin.

C'était horrible, et plus encore parce que la moitié des femmes ne voulaient pas être secourues. Elles étaient toutes soignées dans divers centres de réhabilitation et en train d'être réunies avec leurs familles inquiètes et très reconnaissantes.

Les Mercenaires Rebelles avaient contribué au sauvetage de plus de deux cents femmes et enfants au cours des sept dernières années, depuis qu'ils se concentraient sur des missions sur la partie continentale des États-Unis. Ils avaient même reçu les éloges du président.

Mais si qui que ce soit voyait l'un des hommes dans la rue, ils ne les verraient pas comme les sauveurs hors du commun qu'ils étaient. Ils verraient des hommes dévoués à leurs femmes et à leurs familles.

Calinda se précipita sur le porche en haletant et en disant :

— J'ai soif, Maman. Est-ce que je peux avoir quelque chose à boire, s'il te plaît ?

— Tellement polie, murmura Morgan.

Puis, plus fort, elle dit à sa fille :

— Bien sûr. Peut-être que c'est un bon moment pour faire une pause pour le goûter de toute façon.

Calinda se retourna vers le jardin et cria de toutes ses forces :

— C'est l'heure des cookies !

Tout le monde s'arrêta net et s'élança en masse vers le porche.

Mags se leva et rit, tout comme les autres femmes.

Dave vint derrière elle et enroula un bras autour de sa taille, se penchant pour enfouir son visage dans son cou.

— Beurk ! Tu es tout en sueur ! se plaignit-elle, essayant de le repousser tout en riant.

— Ça veut juste dire que je devrai me doucher plus tard, lui murmura Dave à l'oreille. Et si je te fais sentir mauvais aussi, tu devras te joindre à moi.

Mags leva les yeux au ciel. Mais secrètement, elle adorait que son mari soit encore autant attiré par elle à présent que lorsqu'elle avait été enlevée.

Il tendit un bras vers son fils et le cœur de Mags se serra quand David se blottit contre le flanc de son père. Elle savait que le moment où il ne voudrait plus de câlins de leur part arrivait, elle essayait donc de chérir tous ceux qu'ils recevaient.

— Eh, champion ? dit Dave.

— Oui, *Papá* ? dit David en se tournant pour regarder son père.

— Tu pues.

David se contenta de rire.

— Ouaip. C'est parce que c'est dur de rassembler tous les enfants et de ramper dans la poussière pour les aider à chercher les indices de la chasse au trésor. Est-ce que tu préférerais que je sois à l'intérieur en train de lire et de faire des problèmes de maths ? Tu me dis toujours d'aller dehors et de trouver quelque chose à faire.

Dave émit un petit rire.

— C'est vrai. Je le faisais juste remarquer parce que ta

mère m'a dit que je sentais mauvais et je ne voulais pas être seul dans ma puanteur.

— Ringard, dit David en secouant la tête.

Mags savait qu'elle affichait un énorme sourire. C'était vrai, leur fils adorait apprendre. Il lisait tout ce qui lui tombait sous la main ; il adorait les puzzles de logique et regarder des gens résoudre des problèmes de mathématiques sur YouTube. Il ne regardait pas beaucoup la télévision, ce pour quoi elle était reconnaissante.

Ils entrèrent dans la maison et le niveau sonore à l'intérieur atteignait des records. Mais en observant tous leurs amis incroyables et en entendant la joie et la camaraderie, elle ne put s'empêcher de se sentir heureuse.

* * *

Dix ans après le retour

Dave était allongé sur la couverture, sur le promontoire, entre sa femme et son fils alors qu'ils regardaient tous le ciel étoilé. Ils le faisaient environ tous les mois. Sortir après la nuit tombée et simplement s'imprégner des bienfaits de la nature et apprécier le fait d'être ensemble.

David devenait plus vieux et plus occupé. Il faisait partie de l'équipe de basket. Même s'il n'était pas un débutant et qu'il n'obtenait pas beaucoup de temps sur le terrain, il jurait qu'il aimait cela quand même. Il n'était pas très grand, un mètre soixante-quinze seulement, mais le coach aimait l'avoir dans l'équipe, car il était actuellement à vingt-sept et zéro en ce qui concernait les lancers francs. C'était un excellent tireur et il était leur homme principal pour les tirs de pénalité.

Il faisait également partie de l'équipe de robotique et du club de débats. Il était l'un de ces rares enfants qui étaient amis avec le groupe populaire ainsi qu'avec les intellos et les geeks. David n'accordait pas beaucoup d'importance à l'argent que les gens avaient ou à leur statut à l'école. Il était gentil avec tout le monde, ne discriminait pas et ne répondait pas avec impertinence. Il était le premier à prendre la défense des filles quand on se moquait d'elles ou quand les autres les traitaient mal.

Dave n'aurait pas pu être plus fier de lui pour cela. Il se moquait des capacités sportives de son enfant, et il n'accordait pas vraiment beaucoup d'importance à ses notes ; il voulait simplement qu'il réussisse ses examens. Ce à quoi il tenait, c'était le fait que David soit compatissant et qu'il ait appris comment traiter les femmes en observant son père et ses « oncles ».

David commençait également à sortir avec des filles, au grand désarroi de Raven. Il savait qu'elle voulait que son petit garçon reste jeune pour toujours, mais il était inévitable que leur fils soit un bon parti. Les filles de son école savaient qu'il était un type bien et que si elles sortaient avec lui, elles seraient bien traitées. Dave ne pouvait rien demander de plus.

En voyant à quel point David était occupé et étant donné qu'il ne lui restait que deux ans de lycée, Dave savait que l'époque où ils passaient du temps ensemble, où ils campaient ou faisaient de la randonnée toucherait bientôt à sa fin. Allongé sur leur propriété à observer les étoiles deviendrait juste un autre bon souvenir. Cela l'attristait, mais Dave savait que cela faisait partie de la croissance de son fils.

— Je me souviens avoir fait ça avec toi au Pérou, dit soudain David, sortant brusquement Dave de ses pensées.

— Vraiment ? demanda-t-il, surpris. Tu n'avais que quatre ans et demi.

— Je sais. Mais je m'en souviens, insista David. Nous nous cachions des méchants qui nous cherchaient sur un toit. Nous nous sommes allongés l'un à côté de l'autre, tout comme maintenant, et nous avons regardé les étoiles. Elles n'étaient pas du tout aussi lumineuses qu'ici en ville, mais j'étais quand même émerveillé de les voir. Tu m'as dit que tu ne savais pas comment les étoiles s'appelaient, mais tu m'as dit qu'elles t'avaient sauvé la vie.

Dave sourcilla de surprise. Il avait oublié de quoi il avait parlé sur ce toit avec David tant d'années auparavant. Mais dès que son fils le mentionna, cela lui revint comme si c'était la veille.

— Oui. Je t'ai dit que quand ta maman avait été perdue, je regardais les étoiles et je l'imaginais faire la même chose où qu'elle soit. Et l'idée que nous regardions les mêmes étoiles me réconfortait.

— Et tu as vu une étoile filante, poursuivit David. Tu as dit que tu pensais que c'était un signe que Mamá était bien là quelque part, en train de regarder les mêmes étoiles à cet instant.

Dave entendit Raven prendre une grande inspiration et il lui saisit la main, mais sans détourner le regard de la multitude de lumières brillantes au-dessus de lui.

— C'est vrai.

— Je me souviens que tu as dit que quand nous rentrerions à la maison, nous ferions ça tous les trois. Ce que nous sommes en train de faire maintenant. Nous allonger par terre et regarder les étoiles. Ensemble. Je... Je voulais juste te dire que je me souvenais de cette conversation et je suis content d'être là à cet instant précis. Allongé ici avec vous deux et en train de regarder les étoiles ensemble.

Dave entendait Raven renifler et il lui serra la main.

— Moi aussi, champion. Moi aussi. Et souviens-toi, peu importe où tu vas dans ta vie, peu importe où tu vivras et ce que tu feras, quand tu regardes les étoiles, ta maman et moi sommes en train de penser à toi, et nous sommes tellement fiers de toi.

Il sentit son fils de quatorze ans effleurer sa main de la sienne et Dave l'agrippa et s'y accrocha fermement.

Ils restèrent allongés ainsi, tous les trois, main dans la main, et observèrent les étoiles un long moment. Reconnaissants pour ce qu'ils avaient et l'un pour l'autre.

La vie n'était pas toujours facile. En réalité, ils savaient tous les trois que la vie pouvait être une salope, mais c'étaient les gens dont vous vous entouriez qui la rendaient meilleure. Et Dave savait qu'ils avaient les personnes les plus incroyables dans leurs vies, et cela faisait toute la différence.

* * *

Quinze ans après le retour

— De qui vient la lettre ? demanda Dave tandis que Raven rentrait dans la maison après être allée chercher le courrier.

Elle avait ouvert l'enveloppe en revenant jusqu'à la maison et avait la tête plongée dans la lecture en marchant.

Il savait qu'elle pouvait venir d'un certain nombre de personnes. Daniela, Teresa, Bonita, Carmen, Maria ou même leur fils, qui était parti à l'université. Curieusement, ils aimaient s'échanger des lettres plutôt que de communiquer par e-mails, qui étaient plus rapides et plus efficaces. C'était une étrange excentricité, mais il ne pouvait pas nier qu'il aimait regarder le visage de sa femme s'illuminer quand une lettre qui lui était adressée arrivait.

— Maria, dit Raven sans lever la tête. Elle a eu son bébé. Ils vont bien tous les deux. Elle dit qu'elle veut venir nous rendre visite dans quelques mois.

— C'est super, chérie. Ce sera bon de la voir. Combien d'enfants elle a maintenant ? demanda Dave.

— C'est son cinquième.

Dave émit un sifflement bas.

Cela attira l'attention de Raven. Elle le regarda un long moment puis elle avança lentement vers l'endroit où il était assis sur le canapé.

— Est-ce que tu es déçu que nous n'ayons pas eu d'autres enfants ?

Dave secoua immédiatement la tête.

— Non. J'aime David de tout mon cœur. Mais je suis aussi égoïste et je suis ravi de ne pas avoir à te partager avec quelqu'un d'autre.

Elle leva les yeux au ciel et secoua la tête.

Dave l'attira sur ses genoux et posa son menton sur son épaule tandis qu'elle relevait la lettre pour continuer de lire. Il ne pouvait pas comprendre un seul mot, étant qu'elle était écrite en espagnol, mais il savait qu'elle était pleine de bonnes nouvelles étant donné que sa femme riait dans sa barbe en la lisant. Lorsqu'elle eut terminé, elle plia la lettre et la remit dans l'enveloppe. Elle savait qu'elle écrirait immédiatement ce soir-là pour que Maria n'ait pas à attendre sa réponse.

— Le type à qui j'envisage de vendre le Pit va venir jeter un œil à l'endroit plus tard. Tu veux venir avec moi pour lui faire visiter ?

— Bien sûr. Tu es sûr de vouloir vendre ? demanda Raven en se retournant dans ses bras.

— Oui. Je suis prêt à me détendre et à ne plus avoir à m'inquiéter de commander les stocks et de m'occuper de connards. Je ne rajeunis pas, tu sais.

Raven rit.

— Même à presque soixante ans, tu peux encore l'emporter sur n'importe qui. En particulier sur des connards

saouls qui commencent à avoir les mains un peu trop baladeuses ou à être un peu trop irrespectueux.

C'était vrai, mais maintenant que les Mercenaires
Rebelles avaient pris leur retraite, il voulait profiter de la fin
de sa vie avec Raven. Il espérait qu'ils auraient encore des
décennies ensemble, mais la dernière chose qu'il souhaitait,
c'était regretter d'avoir passé autant de temps à travailler si
quelque chose arrivait à l'un d'eux. Ils savaient tous les deux
à quel point la vie était courte et il ne voulait pas en gâcher
la moindre seconde.

L'argent n'était pas un problème. Entre ses investissements et la vente du Pit, Raven et lui n'auraient pas à s'en
inquiéter. Ils pouvaient simplement apprécier la vie.

— Je sais, mais je suis prêt à ne rien avoir d'autre à faire
qu'être assis sur notre porche arrière à boire du café et à
apprécier ta compagnie.

Raven rit.

— Comme si c'était tout ce que tu allais faire une fois
que tu auras vendu le bar. Je te connais, Dave. Tu vas trouver
un projet ou un autre dans lequel t'impliquer. Tu dois t'occuper. Tu dois aider les autres.

— Dans ce cas, nous trouverons des autres à aider
ensemble, dit-il simplement.

Raven hocha la tête. Elle enroula son bras autour de ses
épaules et posa son front contre le côté de sa tête.

— Ensemble. Ça me plaît.

— Toujours, lui dit Dave.

Il regarda sa montre.

— Je crois que nous avons le temps de... prendre une
douche avant de devoir aller retrouver l'acheteur.

Raven secoua la tête et leva les yeux au ciel.

— Mais je ne suis pas sale.

— Je peux te salir, lui dit Dave, l'air sérieux.

— Tu crois que tu peux suivre mon rythme, vieil

homme, demanda Raven en bondissant de ses genoux et en se dirigeant vers les escaliers.

En souriant, Dave la laissa prendre de l'avance avant de courir pour la rattraper. Il l'entendit glousser depuis les escaliers, au-dessus de lui, et pour la huit millionième fois depuis qu'il l'avait retrouvée au Pérou, il prononça une prière silencieuse de gratitude pour le fait qu'elle soit là avec lui, en bonne santé et entière, avant de s'élancer derrière elle dans les escaliers.

* * *

Vingt ans après le retour

Dave sentit les ongles de Raven s'enfoncer dans son avant-bras alors qu'ils étaient assis dans les gradins de l'Université de Denver et qu'ils regardaient leur fils se lever pour prononcer le discours d'ouverture.

Tout le monde était venu pour l'occasion : Gray et Allye, Ro et Chloe, Arrow et Morgan, Black et Harlow, Ball et Everly, ainsi que Meat et Zara. Gabriella était là aussi avec son mari et ses deux jeunes enfants.

Dave avait essayé de leur donner une porte de sortie, disant que les cérémonies de remise de diplômes n'étaient pas vraiment ce qu'il y avait de plus palpitant à regarder et qu'ils pourraient tous les retrouver au Pit – qui était maintenant sous une nouvelle direction, mais qui appartenait encore à Dave –, mais ils avaient dit qu'il était hors de question qu'ils ratent le discours de David.

Celui-ci était l'une des personnes les plus intelligentes que Dave ait rencontrées et il ne le pensait pas juste parce que c'était son fils. Ce jour-là, il célébrait l'obtention de son Master en finances quantitatives appliquées. Il avait déjà été engagé par une société d'investissement à capital variable basée à Denver en tant qu'ingénieur financier. Il avait reçu plus d'une douzaine d'offres d'emploi, mais il avait choisi un travail qui était proche de Colorado Springs et de sa famille. David était toujours resté proche de Raven et Dave adorait observer leur lien continuer de s'approfondir de jour en jour.

— Il est tellement beau, murmura Raven. Je suis si contente pour lui, bon sang.

Dave serra sa femme du bras qu'il avait enroulé autour d'elle et il se concentra sur son fils, debout sur la scène devant la foule.

— Bonjour. Recteurs, doyens, famille et amis, et bien entendu, camarades diplômés. Merci de m'avoir donné l'honneur de vous parler pendant notre remise des diplômes, aujourd'hui. Nous avons traversé de nombreuses nuits blanches, des litres de café et des réunions stressantes avec nos directeurs de thèse. Mais nous avons réussi. Nous sommes là !

Et laissez-moi vous dire... c'est littéralement un miracle que je sois debout devant vous aujourd'hui. J'ai une histoire à vous raconter, une histoire dont je n'ai jamais parlé publiquement. Cependant, cela concerne plus ma mère que moi.

Je suis né à Lima, au Pérou, dans un établissement fermé où ma mère était retenue captive. Elle avait été enlevée à Las Vegas et forcée à entrer dans le marché du trafic d'êtres humains. Jour après jour, elle a été maltraitée, mais quand elle a découvert qu'elle était enceinte de moi, elle a supplié son ravisseur de lui permettre de garder son bébé.

Il l'a fait, mais quand le moment est venu, elle a été enfermée seule dans une chambre pour accoucher. Puis, elle a été mise à la porte, séparée de son bébé, et sans argent, elle a été forcée à trouver un endroit où vivre et à chercher le peu de nourriture qu'elle pouvait grappiller. Mais chaque lundi, mercredi et vendredi, elle marchait seize kilomètres pour venir me voir. Vous voyez, l'homme qui l'a emprisonnée avait décidé de me garder pour ses propres raisons malfaisantes.

David marqua une pause quand l'audience haleta.

— Exactement. Mon avenir a été déterminé le jour où je suis né. Il n'y avait aucune raison de m'éduquer, car je n'étais bon qu'à faire gagner de l'argent à un homme malade, dérangé et mauvais. Mais... de toute évidence, cela n'est pas arrivé, car je suis debout devant vous aujourd'hui.

Ma mère m'a enseigné l'anglais. Elle m'a enseigné les mathématiques et les couleurs. Elle m'a appris le sens de la décence humaine.

Quand j'avais quatre ans et demi, à quelques heures d'être séparé à jamais de ma *mamá*, mon père est apparu comme le héros plus vrai que nature que j'avais toujours imaginé qu'il était après avoir entendu des histoires à propos de lui durant toute ma vie. Je n'avais même pas cinq ans, mais je me souviens d'être allongé sur le toit d'un bâtiment de Lima, pendant que les méchants faisaient de leur mieux pour nous trouver, de regarder les étoiles avec mon *papá*... et être heureux. J'étais trop jeune pour comprendre ce qu'il m'était presque arrivé, mais pas trop jeune pour savoir que l'homme qui m'avait emmené loin des méchants me protégerait.

Ma mère et mon père sont mes héros. Ils ne se sont jamais moqués de moi quand je voulais rester debout tard le soir pour regarder des vidéos de YouTube de gens en train de résoudre des problèmes de mathématiques. Ils m'ont encouragé à être quelqu'un de bien et à garder les commentaires méchants et critiques pour moi.

Où est-ce que je veux en venir ? Premièrement... à la décence humaine. Ayez-en. Chaque fois que j'allume la télévision, je vois des reportages sur des gens qui se font voler, tirer dessus et qui font du mal aux autres. Ensuite, j'entre sur mon compte de réseau social et je vois des gens qui s'en prennent aux autres, qui se plaignent de leurs vies et qui sont généralement méchants ou malheureux, simplement parce qu'ils ont l'impression qu'ils ont le droit de l'être. Il n'y a rien de mal à avoir une opinion, mais vous n'êtes pas toujours obligés de la partager. La prochaine fois que vous croiserez quelqu'un en train de mendier dans la rue, peut-être que vous devriez vous arrêter et leur parler. Si vous voyez des gens utiliser des bons alimentaires au magasin, si vous en avez les moyens, peut-être que vous pouvez leur proposer de payer pour leur repas, leur donner un peu de repos. Ne jugez pas les autres avant d'avoir marché avec leurs chaussures aux pieds.

Et deuxièmement, je ne crois pas que quelqu'un qui aurait vu l'enfant que j'étais au Pérou aurait pensé que je serais debout ici devant vous aujourd'hui. Mais *tout le monde* a le potentiel de réussir si on leur en donne la chance. Ne jugez pas quelqu'un en fonction des vêtements qu'il porte, de la couleur de sa peau ou de l'argent qu'il a.

Et *Mamá* ? Merci. Merci de ne pas avoir abandonné. De m'aimer suffisamment pour supporter un jour. Puis un autre. Puis un autre. Merci d'avoir vu mon potentiel et de m'aimer en dépit des circonstances dans lesquelles j'ai été conçu. Merci d'avoir amené *Papá* dans ma vie. De m'avoir donné un homme que je peux admirer. Un jour, j'espère être la moitié de l'homme qu'il est. Et merci de m'avoir montré à quoi une relation saine et aimante ressemble. C'est rire, pleurer, se disputer, mais en fin de compte, il s'agit d'apprécier tous les moments de la vie avec quelqu'un à ses côtés.

Aujourd'hui, nous avons obtenu nos diplômes, mais le simple fait d'avoir un morceau de papier à la main ne nous rend pas plus intelligents ou meilleurs que quelqu'un qui n'a pas les ressources ou les opportunités de faire la même chose. Tandis que vous avancerez dans vos vies, souvenez-vous d'être des humains décents. Vivez tous les jours comme s'il s'agissait du dernier et appréciez les gens qui vous entourent. Merci.

Des applaudissements retentissants explosèrent immédiatement dans la foule et Dave se leva avec sa femme. Il était incroyablement fier de son fils et se sentit un peu larmoyant en entendant ses paroles. Se tournant vers Raven, il vit des larmes couler sur ses joues.

Se penchant en avant, il lui dit à l'oreille :

— Tu vas bien ?

Toujours en train de pleurer, elle leva les yeux vers lui et dit :

— Plus que bien.

Dave utilisa son pouce pour essuyer les larmes de l'une de ses joues.

— Tu es sûre ?

Elle sourit.

— Ce sont des larmes de joie et de fierté. Je t'aime.

— Je t'aime aussi.

Ils se retournèrent et regardèrent leur fils serrer les mains de toutes les personnes présentes sur la scène. Puis, tandis qu'il retournait vers son siège, il fut arrêté par presque toutes les personnes qu'il croisait pour faire un check du poing, serrer une main ou recevoir une tape dans le dos.

Dave sourit de fierté tandis que son fils se rasseyait. C'était un jeune homme exceptionnel et Dave était fier de l'appeler son fils. Il savait que David ferait la différence de manière positive dans le monde.

* * *

Ce soir-là, après être rentrés chez eux du dîner de célébration et s'être assis sur la terrasse située à l'arrière pour parler de la belle cérémonie à laquelle ils avaient assisté ce jour-là et de la fierté qu'ils ressentaient pour leur fils et tout ce qu'il avait accompli, Dave et Raven finirent par aller dans le canapé.

À une époque, Mags aurait pu être embarrassée par le fait que David raconte son histoire à un auditorium plein de monde, mais cela faisait longtemps qu'elle avait décidé qu'elle n'avait pas à avoir honte de quoi que ce soit. Si son histoire pouvait aider ne serait-ce qu'une seule autre personne qui pourrait avoir été dans une situation similaire, cela en vaudrait la peine.

Dave et elle s'étaient assis avec lui quand il était en Terminale au lycée et ils lui avaient raconté toute l'histoire de sa vie avant qu'il ait cinq ans. La manière dont il avait été conçu, le fait qu'ils ignoraient qui était son père biologique et ce qu'il avait subi dans cette petite maison qui appartenait à del Rio. Ils lui avaient même dit ce que cet homme malfaisant avait l'intention de faire de lui, la manière dont Dave était arrivé juste à temps pour le sauver de cette vie et les avait tous les deux fait sortir du Pérou pour les ramener à Colorado Springs, où ils avaient construit une nouvelle vie.

David n'avait pas dit grand-chose. Il avait juste écouté attentivement. Mais quand toute l'histoire fut racontée, il avait pris sa mère dans ses bras et lui avait dit qu'il l'aimait et qu'il était fier d'elle pour tout ce qu'elle avait enduré. Il l'avait remerciée de s'être aussi bien occupée de lui et avait dit qu'en ce qui le concernait, à partir de ce moment-là, Dave était son père, il n'avait aucune envie de remettre les pieds au Pérou et il n'avait certainement aucune intention de vouloir un jour trouver le violeur qui avait mis sa mère enceinte. La conversation avait été difficile, mais David l'avait prise comme le jeune homme mature qu'il était.

Mags ne s'était pas attendue à ce qu'il parle de son passé dans son discours ce jour-là, mais elle n'aurait pas pu être plus fière de l'homme incroyablement intelligent et compatissant qu'il était devenu.

Se sentant satisfaite et sereine, elle se blottit contre Dave après qu'il s'était assis à côté d'elle. Être avec son mari et avoir ses bras autour d'elle était l'un des endroits où elle se sentait le plus en sécurité.

Tandis qu'ils étaient assis là, tous les deux perdus dans leurs pensées à propos de tout ce qu'il s'était passé ce jour-là, Mags ne put s'empêcher de poser une question qu'elle avait eue en tête de temps en temps au cours des vingt dernières années.

— Dave ?

— Oui, chérie ?

— Tu as tué del Rio... pas vrai ?

Il eut l'air surpris par la question, mais dès que le choc apparut dans son regard, il effaça toute trace d'émotions de son visage.

— Pourquoi est-ce que tu me poses cette question ? Tu sais que je suis resté à tes côtés après notre retour à la maison. Je crois que c'est arrivé environ trois ans avant que je sois capable de passer une seule nuit loin de David et toi.

— Je sais que tu ne l'as pas fait toi-même, mais tu l'as organisé... pas vrai ? Ce n'est pas grave, se hâta-t-elle de dire. Je ne suis pas en colère pour ça. C'est juste que... J'ai besoin de savoir.

Dave l'attira plus près de lui et Mags se laissa faire volontiers. Elle enroula sa main autour de son ventre et posa sa tête sur son épaule. Ils avaient beau avoir la soixantaine, son mari et elle aimaient encore se donner du plaisir au lit, et elle ne se lasserait jamais de se blottir contre lui.

— Je ne l'ai pas tué... mais je connais l'équipe qui l'a fait. J'ai demandé une faveur. Une faveur qu'ils étaient ravis de me faire.

— Est-ce qu'il a... est-ce qu'il a souffert ?

Mags retint sa respiration en attendant sa réponse.

— Oui, Raven, il a souffert. Je ne vais pas te raconter les détails, car tu as vécu avec suffisamment de merde dans la tête à cause de cet homme, mais sois certaine qu'il a su exactement qui envoyait les hommes qui l'ont tué et pourquoi il est mort de cette façon.

Mags laissa échapper le soupir qu'elle avait retenu.

— Bien. Je suis contente. Je t'aime, Dave, murmura-t-elle. Je ne sais pas ce que j'ai fait pour te mériter, mais il y a une chose que je sais.

— Qu'est-ce que c'est ? demanda-t-il.

— Je subirais à nouveau tout ce qu'il m'est arrivé si cela signifiait que je finirais par être ici avec toi maintenant.

— Raven, murmura Dave, mais il n'ajouta rien d'autre.

— Merci, *Rex*. Merci de t'être assuré que personne d'autre ne souffre comme je l'ai fait. Tu es mon héros.

— Non, protesta Dave. Tu es *mon* héroïne. Je n'ai jamais rencontré une femme plus forte ou plus incroyable de toute ma vie.

Mags se pencha et embrassa la mâchoire de Dave puis posa à nouveau sa tête sur son épaule. Souhaitant détendre l'atmosphère, et se sentant curieusement satisfaite à l'intérieur, maintenant qu'elle savait que Dave avait été impliqué dans le meurtre de son bourreau, elle dit :

— David a bien fait aujourd'hui, pas vrai ?

— Sacrément bien, oui, dit Dave en souriant. Est-ce que tu regardes ça ? demanda-t-il en désignant la télévision du menton.

— Pas vraiment, pourquoi ?

— Je me disais que nous pourrions aller à l'étage.

Mags sourit.

— Ah oui ? Il y a quelque chose que tu veux me montrer ?

— Oh oui. C'est quelque chose que je sais que tu vas

adorer, lui dit Dave en déplaçant sa main de son ventre à son entrejambe.

— Tu es un vieux cochon, le taquina Mags en le sentant durcir sous sa paume.

— Et tu es une vieille cochonne, rétorqua-t-il. *Ma* vieille cochonne.

Affichant un grand sourire, Mags se leva et tendit la main.

— Dans ce cas, allons à l'étage et voyons quelles bêtises nous pouvons faire.

Tandis qu'ils montaient les escaliers main dans la main vers leur chambre, Mags garda les yeux rivés vers les fesses de son mari et sourit. Elle avait vécu un enfer, il était inutile de le nier, et elle avait choisi de ne pas être une victime, mais une survivante. Et les gens avaient beau ne pas la croire, elle avait été plus heureuse au cours des vingt dernières années que durant tout le reste de sa vie. Et c'était uniquement grâce à l'homme alpha protecteur qui lui tenait la main et la tirait presque au lit.

— Je t'aime, Dave.

Il s'arrêta juste devant leur chambre et se retourna. Il enroula ses bras autour de sa taille et l'attira près de lui pour qu'ils soient collés l'un à l'autre.

— Je t'aime aussi, Raven. Tu ne sauras jamais à quel point.

Elle sourit, car elle *savait* à quel point.

Sans ajouter un mot, Dave l'attira vers le lit et tandis que son mari s'allongeait sur le matelas, Mags sut qu'elle était la femme la plus chanceuse du monde.

* * *

Merci d'avoir lu la série *Mercenaires Rebelles* ! J'apprécie beaucoup que vous ayez choisi mes livres ! J'ai de nombreuses autres séries pour vous, si vous ne les connaissez pas déjà. Vous pouvez commencer avec *Forces Très Spéciales : L'Héritage*, dont le premier tome est *Un Sanctuaire pour Caite*, ou essayer *Hawaï : Soldats d'élite*, qui débute avec *Un paradis pour Élodie*. Quel que soit votre prochain livre, bonne lecture à vous !

CONCLUSION

Mot de l'auteure

Merci à tous d'avoir lu ma série des Mercenaires Rebelles !
Quand j'ai commencé à écrire *Un Défenseur pour Allye*, je
n'étais pas sûre de savoir quelle serait l'histoire de Rex. Mais
plus j'écrivais, plus j'étais impatiente d'arriver au dernier
livre. Rex et Raven ont tous les deux vécu un enfer, mais
j'adore le fait d'avoir pu leur donner la fin heureuse qu'ils
méritaient.

Il se peut que vous soyez curieux à propos de l'autre
« équipe » que Rex connaît... celle qu'il a appelée pour s'occuper de del Rio. Vous aurez une chance de tout savoir à
leur propos dans ma nouvelle série à paraître ! Les hommes
de Silverstone Towing se consacrent à débarrasser le monde
du mal, peu importe le prix à payer.

J'apprécie chacun de mes lecteurs. Merci d'avoir choisi
mes histoires. Et souvenez-vous de toujours faire preuve de
gentillesse.

DU MÊME AUTEUR

Autres livres de Susan Stoker

Mercenaires Rebelles

Un Défenseur pour Allye

Un Défenseur pour Chloé

Un Défenseur pour Morgan

Un Défenseur pour Harlow

Un Défenseur pour Everly

Un Défenseur pour Zara

Un Défenseur pour Raven

Ace Sécurité

Au Secours de Grace

Au Secours d'Alexis

Au Secours de Bailey

Au Secours de Felicity

Au Secours de Sarah

Forces Très Spéciales Series

Un Protecteur Pour Caroline

Un Protecteur Pour Alabama

Un Protecteur Pour Fiona

Un Mari Pour Caroline

Un Protecteur Pour Summer

Un Protecteur Pour Cheyenne

Un Protecteur Pour Jessyka

Un Protecteur Pour Julie

Un Protecteur Pour Melody

Un Protecteur pour l'avenir

Un Protecteur Pour Les Enfants de Alabama

Un Protecteur Pour Kiera

Un Protecteur Pour Dakota

Forces Très Spéciales : L'Héritage

Un Sanctuaire pour Caite

Un Sanctuaire pour Brenae

Un Sanctuaire pour Sidney

Un Sanctuaire pour Piper

Un Sanctuaire pour Zoey

Un Sanctuaire pour Avery

Un Sanctuaire pour Kalee

Hawaï : Soldats d'élite

Un paradis pour Élodie

Un paradis pour Lexie (10 Aug 2021)

Un paradis pour Kenna (Oct 2021)

Un paradis pour Monica

Un paradis pour Carly

Un paradis pour Ashlyn

Un paradis pour Jodelle

Delta Force Heroes Series

Un héros pour Rayne

Un héros pour Emily

Un héros pour Harley

Un mari pour Emily

Un héros pour Kassie

Un héros pour Bryn

Un héros pour Casey

Un héros pour Wendy

Un héros pour Mary

Un héros pour Macie

Un héros pour Sadie

Un héros pour Annie (Feb 2022)

En Anglai

Delta Force Heroes Series

Rescuing Rayne

Rescuing Emily

Rescuing Harley

Marrying Emily (novella)

Rescuing Kassie

Rescuing Bryn

Rescuing Casey

Rescuing Sadie (novella)

Rescuing Wendy

Rescuing Mary

Rescuing Macie (novella)

Rescuing Annie (Feb 2022)

Delta Team Two Series

Shielding Gillian

Shielding Kinley

Shielding Aspen

Shielding Jayme

Shielding Riley

Shielding Devyn

Shielding Ember (Sep 2021)

Shielding Sierra (Jan 2022)

SEAL of Protection: Legacy Series

Securing Caite

Securing Brenae (novella)

Securing Sidney

Securing Piper

Securing Zoey

Securing Avery

Securing Kalee

Securing Jane (Feb 2021)

SEAL Team Hawaii Series

Finding Elodie

Finding Lexie (Aug 2021)

Finding Kenna (Oct 2021)

Finding Monica (May 2022)

Finding Carly (TBA)

Finding Ashlyn (TBA)

Finding Jodelle (TBA)

Ace Security Series

Claiming Grace

Claiming Alexis

Claiming Bailey

Claiming Felicity

Claiming Sarah

Mountain Mercenaries Series

Defending Allye

Defending Chloe

Defending Morgan

Defending Harlow

Defending Everly

Defending Zara

Defending Raven

Silverstone Series

Trusting Skylar

Trusting Taylor

Trusting Molly (July 2021)

Trusting Cassidy (Nov 2021)

SEAL of Protection Series

Protecting Caroline

Protecting Alabama

Protecting Fiona

Marrying Caroline (novella)

Protecting Summer

Protecting Cheyenne

Protecting Jessyka

Protecting Julie (novella)

Protecting Melody

Protecting the Future

Protecting Kiera (novella)

Protecting Alabama's Kids (novella)

Protecting Dakota

Badge of Honor: Texas Heroes Series

Justice for Mackenzie

Justice for Mickie

Justice for Corrie

Justice for Laine (novella)

Shelter for Elizabeth

Justice for Boone

Shelter for Adeline

Shelter for Sophie

Justice for Erin

Justice for Milena

Shelter for Blythe

Justice for Hope

Shelter for Quinn

Shelter for Koren

Shelter for Penelope

À PROPOS DE L'AUTEUR

Susan Stoker est une auteure de best-sellers aux classements du New York Times, de USA Today et du Wall Street Journal. Elle a notamment écrit les séries Badge of Honor: Texas Heroes, SEAL of Protection et Delta Force Heroes. Mariée à un sous-officier de l'armée américaine à la retraite, Susan a vécu dans tous les États-Unis, du Missouri jusqu'en Californie en passant par le Colorado, et elle habite actuellement sous le vaste ciel du Tennessee. Fervente adepte des fins heureuses, Susan aime écrire des romans où les sentiments laissent place au grand amour.

http://www.StokerAces.com

 facebook.com/authorsusanstoker

twitter.com/Susan_Stoker

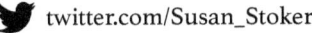 instagram.com/authorsusanstoker

 goodreads.com/SusanStoker

www.ingramcontent.com/pod-product-compliance
Lightning Source LLC
Chambersburg PA
CBHW060309100726
47907CB00002B/346